CATHY HOPKINS

Die Blumenschwestern

GOLDMANN
Lesen erleben

Buch

Iris Parker hat drei sehr unterschiedliche Töchter: die sensible Daisy, Künstlerin in Cornwall, Kontrollfreak Rose, Mutter und Anwältin, und zu guter Letzt Fleur, Freigeist und Femme fatale. Alle drei können sich nicht ausstehen, und alle drei sind schockiert, als sie bei der Verlesung des Testaments vom letzten Wunsch ihrer Mutter Iris erfahren. Nicht so sehr ein Wunsch, vielmehr eine Bedingung: Wenn sie das Vermögen erben wollen, müssen die Schwestern ein Jahr lang eine Reihe von Wochenenden miteinander verbringen, die Iris vor ihrem Tod organisiert hat. Doch ein Jahr scheint nicht genug Zeit zu sein, um die tiefen Wunden zu heilen, die sie einander ihr Leben lang zugefügt haben. Bald müssen die Blumenschwestern aber einsehen, dass eine Mutter immer am besten weiß, was für ihre Kinder gut ist – auch über den Tod hinaus.

Autorin/Autor

Cathy Hopkins ist für zahlreiche Jugendbücher bekannt, die in über 30 Ländern erschienen sind. Sie wurde in Manchester geboren, wuchs in Kenia auf und wohnt heute mit ihrem Mann Steve und den drei Katzen Dixie, Georgia und Otis in Bath. In ihrer Freizeit tut sie nichts lieber, als in ihrem Garten zu arbeiten, zu lesen oder mit ihren Freunden lange Spaziergänge zu machen – die meistens in einem Pub enden. »Die Blumenschwestern« ist Cathy Hopkins erster Erwachsenenroman.

Cathy Hopkins

Die Blumenschwestern

Roman

Aus dem Englischen
von Gabriele Weber-Jarić

GOLDMANN

Die englische Originalausgabe erschien 2017 unter dem Titel
»The Kicking the Bucket List« bei Harper,
an imprint of HarperCollinsPublishers, London.

Dieses Buch ist auch als E-Book erhältlich.

MIX
Papier aus verantwortungsvollen Quellen
FSC® C014496
FSC www.fsc.org

Verlagsgruppe Random House FSC® N001967

1. Auflage
Deutsche Erstveröffentlichung Februar 2018

Umschlaggestaltung: UNO Werbeagentur, München
Umschlagmotiv: FinePic®, München
Redaktion: Ilse Wagner
MR · Herstellung: kw
Satz: KompetenzCenter, Mönchengladbach
Druck und Bindung: GGP Media GmbH, Pößneck
Printed in Germany
ISBN: 978-3-442-48677-9
www.goldmann-verlag.de

Für Mum

1

Dienstag, 1. September

Wilson Richardson hatte seine Kanzlei im Londoner Stadtteil Chiswick im ersten Stock eines Bürogebäudes, das an der Hauptstraße lag. Im Treppenhaus roch es modrig, und dem Empfangsbereich hätte ein neuer Anstrich gutgetan. Meine Schwester Rose, eine adrette, zierliche Person, war schon da. Sie trug ihr dunkles Haar in einem Bob, jedes Härchen am Platz, und war noch immer schwarz gekleidet, dabei war unsere Mutter seit zwei Monaten tot. Ich hatte mich gegen Trauerkleidung entschieden. Es war ein warmer Sommertag, deshalb hatte ich eine leichte graue Hose und eine hellgrüne Kaftan-Bluse angezogen. Glücklicherweise mussten Rose und ich einander nicht lang ertragen, denn gleich nach der Begrüßung führte uns die Empfangsdame in das Büro von Mr Richardson. Die Empfangsdame hatte die blonden Haare zu einem extrem straffen Pferdeschwanz gebunden. Meine jüngste Schwester Fleur hatte diese Frisur früher als Facelifting für arme Leute bezeichnet, aber das war, als wir noch miteinander sprachen.

An einem schweren Schreibtisch aus Eiche saß ein

kahlköpfiger Mann. »Wilson Richardson«, stellte er sich vor.

»Ich bin Rose, und das ist Dee«, erklärte Rose. »In Ihren Unterlagen steht sie wahrscheinlich als Daisy.«

»Ich bin hier und kann selbst für mich sprechen«, sagte ich.

Rose seufzte. »Dann tu's doch. Ich wollte nur etwas klären. Zwei Namen können verwirrend sein.«

Ich richtete meinen Blick auf Mr Richardson. »Mein Name ist Daisy oder Dee. Die meisten Leute nennen mich Dee. Meiner Mutter war Daisy lieber.«

»Genau das habe ich gemeint«, sagte Rose.

Toller Auftakt, oder? Der Anwalt winkte uns zu den drei Stühlen vor seinem Schreibtisch, die schon zur Verlesung des Testaments meiner Mutter aufgestellt worden waren. »Nehmen Sie bitte Platz.«

»Meine Schwester Fleur müsste auch jeden Moment erscheinen.« Rose setzte sich.

»Sie ist nie pünktlich«, erklärte ich. »Wahrscheinlich kommt sie zu ihrer eigenen Beerdigung noch zu spät.« Ich hüstelte peinlich berührt und verfluchte mich.

Wir warteten. Mir war, als wäre ich wieder ein Schulkind und der Direktor hätte mich in sein Büro zitiert. Ich wollte die Verlesung hinter mich bringen und nach Hause fahren. Rose schien es ähnlich zu gehen, ihr linker Fuß wippte. Ich hatte noch nie jemanden kennengelernt, der so beherrscht war wie sie, aber der Fuß hatte sie von jeher verraten. Es war, als wollte sie aufspringen und davonrennen, diesmal vermutlich fort von ihren Schwestern.

Ich weiß nichts mehr über sie, ging es mir durch den

Kopf. Rose warf einen Blick auf ihre Uhr. *Ist sie glücklich? Kommen sie und Hugh gut miteinander aus? Was wird sie mit ihrem Anteil machen? Braucht sie das Geld ebenso dringend wie ich? Wahrscheinlich nicht.*

Wir wussten, dass Mum uns ihr Vermögen zu gleichen Teilen vermacht hatte, das hatte sie schon vor Jahren gesagt. Das Haus in Hampstead, in dem wir aufgewachsen waren, hatten Mum und Dad von den Eltern meines Vaters geerbt. Es war ein großes Haus aus der Zeit Königin Victorias, nicht weit vom Park Hampstead Heath entfernt. Noch bevor der Stil modern wurde, stand meine Mutter auf Shabby Chic und hatte deshalb nur selten etwas verändert, sodass es den Charme einer vergangenen Epoche besaß, mit Holzfußböden, Kaminen und Original-Armaturen. Angesichts der lebensgefährlichen Elektrik und der uralten Rohrleitungen hätte das Haus dringend »modernisiert« werden müssen, wie Immobilienmakler dies bei renovierungsbedürftigen Objekten nannten. Doch bevor meine Mutter in die Seniorensiedlung zog, verkaufte sie es für etwas über zwei Millionen Pfund. Mein Anteil würde also gut und gern ausreichen, um finanziell wieder auf die Beine zu kommen, Geld für mein Alter zurückzulegen und, falls nötig, meiner Tochter Lucy unter die Arme zu greifen. Trotzdem war die Summe kein Ersatz für meine Mutter. Der Verlust war noch so frisch, dass mich erneut eine Woge der Trauer erfasste.

Wir mussten nicht lang warten. Nach fünf Minuten wurde Fleur von der Empfangsdame hereingeführt. Sie war gebräunt, das blonde Haar von der Sonne noch einen Ton heller gebleicht. Offenbar war sie verreist gewesen. Auch Fleur hatte sich gegen Trauerkleidung entschieden. Sie trug ein Sommerkleid aus Krepp mit einem Muster aus winzigen korallenroten und cremeweißen Blumen, dazu rote Slingpumps, die aussahen, als hätten sie ein Vermögen gekostet. Ich dachte an meine billigen, ausgetretenen Slipper und schob die Füße unter meinen Stuhl. Mr Richardson bedeutete Fleur, auf dem freien Stuhl Platz zu nehmen.

»Der Verkehr war eine Katastrophe«, sagte Fleur, führte es jedoch nicht weiter aus, denn um ihren Unwillen zum Ausdruck zu bringen, seufzte Rose bereits laut und vernehmlich. Rose war eine Pünktlichkeitsfanatikerin und missbilligte Menschen, die zu spät kamen; beides gehörte zu ihrem Zwangscharakter. Fleur schien einzusehen, dass wir die Entschuldigung schon mehrfach von ihr gehört hatten, wenn auch vor vielen Jahren. Sie nickte mir kurz zu und setzte sich.

Mr Richardson räusperte sich und griff nach den Unterlagen auf seinem Schreibtisch. »Dann können wir ja. Ihre verstorbene Mutter, Frau Iris Parker, hat mich beauftragt, Sie heute hier zu versammeln. Sie hat ein Testament hinterlassen, zu dem ich noch kommen werde. Zuvor werde ich jedoch der Bitte Ihrer Mutter entsprechen und Ihnen einen Brief von ihr vorlesen. Sind Sie damit einverstanden?«

Rose sah Fleur und mich an. »Einen Brief? Wann soll sie den denn geschrieben haben?« Sie war sichtlich verärgert. Offenbar hatte sie von dem Brief nichts gewusst. Geschieht ihr recht, dachte ich, obwohl ich selbst auch nichts davon gewusst hatte.

»Im April dieses Jahres«, antwortete Mr Richardson.

»Also drei Monate vor ihrem Tod«, sagte Rose.

Mr Richardson nickte. »Das dürfte hinkommen. Soll ich anfangen?«

»Bitte«, sagte Rose. Sie antwortete einfach für uns alle, es war immer dasselbe.

Mr Richard begann, den Brief vorzulesen.

»Meine geliebten Mädchen (ja, für mich werdet ihr immer Mädchen bleiben).

Folgendes möchte ich euch für nach meinem Tod mit auf den Weg geben:

Erstens wünsche ich mir, dass ihr euch an mich erinnert, aber nicht traurig seid. In der letzten Zeit hat das Leben angefangen, mich zu ermüden. Ich bin so weit. Ich möchte wieder bei eurem Vater sein. Er wartet auf mich, da bin ich mir ganz sicher. Vergesst mich nicht, aber erinnert euch an mich, so wie ich war, als es mir noch besser ging, und lasst euch von diesen Erinnerungen trösten.

Zweitens möchte ich nicht, dass ihr euch wegen der letzten Phase meines Lebens schuldig fühlt. Das wäre Zeitverschwendung. Das habe ich euch zwar schon zu meinen Lebzeiten mehrfach versucht klarzumachen, aber ihr wart alle so verbohrt, dass ihr wahrscheinlich kein Wort mitgekriegt habt. Schuldgefühle zeugen von Schwäche und nagen an einem wie Wut. Lasst sie los. Deshalb sage ich es noch einmal und möchte, dass ihr diesmal zuhört: Ich bin gern in die Seniorensiedlung gezogen. Dort habe ich Freundschaften geschlossen und bin betreut worden. Trotzdem war ich unabhängig, was mir wichtig war. Ich liebe euch sehr, aber wenn ich zu einer von euch gezogen wäre, hätten wir uns gegenseitig in den Wahnsinn getrieben. Wir sind erwachsene Frauen, und jede von uns führt ihr eigenes Leben. Es war meine Entscheidung, das Haus zu verkaufen und umzuziehen. Meine! Unser schönes altes Haus in Hampstead war nicht mehr das Richtige für mich. Ich konnte die Arbeit nicht mehr bewältigen. Schon seit Jahren hatte ich das Bedürfnis, mein Leben zu vereinfachen und meine Pflichten zu reduzieren. Ihr habt ständig überlegt, was für mich das Beste wäre und wo ich wohnen sollte. Denkt nicht mehr darüber nach. Ich war da, wo ich sein wollte.

Damit meine ich ganz besonders dich, liebe Daisy. Was hätte ich denn bei dir in Cornwall tun sollen? Außer dir hätte ich dort niemanden gekannt. Ebenso gut hätte ich im Ausland leben können. Ich hätte meine liebe Jean vermisst und Martha, die mir in den letzten Jahren eine so gute Freundin geworden ist, nie kennengelernt. Was ich getan habe, war das Beste für uns alle.

Ich schreibe das, ohne zu wissen, wann ich sterben werde oder welche von euch dann bei mir sein wird. Deshalb möchte ich, dass ihr Folgendes begreift und verinnerlicht: Die meisten von uns können über die Zeit und die Umstände ihres Todes nicht entscheiden. Fühlt euch deshalb nicht schlecht, falls ihr es nicht geschafft habt, in meinen letzten Stunden bei mir zu sein. Ich habe ein Leben voller Erinnerungen an euch, so wie es umgekehrt auch der Fall ist. Haltet diese Erinnerungen in Ehren, klammert euch nicht an die letzten

Wochen oder Monate meines Lebens. Sie sind nur ein Teil meiner Reise. Erinnert euch an das Gesamtbild. Ich hatte ein gutes, erfülltes Leben. Lasst mich ziehen. Keiner von uns kann vorhersagen, wann wir geboren werden und wie unser Ende aussehen wird. Liebe Daisy, weißt du noch, dass du vorhattest, Lucy zu Hause zur Welt zu bringen? Du hattest ein Gebärbecken, die CD mit dieser scheußlichen Musik, bei der im Hintergrund Delfine schnatterten (der Himmel weiß, wie man sich dabei entspannen soll) und deine ätherischen Öle. Außerdem sollte Andy bei dir sein und dir den Rücken massieren. Ha! Erinnerst du dich noch daran? Und dann musstest du zum Kaiserschnitt ins Krankenhaus, wo weit und breit kein Delfin zu sehen war. Du, liebe Rose, hattest auch alles geplant, praktisch und patent, wie Du bist. Du hattest Dir in einer wunderschönen Privatklinik ein Zimmer reservieren lassen. Und was war? Du hast das Kind auf dem Rücksitz eines Taxis bekommen. Wer weiß, ob der Fahrer sich jemals davon erholt hat.«

Ich sah zu Rose hinüber. Jetzt war der beste Moment, einen einvernehmlichen Blick zu tauschen und gerührt an unsere gemeinsame Vergangenheit zu denken. Aber Rose saß steif und aufrecht da und schaute nur Mr Richardson an.

»Die Kraft, die uns zur Welt gebracht hat«, las Mr Richardson weiter vor, »trägt uns auch wieder hinaus. Allerdings könnte es weniger glatt und pünktlich vonstattengehen, als wir geplant und gehofft hatten. Deshalb noch mal: Quält euch nicht, wenn ihr in meinen letzten Stunden nicht bei mir gesessen habt oder mein Tod in euren Augen nicht friedlich war. Irgendwann war meine Zeit gekommen.

Denkt immer daran, dass ich euch liebe und auf jedes meiner einzigartigen und unabhängigen Mädchen stolz bin. Und ihr sollt auch stolz auf euch und auf das sein, was ihr erreicht habt. Vergleicht euch nicht mit anderen. Jede Blume ist auf ihre Art schön. Denkt daran und bleibt euch selbst treu.

Heute seid ihr zur Testamentseröffnung hier. Wie ich immer gesagt habe, wird alles, was ich besitze, gleichmäßig unter euch aufgeteilt. Ohne jede weitere Diskussion. Ich weiß, dass es dir, liebe Fleur, finanziell gut geht, aber Lebensumstände können sich auch wieder ändern. Die Reichen werden arm und die Armen reich. Und du, liebe Daisy, kannst nicht wissen, ob ein Galerist eines Tages deine wundervollen Gemälde entdeckt, dich unter Vertrag nimmt und dir ein Vermögen beschert. Liebe Rose, du und Hugh habt eure Berufe und eure Familie und glaubt vielleicht, dass ihr dieses Erbe nicht braucht, aber es steht euch zu. Lang bevor euer Vater gestorben ist, haben er und ich entschieden, dass unser Besitz unter euch aufgeteilt wird und jede ein Drittel erhält. Allerdings wird das erst ein Jahr nach meinem Tod geschehen.«

Wie war das? Mir blieb die Luft weg. »Erst in einem Jahr?«

Mr Richardson schaute auf. »Soll ich eine kleine Pause machen?«

»Haben Sie ›ein Jahr‹ gesagt?«, fragte ich. »Ab jetzt?«

Mr Richardson nickte. »Ja.«

Innerlich stöhnte ich. Im Gegensatz zu Rose und Fleur war es für mich schwierig, finanziell über die Runden zu kommen. Dort, wo ich wohnte, war der Bedarf an Kunstlehrern gering, und auch der Verkauf meiner Bilder hatte nachgelassen, was hauptsächlich daran lag, dass ich mich in letzter Zeit nicht inspiriert gefühlt hatte.

»Darf ich weitermachen?«, fragte Mr Richardson.

Rose nickte knapp.

»Bitte«, sagten Fleur und ich.

Mr Richardson konzentrierte sich wieder auf den Brief.

»Ich möchte, dass ihr in diesem Jahr etwas Bestimmtes tut. Es ist eine Bedingung meines Testaments. Ich habe lang darüber nachgedacht und handele in eurem Interesse, auch wenn ihr das zunächst vielleicht nicht einseht.«

Mr Richardson musterte uns. Ich linste zu meinen Schwestern hinüber. Rose sah verkniffen aus, Fleur interessiert. Mr Richardson raschelte mit seinen Unterlagen und fuhr fort.

»Meine Freundinnen Martha und Jean wissen ebenso wie ich, dass wir das letzte Kapitel unseres Lebens aufgeschlagen haben. Darüber unterhalten wir uns häufig. Wir sprechen über unser Leben, was wir mit ihm angefangen haben, und wie wir uns den Tod vorstellen. Einige der älteren Menschen hier in der Siedlung sprechen zudem über Wunschlisten, auf denen steht, was sie gern gemacht hätten, wenn sie genug Zeit gehabt hätten, und was sie davon noch geschafft haben, bevor sie hierhergezogen sind. Wie ich schon sagte, hatte ich ein glückliches und erfülltes Leben. Ich habe alles getan, was ich tun wollte, und musste keine Wunschliste schreiben. Ich habe Erfahrungen gemacht und gelernt, was Freude und was Liebe ist. Auch was Leid ist, denn das gehört ebenfalls zum Leben. Trotzdem gibt es etwas, das ich bedauere, nämlich dass ihr, meine Mädchen, nicht mehr miteinander verkehrt, und ich, als eure Mutter, zu wenig getan habe, um diesen Zustand zu ändern. Glaubt nicht, ich wüsste nicht, dass ihr die Besuche bei mir immer so gelegt habt, dass ihr keiner eurer Schwestern begegnen musstet. Ihr habt zwar immer behauptet, das hätte mit den weit auseinander liegenden Wohnorten oder Terminen zu tun, aber das habe ich euch nicht abgenommen. Ich mag ja Ende achtzig sein, aber ich bin noch nicht senil. Anfangs war mir nicht klar, wie ich euch wieder zusammenbringen konnte, ich weiß ja, was für Sturköpfe ihr seid. Dann habe ich mit Jean und Martha darüber gesprochen. Nach einer Weile ist in mir ein Plan gereift: Ich würde keine Wunsch- sondern eine Auftragsliste schreiben. Die Wunschliste schreibt man, wenn man noch Zeit hat; die Auftragsliste dann, wenn man keine mehr hat. Ich habe nicht mehr viel Zeit, im Gegensatz zu euch. Deshalb habe ich eine Liste mit Aufgaben zusammengestellt, die ihr erfüllen müsst. Auf die Weise möchte ich mit meinem Tod das erreichen, was mir zu Lebzeiten nicht gelungen ist, sprich, euch wieder zu vereinen.

Ihr fragt euch, wie das funktionieren soll. Zunächst einmal, indem ihr im kommenden Jahr alle zwei Monate ein gemeinsames Wochenende verbringt.«

Rose ballte ihre Hände zu Fäusten. Fleur sah mich, eine Braue hochgezogen, an.

»Jeweils ein Wochenende verbringt ihr bitte bei einer von euch. Dabei wechselt ihr euch ab. Ich weiß, dass ihr genügend Platz habt. Fangt also schon mal an, eure Gästezimmer zu putzen. Ich meine aber nicht, dass ihr einander bloß besucht. Sich gegenübersitzen und Tee trinken wäre zu langweilig. Deshalb habe ich mir etwas Zielführendes ausgedacht. Dazu später mehr. Zunächst einmal bedeutet es, dass ihr gemeinsam etwas erleben sollt. Macht euch keine Gedanken, es ist alles schon in die Wege geleitet, und Mr Richardson wird euch erklären, worum es im Einzelnen geht. Mit dieser Bedingung habe ich alles getan, was in meiner Macht steht, und kann in Frieden ruhen. Ihr müsst auch nicht befürchten, dass ihr demnächst den Machu Picchu erklimmen oder Line Dance lernen sollt, oder sonst etwas in der Art. O nein, mein Plan wird viel mehr Spaß machen, wenn auch nicht unbedingt so, wie ihr es euch vielleicht vorstellt. Ihr blockiert jetzt einfach ein über den anderen Monat jedes zweite Wochenende und folgt den Anweisungen, die man euch geben wird. Falls eine von euch ein Wochenende auslässt, verfällt das gesamte Erbe. Deshalb wird Mr Richardson euch jeden zweiten Monat um eure Unterschrift bitten, mit der ihr bestätigt, dass ihr meinen Wünschen gefolgt seid.

Ach, was gäbe ich jetzt darum, eure Gesichter zu sehen! Wie kann man einer Mutter ihren letzten Wunsch verwehren? Einer Mutter, die alles in ihrer Macht Stehende getan hat, um in Frieden ruhen zu können? Auf den Satz bin ich besonders stolz. Ja, wahrscheinlich ist das eine Art Erpressung. Normalerweise mag ich so etwas nicht, aber wenn ihr von meiner Bedingung erfahrt, werde ich ja nicht mehr da sein und kann nicht hören, wie ihr euch beschwert.«

Fleur brach in Gelächter aus. Rose schüttelte den Kopf, als würde sie ihren Ohren nicht trauen. Das Problem hatte ich nicht. Ich hatte alles sehr gut verstanden und konnte mir auch vorstellen, wie spitzbübisch Mums Augen beim Schreiben des Briefs gefunkelt hatten.

»Versucht stattdessen mit Gott zu sprechen oder mit einer anderen Macht, an die ihr glaubt«, las Mr Richardson weiter vor. »Ich habe einmal gelesen, dass Meditation bedeutet, Gott zuzuhören, und dass man mit ihm spricht, wenn man betet. Unterhaltet euch mit eurer höheren Instanz oder redet meinetwegen mit der Wand. Ihr müsst weder gläubig sein, noch es jeden Tag tun. Hier und da einmal genügt, oder immer dann, wenn euch danach ist oder euch etwas bedrückt. Das bringt euch mit dem eigenen Innenleben in Kontakt, und das ist nie verkehrt. In der Hektik des Lebens überhören wir häufig das, was unser Herz sagt. Mir hat es jedenfalls geholfen. Schaut, wohin es euch führt. Wenn nicht, kehre ich als Gespenst zurück und suche euch heim. Keine Sorge, Daisy, war nur ein Witz.

Liebe Rose, liebe Daisy, liebe Fleur – das Einzige, was mir am Herzen liegt, ist euer Wohlergehen und dass ihr glücklich seid. Welche Mutter wünscht sich das nicht für ihre Kinder? Ich hoffe, meine Bedingung und die damit verbundene Liste werden zur Verwirklichung meiner Wünsche beitragen. Auf Wiedersehen, meine geliebten Mädchen. Gott segne euch. Wie immer in Liebe, eure Mutter. Verschieden. Tot. Von euch gegangen.«

Ich stieß den Atem aus. »Verdammt und zugenäht.«

»Genau.« Fleur kicherte. »Diese alte schlaue Füchsin.«

Rose sah aus, als hätte sie in eine Zitrone gebissen.

2

Dienstag, 1. September

Ich schaute durch die Fenster auf die Häuser gegenüber und versuchte, den Inhalt des Briefes zu verarbeiten. Mr Richardson verließ das Büro, um den Brief und das Testament meiner Mutter für uns zu kopieren.

Rose und Fleur waren beschäftigt und telefonierten. Ich fühlte mich unwohl. In der Luft lag unausgesprochener Groll. Alles war wie immer. Seit drei Jahren hatten meine Schwestern und ich kaum noch miteinander gesprochen. Der Grund war ein Streit, bei dem es um die Frage ging, wo unsere Mutter nach ihrem Schlaganfall wohnen sollte. Zuvor hatte ich mich mit meinen Schwestern einigermaßen verstanden, auch wenn wir uns nicht direkt nahestanden. Es war dreißig Jahre her, dass wir als Kinder und später als Teenager unter einem Dach gewohnt hatten. Danach nahmen wir nur noch sporadisch am Leben der anderen teil, und als wir die vierzig überschritten hatten, trieben wir auseinander. Fleur hielt sich häufig im Ausland auf, Rose hatte mit ihrem Beruf und ihrer Familie zu tun. Wenn wir an Weihnachten, Geburtstagen und anderen Familienfesten zusammentrafen, fielen wir in unsere alten Rollen zurück und benahmen uns wie zu der Zeit, als wir Kinder waren.

Doch in den vergangenen drei Jahren hatte jede von uns meine Mutter bei festlichen Anlässen an einem anderen Tag besucht.

Es war Roses Idee gewesen. Als Mum nach ihrem Schlaganfall in die Seniorensiedlung zog, schlug Rose uns vor, Mum zu Festen und Feiern getrennt zu besuchen, damit sie sich drei statt nur ein Mal freuen konnte. Ich hatte nichts dagegen. An Feiertagen waren die Züge brechend voll, sodass ich liebend gern auf einen Tag auswich, an dem sich der Festtagsverkehr gelegt hatte. Allerdings würde ich nun meine Schwestern nicht mehr sehen, doch das schien keine von ihnen zu stören. Schon Jahre vorher hatte Rose mir erklärt, dass ich »eigentlich nicht mehr zu ihrem Leben gehöre«. Das hatte mich getroffen. Ich glaubte immer, Schwestern würden zusammengehören, auch wenn sie sich eine Zeit lang nicht sahen, aber ich wusste, was Rose meinte. Ich hatte nichts mehr mit den alltäglichen Ereignissen ihres Lebens zu tun. Trotzdem hatte sie mich verletzt, aber das konnte sie ja von jeher sehr gut. Seit wir Kinder waren, hatte Rose mich zurückgewiesen. In der Grundschule bezog sie mich nicht in den Kreis ihrer Freundinnen ein; als wir älter waren, wurde ich aus ihrem Zimmer gejagt, wenn ihre Freunde und Freundinnen kamen. Immer war ich zu klein oder nicht cool oder klug genug, um in ihre Clique aufgenommen zu werden.

Damals vor drei Jahren machten wir Schwestern uns Sorgen um unsere Mutter. Nach dem Schlaganfall war eine Seite ihres Körpers geschwächt, und sie hatte dann und wann Schwierigkeiten zu gehen. Ihr Arzt warnte uns vor der Gefahr eines zweiten Anfalls. Wir waren uns einig, dass Mum für den Rest ihres Lebens nur das Beste haben sollte. Aber wie sollte das aussehen? Rose konnte sie nicht aufnehmen. Sie hatte einen anstrengenden Job in einem Verlag, einen Ehemann, Kinder im Schulalter und kein Gästezimmer. Fleur lebte seinerzeit in Kalifornien, und unsere Mutter so weit umzusiedeln, war ausgeschlossen. Folglich fiel die Wahl auf mich. Meine Tochter Lucy hatte das Nest damals schon seit sechs Jahren verlassen. Zuerst hatte sie bei der Schwester ihres Vaters in London gewohnt. Dann war sie mit ihrem Freund nach Australien gezogen, um in der Nähe ihres Vaters zu sein. Seitdem stand ihr Zimmer leer, und ich lebte allein.

»Dee könnte zu Mum ziehen«, schlug Fleur vor. »Dee könnte sich um sie kümmern.«

»Ja«, sagte Rose zu mir, »du kannst überall malen. In dem Haus gibt es zig Zimmer, in denen du malen kannst.«

»Mein Leben spielt sich in Cornwall ab«, entgegnete ich. »Ich möchte ebenso wenig wie Mum entwurzelt werden. So etwas wie mein Haus finde ich nie wieder, und meine Vermieterin wird es kaum für mich freihalten. Wenn Mum eines Tages stirbt, werden wir das Haus in Hampstead verkaufen, und dann bin ich obdachlos.«

»Bitte übertreib nicht«, sagte Rose.

»Ihr habt gut reden, ihr habt eigene Häuser. Ich wohne zur Miete.«

»Und wessen Schuld ist das?«, fragte Rose.

Ich tat, als hätte ich den Seitenhieb nicht mitbekommen. »Und was soll ich mit Max und Misty machen?«

»Mum hat eine Katzenallergie«, sagte Rose. »Falls sie zu dir zieht, müssen die Katzen ins Tierheim.«

»Vergiss es. Ich kann und werde mich nicht von meinen Katzen trennen. Ich fasse es nicht, dass du so etwas überhaupt vorschlagen kannst. Und was ist mit Lucy, wenn sie nach Hause kommt?«

»Sie kommt doch nur alle zwei Jahre«, entgegnete Fleur. »In Mums Haus wäre genug Platz für sie.«

»In England ist Cornwall ihr Zuhause, ebenso wie für mich.«

»Du bist selbstsüchtig und gefühllos«, sagte Rose.

»Ach wirklich?«

»Die Katzen sind dir wichtiger als Mum«, ergänzte Fleur.

»Ich tue, was ich kann«, erwiderte ich aufgebracht. »Keine von euch hat je über die Strecke nachgedacht, die ich jedes Mal zurücklegen muss, wenn ich Mum besuche. Von den Kosten mal ganz abgesehen. Sieben Stunden kann die Reise dauern, vorausgesetzt Busse, Fähre und Zug sind pünktlich, was nur selten der Fall ist.«

»Hör auf zu jammern«, sagte Rose.

»Du hast gut reden«, gab ich zurück. »Du wohnst in Highgate, das ist nur eine Stunde von Mum entfernt.«

»Ich aber nicht«, sagte Fleur. »Ich wohne in Kalifornien. Trotzdem schaffe ich es, Mum zu besuchen.«

»Du hast sie mehr als einmal enttäuscht«, kam es von Rose. »Wenn du ihr sagst, dass du dann und dann kommst, trägt sie die Tage im Kalender ein. Sie freut sich darauf, kauft ein, backt Kuchen. Und dann sagst du ab und tauchst irgendwann aus heiterem Himmel auf, beladen mit teuren Geschenken, um alles wieder wettzumachen.«

»Nein, Rose, du dumme Nuss, es macht mir Freude, Mum zu verwöhnen, und ich wüsste nicht, was daran falsch sein sollte. Versuch nicht, mir Schuldgefühle einzureden. Ich tue, was ich kann.«

»Du hast eine Wohnung in London«, sagte ich zu Fleur. »Wenn du hier bist, ist es ja wohl kein großes Problem, Mum zu besuchen.«

»Dee ist die beste Option«, sagte Rose.

»Nein«, antwortete ich, »versucht nicht, mir zu befehlen und über mein Leben zu entscheiden. Die Lage, in der ich bin, hat euch noch nie interessiert. Mir vorzuschlagen, ich soll mein Zuhause aufgeben, bringt das Fass wirklich zum Überlaufen. Außerdem hängt es von Mum ab. Warum fragen wir sie nicht, was sie sich wünscht?«

Während wir stritten und grollten, machte Mum sich online über ihre Unterbringungsmöglichkeiten schlau, fand etwas, das ihr gefiel, und nahm ihren Umzug in Angriff. Aber Rose, Fleur und ich waren eingeschnappt und fühlten uns von den anderen missverstanden. Wenn wir Mum besuchten, achteten wir strikt darauf, dass keine der anderen beiden Schwestern bei ihr war. Wir wollten einander nicht mehr begegnen. Außerdem wollten wir unser Zerwürfnis vor Mum verbergen. Nach einer Weile gefiel es mir sogar, sie bei meinen Besuchen für mich zu haben. Ich stellte mir vor, ein Einzelkind zu sein. Bei meinen Besuchen versicherte Mum mir auch immer wieder, es sei goldrichtig, dass sie nicht nach Cornwall oder ich nach Hampstead gezogen sei, und ich solle bloß kein schlechtes Gewissen haben. Das hatte ich aber. Für mich war es, als hätte ich sie im Stich gelassen, als sie mich brauchte.

Mr Richardson kehrte zurück und überreichte jeder von uns einen Briefumschlag. »Hier finden Sie alle Informationen. Falls Sie Fragen haben, können Sie mich gern anrufen.«

»Danke«, antwortete Rose. »Ich muss los.« Sie steckte ihr Handy ein und stand auf.

Fleur und ich brachen kurz nach ihr auf und gingen unserer Wege. Mir war das recht. Meine Mutter mochte ja Pläne geschmiedet haben, um uns wieder zusammenzubringen, aber ich konnte mir das nicht vorstellen, jedenfalls nicht in diesem Leben.

Auf dem Weg zum Bahnhof beschloss ich, den Wünschen meiner Mutter zu folgen. Danach würde ich mit meinen Schwestern nichts mehr zu tun haben. Ich nahm an, dass sie das Gleiche dachten.

3

Mittwochmorgen, 2. September

Meine Tasche stand noch da, wo ich sie am Vorabend abgestellt hatte. Ich holte den Umschlag von Mr Richardson heraus, legte ihn auf das Schränkchen neben meinem Bett und erinnerte mich, dass Mum uns geraten hatte, mit Gott zu sprechen.

Ich setzte mich aufs Bett und schaute an die Zimmerdecke. Na schön, jetzt oder nie. »Also, lieber Gott, meine Mutter war der Meinung, dass ich mit dir sprechen soll. Ich weiß, seit meinem letzten Gebet ist schon eine Weile vergangen, aber nur, weil ich mir nicht sicher bin, ob mir jemand zuhört. Oder ob derjenige, der zuhört, Englisch kann. Ja, wie funktioniert das eigentlich? Gibt es für Gebete so etwas wie das Übersetzungsprogramm von Google, das sämtliche Sprachen abdeckt? Oder …« Warum redete ich eigentlich mit der Zimmerdecke? An der ich zu allem Überfluss in der linken Ecke über der Tür eine feuchte Stelle entdeckte. Falls Gott tatsächlich allgegenwärtig war, konnte ich ebenso gut mit dem Fußboden reden. Ich senkte den Blick und siehe da! Gott hatte mir eine glasklare Botschaft übermittelt. Sie bestand aus Brotkrümeln und

Katzenhaaren und bedeutete: Dee McDonald, wie wär's denn mal mit Staubsaugen?

»Wie dem auch sei, lieber Gott, ich wüsste zunächst mal gern, was du von Wespen hältst und warum sie existieren? Und warum es auf der Welt so viele Probleme und so viel Hass gibt? Was hast du dazu zu sagen?«

Keine Antwort. Außer dem Ticken des Weckers und dann und wann den Schritten eines Passanten draußen auf der Straße war nichts zu vernehmen. Im Spiegel am Frisiertisch erkannte ich eine schlanke Frau. Sie saß auf einem Bett mit schmiedeeisernem Rahmen und hatte sich grün-blaue Samtkissen hinter den Rücken geschoben. An ihrer Seite schlief eine silbergraue Katze. Die Frau war ich. Ich trug Jeans und ein hellblaues T-Shirt. Meine schulterlangen Haare waren kastanienrot und im Nacken lose gebunden. Die Ansätze mussten nachgefärbt werden. In Gedanken notierte ich mir, bei Boots Haarfärbemittel zu kaufen.

Das Telefon klingelte. Ich sprang auf.

»Spreche ich mit Daisy McDonald?«, fragte eine Männerstimme, die ich nicht kannte.

»So ist es«, antwortete ich ebenso förmlich.

»Hier spricht William Harris. Meine Mutter, Eleanor Harris, war Ihre Vermieterin.«

»War?«

»Ja, es tut mir leid, dass ich eine traurige Nachricht habe. Meine Mutter ist in der vergangenen Woche gestorben.«

Ich sank wieder aufs Bett, hörte mir an, was Mr Harris zu sagen hatte, und versuchte, meine Panik zu bezwingen. Weitere Informationen würde ich per Brief erhalten. *O nein*, dachte ich, *ich weiß, was das bedeutet. Dieser Michael Harris will, dass ich ausziehe*. Dann riss ich mich zusammen und konzentrierte mich wieder auf seine Worte.

Als wir uns verabschiedet hatten, legte ich das Telefon aufs Bett. Mrs Harris war schon älter gewesen, deshalb hatte ich mich seit Jahren vor diesem Anruf gefürchtet. Jetzt war er gekommen. Trotzdem konnte ich es nicht fassen. Zwar hatte ich Mrs Harris nicht gut gekannt, doch ihr Tod war ein Schock. Vor achtundzwanzig Jahren hatten wir uns kennengelernt. Nach meinem Kunststudium war ich hierhergezogen, in einen Ort namens Kingsand im Südwesten Englands. Damals träumte ich von einem Atelier am Meer. Mrs Harris besuchte meine erste Ausstellung im Clock Tower unten an der Bucht. Meine Bilder gefielen ihr. Als sie erfuhr, dass ich eine Wohnung suchte, bot sie mir ein Haus am Rand des Ortes an, das ihr gehörte. Als ich es sah, konnte ich mein Glück nicht fassen, zumal die Miete angesichts der Größe und Lage des Hauses lächerlich war. Es war das mittlere in einer kleinen Zeile von drei Häusern und hatte zwei Stockwerke, dazu einen Dachboden, so hell, dass ich dort malen konnte. Im ersten Stock gab es zwei Zimmer und ein uraltes, aber funktionstüchtiges Bad. Im Parterre lagen Wohnzimmer, Küche und Klo. Der Küche schloss sich eine Terrasse mit schmiedeeisernem Geländer an. Sie führte in einen kleinen verdorrten Garten. Im Lauf der Zeit erweckte ich den Garten wieder zum Leben, pflanzte Rosen, Lavendel und wilde Geranien.

Mrs Harris sagte, sie suche eine gute Mieterin,

jemanden, der sich um das Haus kümmerte. Nur das war ihr wichtig, die Miete zweitrangig. Das Haus hatte schon ihren Eltern gehört. In den Zimmern standen alte dunkle Mahagoni-Möbel, an den Fenstern hingen verblasste Samtvorhänge, und auf den Holzfußböden lagen abgetretene Teppiche. Mrs Harris war in diesem Haus aufgewachsen und suchte nach dem richtigen Mieter, jemand, der das Haus auf Dauer bewohnte. Sie legte keinen Wert auf Urlaubsvermietungen an wechselnde Gäste, bei denen sie nicht wusste, was für Leute das waren. Das Haus war kleiner als mein Elternhaus, doch es erinnerte mich so sehr daran, dass ich mich von Anfang an darin heimisch fühlte. Mrs Harris und ich bekamen also das, was wir uns gewünscht hatten. Ich begegnete ihr selten. Sie wohnte in Truro und kam nur einmal im Jahr bei mir vorbei. Wenn es Juni war, nickte sie beim Anblick der Rosen beifällig und schien sich zu freuen, dass ich im Haus nicht viel verändert hatte. Ich zahlte die Miete pünktlich, hielt das Haus in Schuss und füllte es mit Büchern, Reiseandenken und Bildern, die Freunde von mir gemalt hatten. Ich fand die Einrichtung gemütlich und unkonventionell zugleich. Es war mein Zuhause. Und nun war Mrs Harris gestorben, und all unsere Vereinbarungen würden nicht mehr gelten.

Mittwochnachmittag, 2. September

»Hallo, lieber Gott, ich bin es wieder.« Ich war dabei, die Sträucher im Garten zu trimmen, als würde das meine Probleme lösen. »Tut mir leid, dass wir heute

Morgen unterbrochen wurden. Das Leben hatte sich eingeschaltet, ich bin sicher, du weißt, wie das ist – musst du ja, wenn du allgegenwärtig bist. Kann sein, dass ich demnächst kein Zuhause mehr habe. Kannst du mir helfen? Oder gehören sich solche persönlichen Wünsche nicht?«

Wie zur Antwort klingelte das Telefon. Ich lief in die Küche und meldete mich. »Hallo?«

»Spricht dort Dee McDonald?« Wieder eine mir unbekannte Männerstimme. Kultiviert. William Harris war es nicht.

»Ja.«

»Hier spricht Michael Harris.«

Er war der ältere Bruder. Ich war ihm vor Jahren begegnet, als er auf dem Weg zu seiner Mutter hier kurz Station gemacht hatte. Er war in meinem Alter, gut aussehend, solide wirkend und mit der Selbstsicherheit gesegnet, wie man sie häufig bei privilegierten und auf Privatschulen erzogenen Menschen antrifft.

»Entschuldigen Sie, dass ich Sie so überfalle, aber ich bin ganz in Ihrer Nähe … ich glaube, mein Bruder hat schon mit Ihnen gesprochen.«

»Ja. Der Tod Ihrer Mutter tut mir sehr leid.«

»Danke. Wäre es Ihnen recht, wenn ich kurz vorbeikomme?«

Meine Güte, dachte ich. *Die beiden haben es aber eilig.* Der Flurspiegel zeigte mir, wie ich in meiner Gartenkluft und mit ungeschminktem, von der Gartenarbeit gerötetem Gesicht aussah. Ich strich mir die Haare aus der Stirn und wischte den Fleck weg, den meine erdigen Finger hinterlassen hatten.

»Ich werde Sie nicht lang aufhalten«, fuhr Michael Harris fort. »Aber ich würde gern mit Ihnen sprechen.«

Einen Moment lang war ich unschlüssig. Dann dachte ich, *bring es hinter dich*. »Ist gut, aber geben Sie mir bitte fünf Minuten.«

Ich rannte ins Bad, spritzte mir Wasser ins Gesicht, trug ein bisschen Lippenstift auf und strich meine Haare glatt. Keine Ahnung, was das sollte. Männer spielten in meinem Leben schon seit Langem keine Rolle mehr, aber alte Gewohnheiten verlieren sich nicht so schnell. Vielleicht lag es auch daran, dass ich mich bei der vergangenen kurzen Begegnung mit Michael Harris unterlegen gefühlt hatte und mein Selbstwertgefühl stärken wollte.

Nach exakt fünf Minuten war er an der Haustür. Er sah immer noch gut aus: schöne dunkelbraune Augen und volles blondes Haar mit ersten grauen Fäden. Er war der Typ, den man für nett und zuverlässig hielt. Letzteres lag wahrscheinlich an seiner Größe und den breiten Schultern. Um die Taille hatte er ein wenig zugelegt. Das fand ich gut, offenbar hatte auch er Schwächen.

»Sie möchten sicherlich über das Haus sprechen«, sagte ich und führte ihn ins Wohnzimmer.

Er nickte und schaute sich um, als wäre er schon dabei, den Wert des Hauses zu schätzen. »Ich bin auf dem Weg nach Truro. Um mich um die Beerdigung zu kümmern und so weiter.«

»Ja natürlich. Ich möchte Ihnen auch noch mal mein Beileid aussprechen.«

Diesmal deutete er das Nicken nur an, und ich hatte

den Eindruck, dass er über den Tod seiner Mutter nicht sprechen wollte. »Bitte entschuldigen Sie, dass ich mich nicht rechtzeitig angemeldet habe, aber mein Bruder hat gesagt, dass er mit Ihnen telefoniert hat, und da das Haus auf meinem Weg lag ...« Er wirkte betreten, so viel Anstand hatte er wenigstens. »Ich dachte, ich schaue mal vorbei, schließlich waren Sie hier für lange Zeit zu Hause.«

»Wenn Sie mögen, notiere ich mir Ihre Bankverbindung und überweise die Miete künftig an Sie. Ich war mit meinen Zahlungen immer pünktlich.«

»Das weiß ich, aber darum geht es nicht. Jetzt, da meine Mutter tot ist, möchten mein Bruder und ich das Haus verkaufen. Ich weiß, dass William Ihnen die Einzelheiten schriftlich mitteilen wird, aber in Anbetracht der Situation ist das vielleicht ein bisschen förmlich. Deshalb wollte ich die Gelegenheit nutzen und mit Ihnen persönlich reden.«

»Welche Situation meinen Sie?«

»Na, dass Sie hier so lang gewohnt haben.«

Mein Magen verkrampfte sich. Mein schlimmster Albtraum wurde wahr, trotzdem versuchte ich, mir nichts anmerken zu lassen. Natürlich wollten die Brüder ihr Erbe. Das Haus musste mindestens 500.000 Pfund wert sein. Ich konnte es ihnen nicht einmal verdenken, obwohl Michael Harris nicht aussah, als wäre er knapp bei Kasse. Der blaue Pullover war aus Kaschmir, die dunkle Hose gut geschnitten, und die braunen Lederschuhe dürften auch nicht gerade billig gewesen sein. Michael Harris hatte die Ausstrahlung eines Mannes, der sorglos lebte. Er roch sogar teuer, nach einem Herrenduft von Chanel. *Pour Monsieur* nannte es sich, ich kannte den Duft – holzig mit einer Spur Zitrone. Es war das Lieblingsparfüm meines Vaters gewesen. Nach seinem Tod hatte meine Mutter noch jahrelang eine halb volle Flasche aufbewahrt. Wie immer stimmte der vertraute Geruch mich melancholisch, als wäre mein Vater einen Moment lang dagewesen und, wie der Duft, wieder verblasst. In solchen Augenblicken spürte ich die Lücke, die er in meinem Leben hinterlassen hatte, und wurde mir der alten Sehnsucht bewusst, sie mit jemandem oder etwas zu füllen.

»Sie sind die erste Person, der wir das Haus anbieten«, fuhr Michael Harris fort. »Das ist das Wenigste, was wir tun können.«

Ich musste lachen. Michael Harris sah mich verwundert an. Ich dachte daran, dass ich das Haus hätte kaufen können, wenn meine Mutter die Auszahlung meines Erbanteils nicht an eine Bedingung geknüpft hätte. Aber das wollte ich Michael Harris nicht erklären. Zuerst musste ich alles mit meiner Freundin Anna besprechen.

Michael Harris entschuldigte sich erneut.

»Ich muss meine Finanzen prüfen«, sagte ich. »Wie kann ich Sie erreichen.«

»Ach so?« Er wirkte verdutzt. »Sicher, das ist verständlich. In der Zwischenzeit werden wir das Haus von Maklern schätzen lassen. Das ist Ihnen und uns gegenüber nur fair. Wir werden drei Meinungen einholen.«

»Sehr vernünftig. Es wäre aber schön, wenn die

Makler mir vor ihrem Besuch rechtzeitig Bescheid sagen würden.«

Michael Harris ließ seinen Blick über die Ziergegenstände im Wohnzimmer gleiten und schien sie zu missbilligen. Es waren ja auch sehr viele, aber die meisten hatten eine Geschichte, waren entweder Urlaubssouvenirs oder Geschenke von Freunden. Sein Blick blieb an der griechischen Bronzestatue eines Mannes mit überdimensioniertem Penis haften. Sie stand auf dem Kaminsims. Anna hatte sie mir vor fünf Jahren geschenkt, als eines meiner Dates total schiefgelaufen war und ich erklärt hatte, mit Männern sei ich fertig. Anna kaufte die Statue, um mich zum Lachen zu bringen. Was ihr auch gelang.

»Ein Satyr mit erigiertem Penis«, bemerkte Michael Harris. »Ein typisches Beispiel für eine ithyphallische Darstellung. Manche Wissenschaftler sind der Meinung, bei solchen Figuren handele es sich um Dionysos, andere behaupten, dass es ein Faun aus seinem Gefolge sei. Im Gegensatz zur eleganten Schönheit anderer griechischer Statuen ist die Vulgarität hier überdeutlich, finden Sie nicht?«

Du eingebildeter Wichser, dachte ich und hätte beinah gekichert, weil der Ausdruck so gut zu der Statue passte. »Ich glaube, es steht einfach nur für ›he, guckt mal, was ich habe‹«. Ich weiß nicht, warum ich das sagte, wahrscheinlich, weil Mr Harris sich so hochtrabend angehört hatte.

Er lachte nicht, sondern sah sich weiter um. Ich war froh, als er sich verabschiedete.

»Ich melde mich wegen der Maklertermine«, sagte

er, als wir unsere E-Mail-Adressen getauscht hatten. Ich sah ihm nach, als er durch den kleinen Vorgarten zu seinem Wagen lief – einem schwarzen Jaguar, den er vor Annas Cottage geparkt hatte. Bevor er einstieg, schaute er zurück, um einen Blick auf das Haus zu werfen, und sah mich noch immer im Türrahmen stehen. »War nett, Sie wiederzusehen«, rief er.

Klar, dachte ich, *aber eigentlich willst du mich nur schleunigst aus dem Haus haben und dir das Geld unter den Nagel reißen.* »Finde ich auch«, antwortete ich und lächelte so unecht und übertrieben wie die ithyphallische Darstellung eines Penis.

In der Küche sank ich auf einen Stuhl und blinzelte ein paar Tränen fort. Das Haus hier war nicht mehr mein Zuhause, es gehörte William und Michael Harris. Max, mein hellbrauner Tabby, hockte auf dem Fensterbrett und beobachtete mich. Auf einem Bild, das ich zusammen mit Fotos und Ansichtskarten an das Notizbrett über dem Herd gepinnt hatte, war ein Buddha zu sehen. Mit geschlossenen Augen und friedlichem Gesichtsausdruck deutete er ein Lächeln an. *Du selbstzufriedener Sack,* dachte ich. *Für deinen Platz unter dem Feigenbaum musstest du bestimmt keine Miete zahlen.*

Die Fotomontage auf dem Notizbrett zeigte die Stationen meines Lebens: meine Tochter Lucy, wie sie als Kleinkind im roten Badeanzug in Goa im Meer paddelt; Lucy im Alter von neun Jahren für ein Kostümfest als Charly Chaplin verkleidet; mein Hochzeitsfoto mit Andy, meinem geschiedenen Ehemann und Lucys Vater. Auf dem Foto war ich vierundzwanzig

Jahre alt und trug einen Kranz aus cremeweißen Rosen. Auf einem anderen Foto sah man Nick, gut aussehend, abenteuerlustig, freigeistig. Alle hatten ihn geliebt, aber eine feste Beziehung oder gar ein Familienleben war bei ihm nicht drin, jedenfalls nicht mit mir. In der Mitte steckte ein Foto, auf dem jemand ausgeschnitten worden war. Das dürfte John gewesen sein, mein letzter Partner. Sechs Jahre lang waren wir zusammen, bis mir bei einer Dinner-Party die Erleuchtung kam. John, ein anerkannter Künstler hier aus der Gegend, palaverte auf seine übliche überhebliche Art, und plötzlich fielen meine Scheuklappen ab, und ich erkannte, was er war, nämlich ein aufgeblasener Langweiler, der mir in der ganzen Zeit unseres Zusammenlebens auf der Tasche gelegen hatte. Später fand ich noch heraus, dass er mich ständig betrogen hatte. Mit ihm hätte ich den ersten Preis im »Liebe-macht-blind-Wettbewerb« gewinnen können. In einem symbolischen Akt schnitt ich ihn seinerzeit aus sämtlichen Fotos heraus und verbrannte die Schnipsel mit Annas Hilfe. Wie eine Hexe sah ich zu, wie sein selbstgefälliges Gesicht in den Flammen Blasen warf, sich zusammenrollte und in der Asche zerfiel.

Noch weiter unten war ein Foto von meinen Katzen Max und Misty mit Nikolausmützen. Zudem gab es jede Menge Fotos von meiner Mutter, auf vielen war sie kostümiert, so etwas hatte ihr Spaß gemacht. An Weihnachten trug sie Pullover mit Elchmotiven, an Geburtstagen war sie wie eine Zauberfee gekleidet, an Ostern wie ein Hase. Einmal an Halloween hatte sie sich als Gespenst ein weißes Laken übergehängt. Ich war sechs Jahre alt und schrie bei ihrem Anblick wie am Spieß. Meine liebe verrückte Mutter. Auf anderen Fotos sah man Freunde und Freundinnen von mir beim Grillen und bei Dinner-Partys. Die meisten waren hier in meinem Haus, Summer Lane 3, aufgenommen worden, wo ich mich aufgehoben gefühlt hatte, in guten wie in schlechten Zeiten.

Ich liebte nicht nur das Haus, fuhr es mir beim Blick aus dem Fenster durch den Sinn, sondern auch die Gegend und die Menschen, die hier lebten. Ich kannte jeden, und mit den meisten war ich befreundet. Wenn ich zum Briefkasten an der Straße ging, traf ich immer jemanden, mit dem ich plaudern und Neuigkeiten austauschen konnte. Wir bildeten eine Gemeinschaft, jeder half jedem.

In die Halbinsel Rame verliebte ich mich schon, als ich zum ersten Mal hierherkam. Damals fand auf den Klippen am Meer ein Musik-Festival statt. Rame ist ein Juwel, das sich hinter Plymouth und dem Tamar versteckt. Auf der Ostseite der Halbinsel liegen Kingsand und Cawsand, malerische Zwillingsdörfer mit engen Gässchen und rosa, blau und ockergelb gestrichenen Cottages. Kingsand hat drei kleine Strände, einen Pub und ein Café. Im Südwesten ist die Küste unberührt, aber an die Strände dort gelangt man nur über lange gewundene Pfade die Klippen hinab. Cremyll ist ein Ort nördlich von Kingsand, dort legt die kleine Personenfähre von und nach Plymouth an. Auf die Art anzureisen ist großartig. Man tuckert an den Yachten vorbei, die im Hafen von Plymouth vertäut liegen, und sieht eine Weile später das herrschaftliche Anwesen

Mount Edgcumbe aufragen, dessen Rasen sich bis hinunter zum Meeresufer erstreckt.

»Lieber Gott«, sagte ich. »Ich brauche fünfhunderttausend Pfund und die bitte schnell.« Ich wandte mich zu Max um. »Wie soll ich in den nächsten Wochen oder Monaten so viel Geld auftreiben? Ich habe keine Zeit, Mums Wünsche zu erfüllen, die ich außerdem nicht mal kenne.« Max blinzelte und wandte sich ab. Gott fand solche Bitten wahrscheinlich ebenso langweilig wie er.

Wenigstens war ich so geistesgegenwärtig gewesen, Michael Harris um einen Aufschub zu bitten. Wie man andere vertröstet, hatte ich vor vielen Jahren von meiner Schwester Rose gelernt, aber da ich immer allen alles recht machen will, vergesse ich die Regeln für gewöhnlich. Natürlich musste ich nicht »meine Finanzen prüfen«, ich wusste genau, wie viel ich auf dem Konto hatte, nämlich exakt vierhundert Pfund. Ich hatte eine Teilzeitstelle als Kunstlehrerin in einer hiesigen Oberschule, und im Winter gab ich abends Malkurse. Für beides erhielt ich einen Hungerlohn. Er reichte aus, um über die Runden zu kommen, und wenn ich ein Gemälde verkaufte, konnte ich mir auch einmal etwas außer der Reihe leisten. Aber das war schon eine Weile her, mir fehlten die Ideen und die Lust zum Malen. Ich hatte keine Altersvorsorge und keine Ersparnisse. Wie so viele in meiner Generation ging ich davon aus, nie alt zu werden. Sicher, in einem Jahr würde man mir mein Erbe auszahlen – vorausgesetzt, meine Schwestern hielten sich an die Auflagen –, aber ob die Brüder Harris bereit waren, so lange zu warten? Wohl eher nicht.

4

Mittwoch, 2. September, später Nachmittag

Genial«, sagte Anna, als sie Mums Brief gelesen hatte. »Hast du schon eine Ahnung, was ihr tun müsst?«

Wir saßen bei einer Kanne Earl Grey in ihrer Küche. Ebenso wie ich hatte Anna im Garten gearbeitet und trug ein altes T-Shirt und Jeans. Um das kurze dunkle Haar hatte sie ein blaues Band mit weißen Punkten gebunden. Wir waren schon seit unserer Studienzeit befreundet, und sie liebte Cornwall genauso wie ich. Als vor zehn Jahren das Cottage mir gegenüber zum Verkauf angeboten wurde, ließ Anna sich gerade scheiden und konnte es dank ihrer Abfindung erwerben. Ihre Nähe war noch ein Grund, weshalb ich nicht umziehen wollte; ein Leben ohne Anna war für mich undenkbar. Jede von uns hatte den Schlüssel zum Haus der anderen, damit wir ohne großes Federlesen ein und aus gehen konnten.

Ich schüttelte den Kopf. »Nein, ich weiß nur, dass wir uns mit einem Mann treffen müssen, der alles organisiert. Zu Beginn eines jeden zweiten Monats erhalten wir unsere Anweisungen.«

»Und wann fangt ihr an?« Anna schnitt eine Scheibe ihres selbst gebackenen Zitronenkuchens ab und reichte sie mir auf einem Teller.

»Im nächsten Monat. Mums Anwalt wird uns mitteilen, wo und wann wir uns einfinden und was wir mitbringen müssen, und danach übernimmt der geheimnisvolle Unbekannte.«

»Klingt aufregend.«

»Der Himmel mag wissen, was meine Mutter sich ausgedacht hat.«

»Wahrscheinlich hat sie sich dabei die Hände gerieben. Wer bezahlt das Ganze eigentlich?«

»Das Geld wird dem Erbe entnommen.«

»Es ist zu lustig. Während ihr dachtet, eure Mutter führt ein ruhiges Seniorenleben und kümmert sich nicht um euch, hat sie sich für ihre missratenen Töchter Aufgaben überlegt.«

»Mit Hilfe ihrer Freundinnen Martha und Jean. Fleur hat die beiden angerufen und versucht, irgendetwas in Erfahrung zu bringen, aber sie verraten nichts.«

»Und was hältst du von diesen Bedingungen deiner Mutter?«

»Ich bin skeptisch, aber auch neugierig auf das, was meine Mutter ausgeheckt hat. In erster Linie trauere ich jedoch um sie. Sie fehlt mir so sehr, und der Gedanke, sie nie mehr zu sehen, nie mehr ihre Stimme zu hören, ist schrecklich.«

»Das wird sich auch nicht ändern«, sagte Anna bekümmert.

»Außerdem fühle ich mich schlecht, weil ich sie nicht öfter besucht habe.«

»Du bist alle sechs Wochen bei ihr gewesen. Es ist eine lange und teure Fahrt, ich bin sicher, das hat sie verstanden.«

»Rose hat sie zweimal in der Woche besucht.«

»Sie wohnt ja auch in London. Hör auf, dir Vorwürfe zu machen. Schuldgefühle sind vergeudete Energie.« Anna schaute auf den Brief. »Hast du schon mit Gott gesprochen?«

Ich lächelte. »Ich habe es ein paarmal versucht und unter anderem gefragt, woher ich das Geld für das Haus nehmen soll. Aber falls es Gott gibt, denkt er wahrscheinlich, dass es mir besser als den meisten Menschen geht und ich allen Grund habe, dankbar zu sein.«

»Vielleicht. Aber denk an die Worte im Matthäus-Evangelium. ›Sehet die Vögel unter dem Himmel an: sie säen nicht, sie ernten nicht, sie sammeln nicht in die Scheunen; und euer himmlischer Vater ernährt sie doch. Seid ihr denn nicht viel kostbarer als sie?‹«

»Das hätte auch von meiner Mutter kommen können. In den letzten Monaten vor ihrem Tod hat sie mir ständig aufbauende Verse geschickt. Für jede Gelegenheit hatte sie einen. Nur sind die Vögel bei mir nicht unter dem Himmel. Ich habe zwei Katzen, bei mir liegen die Vögel mit abgebissenen Köpfen in der Küche auf dem Fußboden.«

»Das nenne ich zynisch«, sagte Anna. »Was meinst du, werden deine Schwestern auch versuchen, sich mit Gott zu unterhalten?«

»Niemals. Rose ist Atheistin, und Fleur hält sich selbst für Gott.«

Anna lachte.

»Mum wollte nie etwas Kritisches über meine Schwestern hören. Sie wollte nicht wahrhaben, dass wir uns überworfen hatten und nur noch das Allernötigste miteinander geredet haben. Wenn ich bei ihr war, hat sie mir von den beiden das Neueste erzählt, als wäre noch alles wie früher. Was Rose und ihre Buchprojekte machen, wie sich Fleurs Vermögen entwickelt – und ich habe zugehört und genickt und mir vorgestellt, dass Rose und Fleur, wenn sie bei ihr sind, das Gleiche tun.«

Anna deutete auf den Brief. »Sie hat vielleicht nicht über euer Zerwürfnis gesprochen, aber offenbar wusste sie sehr gut, wie die Dinge stehen, sonst hätte sie ja nicht diese hervorragende Idee gehabt, euch wieder zusammenzubringen. Sie muss in ihren letzten Monaten unentwegt geplant haben.«

Ich seufzte. »Ja, der Brief verrät einige ihrer Überlegungen. Aber sie hat nicht nur über uns nachgedacht, sondern auch über den Tod. Bei meinem letzten Besuch hat sie erzählt, dass sie erforscht, wie sie sich auf diese Phase ihrer Lebensreise vorbereiten kann. Sie hat sich gefragt, wohin wir gehen, welchen Sinn das Leben hat und so weiter. Sie hatte keine Angst vor dem Tod, sondern war fest davon überzeugt, dass es ein Leben nach dem Tod gibt und dass es gut sein wird.«

»Für so was interessieren wir uns wahrscheinlich auch, wenn wir Ende achtzig sind. Als ich vor langen Jahren in Indien war, habe ich einen Guru gefragt, ob es ein Leben nach dem Tod gebe. ›Stirb‹, hat er gesagt, ›dann findest du es heraus‹.«

»Wie nett. Meine Mutter war nie eine Kirchgängerin,

aber sie war spirituell. Sie las die Bibel, das Tibetanische Totenbuch, die Bhagavad Gita, *Die Schöpfungslüge* von Dawkins und die Bücher von Kübler-Ross.«

»Sie war offen für alles.«

»Ja, bis zum Schluss. Sie hatte die richtige Einstellung und das Unausweichliche des Todes mit der gleichen Heiterkeit wie alles in ihrem Leben akzeptiert. Bei meinem letzten Gespräch mit ihr war es, als würde mir jemand von seinen Urlaubsplänen erzählen und von den Bewertungen diverser Ziele und Hotels. Der Tod sei wie eine Last-Minute-Reise, sagte sie, als führe man zum Flughafen, ohne zu wissen, wohin es geht.«

»Sie hatte keine Angst. Das muss doch tröstlich für dich sein.«

Mir stiegen Tränen in die Augen. »Manchmal. Es gibt Tage, da denke ich, dass ich mit ihrem Tod fertig werde, und andere, an denen ich bei dem Gedanken daran kaum noch atmen kann, niemanden sehen möchte und nichts tun will.«

»Ach, Dee«, sagte Anna, »das ist doch nur natürlich. Deine Mutter ist erst vor zwei Monaten gestorben. Trauer ist so, als würde man am Ufer des Meeres stehen. An manchen Tagen schwappen die Wellen über deine Füße, und du weißt, dass sie dir nichts anhaben können. An anderen Tagen richtet sich plötzlich eine Riesenwelle auf, packt dich und reißt dich mit. Es heißt, dass man nach dem Tod eines geliebten Menschen zwei Jahre braucht, um sich wieder normal zu fühlen.«

»Ich kann mir nicht vorstellen, mich jemals wieder normal zu fühlen.«

»Das wirst du aber, auch wenn du deine Mutter dein

Leben lang vermissen wirst. Das ist so, ich kenne es von mir und meinen Eltern.«

»Es vergeht kein Tag, an dem ich nicht an sie denke. Manchmal ertappe ich mich dabei, dass ich mir sage, oh, das muss ich Mum erzählen. Oder ich sehe etwas im Fernsehprogramm, das ihr gefallen könnte, oder höre etwas im Radio und denke, ich muss sie anrufen, das könnte sie interessieren. Es fehlt mir, dass ich nichts mehr mit ihr besprechen kann, wie jetzt die Sache mit dem Haus. Bei wem soll ich mich denn verkriechen, wenn ich nicht mehr weiter weiß? Mum hat mich immer getröstet, hatte immer gute, vernünftige Ratschläge. All das vermisse ich ebenso wie ihre Liebe und Güte.

Davon abgesehen finde ich es unglaublich, dass sie diesen Plan geschmiedet und nie etwas davon gesagt hat. Natürlich brauche ich das Geld, obwohl ich mir bei dem Gedanken immer habgierig vorkomme, aber in erster Linie möchte ich ihr Vermächtnis erfüllen, weil es mich ihr wieder nahebringt, falls das nicht zu verrückt klingt.«

»Tut es nicht. Und zum guten Schluss wirst du auch das Geld bekommen.«

»Nicht unbedingt. Woher soll ich wissen, ob meine Schwestern mitmachen, und wenn, ob sie nicht irgendwann das Handtuch werfen. Mum hat mich von den beiden Menschen abhängig gemacht, in deren Schuld ich absolut nicht stehen will. Das ist das Schlimmste an der Sache, und ich könnte wetten, meine Schwestern sehen das genauso.«

»Wie klug deine Mutter war. Keine von euch wird es

wagen, ihren letzten Wunsch nicht zu erfüllen. Und wer weiß, vielleicht wird es ja ein schönes gemeinsames Abenteuer.«

»Mit Rose und Fleur? Wohl kaum. Wahrscheinlich eher ein Endlosstreit. Je nachdem, wie sie gelaunt ist, geht Rose bei allem, was man sagt, an die Decke, und Fleur ist auch nicht immer einfach. Schön wäre es, wenn du und ich diese Wochenenden zusammen verbringen könnten. Aber sei's drum, es war Mums letzter Wunsch, und was immer sie sich ausgedacht hat, war ihr wichtig. Also ist es auch für mich wichtig. Ich tue es ihr zuliebe.«

Anna drückte meine Hand, und ich spürte wieder, wie gern ich sie hatte. Sie fing mich auf, als Hugh, Roses Ehemann, anrief, um mir zu sagen, dass meine Mutter einem schweren Herzinfarkt erlegen war. Bis dahin hatte ich nicht gewusst, wie groß ein Schmerz sein konnte. Ich brach zusammen, konnte es nicht fassen, spürte nur einen ungeheuren Verlust. Sicher, der Tod war für mich nichts Neues; in meinem Leben waren Onkel, Tanten, Cousins und Freunde gestorben. Mein Vater starb, als ich sechs Jahre alt war. Damals war ich noch zu klein, um zu begreifen, was Tod bedeutete, aber wenige Jahre später trauerte ich um ihn und um das, was hätte sein können. Bei anderen Todesfällen galt mein Mitgefühl hauptsächlich den Hinterbliebenen. Es hing immer davon ab, wie viel der Mensch, der gestorben war, mir bedeutet hatte. Meine Mutter war nicht nur meine Mutter gewesen, sondern für mich der liebste Mensch auf der Welt. Als sie starb, war mein Kummer grenzenlos. Ich erhielt Anrufe, Karten und

Blumen von wohlmeinenden Freunden. Diejenigen, die meine Mutter gekannt hatten, kamen vorbei, um ihr Beileid auszusprechen und mich zu trösten. Aber was konnten sie schon sagen? In den ersten Tagen nach Mums Tod war mir, als wäre ich voller Glassplitter, und jede Bewegung, sogar jeder Gedanke war schmerzhaft.

Anna sorgte für mich wie für ein Kind. Sie brachte mir Essen und kümmerte sich um die Beantwortung der Kondolenzbriefe.

Es gab Tage, an denen ich mich morgens beim Aufwachen einen Moment lang normal fühlte. Dann fiel mir ein, dass Mum für immer fort war, und ich brach in Tränen aus. Es war so endgültig. Nie mehr würde ich ihr vertrautes Gesicht, nie mehr die Liebe und Anteilnahme in ihren Augen sehen, nie mehr ihre Stimme und ihr Lachen hören, mich nie mehr an sie wenden können.

Anna verstand mich. »Einen Elternteil zu verlieren ist qualvoll. Der Schmerz, den man empfindet, entspricht dem, was der Vater oder die Mutter einem bedeutet haben. Wenn du jemanden zutiefst geliebt hast, wirst du auch zutiefst leiden. Geh nicht dagegen an und rede dir nicht ein, du müsstest darüber hinwegkommen. Überlass dich deinen Gefühlen. Sie beweisen dir, wie sehr du deine Mutter geliebt hast.«

An schlechten Tagen verbarrikadierte ich mich in meinem Haus, schaute mir die Fotos meiner Mutter in meinen Alben an und hielt mich an den Erinnerungen fest. Währenddessen trug ich die alte Strickjacke von Mum, die sie bei einem Besuch hier vergessen hatte, und schnupperte daran. Ich wählte die Nummer ihres Handys, um ihre Stimme zu hören und die Nachricht auf Band, die sie so witzig gefunden hatte. »Hallo, hier ist der Anschluss von Iris Parker. Es gibt einen Menschen, mit dem ich nicht sprechen möchte, weil ich ihn nicht mag. Wenn ich Sie nicht zurückrufe, wissen Sie, dass Sie es sind.« Ich las alles, was ich finden konnte, über das Leben nach dem Tod. Ich hoffte, irgendwo würde stehen, dass Tote noch irgendwo existierten, zwar nicht mehr körperlich, aber geistig. Doch meine Mutter gab kein Lebenszeichen von sich. Sie war an einem Ort, zu dem ich ihr nicht folgen konnte, und sie kehrte auch nicht zurück.

5

Freitag, 4. September

Ich stand in dem kleinen Garten vor meinem Haus und blinzelte in die Sonne, als Anna aus ihrem Cottage kam. Sie trug ein kobaltblaues Kleid mit weitem Rock, das im Nacken gebunden wurde, dazu eine schwere Kette aus grünem Glas. Ihr Haar glänzte.

»Warum hast du dich so aufgehübscht?«, fragte ich, als sie bei mir stand.

»Ich treffe mich mit Ian zum Lunch.«

»Aha. Das Kleid bringt deine Figur zur Geltung.«

»Ta-ta-ta-ta.« Anna drehte sich im Kreis. »Hast du schon mit einem der Brüder Harris gesprochen?«

»Heute Morgen. Ich habe Michael Harris eine E-Mail geschickt und erklärt, dass ich das Haus im Moment noch nicht kaufen kann. Ich habe ihm geschrieben, dass meine Mutter gestorben ist, und ich noch ein Jahr lang auf mein Erbe warten muss. Er muss die Mail sofort an seinen Bruder weitergeleitet haben, denn der hat sich umgehend gemeldet. Wie erwartet möchten sie nicht so lange warten. In den nächsten Tagen kommen die Immobilienmakler vorbei.«

»Mann, haben die es eilig. Konnten sie nicht ein

bisschen Verständnis aufbringen? Sie haben doch auch gerade erst ihre Mutter verloren.«

Ich zuckte mit den Schultern. »Ja, aber sie kennen mich nicht und schulden mir nichts. Ich bin nur die Mieterin des Hauses. Warum sollten sie warten?«

»Weil sie ein gutes Herz haben könnten. Und weil du schon so lange hier wohnst. Was ist denn schon ein Jahr? Hast du den beiden von der Testamentsklausel deiner Mutter erzählt?«

»Nein, wozu?«

»Soll ich dir helfen, das Haus für die Maklerbesuche auf Vordermann zu bringen?«

Ich seufzte. »Das wäre nett.«

»Noch ist nicht aller Tage Abend, Dee. Häuser verkaufen sich nicht von einem Tag zum anderen. Vielleicht brauchen die Makler Wochen, um die Fotos zu machen und die Texte für die Broschüre zu schreiben. Und dann müssen die beiden Brüder noch mit der Broschüre einverstanden sein. Bis dahin ist es Herbst, und jeder weiß, dass sich Häuser am besten im Frühjahr verkaufen. Schau, ob du die beiden nicht bis dahin vertrösten kannst, sprich ihren Geschäftssinn an. Wer will denn hier im Winter ein Haus kaufen? Im Frühling sieht alles besser aus – dein Garten, die Gegend, einfach alles. Vielleicht sind sie ja doch bereit zu warten.«

»Na schön, ein Versuch kann nicht schaden. Obwohl wir beide wissen, dass es hier im September und Oktober wunderschön ist, erst recht, wenn wir einen Altweibersommer haben.«

Ein verschlagener Ausdruck huschte über Annas Gesicht. »Ich habe eine bessere Idee. Wir bringen das

Haus nicht auf Vordermann, weder für die Makler noch für spätere Interessenten. Wir werden die Leute abschrecken, bis du in der Lage bist, das Haus zu kaufen.«

»Wie sollen wir die Leute denn abschrecken? Das Haus ist großartig und die Gegend ein Traum.«

»Sag ihnen, dass es in dem Haus spukt. Es ist der Geist deiner Mutter oder noch besser, der Geist ihrer Mutter.«

Ich lachte. »Wirklich eine gute Idee.«

»Oder du lässt im Gespräch etwas über die Kanalisation und Überschwemmungen fallen. Wir sind nahe am Meer, die Leute werden ins Grübeln kommen.«

»Ich könnte auch die Säufer aus dem Pub einladen, im Haus zu trinken und zu rauchen. Nichts riecht ekliger als kalter Zigarettenrauch.«

»Genau. Außerdem hast du laute Nachbarn.« Anna deutete auf sich. »Wenn die Leute sich das Haus ansehen, lege ich irgendeine scheußliche Musik auf und drehe sie bis zum Anschlag auf. Dann seufzt du leidend und sagst, ›nichts zu machen, ich habe alles versucht. Die Frau gegenüber ist leider sehr schwierig, wenn nicht sogar gestört. Vier Kinder hat sie, die sind genauso schlimm. Das Älteste trommelt, das Kleinste kriegt gerade Zähne und schreit die ganze Nacht‹.«

»Hast du dir schon mal überlegt, Romane zu schreiben?«, fragte ich. »Die nötige Fantasie hättest du. Wahrscheinlich würde dir noch mehr einfallen.«

»Ja, Ian und ich könnten betrunken herumgrölen.«

Ich seufzte erneut. »Das sind alles ganz wundervolle Ideen, aber ich würde es ja doch nicht tun. Ich käme mir kriminell vor.«

»Ach, Unsinn. Es geht um dein Zuhause, um das du kämpfen musst. Du bist zu nett, das war schon immer dein Problem. Lass andere nicht auf dir herumtrampeln, sei kein Waschlappen.«

»Hm.«

»Okay, ich weiß jetzt schon, dass du ehrlich bleiben wirst.« Anna musterte mich. »Es wird trotzdem alles gut, Dee.«

»Wirklich?«

»Ja. Kommt Zeit, kommt Rat.«

Ich war im Laden an der Ecke, um Milch und Katzenfutter zu kaufen. Meine Tage sind voll von solch aufregenden Momenten. Manchmal drehe ich richtig auf und kaufe sogar noch ein Bio-Joghurt mit Rhabarber und lebenden Bakterien. Wenn ich in Fahrt bin, kann mich keiner stoppen.

Während ich darauf wartete, an die Reihe zu kommen, hörte ich den anderen Kunden zu, die sich über das schöne Wetter unterhielten. Dabei fiel mein Blick auf einen Ständer mit Rubbellosen an der Kasse. *Rausgeschmissenes Geld*, denke ich bei so etwas in der Regel. Ich war keine Spielernatur, aber auf einem Los für fünf Pfund stand als Gewinn die Summe von 500.000 Pfund. Es schien mich zu rufen, genau wie das gesalzene Karamelleis von Häagen-Dazs es manchmal tut. Kauf mich, kauf mich, rief das Los, ich konnte es deutlich hören. Ich sagte mir, dass irgendeiner gewinnen musste, warum also nicht ich, und kramte einen Fünf-Pfund-Schein aus meinem Portemonnaie hervor.

»Glauben Sie, dass Sie gewinnen?«, fragte mich Mrs Rowley und überreichte mir das Los.

»Ja«, antwortete ich. »Man muss positiv denken.«

Mrs Rowley schnitt eine Grimasse. »Nicht unbedingt. Menschen, die positiv drauf sind, könnte ich ohrfeigen, erst recht am frühen Morgen.« Sie war eine missmutige alte Frau, aber wir im Dorf mochten sie, weil wir im Vergleich zu ihr glücklich und zufrieden wirkten. »Wenn Sie gewinnen, können Sie im *Bell and Anchor* einen ausgeben.«

»Versprochen.« Ich wandte mich zum Gehen und sah die Schlange, die sich hinter mir gebildet hatte. Alle hatten gehört, was ich gesagt hatte, und würden es wie ein Lauffeuer verbreiten. In unserem Dorf gab es keine Geheimnisse. Normalerweise machte mir das nichts aus, doch wer stand auch in der Warteschlange? Michael Harris. Er machte einen belustigten Eindruck. Verdammt, wahrscheinlich dachte er jetzt, ich hätte das Los aus Verzweiflung gekauft. Was ja auch beinah stimmte. Ich steckte das Los in meine Tasche. »Das ist für eine Freundin«, erklärte ich.

»Was für eine nette Geste.«

»Tja, so bin ich. Netter geht's nicht. Und Sie sind schon so bald zurück?«

Michael Harris nickte. »Ich treffe mich heute noch mit einigen Immobilienmaklern. Es ist immer besser, man lernt die Leute persönlich kennen, dann weiß man, mit wem man es zu tun hat.« Sein Blick war direkt, was mich verwirrte. Oh, und bildete ich es mir nur ein, oder hatte es zwischen uns tatsächlich leicht geknistert? Nein, unmöglich. Offenbar lagen mir die

Pflaumen, die ich am Morgen gegessen hatte, im Magen und wirkten sich auf meine Wahrnehmung aus. Ich mochte diesen Mann nicht. Er wollte mir mein Zuhause wegnehmen. Außerdem standen Männer wie er auf dreißigjährige Blondinen mit straffen Brüsten und gepflegten Fingernägeln, die im Süden Frankreichs einen Kochkurs für Feinschmecker absolviert hatten. Männer wie er interessierten sich nicht für Frauen mittleren Alters, deren Körperteile langsam zu hängen begannen.

Er fiel mir auch nur auf, weil es im Dorf kaum annehmbare Männer gab. Die einzigen alleinstehenden Männer in meinem Alter waren Ned und Jack, die mehr oder weniger im Pub wohnten; Arthur, der nach altbackenen Keksen roch; Joss und Paul, die ständig Gras rauchten und außerdem etwas jünger als ich waren. Ach, und dann war da noch Harry, leider so etwas wie ein Sonderling, der sich auf dem Friedhof herumdrückte und seinen Penis hervorholte, wenn jemand vorbeikam. Der einzige akzeptable Mann war Ian, aber den hatte Anna sich vor einem Jahr geschnappt und war seitdem mit ihm zusammen. Glücklicherweise war er nicht mein Typ, sonst hätten Anna und ich uns im Morgengrauen mit dem Nudelholz duellieren müssen. Für Michael Harris sprach also lediglich die Statistik. Alle anderen Gedanken hinsichtlich seiner Attraktivität verscheuchte ich, bevor sie Wurzeln schlagen und mir einen Minderwertigkeitskomplex bescheren konnten.

»Bitte denken Sie daran, dass die Leute mir Bescheid sagen, bevor sie kommen«, sagte ich im Hinausgehen.

6

Donnerstag, 10. September

Zu Hause angekommen setzte ich mich an den Küchentisch und holte mein Rubbellos heraus. »Okay, lieber Gott, du bist nicht nur allgegenwärtig, sondern hast bestimmt auch gute Beziehungen zu anderen Mächten. Ich gebe dir jetzt die Möglichkeit zu zeigen, was du kannst, indem du mir den Allerwertesten rettest.« Ich kratzte an den Rubbelfeldern. Wow! Ich hatte gewonnen. Halleluja! Zwei ganze britische Pfund Sterling. Meine Probleme waren gelöst.

Das Telefon klingelte inmitten meiner Träumereien, was ich mit dem Gewinn alles anstellen konnte. Fleur war am anderen Ende.

»Ich fürchte, ich habe eine schlechte Nachricht«, sagte sie. »Rose hat mich angerufen. Sie weigert sich, auf Mums Bedingung einzugehen, und wird das Testament anfechten.«

Mir sank das Herz in die Schuhe. »Kann sie das?«

»Sie kann, aber sie wird nicht gewinnen. Ich habe mit einem befreundeten Anwalt gesprochen. Er hat gesagt, wenn sie keinen rechtmäßigen Grund hat, sich gegen die Bedingungen zu wehren, erbt sie nicht.«

Ich stöhnte. »Und wir beide auch nicht. In Mums Brief steht, wenn eine von uns nicht mitmacht, verlieren alle ihr Erbe. Ich kann nicht fassen, wie egoistisch Rose ist. Ihr muss doch klar sein, was ihre Entscheidung für mich bedeutet.«

»Ich weiß. Tut mir leid, Dee.«

Ich versuchte, Rose telefonisch zu erreichen, doch es meldete sich nur ihr Telefonservice. Ich war so außer mir, dass ich mir eine Flasche Pinot Grigio unter den Arm klemmte, zu Anna hinüberlief und mir vornahm, mich sinnlos zu besaufen.

»Warum hat Rose Fleur angerufen und nicht dich?«, fragte Anna, als ich ihr alles erzählt hatte.

»Keine Ahnung.« Ich holte zwei Weingläser aus Annas Küchenschrank und füllte sie fast bis zum Rand. »Vielleicht, weil es für Fleur nicht das Ende der Welt bedeutet, wenn sie ihren Erbanteil nicht kriegt. Fleur und Rose haben Geld. Wahrscheinlich hat Rose mich nicht angerufen, weil sie sich mein Theater nicht anhören wollte.«

»Meinst du wirklich, sie würde eine solche Summe sausen lassen?«

»Offenbar. Nur weil ihr etwas nicht passt.« Wie ich musste auch Anna jeden Penny umdrehen und konnte sich nicht vorstellen, dass jemand freiwillig auf eine Geldsumme verzichtete, mit der man ein Leben verändern konnte.

Sie sah mich mitfühlend an. »So ein Pech. Wissen deine Schwestern, wie sehr du das Geld brauchst?«

»Fleur schon. Ich habe es ihr gesagt.«

»Dann bitte sie, es Rose weiterzuerzählen.«

»Wozu, es wird Rose egal sein. Sie interessiert sich nur für sich und ihre Familie. Sie und ihr Mann verdienen gut, wahrscheinlich kann sie es sich leisten, auf das Geld zu verzichten. Oder der Gedanke, Zeit mit Fleur und mir zu verbringen, ist für sie zu schrecklich.«

»Ihr seid Schwestern. So gefühllos kann sie doch gar nicht sein.«

Ich nahm einen großen Schluck Wein. »Keine von beiden gibt einen Pfifferling für das, was ich brauche oder empfinde.«

»Sollen wir zwei Voodoo-Puppen machen und Nadeln reinstecken?«

»Ja. Nein. Herrgott, wir haben nicht mal mit Mums Liste begonnen und liegen uns schon in den Haaren.«

»Du musst Rose anrufen«, sagte Anna. »Du musst ihr klarmachen, wie viel dir das Erbe bedeutet.«

»Du meinst, ich soll betteln? Niemals. Du weißt, wie Rose sein kann – und Fleur hast du auch erlebt.«

Anna seufzte. »Du sprichst von der Trauerfeier, oder?«

Ich nickte. »Und von dem Empfang. Wenn wir uns in solchen Momenten nicht beistehen können, wird es jetzt erst recht nicht möglich sein.«

Die Beisetzung meiner Mutter hatte im Juli stattgefunden, an einem glühend heißen Tag. Ich stand am geöffneten Portal der Kapelle, mit Anna an meiner Seite, und sah zu, wie die Menge der Trauergäste in die Kapelle strömte und sich auf den Bänken niederließ. Unter ihnen befanden sich die letzten noch lebenden

Freunde meiner Mutter sowie enge und entfernte Verwandte, die ich seit Jahren nicht mehr gesehen hatte. Rose und Hugh gingen mit ihren Kindern, Simon und Laura, hinein. Ich dachte, dass Simon inzwischen im dritten Studienjahr sein dürfte und Laura im ersten. Laura war hochgewachsen wie ihr Vater und eine Schönheit. Beide Kinder waren in die Höhe geschossen, seit ich sie zuletzt gesehen hatte. Rose war die zierlichste von uns Schwestern, sie kam nach meiner Mutter. Beide maßen nicht mehr als eins sechzig. Hugh hatte zugenommen. Mit dem schütter werdenden silbrigen Haar und dem nicht zu übersehenden Bauch erinnerte er mich an eine Taube. Rose hatte abgenommen und wirkte gestresst. Wie immer war sie tadellos gekleidet, das schwarze Kleid ebenso gut geschnitten wie ihr Haar. Keiner von ihnen sah mich beim Hineingehen.

Anna stupste mich an. »Hast du in letzter Zeit mit Rose gesprochen?«

Ich schüttelte den Kopf. »Gesprochen würde ich das nicht nennen. Sie hat ein paarmal angerufen, um über die Trauerfeier zu reden und mir zu sagen, dass sie die ganze Arbeit macht. Dabei hatte Mum schon vor Jahren aufgeschrieben, wie sie sich ihre Beisetzung wünscht, einschließlich der Kirchenlieder und Gebete. Der Rest sollte eine Überraschung werden. Mum wusste nicht, ob sie Jean bitten sollte, »Ave Maria« zu singen, obwohl Jean total unmusikalisch ist. Oder ob Martha ihren Gehstock in die Ecke werfen und tanzen sollte, am besten nackt – eine Art Happening. Damit der Pfarrer Bauklötze staunt.

Eine andere Idee war, ihren Sarg von männlichen

Strippern hereintragen zu lassen und dazu ›Ding Dong, die Hex ist tot‹ spielen zu lassen.«

»Deine Mutter war großartig.« Anna lachte. Ein alter Herr sah sie tadelnd an.

»Letztendlich wird es sehr würdevoll ablaufen. Meine Mutter konnte exzentrisch sein, aber sie hatte Stil.«

»Im Gegensatz zu uns«, flüsterte Anna, als der ältere Herr sich noch einmal stirnrunzelnd nach uns umdrehte.

»Bei ihren Anrufen hat Rose kein einziges Mal gefragt, wie es mir geht. Und das nach so langer Zeit.«

»Hast du denn gefragt, wie es ihr geht?«

»Ich glaube nicht.«

»Dann beschwer dich nicht.«

Ich knuffte sie in die Seite. »Sie hat mir Vorwürfe gemacht, weil ich Lucy den Flug aus Australien nicht bezahlt habe, dabei kann Lucy im Moment gar nicht kommen. Und wenn, hätte sie nur ein paar Tage Zeit gehabt, und dafür ist der Flug zu teuer. Lucy möchte länger bleiben, wenn sie mich besucht. Im Moment sparen wir beide für ihren Flug im nächsten Jahr. Ich schieße so viel zu, wie ich kann. Hugh und Rose haben gut reden, ihr Einkommen kann sich sehen lassen.«

»Dee, du musst dich bei mir nicht rechtfertigen.«

»Ich weiß. Komm, lass uns hineingehen.«

Wir nahmen unsere Plätze hinter Rose und ihrer Familie ein, die in der ersten Reihe saßen. Nicht einer von ihnen drehte sich zu uns um.

Fleur kam zu spät und fand einen Platz in unserer Reihe. Trotz des Anlasses gab es genügend Trauergäste, die den Hals reckten, um sie besser sehen zu können.

Fleur trug ein schmal geschnittenes, knielanges schwarzes Kleid und Cowboystiefel.

»Rockstar-Eleganz«, murmelte Anna.

»Typisch Fleur«, erwiderte ich leise.

Fleur sah fantastisch aus. Sie war sechsundvierzig Jahre alt und wirkte zehn Jahre jünger, eine Barbiepuppe, die erst am Morgen aus der Verpackung genommen worden war, mit durchtrainiertem gebräuntem Körper und Glanzlichtern im perfekt geschnittenen, schulterlangen Haar. Ihr Teint war strahlend, was angesichts ihres Zigaretten- und Alkoholkonsums ein Wunder war.

Fleur schaute sich um. Als sie mich entdeckte, nickte sie höflich. Auf Anna blieb ihr Blick länger haften. Zwar fiel Anna immer auf, doch diesmal kam hinzu, dass sie sich die Haare in der Woche zuvor mit Magentarot hatte strähnen lassen. Darüber hinaus trug sie zu ihrem schwarzen Kleid rubinrote Schnürstiefel und eine rosa Paschmina-Stola.

Für mich war es seltsam, Rose und Fleur nach drei Jahren wiederzusehen. Sie waren so vertraut und doch so fremd. Äußerlich waren beide meiner Mutter nachgeschlagen, hatten ihre zierliche Figur, ihre blauen Augen und die gleichen zarten Gesichtszüge. Fleur war jedoch einige Zentimeter größer als Rose. Ich glich meinem Vater, hatte seine hellbraunen Augen und war so hochgewachsen, wie er es gewesen war.

»Sehe ich wie Morticia Addams aus?«, fragte ich Anna flüsternd. Ich trug ein langes schwarzes Kleid und eine schwarze, wie ein Kimono geschnittene Jacke aus Pannesamt. Ich fand es passend, aber im Vergleich zu meinen Schwestern hätte ich vielleicht eher auf eine Goth-Party gehört.

»Nein«, wisperte Anna, »eher wie der Butler. Und jetzt hör auf, dir Gedanken zu machen, du siehst klasse aus.«

Anna war ein Einzelkind. Minderwertigkeitskomplexe, wie ich sie meinen Schwestern zu verdanken hatte, kannte sie nicht. Bei uns dagegen waren die Rollen früher klar verteilt gewesen: Rose, die Älteste, war die Klügste; Fleur, die Jüngste, hatte ein herzförmiges Gesicht und war die Schönste. Rose war außerdem das stille fleißige Mädchen – man hätte es auch verschlossen nennen können. Fleur war wie ein offenes Buch, ein Energiebündel voll von verrückten Einfällen. Wenn meine Mutter über mich sprach, sagte sie: »Daisy ist das mittlere Kind. Sie ist anders als Rose und Fleur, sie ist eine Träumerin.« Mums Trauerfeier hatte tatsächlich etwas Traumartiges; die Realität dieses letzten Abschieds war bei mir noch immer nicht ganz durchgedrungen.

Anna schaute nach hinten. »Ein volles Haus«, murmelte sie anerkennend. »Ich schätze, es sind über hundert Trauergäste da. Die Letzten müssen stehen.«

»Ich kenne kaum jemanden«, erwiderte ich. »Die meisten Freunde meiner Mutter sind schon tot.«

»Das ist schön«, sagte Anna. »Dann hat sie Leute, die sie im Jenseits herumführen und ihr alles erklären.«

»Möglich.« Ich war froh, dass ich mit meiner Mutter manchmal über den Tod gesprochen hatte, und wusste, dass sie ihn nicht gefürchtet hatte. Sie war von jeher positiv gestimmt gewesen, an allem interessiert, oft mit der Nase in einem Buch, später über ihren Laptop gebeugt. Sie kannte sich mit Computern aus, war die Königin der Silver Surfer, googelte unentwegt und war dauernd online unterwegs, ganz gleich, ob sie einkaufte oder Wochenendaufenthalte in schicken Hotels buchte. Früher hatte sie Weiterbildungskurse belegt. Sie lernte Aktzeichnen, Italienisch, die Kunst, Blumen zu arrangieren, indische Küche, Tango tanzen, Yoga und Meditation, um nur einige zu nennen. Wenn sie nicht an einem Kurs teilnahm, spielte sie Klavier, malte Aquarelle, schuf einen wunderbaren Garten und ein gemütliches Heim, in dem sie ihre zahlreichen Freunde willkommen hieß. Ich wünschte, ich wäre ihr in dieser Hinsicht nachgeschlagen, doch in der letzten Zeit hatte ich zu nichts Lust gehabt. Ich fand, dass ich im Leben zu kurz gekommen war, das hatte mich unglücklich und bitter gemacht.

Die ersten Musikklänge ertönten. Ich erkannte das Adagio in G-Moll von Tomaso Albioni. Das Stimmengemurmel verebbte. Die Sargträger kamen mit dem Sarg durch den Mittelgang, und alle erhoben sich. Der Sarg war über und über mit Gebinden aus weißen Rosen und Schleierkraut bedeckt, die Lieblingsblumen meiner Mutter. Der Anblick war ein so ergreifendes und schmerzliches Zeichen für das Endgültige des Abschieds, dass meine Knie nachgaben. Anna legte einen Arm um mich.

Der Pfarrer trat an den Altar und bedeutete uns mit einer Geste, uns wieder niederzulassen. Beim Anblick des geschlossenen Sargs übermannte mich die Trauer mit aller Macht. Nie mehr würde ich den geliebten

Menschen sehen, der darin lag. Ich wünschte, ich wäre in ihren letzten Stunden bei meiner Mutter gewesen, um noch einmal ihre Hand zu halten. Ich hätte es nicht rechtzeitig geschafft, es war zu schnell gegangen, doch das war mir kein Trost. Zu spät, dachte ich und wurde von einer Lawine der Gefühle überrollt. Schuldbewusst fühlte ich mich, leer, traurig und zornig, weil meine Mutter mir genommen worden war. Allerdings spürte ich auch Erleichterung. Sie hatte nicht dahinsiechen müssen. Als ich sie zum letzten Mal sah, war sie sehr gebrechlich. Sie konnte nicht mehr gut sehen und gehen. »Das Alter ist nichts für Schlappschwänze«, sagte sie.

Rose hatte gefragt, ob ich während der Trauerfeier etwas vortragen wolle, aber ich hatte abgelehnt. Das hätte ich nicht durchgestanden. Rose und Fleur mussten es ähnlich empfunden haben, denn aus unserer Familie trat nur Hugh an den Altar und las mit seiner kultivierten Stimme Zeilen aus Walt Whitmans *Grashalme* vor. Ihm folgte Martha, die Frau, mit der meine Mutter sich in der Seniorensiedlung angefreundet hatte.

»Wer ist das?«, flüsterte Anna, als Martha sich mithilfe eines eleganten Gehstocks nach vorn begab. Sie war eine groß gewachsene Frau, die immer noch gut aussah und einen äußerst gepflegten Eindruck machte. Das Haar hatte sie sich in einem dezenten Aschblond färben lassen und die Fingernägel in einem nicht ganz so dezenten Rot lackiert.

»Das ist Mums Freundin Martha.«

»Sie sieht fabelhaft aus. Wahrscheinlich schlägt sie

die Leute, die ihr in die Quere kommen, mit dem Stock in die Flucht.«

Ich wusste nicht viel über Martha, nur dass sie in jungen Jahren in Paris Revuetänzerin gewesen war, später einen Wirtschaftsberater geheiratet und mit ihm in Asien gelebt hatte. Vor zehn Jahren war sie nach England zurückgekehrt, um näher bei ihrem Sohn und ihrer Tochter zu sein.

Martha las ein Gedicht mit dem Titel »A Song of Living« von Amelia Burr vor. Dann trat Jean nach vorn, die älteste Freundin und ehemalige Nachbarin meiner Mutter, und las »Do Not Stand at My Grave and Weep« von Mary Elizabeth Frye. Ich kannte Jean, seit ich denken konnte. Sie war meiner Mutter wie eine Schwester gewesen. Es berührte mich tief, als ich sah, wie viel Mühe es sie kostete, vor die Trauergemeinde zu treten und über meine Mutter zu sprechen. Vor mir tauchte ein Bild von ihr als junge Frau im Tenniskleid auf. Sie und meine Mutter waren leidenschaftliche Tennisspielerinnen gewesen. An den meisten Wochenenden hatte Mum mit Jean oder ihrem inzwischen verstorbenen Mann Roy gespielt. Unterdessen saßen Rose, Fleur und ich auf einer Bank am Tennisplatz, stopften uns mit Gurkensandwiches voll und tranken literweise Limonade. Schon damals hatte ich Jean gemocht. Sie war klug, lebenslustig und besaß den gleichen Humor wie meine Mutter. Jean hatte Landschaftsarchitektur studiert. Sie war Hausfrau, Mutter, Gründerin eines erfolgreichen Gartenbauunternehmens und Verfasserin von Gartenbüchern, zu einer Zeit, als solche Bücher zu schreiben noch nicht modern war. Jetzt war sie eine alte, ein wenig krumm gewordene Dame mit weißem Haar.

Als Jean das Gedicht vorgetragen hatte, sprach sie voller Liebe über meine Mutter, über ihr sonniges Wesen und wie sehr Mum ihre Töchter geliebt hatte. Für einen Moment sah ich meine Mutter ganz deutlich vor mir. Jean erzählte, dass meine Mutter ihr Leben lang gern Streiche gespielt hatte. Ich erinnerte mich an einen von ihnen. Wenn Rose, Fleur oder ich als Kinder kurz einen Raum verließen, in dem auch Jean und meine Mutter waren, versteckten die beiden Frauen sich hinter dem Sofa und dem Vorhang und lachten sich kringelig, wenn wir bei unserer Rückkehr dumm aus der Wäsche guckten. Zu unserem Leidwesen taten sie das auch noch, als wir Teenager waren.

Bereits nach zwanzig Minuten war die Feier vorbei. Der Nächste bitte. Zwanzig Minuten, um ein Leben zusammenzufassen. *Das kann es nicht gewesen sein,* ging es mir durch den Kopf. Meine Mutter war im Alter von siebenundachtzig Jahren gestorben, nach einem guten und erfüllten Leben, und dann endete es mit einem Musikstück, ein paar Gedichten, einer Eulogie und einigen Sätzen des Pfarrers?

Das Portal wurde geöffnet, Sonnenlicht strömte in die Kapelle. Die Presbyter bedeuteten uns, aufzustehen und die Kapelle zu verlassen. Aus den Lautsprecherboxen ertönte der alte Schlager »Wish Me Luck As you Wave Me Goodbye«. Typisch Mum, sich so etwas zu wünschen. Vielleicht hatte sie gedacht, dass wir jetzt lachen würden, tatsächlich erinnerte es uns an ihren Humor und brachte uns zum Weinen.

Der Empfang nach der Beisetzung fand in einem alten Pub in Hampstead statt. Rose hatte einen Saal im ersten Stock gemietet.

»Komische Feier, wenn der Ehrengast fehlt«, sagte Anna. Wir traten an das Büfett neben der Theke, wo bereits zahlreiche Gäste standen, die aßen, tranken und sich unterhielten.

»Dabei hat meine Mutter so gern gefeiert. Es hätte ihr gefallen, all ihre Lieben auf einem Fleck zu sehen.« Ich wollte mit keinem der Trauergäste reden, sondern mit Rose und Fleur zusammen sein. Ich war sicher, dass sie ebenso litten wie ich, und hoffte, dass wir einander trösten würden.

Rose befand sich auf der anderen Seite des Saals. Wie ferngesteuert begrüßte sie jeden Gast und sorgte dafür, dass jeder etwas zu trinken hatte. Fleur stand, den Rücken allen zugewandt, allein an der Theke. Ich wollte zu ihr gehen, wurde jedoch immer wieder von Leuten aufgehalten, die mir entweder kondolierten oder von einem Tablett Sandwiches anboten. Ich hatte keinen Hunger.

Ich sah, dass Rose hinaus in den Flur trat, und kehrte zu Anna zurück.

»Ich schau mal, ob ich mit Rose reden kann.«

»Mach nur, ich warte hier.« Anna ließ sich neben einer alten Dame nieder, die aussah, als ob sie hier keine Menschenseele kennen würde.

Ich entdeckte Rose im Küchenbereich. Sie war allein. »Rose«, sagte ich. »Kann ich mit dir reden?«

Sie sah mich kaum an. »Das ist weder der richtige Zeitpunkt noch der richtige Ort«, antwortete sie, bevor sie sich an eine der Kellnerinnen wandte und ihr einen Auftrag gab. Ich war am Erdboden zerstört.

Ich kehrte in den Saal zurück. Fleur war verschwunden. Ich setzte mich zu Anna.

»Hattest du Glück?«, fragte sie.

Ich schüttelte den Kopf. »Rose ist beschäftigt. Und Fleur scheint schon gegangen zu sein. Sie hatte noch nie etwas für Familienfeiern übrig.«

Anna drückte meinen Arm. »Nimm es nicht persönlich. Trauerfeiern sind immer seltsam, und die meisten benehmen sich anders als sonst.«

Das galt offenbar nicht für jeden. Rose und Fleur hatten sich wie immer verhalten. Ich wollte nicht länger bleiben und hielt nach Rose Ausschau, um mich zu verabschieden und ihr zu erklären, dass ich zu meinem Zug müsse. Sie war dabei, den Gästen Tee anzubieten, und schien sich an meinem verfrühten Aufbruch nicht zu stören. Auf dem Weg zum Bahnhof fühlte ich mich noch leerer und verlassener als zuvor. *Freunde kann man sich aussuchen*, dachte ich. *Die Familie nicht*. Aber wer brauchte schon Schwestern? Ich nicht.

Anna schenkte mir Wein nach. »Natürlich war die Trauerfeier schwierig für dich, aber für deine Schwestern vermutlich auch. Das, was deine Mutter für euch geplant hat, könnte eure Rettung sein.«

»Vielleicht hat Rose recht«, entgegnete ich. »Warum soll man sich das antun?«

»Sei nicht so negativ. Vor ein paar Tagen hast du noch gesagt, dass du den Wunsch deiner Mutter auch deshalb erfüllen möchtest, weil du dich ihr nahe fühlen willst. Warum willst du jetzt aufgeben?«

»Nicht ich gebe auf, sondern Rose.«

»Du tust es auch, wenn du nicht versuchst, mit ihr zu sprechen.«

»Wenn Rose einen Entschluss gefasst hat, ist sie stur wie ein Panzer.«

»Du offenbar auch.«

»Hey, ich dachte, du bist meine Freundin.«

»Was glaubst du, weshalb ich versuche, deine Depri-Tour zu stoppen?«

»Du kennst Rose nicht. Wenn sie Mums Wunsch nicht erfüllen will, kann ich mir den Mund fusselig reden.«

»Du bist echt ein trauriger Fall.«

»Und du bist gemein.«

»Nein, ich sage dir nur, was Sache ist. Wenn du wieder zu Hause bist, rufst du sie an.«

»Okay, vielleicht.«

»Hasenfuß.«

»Du bist ekelhaft, ich hasse dich.«

»Ich hasse dich noch mehr. Trink noch ein paar Gläser Wein, die ziehen dich dann richtig runter.«

7

Samstag, 12. September

Kurz nach dem Frühstück erschien ein Makler der Firma Scott Frank, ein junger Mann in einem todschicken Anzug und mit rosigen Wangen. »Das wird sich locker verkaufen«, sagte er und hinterließ bei seiner Tour durchs Haus den aufdringlichen Geruch seines Rasierwassers. »Das ist in ein paar Wochen weg.«

»Sind Sie sicher?«, fragte ich. »Ich dachte, um die Jahreszeit kaufen die Leute keine Häuser.«

»Natürlich tun sie das, ich habe eine lange Warteliste. Was glauben Sie, wie viele Londoner hier unten etwas kaufen möchten, erst recht, wenn es sich um ein so reizvolles Objekt wie dieses handelt.«

Vor dem Mittagessen kam eine Abgesandte der Firma Taylor and Knight, eine Frau mittleren Alters, im blauen Hosenanzug und mit Silberschmuck behängt. »Das ist im Nu weg«, erklärte sie. »Sie haben alles sehr hübsch gemacht.« Sie seufzte. »Wenn ich könnte, würde ich es selber kaufen.«

»Das bleibt nicht lang auf dem Markt«, sagte der Mann von Chatham und Reeves, der sich das Haus am frühen Nachmittag anschaute. Er hatte etwas Altmodisches, trug eine Kombination aus Tweedjacke und Cordsamthose und roch ganz leicht nach Wurstbude. »Es hat Charakter. Die Armaturen sind noch so wie früher, der Garten ist wundervoll. Ein perfektes kleines Haus auf dem Land. Genau das, was unsere Interessenten suchen.«

Nein, dachte ich, bitte nicht.

* * *

Am späten Nachmittag rief Michael Harris an. »Wir haben uns für Chatham und Reeves entschieden«, teilte er mir mit. »Falls es Ihnen recht ist, kommt übermorgen ein Fotograf vorbei.«

»Habe ich eine Wahl?«

Am anderen Ende blieb es still. Dann sagte Michael Harris: »Tut mir leid, Dee, ich hoffe auf Ihr Verständnis.«

»Oh, das haben Sie.« Ich schaute auf meine griechische Statue, die noch immer in ihrer ganzen Pracht auf dem Kaminsims stand. Die hätte ich Michael Harris sonst wohin schieben können.

Als ich Anna am Telefon die jüngsten Entwicklungen schilderte, kam sie sofort zu mir herüber.

»Wenn das Haus demnächst verkauft wird, kannst du in meinem Gästezimmer wohnen«, sagte sie.

Ich war gerührt. Anna brauchte dieses Zimmer als Lagerraum für die Vintage-Kleider, die sie über das

Internet vertrieb. Außerdem war es ihr Arbeitszimmer, dort stellte sie den Schmuck her, den sie ebenfalls verkaufte. Darüber hinaus schliefen dort ihre Töchter, wenn sie zu Besuch kamen, was ziemlich oft der Fall war. Überhaupt hatte Anna ständig Besuch, sodass ich immerzu im Weg gewesen wäre. »Danke, Anna«, sagte ich, »doch das lassen wir lieber. Ich liebe dich sehr, aber zusammen unter einem Dach würden wir uns wahnsinnig machen. Das Risiko gehe ich nicht ein. Sollte es hart auf hart kommen, suche ich mir ein Zimmer im Dorf.«

»Noch ist es ja nicht so weit«, sagte Anna. »Selbst wenn sofort jemand zuschlägt, dauert der Verkauf eines Hauses Monate. Reiß dich zusammen und spiel nicht das Opfer. Bestimmt gibt es noch andere Möglichkeiten, ist doch immer so.«

»Sei nicht so positiv, das ist widerlich.«

»Jetzt klingst du wie Mrs Rowley.« Anna lachte. »Du weißt, dass ich recht habe. Warum willst du den Kopf einziehen und alles über dich ergehen lassen? Sprich mit Rose, kämpfe für dein Haus.«

»Ja, aber wie?«

Anna sah mich verdutzt an. »Das weiß ich nicht. Ich zitiere nur Sätze aus den Ratgebern, die ich gelesen habe. Genaues erfährt man da nicht. Da steht nur ›wenn die Angst kommt, schieb sie fort‹. Oder ›hör auf, dich zu sorgen, und fang an zu leben‹. Oder wie wäre es mit ›schmeiß den Krückstock weg und lerne laufen‹?«

Wie immer schaffte Anna es, mich zum Lachen zu bringen.

Als Anna fort war, wandte ich mich wieder an Gott. »Lieber Gott, bitte schenk mir die Gelassenheit, die Dinge, die ich nicht ändern kann, zu akzeptieren. Ach, und den Mut, das zu ändern, was ich ändern kann. Ach so, und auch die Weisheit, den Unterschied zu erkennen.« Anna hatte recht. Ich musste für mein Zuhause kämpfen. Das bedeutete, mir die Kaufinteressenten ein Jahr lang vom Leib zu halten und das Haus nach dieser Zeit mit meinem Erbteil zu erwerben. Dann wäre alles gut und ich … meine Gedanken wurden vom Klingeln meines Handys unterbrochen. Jemand hatte eine SMS geschickt. Die Nummer auf dem Display sagte mir nichts. Der Text lautete: Gewinnen oder verlieren. Held oder Opfer sein. Du hast die Wahl. Ich nahm an, dass Anna die SMS geschickt hatte. Vielleicht hatte sie Ians Handy benutzt. Wahrscheinlich wollte sie mich noch mal daran erinnern, Rose anzurufen. Also gut, ich würde kämpfen. Botschaft war angekommen. Ich würde zu den Gewinnern dieser Welt zählen.

Ich holte tief Luft und wählte die Telefonnummer meiner Schwester. Hugh meldete sich.

»Dee? Oh, tut mir leid, Rose kann gerade nicht ans Telefon kommen.«

Mein Magen verkrampfte sich. Rose ließ sich verleugnen, genau wie ich erwartet hatte. »Es geht um die Bedingung in Mums Testament«, sagte ich. »Ich denke mal, du weißt Bescheid.«

»Ja«, antwortete Hugh.

»Warum will Rose nicht mitmachen?«

Hugh seufzte. »Das soll sie dir lieber selbst erklären.« Aus Familienstreitigkeiten hielt Hugh sich prinzipiell heraus. »Warte, vielleicht kann ich sie dazu bringen, mit dir zu reden.«

Es blieb so lange still, dass ich kurz davor war aufzulegen. Für solche Spielchen war ich zu alt. Doch dann fielen mir Annas Worte ein, und ich übte mich in Geduld. Nach einer gefühlten Ewigkeit hörte ich die Stimme meiner Schwester. »Dee, was kann ich für dich tun?«

Fein, offenbar hatte sie sich für einen förmlichen Ton entschieden. »Ich bin es, Dee, deine Schwester, nicht eine deiner Mitarbeiterinnen. Und ich glaube, du weißt sehr gut, was du für mich tun kannst. Indem du nämlich das machst, worum Mum uns gebeten hat. Es war ihr letzter Wunsch, Rose.« Zwar hatte ich seit Jahren keinen Kontakt mehr zu Rose gehabt, aber ich war sicher, dass Dinge wie der letzte Wunsch einer Mutter bei ihr immer noch eine gewisse Wirkung erzielten. Rose war von jeher die brave Tochter gewesen, stets darauf aus, von Mum und Dad gelobt zu werden.

»Und du brauchst das Geld«, sagte Rose.

»Richtig, aber davon mal abgesehen hat Mum sich gewünscht, dass wir zusammenkommen und das tun, was sie sich für uns überlegt hat. Sie hat darüber nachgedacht, Rose. Ich glaube, das Mindeste, was wir noch tun können, ist, ihre Mühe zu respektieren. Was, wenn sie uns zusieht? Was, wenn es ein Leben nach dem Tod gibt und sie mitbekommt, dass du ihren Wunsch ignorierst, obwohl sie in ihrem Brief geschrieben hat, wie sehr sie unser Zerwürfnis bedauert?«

»Herrgott noch mal, Dee, es gibt weder ein Leben nach dem Tod noch Geister, die uns beobachten. Wir leben, und dann sterben wir. Mum ist tot.«

Okay, ich hatte mir schon gedacht, dass diese Taktik die falsche sein könnte, und wählte eine neue.

»Wahrscheinlich hast du recht, aber die Liste, die sie ausgearbeitet hat, existiert definitiv. Und in die hat sie sehr viel Zeit und Überlegung investiert. Wenn wir die Liste nicht abarbeiten, werden wir nie erfahren, womit sie sich in ihren letzten Monaten beschäftigt hat. Ich weiß, dass sie sehr viel über den Tod nachgedacht hat. Du weißt es sicherlich auch, in ihrem Bücherregal standen ja jede Menge einschlägige Werke. Aber womit hat sie sich noch beschäftigt? Ich möchte bei ihrem Plan mitmachen, schon Mum zuliebe. Auch mir zuliebe, um mich ihr noch eine Zeit lang nahe zu fühlen. Das wäre, als würde sie uns noch immer sagen, was wir tun sollen.«

Rose schwieg.

Jetzt reicht's, sagte ich mir. Ich darf sie nicht weiter bedrängen.

Nach einer Weile sagte sie: »Na schön, es kostet ja nichts herauszufinden, was sie geplant hatte.«

»Genau. Ein Schritt nach dem anderen.«

»Aber wenn dazu etwas völlig Verrücktes gehört, steige ich aus. Du weißt, wie Mum war.«

»Natürlich, das steht dir frei. Aber ich finde, wir schulden ihr wenigstens den Versuch.«

»Lass mich nachdenken«, sagte Rose. »Ich melde mich wieder.«

Ich seufzte. Sie hatte sich nicht geändert. Immer hieß es »lass mich nachdenken«, nie willigte sie spontan in etwas ein. Immer wollte sie die Kontrolle haben und andere von ihrer Gnade abhängig machen.

Samstag, 12. September

Rose

»Was hast du Dee gesagt?«, fragte Hugh, als ich aufgelegt hatte.

»Dass ich darüber nachdenken werde.«

»Was ist mit Fleur?«

»Fleur würde mitmachen.«

»Dann tu du es doch auch, Rose. Ich glaube, es wäre gut für dich.«

»Ja, okay – wahrscheinlich mach ich es. Aber wenn du wüsstest, wie wütend ich auf die beiden bin.«

»Wegen der Trauerfeier?«

»Zum Beispiel. Meine Schwestern sind nur an sich selbst interessiert, das war von jeher so. Und jetzt soll ich gute Miene machen und tun, als hätten sie sich bei der Trauerfeier an irgendetwas beteiligt? Wer hat denn die Rechnung bezahlt? Wer hat die Gäste verabschiedet? Wer hat die Taxis bestellt?«

»Vielleicht lag es an dem Anlass, und es ist ihnen gar nicht bewusst gewesen.«

»Für mich war es derselbe Anlass. Und natürlich war es ihnen nicht bewusst, Pflichten sind ihnen noch nie bewusst gewesen. Fleur hat sich noch nicht einmal von mir verabschiedet. Ich weiß, ich sollte alles abhaken, aber das kann ich nicht. Jedenfalls im Moment noch nicht.«

»Du machst die Phasen der Trauer durch – Verdrängung, Wut, Depression und Akzeptanz.«

»Ich bin noch in der Wutphase.«

»Die Trauerfeier war im Juli«, sagte Hugh. »Fang an loszulassen, Rose.«

»Es geht nicht nur um die beiden. Mir gefällt die Wutphase so gut, dass ich dabeibleiben möchte.«

Hugh lächelte. »Sei froh, dass du die Trauerfeier organisiert hast. Deine Schwestern hätten das doch gar nicht geschafft.«

»Ich will nicht, dass du nett und vernünftig bist. Ich will vor Wut kochen, und meine Schwestern liefern mir immer ganz wunderbare Gründe.«

»Schön, dann tu dir keinen Zwang an.«

Nach der Trauerfeier wollte ich mit meinen Schwestern sprechen. Aber ich war seit morgens um sechs Uhr auf den Beinen, und als Dee kam, um mit mir zu reden, wusste ich nicht, wo mir der Kopf stand. Wahrscheinlich war sie eingeschnappt, sie war ja von jeher überempfindlich. Fleur dagegen hat sich einfach verdrückt. Vielleicht dachte sie, ihre Trauer entschuldigt alles. Trotzdem wollte ich nach der Verlesung des Testaments auf die beiden zugehen, aber da bekam ich einen Anruf und musste sofort los. Seitdem habe ich keine ruhige Minute gehabt, nur Arbeit, Termine und Hetze.

»Schwestern!«, sagte ich.

Hugh schloss mich in die Arme. »Du hast doch auch mich, und ich bin immer für dich da.«

Richtig, ich hatte Hugh. Ha!, und meine Schwestern hatten niemanden. Aber so zu denken war gemein, und das wollte ich nicht sein. Also meinetwegen, ich würde Dee anrufen und ihr sagen, dass ich mitmache. Aber nicht heute. Morgen.

8

Samstag, 3. Oktober

In der Vormittagspost waren zwei Briefe.

Den ersten hatte Mr Richardson geschickt. In dem Umschlag steckten eine Hin- und Rückfahrkarte nach Somerset und ein Schreiben, das eine Hoteladresse enthielt, außerdem die Anweisung, Freitag, den 9., und Samstag, den 10. Oktober, in diesem Hotel zu verbringen und mich dort an dem Samstagmorgen um neun Uhr bei unserem Organisator, Daniel Scott, am Empfang einzufinden.

Ich schaute nach, wo sich das Hotel befand, und atmete auf. Es war das Wellnesshotel *Greyshott Manor* nahe Taunton. Unsere liebe Mutter. Sie hatte für uns ein Verwöhnwochenende gebucht. Warum hatte ich mir überhaupt Sorgen gemacht? Sie war einfach ein Schatz gewesen. Und klug. Wenn Fleur, Rose und ich uns gemeinsam entspannten, würden wir vielleicht auch beginnen, unsere Unstimmigkeiten zu bereinigen.

Brief Nummer zwei war ein offizielles Schreiben:

Liebe Ms McDonald,
das Haus meiner verstorbenen Mutter betreffend

habe ich der Immobilienfirma Chatham und Reeves den Auftrag erteilt, den Verkauf in die Wege zu leiten. Sollten sich Ihre finanziellen Aussichten ändern, lassen Sie es mich bitte wissen. Angesichts der Tatsache, dass Sie meiner Mutter eine gute Mieterin waren, haben Sie für Ihre Entscheidung Zeit bis zum Ende dieses Monats.
Freundliche Grüße,
Michael Harris.

* * *

Wie nett, wenigstens ließ er mir noch eine Galgenfrist. Vielleicht würde bis Ende dieses Monats ein Wunder geschehen. Ich antwortete mit einer SMS: *Melde mich nach diesem Wochenende.*☺ Falls er der Typ war, für den ich ihn hielt, würde ihn ein Smiley abstoßen. Das gönnte ich ihm.

Freitag, 9. Oktober

Die Zugfahrt nach Taunton verlief ohne Zwischenfälle, ich konnte in Ruhe lesen. Am frühen Freitagabend kam ich an. Das Hotel sah wundervoll aus. Ein altes Herrenhaus inmitten eines riesigen Parks.

Ich ging hinein. Die große Empfangshalle hatte Holzböden aus Eiche, holzgetäfelte Wände und war mit edlen Antiquitäten ausgestattet. In der Luft lag der Duft von Bienenwachs und Lavendel. Eine junge, temperamentvolle Frau namens Felicity führte mich zu meinem Zimmer im ersten Stock und zählte mit großem Engagement die Vorzüge des Hotels auf. Als ich das wunderschöne Zimmer erblickte – schwere Vorhänge, ein breites Doppelbett mit Kissen aus Samt und Brokat und auf der Kommode ein prachtvoller Herbstblumenstrauß –, kamen mir Tränen, weil Mum sich etwas so Besonderes ausgedacht hatte. Seit Jahren hatte ich kein Wellnesswochenende mehr verbracht und freute mich auf die Anwendungen, die Mum für uns ausgesucht hatte.

»Sind meine Schwestern schon da?«, fragte ich Felicity. »Rose Edwards und Fleur Parker?«

»Ms Edwards ist angekommen. Sie hat sich eine Kleinigkeit zu essen aufs Zimmer kommen lassen. Ms Parker wird später einchecken und nicht am Abendessen teilnehmen.«

Soll mir recht sein, dachte ich, als Felicity verschwunden war. Dann würde ich die Annehmlichkeiten eben allein genießen. Ich betrat das Marmorbad, ließ heißes Wasser in die Wanne laufen und plünderte alle Fläschchen Badeöl mit dem Namen »Weißes Sandelholz«. Wenig später aalte ich mich in der Wanne, atmete den feinen Duft des ölgetränkten Wassers ein und fühlte mich wie eine reiche, verwöhnte Frau. Anschließend streifte ich den weißen flauschigen Bademantel über, in dem ich beinah ertrank, bestellte mir einen Caesar-Salat mit Hähnchenbruststreifen und eine halbe Flasche Sancerre. Himmlisch! Ich ließ mich in die weichen Kissen auf meinem Bett sinken. Jetzt brauchte ich nur noch einen Adonis mit einer Schwäche für ältere Frauen. Oder auch nicht. Es war schon lang her, dass ich mit jemandem zusammen gewesen war, wahrscheinlich würde der Adonis mich verunsichern. Es sei denn, es gab einen, der nicht mehr so gut sah. Aber wozu der Stress? Nach der langen Abstinenz wüsste ich womöglich gar nicht mehr, wie es geht. Ich schaltete den Fernseher ein. Es gab einen Liebesfilm mit dem Titel *Before Sunset*. Wundervoll.

Wäre ich jetzt mit einem Mann zusammen, würde er zu einem Sportsender umschalten. In der Nacht würde er mir die Bettdecke wegziehen und so laut schnarchen, dass ich kein Auge zutun würde. Besten Dank. Manchmal ist es gut, alleinstehend zu sein. Ich kann mein Fernsehprogramm aussuchen, mich nachts im Bett breitmachen, ohne dass sich einer beschwert, und muss nicht versuchen, irgendjemandem zu gefallen.

Freitag, 9. Oktober, 11:00 Uhr

Fleur

Ich habe bei Rose angerufen, um ihr vorzuschlagen, dass wir zusammen nach Somerset fahren. Es wäre eine schöne Gelegenheit, die alten Bande wieder neu zu knüpfen und zu hören, wie es ihr geht. Es hat sich niemand gemeldet. Ich habe eine Nachricht hinterlassen. So, mein Koffer ist gepackt. Ich freue mich auf das Wochenende. Vielleicht können wir heute Abend alle drei zusammen essen, nur als Aufwärmübung und um mit etwas Positivem zu beginnen.

13.00 Uhr: Habe Rose eine SMS geschickt. Keine Antwort.

17.00 Uhr: Noch mal bei Rose zu Hause angerufen. Immer noch keiner da. Na, dann fahre ich eben los.

18.00 Uhr: Rose antwortet auf meine SMS. Sie ist schon im Hotel, die blöde Kuh. Offenbar ist sie gar nicht auf die Idee gekommen, dass wir gemeinsam dorthin fahren könnten. Da sieht man, wie gern sie mit mir zusammen sein möchte. Damit ist das gemütliche Abendessen zu dritt gestrichen. Okay, reg dich nicht auf, Fleur! Ich muss erst morgen früh da sein, und ohne Rose kann ich losfahren, wann ich will. Wenn ich im Hotel ankomme, werde ich sofort in mein Zimmer gehen. Die beiden können mich mal.

Samstag, 10. Oktober

Dee

Als ich am Morgen in die Empfangshalle kam, saßen Rose und Fleur schon an einem Tischchen. Bei ihrer Kleidung hatte Rose die lässig-elegante Variante gewählt, das heißt, Jeans, weiße Bluse und Perlenkette. Fleur trug weiße Jeans und einen rosa Kaschmirpulli und wirkte so schön und feminin wie immer. Ich hatte graue Leggings und ein weites graues T-Shirt an. Wir waren in einem Wellnesshotel und sollten uns entspannen! Interessierte sich hier jemand für unser Aussehen? Ich nicht. Ich hatte gut geschlafen und ein super Frühstück zu mir genommen: Rührei, geräucherten Lachs und Sodabrot. Meine Laune war gut. Ich freute mich auf das, was Mum für uns vorgesehen hatte. Vielleicht würde es eine Massage mit Aromatherapie geben. Oder eine kosmetische Gesichtsbehandlung, eine Fußreflexzonenmassage …

»Ich google ihn gerade«, sagte Fleur und schaute auf das Display ihres Handys.

»Wen?«, fragte ich.

»Daniel Scott.« Fleur hielt uns ihr Handy hin. Auf dem Display sah man einen lächelnden Mann mit silbrig grauem Haar, der altersmäßig in den Fünfzigern rangierte.

Wahrscheinlich war es ein PR-Foto, doch der Mann wirkte interessant. Verdammt. Warum musste ich ausgerechnet jetzt so unvorteilhaft gekleidet sein. Ich überlegte, ob ich nach oben laufen und mich noch mal umziehen sollte, aber da war er schon und bekam auch sofort mit, dass Fleur sein Bild auf dem Handy hatte.

»Wollten Sie sehen, wer ich bin?«, fragte er Fleur mit amüsiert funkelnden Augen. Auch Fleurs Augen fingen an zu funkeln. Sein Blick wanderte zu mir. An mir funkelte nichts. Ich spürte, wie ich innerlich zusammensackte, und fühlte mich, als wäre ich wieder sechzehn Jahre alt: Ich hatte einen Jungen kennengelernt, der mir gefiel, doch da tauchte meine kleine Schwester auf, und ich existierte nicht mehr. Die Geschichte mit Jimmy Nash fiel mir auch wieder ein. Ich war in ihn verschossen gewesen und mit Fleur losgezogen, um ihm beim Fußballspielen zuzuschauen. Zweiundzwanzig Jungen liefen auf dem Feld herum, doch dann entdeckten sie Fleur. Einer nach dem anderen verharrte und sah zu uns herüber. Nein, nicht zu uns, nur zu meiner Schwester. So war ihre Wirkung.

»Natürlich«, antwortete Fleur, »wir möchten doch wissen, mit wem wir es zu tun haben.« Sie schob sich eine Strähne aus der Stirn und lächelte provozierend.

»Gute Idee«, sagte Daniel, zog sich einen Stuhl heran und setzte sich. »Besser man macht sich vorher schlau.«

»Genau«, sagte Fleur, sah mich an und hob eine Braue. Anscheinend wollte sie, dass wir uns wieder wie Teenager benahmen und Jungen eine große Rolle spielten, aber mir war nicht danach. Es würde ja doch alles wie immer laufen.

Rose war offenbar weniger beeindruckt. »Der Meinung bin ich auch. Vielleicht könnten Sie uns sagen, wer Sie sind und welche Qualifikationen Sie mitbringen.«

Ihr scharfer Tonfall schien Daniel nicht zu irritieren. »Wir setzen uns besser in die Bibliothek. Da haben wir Ruhe, und ich kann Ihre Fragen beantworten.« Er wandte sich zu mir um. »Sie sind sicherlich Daisy.«

»Dee. Nur meine Mutter nannte mich Daisy.« Ich lächelte Daniel an. Er sollte erkennen, dass ich ihm freundlich gesinnt war. Eine freundliche, schlampig gekleidete Frau mit schlaff werdendem Körper.

Daniel führte uns in ein gemütliches Zimmer im hinteren Teil des Hotels, in dem es nach Torffeuer roch. An den Wänden befanden sich Regale voller Bücher. Um ein Tischchen am Kamin gruppierten sich schöne alte Ledersessel. Es war ein Ort, wo man sich verkrümeln und stundenlang lesen konnte. Rose, Fleur und ich nahmen in den Sesseln Platz.

Daniel schloss die Doppeltür und setzte sich zu uns.

»So, hier werden wir nicht gestört. Nun zu mir. Mein Name lautet Daniel Scott, und ich …«

»Woher kennen – oder kannten – Sie unsere Mutter?«, fiel Rose ihm ins Wort.

»Sie sind Rose, nehme ich an«, sagte Daniel. Er schaute Fleur an. »Dann müssen Sie Fleur sein.«

Fleur nickte. »Entschuldigung, wir sind sehr unhöflich.« Sie warf Rose einen anklagenden Blick zu. »Das ist meine Schwester Rose, neben ihr Daisy – nein, Dee –, und ich bin Fleur. Wir sind die Töchter von Iris Parker.«

»All unsere Namen haben etwas mit Blumen zu tun«, sagte ich und hätte es am liebsten wieder rückgängig gemacht. Es war ja mehr als offensichtlich.

»Das hat Iris mir erzählt. Ich finde so etwas charmant. Gut, aber wie Sie schon sagten, möchten Sie gern wissen, auf was Sie sich hier einlassen. Es ist sicherlich eine merkwürdige Situation. Und natürlich fragen Sie sich, wer ich bin. Um aber von vorn anzufangen: Vor einem Jahr hat Ihre Mutter mich angesprochen. Sie wollte wissen, ob ich bereit sei, mich zu gegebener Zeit mit Ihnen zu treffen und im kommenden Jahr …«

Während er weitersprach, schaute ich ihn mir genauer an. Er war fit, nicht wie ein Rugbyspieler, sondern eher wie jemand, der Yoga macht, schlank und langgliedrig. Es hatte sogar etwas Elegantes, wie er so gelassen dasaß und mit uns plauderte. Offenbar war er mit sich und der Welt im Reinen – ein Mann, der nichts mehr beweisen musste. In Natura war sein Haar weiß und länger als auf dem Foto. Er trug Jeans, ein hellblaues Leinenhemd, drei Kautschukarmbänder am rechten Handgelenk, in Orange, Gelb und Grün. Solche Armbänder bedeuteten meistens, dass man irgendeine Hilfsorganisation unterstützte. Das andere Handgelenk schmückte ein bunt gewebtes indisches Armband. Sein Gesicht machte deutlich, dass er nicht mehr der Jüngste war; es war ein wenig zerklüftet, aber nicht faltig; man sah, dass er gelebt hatte. Blaue Augen hatte er, in den Winkeln Lachfältchen, sein Blick war intelligent. Er wirkte leicht belustigt, ob über uns oder die Situation konnte ich nicht erkennen. Unterm Strich jedoch war Daniel Scott ein äußerst attraktiver und charismatischer Mann.

»Dann haben Sie unsere Mutter also persönlich gekannt«, stellte Rose fest.

»Ja«, sagte Daniel, »wir sind uns mehrmals begegnet. Iris hatte eines der Meditationszentren besucht, die ich leite. Vor ungefähr acht Jahren hatte sie sich einige Monate von unserem Swami unterweisen lassen und dann in ihrem letzten Lebensjahr noch einmal.«

»Swami Muktanand«, sagte ich. »Von ihm hat sie mir erzählt.«

Daniel nickte. »Richtig. Ihre Mutter war eine Sucherin, sehr aufgeschlossen. Wir sind in Verbindung geblieben.«

»Haben Sie unsere Mutter auch privat besucht?«, fragte Fleur.

»Ja.«

»Ist sie auf Sie zugekommen oder umgekehrt?«, fragte Rose.

»Sie ist auf mich zugekommen.«

»Wann?«

»Im März oder April dieses Jahres. Ich glaube, Ende März. Sie hatte sich mit ihrem Leben auseinandergesetzt, sich gefragt, was sie erreicht hatte und was nicht.« Daniel hielt inne und schaute uns der Reihe nach an. »Ihr lag sehr viel an Ihrem Wohlergehen, und sie bedauerte, dass Sie sich auseinandergelebt haben.«

»Ja, das wissen wir alles«, entgegnete Rose. »Das hat sie uns in einem Brief geschrieben.«

»Unterbrich ihn doch nicht ständig«, sagte Fleur. »Lass den Mann doch mal ausreden.«

»Ich möchte lediglich, dass wir langsam in die Gänge kommen.«

»Auch das ist verständlich«, sagte Daniel. »Die Situation muss für Sie sehr ungewöhnlich sein und wahrscheinlich nicht so, wie Sie es erwartet haben.«

»Das können Sie laut sagen«, erwiderte Rose.

Daniel nickte ihr kurz zu. »Ich werde mein Bestes tun, um unsere Zeit nicht zu verschwenden. Hier also die Kurzfassung: Ihre Mutter hat sich für das kommende Jahr eine Reihe Aktivitäten für Sie ausgedacht. Ihre Freundinnen Jean und Martha haben ihr dabei geholfen.« Er warf Rose einen prüfenden Blick zu. »Aber das wissen Sie vermutlich schon. Meine Aufgabe ist es, diese Ideen mit Ihnen umzusetzen. Ich bin sozusagen der Veranstaltungsleiter. Weiter nichts. Ich werde das, was Sie tun, nicht kommentieren, Sie nicht beraten, Sie nicht bevormunden. Ich bin nur dafür zuständig, dass die Sache läuft. Was darüber hinaus geschieht, müssen Sie mit sich und Ihrer verstorbenen Mutter ausmachen.«

»Was kommt zuerst?«, fragte Rose.

Daniel zog ein MacBook Air aus einer Aktenmappe heraus und legte es auf das Tischchen. »Ein Video von Ihrer Mutter.«

Wir drei schnappten hörbar nach Luft. »Was, von Mum?«, fragte ich. »Kommt sie selbst darin vor?«

Daniel lächelte und nickte. Er hatte wirklich ein nettes Lächeln. Ich erwiderte es.

»Das ist wundervoll.«

Rose stieß den Atem aus. »Hören wir uns erst mal an, was sie zu sagen hat.«

»Ich finde das auch wundervoll«, sagte Fleur. »Wir hätten nie gedacht, dass wir ihre Stimme noch mal hören würden.«

»Martha und Jean kommen auch vor«, sagte Daniel. »Soll ich das Video laufen lassen?«

»Bitte«, antwortete Rose im Befehlston.

Ich wünschte, sie würde ein bisschen lockerer werden. Daniel tat nur, was meine Mutter sich gewünscht hatte.

»Ich tue nur das, was Ihre Mutter sich gewünscht hat«, sagte Daniel und schaltete das Notebook ein.

»Das habe ich auch gerade gedacht«, verkündete ich und lachte.

»Natürlich.« Fleur verdrehte die Augen.

»Das ist die Wahrheit!«

Ihre Antwort blieb aus, denn auf dem Bildschirm war jetzt unsere Mutter zu sehen. Mir schossen Tränen in die Augen. Wie ein Vögelchen sah sie aus, so gebrechlich war sie im letzten Jahr geworden. Um das weiße Haar hatte sie eine Art Turban mit roten Punkten geschlungen. Sie wohnte in der Seniorensiedlung in einem kleinen Bungalow. In dem Video saß sie in ihrem Wohnzimmer auf dem Sofa, flankiert von Martha und Jean. Drei Vögelchen. Sie grinsten wie Kinder, die ein Geheimnis loswerden wollen.

»Ist es an?«, fragte Mum jemanden, den man nicht sah – Daniel vermutlich. »Ah, okay.« Sie schaute direkt in die Kamera und strahlte. Es war so ansteckend, dass ich auch strahlte. Wie ich mich freute, sie wiederzusehen! »Hallo, meine Mäuschen«, sagte sie. Den Kosenamen hatte sie früher immer benutzt. »Daniel habt ihr ja schon kennengelernt. Macht es ihm nicht zu schwer, vor allem du nicht, liebe Rose. Er erledigt nur seinen Job.«

Ich schaute zu Daniel hinüber. Unsere Blicke trafen sich. Seine Augen begannen zu funkeln. Sehr schön. Ich hoffte, Fleur hatte es mitbekommen, und wandte mich wieder dem Bildschirm zu. Mum und ihre Freundinnen hatten sich nun Kopftücher umgebunden und sahen aus wie Hausfrauen aus den 1950er Jahren. Mum hatte einen Mopp in der Hand, Jean einen Staubwedel und Martha eine Flasche Möbelpolitur. Wie in einem Werbespot der Nachkriegszeit hielten sie die Gegenstände hoch und lächelten gekünstelt.

Ich lachte. Fleur schaute mich entnervt an.

»Zu unserer Ausstattung komme ich noch«, sagte Mum. »Inzwischen hat Mr Richardson euch meinen Brief vorgelesen, und ihr wisst, dass ich für euch eine Liste mit Aufgaben zusammengestellt habe. Ich hoffe, ihr seid alle anwesend und fühlt euch nicht allzu unbehaglich. Vielleicht kommt euch das Ganze merkwürdig vor, aber ich tue es für euch.«

»Wir haben in unserem Leben einiges gelernt«, sagte Jean. »Einen Teil möchten wir an euch weitergeben.«

»In unserem langen Leben«, ergänzte Mum.

»Richtig«, kam es von Martha. »Wir sind immerhin schon über achtzig. Wir wissen nicht, wann unser letztes Stündlein schlägt. Aber es wird schlagen, wahrscheinlich schon bald. Nichts ist so sicher wie der Tod, heißt es immer so schön. Nur, wann er kommt, ist nicht sicher.«

»Wuhu.« Jean hob die Hände, als wäre sie ein Geist, der aus dem Grab stieg.

»Wir wollten doch fröhlich sein«, sagte Mum.

»Ich weiß.« Martha lächelte entschuldigend. »Stimmt aber, was ich gesagt habe. Egal. Wie ihr wahrscheinlich wisst, haben wir uns mit Theorien über die Zeit nach dem Tod befasst und uns gefragt, was als Nächstes …«

Jean zog einen Finger quer über ihre Kehle und schloss die Augen. Dann ließ sie ihren Kopf zur Seite fallen und die Zunge heraushängen.

Fleur und ich brachen in Gelächter aus. Daniel gluckste. Schon als wir Kinder waren, hatte Jean uns mit ihren Faxen zum Lachen gebracht. Wie schön, dass sie es auch im Alter noch schaffte.

»Mir geht es aber mehr um dieses Leben«, sagte Mum. »Ich will bei meinem Tod nichts bedauern müssen. Mein letzter großer Kummer ist, dass ihr drei euch nicht mehr versteht. Außerdem frage ich mich, ob ihr mit dem Leben, das ihr gewählt habt, glücklich seid. In der Welt geht es schrecklich zu. Wenn ich sehe, was die Menschen einander antun, bricht es mir das Herz. Ich mache mir Sorgen, weil ich nicht weiß, wie ihr mit all der Wut und dem Hass fertigwerdet, was man ja schon mitkriegt, wenn man nur den Fernseher einschaltet. Auch deshalb möchte ich, dass ihr meine Wünsche erfüllt. Mitunter kostet es Kraft, einen Tag durchzustehen, ganz gleich, ob es mit unserem Leben oder dem Weltgeschehen zusammenhängt. Meine Liste ist mein wahres Vermächtnis. Nicht das Geld, obwohl ihr das später auch bekommt. Das, was ich mir für euch wünsche, kann man mit Geld nicht kaufen.«

»Obwohl wir nichts gegen Geld haben«, sagte Jean. »Wir brauchen es für die Heizkosten- und Arztrechnungen.«

»Geld allein hat noch nie jemanden glücklich gemacht«, warf Martha ein. »Um Glück zu erleben, muss man in die Tiefe gehen.«

Ich sah zu Fleur hinüber und fragte mich, was sie gerade dachte. Ihre Miene verriet nichts. Mein Blick wanderte zu Rose. Ihr Fuß wippte.

»Ich möchte, dass ihr mithilfe meiner Liste erfahrt, wo euer Glück liegt. Zumindest im Kleinen. Ihr sollt mit Hoffnung im Herzen leben. Also, wenn ich singen könnte, würde ich jetzt ein Lied anstimmen.«

»I'm singin' in the rain, just singin' in the rain«, sang Jean so falsch, dass es wehtat.

Martha schnitt eine Grimasse.

»An dieses Lied hatte ich jetzt weniger gedacht«, sagte Mum. »Wie haben wir immer gesagt? Hör die Lieder, die dich glücklich machen. Such dir Menschen, die dich beflügeln. Geh dahin, wo du Frieden spürst. Liebe die Menschen, die dich lieben.«

»Über sein Schicksal entscheidet man selbst«, sagte Martha. »Wenn man innere Kraft hat, wird man auch besser mit den Knüppeln fertig, die einem das Leben zwischen die Beine wirft.«

»Entscheidet euch dazu, glücklich zu sein«, sagte meine Mutter. »Ich hoffe, die Aktivitäten, die ich für euch ausgesucht habe, helfen euch dabei.«

»Ich kenne euch schon, seit ihr Kinder wart«, sagte Jean, »und ich möchte euch sagen: Verschwendet eure Zeit nicht mit Streitereien. Vergesst nicht, dass Schwestern Freundinnen sein können, und setzt diese Freundschaft nicht aufs Spiel, nur weil ihr euch gezankt habt oder zu weit voneinander entfernt lebt oder sonst irgendwas. Ich weiß noch, wie sehr ihr als Kinder aneinander gehangen habt. Schaut, dass es wieder so wird.«

Mum nickte. »Verwirklicht eure Träume. Nehmt euch die Zeit dafür.«

»Wenn es etwas gibt, das ihr tun möchtet, tut es. Erfüllt euch eure Wünsche, verfolgt eure Ziele«, sagte Jean. »Bereut ihr, etwas nicht getan zu haben? Holt es nach, ihr seid jung, gesund und könnt euch noch bewegen. Erst wenn das alles verschwunden ist, weiß man, was man hatte. Ein gesunder Körper bedeutet Freiheit. Unterschätzt diese Freiheit nicht.«

Mum und ihre Freundinnen nickten. Ich dachte an meinen Wunsch, eine gute, anerkannte Künstlerin zu werden. Mit wie viel Leidenschaft ich dieses Ziel einmal verfolgt hatte! Und dann hatte ich mich in den letzten Jahren mit dem Mittelmaß begnügt.

»Dank der Liste werdet ihr mehrere Wege kennenlernen, um glücklich zu sein«, sagte Martha. »Natürlich kann sich Glück auch aus heiterem Himmel ergeben, aber …«

»Augenblicke oder Tage der Gnade habe ich das immer genannt«, fiel Jean ein.

»Aber manchmal braucht man auch jemanden, der nachhilft«, beendete Martha den Satz.

»Absolut«, sagte Mum. »Du, liebe Rose, arbeitest von früh bis spät, und ich frage mich, ob du das, was du erreicht hast, auch genießt? Mach halblang, mein Schatz, und glaub nicht, du müsstest immer alles regeln. Verbringe mehr Zeit mit Hugh und den Kindern. Sei nicht immer so beherrscht, gestatte dir Gefühle. Arbeit allein macht krank. Lerne, dich zu entspannen. Und du, liebe Daisy, du frisst zu viel in dich hinein. Du warst immer die Friedensstifterin, aber welchen Preis hast du dafür gezahlt? Du hast so viel von deinem Potenzial ungenutzt gelassen. Drück dich aus. Wen kümmert es denn, was andere denken? Du, liebe Fleur, hast dich zu früh in eine schlechte Ehe gestürzt und bist Hals über Kopf ins Ausland gezogen. Wo sind deine Freunde? Ich höre kaum, dass du einmal einen Freund oder eine Freundin erwähnst.« Mum schaute ihre beiden Freundinnen liebevoll an. »Freunde sind durch nichts zu ersetzen. So vieles geht vorbei oder wird unwichtig, aber Freunde bleiben. Kümmert euch um eure Freunde, pflegt eure Freundschaften. Ihr seid Schwestern, entdeckt eure Freundschaft wieder.«

»So was nenne ich, keinen Druck machen«, sagte Fleur.

»Pscht«, machte Rose. In ihren Augen glänzten Tränen, was überhaupt nicht zu ihr passte. Rose war immer beherrscht, genau wie Mum gesagt hatte.

»Deshalb werden wir zunächst mal Hausputz machen.« Mum wedelte mit dem Mopp. »Darum wird es sich an diesem ersten Wochenende drehen. Keine Sorge, ihr müsst nirgendwo putzen gehen. Vielmehr sollt ihr euer Inneres reinigen. Zum Auftakt haben wir uns drei Ansätze ausgedacht: den emotionalen, den körperlichen und den spirituellen. Ihr beginnt mit einem Coach, der euch dazu bringen wird, miteinander zu reden. Reinigt euch von dem, was ihr für euch behalten habt.« Wieder wedelte sie mit dem Mopp.

Rose und Fleur stöhnten.

»Nicht stöhnen«, sagte Mum.

Ich kicherte nervös. Es war gespenstisch, als wäre sie bei uns.

»Ich weiß, dass ihr euch einiges zu sagen habt«, fuhr Mum fort. »Ihr habt es immer hinuntergeschluckt, aber jetzt spuckt ihr es aus. Hinterher werdet ihr euch besser fühlen.«

»Danach gibt es für jede eine Darmspülung«, sagte Jean.

»Was?« Rose schnappte nach Luft.

»Das war Marthas Idee.« Mum lachte. »Weg mit der Scheiße. Soll auch gut für die Haut sein.«

»Als Letztes werdet ihr morgen lernen zu meditieren, um eure negativen Gedanken loszuwerden oder sie so zu verarbeiten, dass ihr inneren Frieden findet. Die Meditation ist etwas sehr Hilfreiches. Das habe ich in jungen Jahren in Indien gelernt.«

»So sehe ich das auch«, sagte Mum. »Allerdings

ohne in Indien gewesen zu sein. Tja, wahrscheinlich habt ihr etwas anderes erwartet, aber so wird es bei jedem Wochenende sein. Wir haben versucht, uns ein abwechslungsreiches Programm auszudenken. Doch über allem steht unser Wunsch, dass ihr glücklich werdet. So, das war's.« Mum schaute ihre Freundinnen an. »Oder habt ihr noch was hinzuzufügen?« Jean und Martha schüttelten die Köpfe. »Wunderbar«, sagte Mum an uns gewandt, »dann bis in zwei Monaten.«

Die drei setzten wieder ihr Werbefernsehlächeln aus den 1950er-Jahren auf. Der Bildschirm wurde schwarz.

Daniel reichte Rose, Fleur und mir jeweils einen Wochenendplan. »Darauf steht auch meine Handynummer«, sagte er. »Rufen Sie mich an, wenn Sie Fragen haben. Ach so, Ihre Mutter hatte mich außerdem gebeten, Ihnen ab und zu eine Nachricht zu senden.«

»Von ihr oder von Ihnen?«, fragte Rose.

»Von ihr. Eine müssten Sie schon haben. Da ging es ums Gewinnen oder Verlieren.«

»Ich habe mich schon gefragt, von wem die ist«, sagte Fleur.

»Ich dachte, sie wäre von Anna«, sagte ich.

»Haben Sie die auch bekommen, Rose?«, fragte Daniel.

»Ja. Was steht denn in den anderen, und mit wie vielen müssen wir noch rechnen?«

»Das darf ich leider nicht verraten. Iris wollte, dass es Überraschungen werden.«

Rose stieß einen abgrundtiefen Seufzer aus. »Ich hasse Überraschungen.«

»Ich nicht«, sagte Fleur. »Ich finde Überraschungen

reizvoll.« Sie warf Daniel einen koketten Blick zu. Seine Miene blieb ausdruckslos.

»Ihr Coaching beginnt um elf Uhr«, sagte er. »Um zwei Uhr geht es weiter. Den Abend können sie frei gestalten. Morgen früh um zehn fangen wir mit der Meditation an.« Er stand auf. »Ich weiß, das ist ein bisschen viel auf einmal, und ich nehme an, Sie möchten ungestört darüber reden. Deshalb lasse ich Sie jetzt allein. Ich wünsche Ihnen einen schönen Tag, wir sehen uns morgen wieder. Allerdings möchte ich noch betonen, wie sehr ich mich darauf freue, mit Ihnen zusammenzuarbeiten und den letzten Wunsch Ihrer Mutter zu erfüllen.« Er sammelte seinen Laptop und seine Aktenmappe ein. »Bis später.«

»Ich möchte noch betonen, wie sehr ich mich darauf freue, mit Ihnen zusammenzuarbeiten«, sagte Fleur, als Daniel verschwunden war. Seinen Londoner Akzent hatte sie perfekt nachgemacht. Sie hatte andere schon immer gut imitieren können, das gehörte zu ihren vielen Talenten.

»Magst du ihn nicht?«, fragte ich.

Fleurs Blick sagte so viel wie: Ist das nicht offensichtlich? »Er ist mir zu glatt. Dir gefällt er wahrscheinlich, er ist dein Typ.«

»Ist er nicht. Warum sagst du so was?«

»Weil ich dich kenne. Du magst solche Schmusebacken.« Wieder machte sie Daniel nach. »Ich bin ein Mann mit emotionaler Intelligenz. Ich lasse Sie jetzt allein, ich respektiere ihr Bedürfnis, ungestört miteinander zu reden. So jemand ist dein Typ.«

»Und warum hast du mit ihm geflirtet?«

»Um in Übung zu bleiben, ohne jedes weitere Interesse.«

»Dafür, dass er dich nicht interessiert, hast du ganz schön viel über ihn zu sagen.«

»Hast du seine Armbänder nicht gesehen? So was finde ich peinlich. Egal, was man tatsächlich glaubt, das Armband soll verkünden, dass man an eine gute Sache glaubt und ein feiner Mensch ist.«

»Und was ist daran so schlimm?«

»Dass man für sich selbst Reklame macht. Wenn du eine gute Sache unterstützen möchtest, kannst du das auch ohne Armband tun, das allen zeigen soll, wie wunderbar du bist.«

Ich erzählte Fleur nicht, dass ich selbst vor einem Monat noch zwei Armbänder dieser Art getragen hatte. »Es ist nicht schlimmer als die rosa Schleife, um auf Brustkrebs aufmerksam zu machen, oder ein Button, auf dem ›Atomkraft, nein danke‹ steht.«

»Jetzt hört doch auf«, sagte Rose. »Ist doch egal, ob er Armbänder trägt. Er erfüllt nur Mums Wünsche.«

»Wie findest du ihn denn?«, fragte ich sie.

»Spielt das eine Rolle? Wir machen es Mum zuliebe. Na schön, vielleicht fand ich ihn ein bisschen überheblich und selbstgefällig. Aber so wirkt er sicherlich nur, weil er das Programm schon kennt.«

»Ist er dein Typ?«, fragte Fleur.

Rose warf ihr einen vernichtenden Blick zu.

»Was haltet ihr denn von Mums Programm für dieses Wochenende?«, erkundigte ich mich.

»Es ist lächerlich«, antwortete Rose. »Eine Darmspülung, um glücklich zu werden? War das ihr Ernst? Oder hat Mum zuletzt irgendwelche Psychopillen genommen? Ich meine, das ist doch verrückt. Eine Tote, die eine Darmspülung zur Bedingung ihres Testaments macht?«

Fleur lachte. »Stimmt, wenn man es so sieht, klingt es ziemlich irre. Ich dachte, wenn jemand glücklich werden will, tut man etwas Schönes.«

»Was denn zum Beispiel?«, fragte ich.

»Ach, was weiß ich. Man betrachtet Blumen oder springt auf einer von der Sonne beschienenen Wiese herum. Oder man isst Kuchen und trinkt Champagner. Oder kauft sich Schuhe.«

Rose sah Fleur entgeistert an. »Man kauft Schuhe, um glücklich zu werden?«

»Warum denn nicht? Besser als eine Darmspülung.«

»Vielleicht ist die Darmspülung eine Strafe, weil wir nicht mehr miteinander verkehrt haben«, sagte ich.

Fleur brach in Gelächter aus.

»Was ist denn so lustig?«

»Gerade habe ich's kapiert«, erwiderte sie. »Mum wollte uns mitteilen, dass wir uns beschissen benehmen.«

Womit sie recht gehabt hätte, dachte ich.

»Dann war sie für ihre siebenundachtzig Jahre erstaunlich unreif«, sagte Rose. »Aber wahrscheinlich hielt auch sie so etwas für lustig.«

»Wahrscheinlich«, sagte ich.

»Mach dir keine Gedanken«, sagte Fleur. »Ich hatte schon mal eine Darmspülung. War gar nicht so übel. Hinterher strahlt dein Teint, und deine Augen glänzen.

Tut auch nicht weh. Vielleicht tut es uns ja sogar gut.«

»Und wie bitte soll uns so etwas zusammenbringen?«, fragte Rose.

»So ungefähr kann ich es mir denken«, antwortete ich. »Eine Reinigung ist immer sinnvoll, ganz gleich, ob du Blätter aus der Regenrinne entfernst oder Müll entsorgst. Plötzlich ist alles wieder frisch und sauber.«

Roses Brauen wanderten fast bis zu ihrem Haaransatz hinauf. »Typisch. Hast du das in einer deiner New-Age-Gruppen gelernt?«

»Nein, das sage ich meinen Schülern, wenn sie beim Malen nicht weiterkommen. Es gilt für jede künstlerische Aktivität. Zuerst musst du den Müll in deinem Kopf entsorgen. Sagst du das deinen Autoren nicht?«

»Nein, ich sage, sie sollen alles neu schreiben.«

»Na, vielleicht ist es ja das Gleiche.«

Aber Rose hörte mir schon nicht mehr zu. Wenn es um Fragen der Kreativität ging, zählte nur ihre Meinung. Sie schaute auf ihre Uhr. »Mein Gott, wie viel ich an diesem Wochenende erledigen könnte. Ich gehe auf mein Zimmer. Wir sehen uns um elf.«

Sie stand auf und verließ den Raum.

Fleur nahm eine Tageszeitung vom Beistelltisch und überflog die Schlagzeilen. »Wie herrlich die Welt ist«, sagte sie. Gleich darauf war auch sie fort, wahrscheinlich war sie in die Bar gegangen.

9

Samstag, 10. Oktober

Um punkt 11:00 Uhr trabten wir wieder in die Bibliothek, um an der ersten Sitzung mit unserem Coach teilzunehmen. Dabei handelte es sich um eine rundliche Frau zwischen sechzig und siebzig Jahren, die schon auf uns wartete. Das silbergraue Haar fiel über ihre Schultern, die Kleidung war mehrlagig und in Herbstfarben gehalten – ockergelb, braun und orange. Dazu trug sie eine dicke Bernsteinkette. Ihre Schuhe sahen bequem aus. Ältere Menschen, die an Ballenzehen leiden, hatten solche Schuhe. Fleur würde später wahrscheinlich über ihre schweren Brüste lästern und verkünden, die Gute brauche einen vernünftigen BH – Maulkorb für Möpse hatte sie so etwas früher genannt.

Der Name unseres Coaches war Beverly. Sie sprach mit amerikanischem Akzent, der sich nach Ostküste anhörte, vielleicht auch New York. »Ich habe Ihre Mutter gekannt«, sagte sie. »Früher war sie des Öfteren hier.«

»Unsere Mutter war in diesem Hotel?«, fragte Rose.

Beverly nickte. »Sie hat an einigen meiner Workshops teilgenommen. Anfang des Jahres rief sie mich an, erzählte mir von ihrer Liste und fragte, ob ich mich mit Ihnen treffen würde. Und hier sind wir. Ich schlage vor, wir stellen uns der Reihe nach vor.«

»Wir sind Schwestern«, sagte Rose. »Wir sind im selben Haus aufgewachsen. Wir müssen uns einander nicht mehr vorstellen.«

Beverly sah sie einen Moment lang an. Ihr Blick war sehr direkt. »Ich mache das mit allen meinen Klienten, sogar mit Ehepaaren. Wir glauben oft, dass wir den anderen kennen, trotzdem gibt es immer wieder etwas Neues zu lernen. Warum fangen Sie nicht an, Rose? Erzählen Sie uns etwas über sich.«

Sehr schön, dachte ich. Das hatte Rose davon.

Rose rang sich ein dünnes Lächeln ab und sah weder Fleur noch mich an. »Mein Name ist Rose Edwards. Ich wohne in Highgate in London. Ich bin einundfünfzig Jahre alt. Zwei Kinder. Ein Ehemann. Ich arbeite im Verlagswesen.«

»Sprechen Sie Fleur und Dee an«, forderte Beverly sie auf.

Rose schaute uns an. »Was wollt ihr denn noch wissen?«, fragte sie unwillig.

»Wie ist es für Sie, hier zu sein, Rose?«, fragte Beverly.

Fast hätte ich gelacht, denn Rose schleuderte ihr einen Blick zu, den ich nur zu gut kannte. *Ich lasse mir nichts sagen,* verkündete dieser Blick, und *Sie halten sich jetzt besser zurück.* Beverly erwiderte den Blick mit derselben Botschaft. Na, das konnte ja heiter werden. »Es frustriert mich«, sagte Rose. »Ich wünschte, ich wäre nicht hier. Ich könnte mit meiner Zeit etwas Besseres anfangen.«

»Gut«, sagte Beverly. Falls Rose mit einer offenen Auseinandersetzung gerechnet hatte, wurde sie enttäuscht. »Jetzt Sie, Daisy.«

Ich sah Fleur und Rose an. »Mum war der einzige Mensch, der mich Daisy genannt hat. Mein Name ist Dee McDonald. Ich bin neunundvierzig Jahre alt. Geschieden. Zurzeit alleinstehend. Ich habe eine Tochter, der es gut geht, wonach ihr mich bisher nicht ein einziges Mal gefragt habt. Wir mögen uns ja zerstritten haben, aber Lucy ist immer noch eure Nichte.«

»Mum hat uns auf dem Laufenden gehalten«, erklärte Fleur. »Außerdem sind Lucy und ich Facebook-Freunde.«

»Ach?« Die Information war mir neu und schmerzte. Mich hatte Lucy nicht als Facebook-Freundin akzeptiert. Aber wir hatten ja auch nie eine einfache Beziehung gehabt. Als Lucy heranwuchs, hatten wir uns ständig in den Haaren gelegen. Wir standen uns nicht so nah, wie es bei meiner Mutter und mir der Fall gewesen war. Meine Hoffnung war, dass es dazu noch kommen würde. Als Kind war Lucy eigensinnig und stur gewesen, als Teenager wild und unberechenbar. Nur selten waren wir einer Meinung. Mit achtzehn Jahren, gleich nach ihrem Schulabschluss, war sie ausgezogen, hatte sich in London einen Job gesucht und bei ihrer Tante väterlicherseits gewohnt. Das ging ein Jahr lang gut. Danach siedelte sie nach Byron Bay in Australien um. Dort lebte ihr Vater, den sie anbetete und der nichts falsch machen konnte. Zwar telefonierten wir regelmäßig auf Skype, doch der Einblick in ihren Facebook-Account war mir verwehrt geblieben.

»Sie schickt mir ständig Nachrichten«, sagte Fleur. *Ja, mach nur,* dachte ich, *leg gleich noch mal nach.*

»Dee ist an der Reihe«, sagte Beverly. »Dee, wie ist es für Sie, hier zu sein?«

»Bis gerade fand ich es schön, aber jetzt kränkt es mich, dass Rose das Gefühl hat, sie könnte mit ihrer Zeit etwas Besseres anfangen, als mit Fleur und mir zusammen zu sein. Das Mindeste, was wir tun können, ist doch, mit einer positiven Grundeinstellung zu beginnen.« Außerdem war ich tief getroffen, dass Lucy mit Fleur über Facebook kommunizierte, mit mir aber nicht. Doch das behielt ich für mich. Es erinnerte mich zu sehr an die Zeiten, als Rose und Fleur mich von ihren Freundeskreisen ausgeschlossen hatten.

Rose verdrehte die Augen.

»Gut«, sagte Beverly. *Gut? War diese Frau verrückt*? Die dicke Luft war mit Händen zu greifen. »Und jetzt Fleur.«

»Fleur Parker. Die Jüngste. Zweimal verheiratet. Zurzeit alleinstehend. Die Netteste von uns dreien.« Sie grinste Beverly an.

»Sie sollten Ihre Gefühle nicht hinter Witzeleien und Ihrem Charme verstecken«, sagte Beverly. »Wie ist es für Sie, hier zu sein?«

»Ich fühle mich gut«, erklärte Fleur und richtete den Blick auf Rose und mich. »Ich finde, wir waren uns jetzt lang genug böse und sollten uns wieder vertragen. Wir haben vor Kurzem unsere Mutter verloren und sollten zusammenrücken.«

Falls es dazu nicht schon zu spät war, ging es mir durch den Sinn.

»Wir waren uns nie nahe«, sagte Rose.

»Doch, das waren wir«, antwortete Fleur. »Ich erinnere mich an wunderbare Zeiten mit euch. Du hast offenbar ein sehr selektives Gedächtnis, Rose. Ihr habt mir gefehlt.«

Ich war baff. Fleur war doch immer so unabhängig gewesen und hatte nie jemanden gebraucht. Eine Ausnahme gab es nur, als sie Mitte dreißig war und der Alkohol eine Zeit lang die Oberhand über sie gewonnen hatte. Mitunter rief sie zu irgendeiner Unzeit in betrunkenem Zustand an, beklagte sich über einen Mann und machte mir Vorwürfe, weil ich nicht für sie da war – als wäre sie der einzige Mensch auf der Welt, der Probleme hatte. Bei Rose rief sie auch an, bis wir es beide leid waren und nach zehn Uhr abends den Anrufbeantworter einschalteten.

»O ja, ich habe ein selektives Gedächtnis«, sagte Rose. »Deshalb stehen wir uns auch nicht nahe. Ich erinnere mich nämlich sehr gut daran, wie du sein kannst.«

»Fleur ist an der Reihe«, sagte Beverly.

»Menschen ändern sich«, sagte Fleur. »Sie setzen sich mit ihren Fehlern auseinander.«

»Ach wirklich?«, kam es von Rose.

»Aber du änderst dich offenbar nicht«, erwiderte Fleur.

»Was soll das heißen?«

»Dass du dich nicht geändert hast, was denn sonst? Du bist immer noch die Richterin, sitzt auf einem hohen Ross und weißt nicht, was Mitgefühl ist.«

Oh, das war hart. Aber ich war der gleichen Meinung. Rose konnte ziemlich herzlos sein.

»Okay«, sagte Beverly, »das war eine kleine Aufwärmübung. Jetzt möchte ich, dass jede von Ihnen die anderen beiden mit drei Attributen beschreibt. Drei positiven Attributen. Diesmal beginnen wir mit Ihnen, Fleur. Beschreiben Sie Rose.«

Fleur schaute Rose und dann Beverly an. »*Drei* positive Begriffe?«

Rose wirkte pikiert, weil es geklungen hatte, als gäbe es über sie nicht genügend Positives zu sagen. Aber so war Fleur. Sie witzelte und stichelte.

Beverly nickte.

Fleur verzog das Gesicht. »Kann Dee nicht anfangen?«

»Möchten Sie das?«, wandte Beverly sich an mich.

Rose seufzte schwer und schaute auf ihre Uhr. Dann schlug sie die Beine übereinander. Ihr linker Fuß fing an zu wippen.

»Also gut.« Ich musterte Rose. Wenn ich ehrlich gewesen wäre, hätte ich sie »verklemmt, zickig und überheblich« genannt und Fleur »egoistisch, schusselig und frivol«. Doch ich war lang genug therapiert worden, ich kannte die Regeln. Zuerst kommt das Positive und danach werden die Messer gewetzt. »Rose ist arbeitsam, pflichtbewusst und fokussiert.«

»Die liegen aber alle sehr dicht beieinander«, sagte Beverly. »Fällt Ihnen noch etwas ein?«

Ich betrachtete Rose erneut. »Gut gekleidet. Wie aus dem Ei gepellt.« Rose rutschte ein bisschen auf ihrem Sessel herum, wirkte jedoch nicht unzufrieden.

»Gut. Und jetzt das Gleiche noch mal für Fleur.«

»Schön, unbeschwert, freigeistig.« Freigeistig bedeutete, dass sie nur das machte, was sie wollte, aber das wusste Beverly ja nicht. Doch das, was ich über die beiden gesagt hatte, schien gewirkt zu haben. Wir waren etwas lockerer geworden.

»Fleur, drei Wörter, um Rose zu beschreiben.«

»Ein Meter sechzig«, sagte Fleur mit verschmitztem Lächeln.

Ich musste lachen. Rose verdrehte wieder die Augen.

»Ich habe den Eindruck, dass Sie diese Übung nicht ernst nehmen«, sagte Beverly.

Fleur riss die Augen auf und wich mit gespieltem Entsetzen zurück. Beverlys Miene blieb ernst. »Der Eindruck täuscht«, sagte Fleur. »Ich dachte, ein kleiner Scherz am Rande wäre erlaubt.« Sie zuckte mit den Schultern, setzte sich wieder zurecht und begutachtete Rose. Rose mimte die Gelangweilte und schaute aus dem Fenster. »Fähig, ordnungsliebend, effizient.«

Rose warf ihr einen ärgerlichen Blick zu. »Klingt, als wäre ich eine Bankangestellte.«

»Na und?« Fleur zog eine Braue hoch. »Außerdem ist Rose eine supergute Mutter und hochintelligent.« Rose lächelte ein wenig. Sie hatte einen hohen IQ, auf den sie stolz war, und früher immer nur die besten Noten nach Hause gebracht, ganz gleich, ob in der Schule oder später auf der Universität. »Kommandiert andere herum«, ergänzte Fleur und lachte. »Das waren auch drei Wörter.«

»Wir wollten positiv sein«, sagte Beverly.

»Hm. Eine gute Köchin. Macht sonntags super Lunches, oder vielmehr hat sie gemacht. Ich bin ja seit drei Jahren nicht mehr eingeladen worden. Aber mir geht's gut. War nett, dass ihr euch danach erkundigt habt.«

Auch das war typisch Fleur. Sie hielt sich nicht an die Regeln. Mit wie vielen Wörtern hatte sie Rose jetzt beschrieben? Jedenfalls mit mehr als dreien. Aber wahrscheinlich begegnete Beverly in ihrem Job ständig Leuten wie uns. Ob es ihr manchmal zum Hals heraushing, immerzu Leuten zuzuhören, die Hiebe austeilten und sich stritten? Ihre Miene verriet nichts.

»So, jetzt Rose«, sagte sie. »Drei Wörter, um Dee zu beschreiben.«

»Esoterisch, alternativ, Hippie.«

»Ist das positiv gemeint?«, fragte Beverly.

»Ich bin kein Hippie«, sagte ich.

»Du hast Kunst studiert«, entgegnete Fleur. »Du trinkst Kräutertee und trägst indische Klamotten.«

Diesmal verdrehte ich die Augen. »Deshalb bin ich noch lang kein Hippie. Außerdem trinke ich kaum noch Kräutertee. Das war nur eine Phase, aber woher solltest du das wissen?«

»Rose hat das Wort«, sagte Beverly.

»Es war nicht abfällig gemeint. Dee ist idealistisch, romantisch, sie will den Weltfrieden, hätte zu Woodstock gepasst, ist kreativ und talentiert. So.«

»Und Sie, Fleur, was sagen Sie über Dee?«

Fleur zog einen Flunsch. »Rose hat mir schon alles geklaut. Ich wollte auch kreativ und talentiert sagen.« Um ein Haar hätte ich laut gelacht. Da waren wir gerade mal einen halben Tag zusammen, und schon mutierten wir wieder zu Neunjährigen. Damals ging Fleur die

Wände hoch, wenn jemand etwas berührte, das ihr gehörte, und wehe, eine von uns hatte es gewagt, eines ihrer Kleidungsstücke anzuziehen.

»Ich bin sicher, Ihnen fällt noch etwas anderes ein.«

Fleur sah mich an. »Glücklich? Ja doch, du hast eine glückliche Disposition. Sonnig. Und … hm …«

Ich fühlte mich geschmeichelt, weil sie mich als glücklichen Menschen bezeichnet hatte, doch gleich darauf deprimierte mich der Gedanke, dass es schon seit einer Weile nicht mehr so war. Ob Beverly uns auffordern würde, uns selbst in drei Wörtern zu charakterisieren? In dem Fall würde ich über mich »faltig, enttäuscht und bankrott« zu bieten haben.

»Ich weiß noch etwas Gutes über Dee«, fuhr Fleur fort. »Sie liebt Tiere.«

Rose schnaubte. Beverly betrachtete sie verwundert.

»Das ist ein Familienwitz«, erklärte Rose und wirkte so zufrieden, dass es mich irritierte.

»Den ich aber nicht kenne.« Ich nahm an, dass er sich irgendwie auf Max und Misty bezog oder auf mich als alte Frau, die nur noch ihre Katzen hat.

»Bitte nicht abschweifen«, sagte Beverly. »In der nächsten Runde sagen wir, was wir an den anderen nicht mögen. Dee, wie wär's, wenn Sie wieder anfangen. Und bitte denken Sie daran, immer Ihre Schwestern anzusprechen, nicht mich.«

Meine Unsicherheiten von früher kamen wieder hoch. »Ihr habt mich nie verstanden, nie gewusst, was ich denke. Wir sind unsere eigenen Wege gegangen. Ihr wisst nichts mehr über mein Leben.« Ich holte tief Luft und blinzelte meine Tränen fort. Ich wollte nicht weinen und mich verletzlich fühlen. Die Gefahr war nämlich, dass meine Schwestern mir dann noch den Rest geben würden, so wie sie es in unserer Kindheit getan hatten. »Ihr könnt grausam sein.«

»Wann waren wir denn mal grausam?«, fragte Rose erstaunt.

In meinem Gedächtnis blitzte eine Erinnerung auf. »Ich sage nur Stuart Robinson.«

Fleur lachte. Sie wusste, was ich meinte.

»Wer ist Stuart Robinson?«, fragte Rose.

»Jemand, in den Dee als Teenager total verknallt war«, antwortete Fleur. »Das kannst du doch nicht vergessen haben. Es war ein Aprilscherz, Dee. Wir dachten, es wäre lustig.«

Ich atmete tief durch. Ich war nicht in Stuart verknallt gewesen, ich liebte ihn. Er dagegen nahm mich kaum wahr. Ich drehte mich zu Beverly um. »Eines Sonntagmorgens wurde ich von meinen Schwestern geweckt. ›Stuart ist unten, er will zu dir‹, sagte Fleur. Sie und Rose schienen sich für mich zu freuen und genauso aufgeregt zu sein. ›Lasst ihn nicht gehen‹, sagte ich. ›Bietet ihm einen Kaffee an.‹ Ich sprang aus dem Bett, zog mich an, spritzte mir Wasser ins Gesicht und rannte nach unten. Unglaublich, dachte ich. Stuart war da. Um mich zu besuchen. Ich war im siebten Himmel. Aber unten waren nur Rose und Fleur, und Fleur rief ›April, April‹. Das ist nur ein Beispiel für die Grausamkeit der beiden.«

Beverly nickte. »Schön, könnten Sie Ihre Schwestern jetzt für mich beschreiben?«

Ich spürte meine Wut. Sie saß tief.

»Rose ist herrschsüchtig, kalt und stur.«

Roses Augen funkelten zornig. »Wenn jemand stur ist, dann bist du das ja wohl.«

»Bitte, lassen Sie Dee aussprechen«, sagte Beverly. »Sie und Fleur kommen nachher zu Wort. »Also weiter, Dee. Charakterisieren Sie Fleur.«

»Egoistisch, unzuverlässig, frivol.«

»Unzuverlässig? Das musst gerade du sagen.«

»Rose, Sie sind dran.«

Rose seufzte. »Dee ist verantwortungslos und eine Träumerin. Wirft die Flinte zu leicht ins Korn. Entschuldigung, das waren mehr als drei Attribute. Fleur ist egoistisch, oberflächlich und verantwortungslos.«

Das lief ja prima, dachte ich, als Fleur und ich trotzig die Arme vor der Brust verschränkten.

Danach machte Rose dicht. Sie hatte das getan, was man von ihr verlangte, und damit war die Sache erledigt.

Fleurs Handy kündigte eine SMS an. Sie holte es aus ihrer Handtasche.

»Stellen Sie Ihr Handy aus«, sagte Beverly. »Sie widmen sich bitte ausschließlich Ihren Schwestern.«

Fleur war empört, das sah man. Wahrscheinlich hatte ihr schon seit Jahren niemand mehr Vorschriften gemacht. An ihrer linken Schläfe begann eine Vene zu pochen. Ähnlich wie Roses wippender Fuß war es bei ihr ein Zeichen für Ungeduld und Verdruss.

Ich wurde mutlos. Das, was wir wirklich empfanden, hatten wir für uns behalten. Wahrscheinlich war das sogar gut. Wenn Fleurs Vene pochte, war sie meistens kurz vor dem Explodieren.

»Möchten Sie über das sprechen, was Sie einander entfremdet hat?«, fragte Beverly.

»Nein«, antwortete Rose barsch. »Wir würden nur das wiederkäuen, was wir schon zigmal gesagt haben.«

»Fleur?«

Fleur schüttelte den Kopf. »Nächstes Thema.«

»Dee?«

»Wenn die anderen es nicht möchten, hat es wohl wenig Zweck.« Ich hätte vor Wut schreien können. Wahrscheinlich wäre es besser gewesen, Mum hätte für uns einen Haufen Geschirr organisiert, das wir hätten zerschlagen können. Ich bemerkte, dass ich mit den Zähnen knirschte. Das war bei mir das Zeichen, dass ich genug hatte.

»Ein guter Anfang«, sagte Beverly, als die Sitzung vorbei war. »Man kann nicht erwarten, dass sämtliche Probleme in einer einzigen Sitzung gelöst werden, aber wenigstens konnte sich jede von Ihnen äußern. Das sind die ersten kleinen Gehversuche, aus denen immer größere Schritte werden.«

Auf welchem Planeten lebte Beverly?, fragte ich mich auf dem Weg zu meinem Zimmer. Ich hatte Kopfschmerzen und musste dringend allein sein.

Fünf Minuten später leitete Daniel Mums Nachricht weiter. »Oft ist das, was uns an anderen ärgert, nur ein Spiegelbild von uns selbst.«

»Ich habe dich wirklich geliebt, Mum«, murmelte ich, »aber manchmal konntest du ein schrecklicher Klugscheißer sein.«

10

Samstag, 10. Oktober, 14:00 Uhr

Am Nachmittag gingen wir zu dem modernen Wellnessbereich, der in einem Nebengebäude des Hotels untergebracht war. Eine muntere junge Blondine mit Igelfrisur hüpfte am Empfang auf uns zu. »Hi«, sagte sie, »ich heiße Michelle, man könnte mich aber auch Fräulein Darmspülung nennen.« All das hatte sie in einem Satz und mit neuseeländischem Akzent hervorgesprudelt. Es ging auch gleich weiter. »Würden wir uns alle richtig ernähren, würden wir uns viel besser fühlen, und Darmspülungen wären überflüssig. Aber wir wissen ja, wie es ist, immerzu sind wir beschäftigt. Dabei benötigen wir am Tag fünf Sorten Obst und Gemüse und sollten Lebensmittel ohne Konservierungsstoffe zu uns nehmen. Aber egal, heute Abend werdet ihr euch fühlen, als hättet ihr drei Tage lang entgiftet, und das ist ein tolles Gefühl.«

Ich konnte meine Schwestern nicht ansehen, sonst hätte ich laut losgelacht. Rose beherrschte sich offenbar sehr, denn in puncto gesunde Ernährung konnte ihr niemand etwas vormachen. Von früheren Besuchen bei ihr wusste ich, dass sie sich ihre Lebensmittel von einem teuren Bioladen bringen ließ. Natürlich kochte sie nicht selbst, das war die Aufgabe des jeweiligen Au-pair-Mädchens. In der Regel wurde ohnehin nur für die Kinder gekocht, denn Rose und Hugh kamen meistens erst gegen acht Uhr abends nach Hause und hatten dann schon irgendwo etwas gegessen.

Ich kannte mich allerdings auch in moderner Ernährung aus, war schon seit ewigen Zeiten ein Fan von Bio-Lebensmitteln und ausgewogener Kost. Es stimmte, wenn man sich schlecht ernährte, fühlte man sich schlecht, und wenn man frische und nahrhafte Lebensmittel verzehrte, fühlte man sich körperlich und geistig fit.

»Also, denkt daran, Mädels«, fuhr Michelle fort, »ich weiß, ihr seid hier, um glücklich zu werden. Wenn ihr richtig esst, klappt das – ich meine, glücklich werden. Man ist, was man isst.«

Rose verzog das Gesicht. Sie hasste es, als Mädel angesprochen zu werden, erst recht von jemandem, der halb so alt wie sie war. Fleur kicherte.

Michelle sah sie verdutzt an. »War irgendwas witzig?«

»Familienwitz«, antwortete Fleur und sah mich an, als wolle sie sagen, *na los, daran musst du dich doch erinnern*. »Du bist, was du isst. In der Schule.«

Ich fing an zu lachen. Nun konnte ich Rose eins auswischen, denn Fleur hatte sich mit mir gegen sie verbündet. Rose setzte eine gewittrige Miene auf.

»War damals schon nicht lustig, ist es heute noch viel weniger.«

»Darf ich erfahren, um was es geht?«, fragte Michelle.

Rose schüttelte den Kopf. »Meine Schwestern sind kindisch, weiter nichts. Können wir jetzt mit der Darmgeschichte beginnen. Die beiden können sich unterdessen in Ruhe kaputtlachen.« Sie lief los. Dann drehte sie sich um. »Mum hatte recht. Euer Benehmen ist beschissen.«

Fleur und ich lachten noch lauter.

Es ging um eine Episode, die dreißig Jahre zurücklag. Fleur war damals zwölf. In unserer Schule gab es eine Reihe Vorträge über die richtige Ernährung. Auf den Fluren und in den Klassenzimmern hingen bunte Plakate, auf denen Obst und Gemüse abgebildet waren. Darüber stand der Slogan »Du bist, was du isst«. Das Thema war damals schon so aktuell wie heute.

Wir mussten gesunde Lebensmittel in den Unterricht mitbringen.

Mary Riley legte sich eine Banane auf den Kopf und sagte: »Ich bin banane.«

Anna Fairchild hielt sich zwei Melonen an die Brust. Ihr beste Freundin Claire legte sich eine Ranke Stangenbohnen um den Hals und erklärte: »Ich weiß nicht die Bohne.«

Susan Wilson hatte noch mehr Mut. Sie wackelte mit einer Zucchini im Schritt und fragte jeden: »Hallo, Schätzchen, wie wär's?«

Zu der Zeit hatten wir nur Sex im Kopf und waren entsprechend albern.

Wie zu erwarten setzte Fleur noch eins drauf. Sie malte ein Bild mit einem Penis, der Arme und Beine hatte. Gesicht und Frisur sahen Rose verblüffend ähnlich. Für diejenigen, die noch Zweifel hatten, setzte

Fleur Roses Namen unter das Gemälde und schrieb dazu den Slogan »Du bist, was du lutschst.« Das Ganze hängte sie neben einem der Obst- und Gemüse-Plakate auf. Sie wurde vor der versammelten Schülerschaft getadelt und erhielt einen einwöchigen Schulverweis. Es war ihr egal. Sie war der Clown, der von allen Schülern und Schülerinnen bewundert wurde.

Rose war außer sich und sprach einen Monat lang nicht mit Fleur. Aber das Bild war Fleurs Rache gewesen. Sie war eifersüchtig auf Rose, die mit einem Jungen ging, in den Fleur sich verguckt hatte. Fleur war noch viel zu jung für ihn, und auch wenn sie zweifellos die Hübscheste von uns war, hatte sie seinerzeit noch einen kindlichen Körper, wohingegen Rose schon Brüste und Hüften bekommen hatte. Seltsamerweise ist Rose heute nur noch ein Strich in der Landschaft und Fleur der Kurvenstar.

Ob die beiden damals schon begonnen hatten, sich voneinander zu entfernen? Ich schaute Rose nach, die mit Michelle im Behandlungsraum verschwand. Vielleicht war es so. Rose war stolz auf ihren Ruf als vorbildliche Schülerin gewesen, ein Mädchen, das alles konnte und alles richtig machte. Und dann hatte Fleur ihr jenen Schuss vor den Bug verpasst und für jedermann sichtbar Zweifel an Roses Tadellosigkeit gesät.

»Tee?«, fragte Fleur. Ohne auf meine Antwort zu warten, schlug sie den Weg zur Bibliothek ein. Ich folgte ihr. Lang wollte ich jedoch nicht bleiben, sondern wieder in mein Zimmer gehen und noch einmal über unsere Sitzung mit Beverly nachdenken.

»Rose hat uns früher terrorisiert«, sagte Fleur. Ein

Kellner kam und brachte uns den Earl Grey, den wir bestellt hatten, in Silberkännchen. »Weißt du noch, wie sie uns im Park an einen Baum gefesselt hat?«

»Ja. Sie hat gesagt, es wäre ein Spiel. Sie war der Sheriff und …«

»Natürlich war sie der Sheriff«, fiel Fleur ein. »Sie wollte immer der Chef sein.«

»Und wir waren diebische Cowboys.«

»Und dann ist sie nach Hause gegangen.«

»Ich war höchstens sieben Jahre alt, und du warst vielleicht vier. Wahrscheinlich war Rose von Anfang an eifersüchtig. Bevor wir geboren wurden, hat sich die ganze Aufmerksamkeit von Mum und Dad auf sie gerichtet.«

»Wir waren uns nahe, Dee, oder?«

Ich deutete ein Nicken an. Als Kinder waren wir das vielleicht, aber dann wurden wir Teenager. Unsere Hormone und die Jungen, die uns gefielen, kamen uns in die Quere.

»Wir haben uns all unsere Geheimnisse anvertraut. Wen wir geküsst hatten, wie weit wir gegangen waren.«

»Ich weiß.« In unserer Teenagerzeit erzählte Fleur mir alles, was sie erlebt hatte. Ich selbst hatte nie so viel zu berichten. Um es zu überspielen, schmückte ich meine läppischen Begegnungen mit den wenigen Jungen, die an mir interessiert waren, aus. Ich wollte Fleur weismachen, dass ich genauso begehrt war wie sie. Als Fleur älter wurde und die Jungen sich um sie rissen, erzählten wir uns, wo die Hand eines Jungen gewesen war, noch oberhalb oder schon unterhalb der Taille. Es dauerte nicht lang, und Fleur war mir so weit voraus, dass ich nur noch als Zuhörerin taugte.

»Rose hat nie dazugehört«, sagte Fleur.

»Nach deinem Gemälde in der Schule nicht mehr. Da hat sie sich zurückgezogen und uns auch nicht mehr erzählt, was sie mit Jungen gemacht hatte.«

»Und ihr Tagebuch hat sie mit einem Schloss versehen und versteckt.«

»Hast du danach gesucht?«

»Klar, ich habe es aber nie gefunden.«

»Rose ist ein typischer Skorpion, eigenbrötlerisch und mit einem Stachel versehen. Wehe, es kommt ihr jemand ins Gehege.«

Fleur sah mich erstaunt an. »Glaubt du immer noch an Sternzeichen?«

»Sicher, das ein oder andere trifft doch auch zu.«

»Ich bin Löwe. Wie sind die?«

Ich lachte. »Können Angeber sein. Sind aber auch unterhaltsam. Und stehen gern im Mittelpunkt.«

»Und das soll ich sein? Niemals. Was ist dein Sternzeichen?«

»Fische. Die Astrologen sagen, dass wir romantische Träumer sind.«

»Vielleicht ist ja doch was dran.« Fleur knabberte an den hausgemachten Keksen, die zum Tee gereicht worden waren. »Wie lang das schon her ist. Weißt du noch, wie wir Mums Monatsbinden entdeckt haben und nicht wussten, was das war? Du warst vielleicht sechs. Wenn wir uns als Krankenschwestern verkleidet haben, haben wir sie als Mundschutz umgebunden.«

»Daran erinnere ich mich nur noch schwach.«

»Das kannst du doch nicht vergessen haben. Wir haben gespielt, und dann sind wir zu Mum gelaufen, die den Pfarrer unserer Kirche zu Besuch hatte. Mum hat schallend gelacht, der Herr Pfarrer wusste nicht, wohin er schauen sollte.«

Es war tatsächlich schon lang her. Fleur erinnerte sich offenbar noch gut an die Zeit, als wir Kinder waren. Aber aus unserer jüngsten Zeit gab es ja auch keine gemeinsamen Erinnerungen. Noch während wir über den Zwischenfall mit dem Mundschutz lachten, wurde mir das Herz schwer. Es gab so viele Jahre, in denen ich nichts von Fleur erfahren hatte.

Kurz vor meiner Behandlung lief ich in mein Zimmer und rief Anna an. Ich erzählte ihr von der Sitzung mit Beverly. »Ich glaube nicht, dass wir uns näherkommen werden.«

»Nicht verzagen«, sagte Anna. »Kommt Zeit, kommt Rat.«

»Kluge Worte.«

»Hast du von mir etwas anderes erwartet? Lerne aus der Erfahrung, die du machst.«

»Danke, als Nächstes kommt die Darmspülung.«

»Huch. Okay, dann genieße auch die.«

Nach dem Gespräch dachte ich daran, dass Mum gewollt hatte, dass wir glücklich werden. Und Fleur hatte mich als glücklichen Menschen bezeichnet. Was war aus mir geworden? Wo war Daisy, die unkomplizierte Tochter, die glückliche Person und Friedensstifterin? Wenn ich sie dank der Liste meiner Mutter wiederfinden konnte, würde ich mich mit Feuereifer auf die Aufgaben stürzen. Und wenn dazu eine Darmspülung gehörte, sollte es mir nur recht sein. Falls Mum es wollte, würde ich mir sogar den Genitalbereich mit Glitzerschmuck verzieren lassen, Hauptsache es würde mich wieder zu einem glücklichen Menschen machen.

* * *

Eine halbe Stunde später lag ich in einem klinisch weißen Raum auf einer Liege und hatte einen Gummischlauch im Hinterteil. Ein lauwarmer Kräutersud durchspülte mein Gedärm. *Gehört auch zur Vielfalt des Lebens,* sagte ich mir. Dann hatte ich plötzlich diesen alten Song von Diana Ross im Kopf und sang ihn ein ums andere Mal stumm vor mich hin. »Upside down, boy, you turn me, inside out and 'round and 'round.« Mehr Zeilen konnte ich leider nicht.

Aus irgendeinem Grund brachte der Gummischlauch in einer meiner Körperöffnungen mich dazu, über meine vergangenen Beziehungen nachzudenken. Andy war lang vor unserer Ehe mein bester Freund gewesen. Der Sex mit ihm war nie erotisch oder sogar gefährlich, sondern angenehm und vertraut. Wir waren jung, dachten, wir wüssten alles, und wussten gar nichts. Ich erinnerte mich an einen Artikel, den ich damals gelesen hatte. Darin wurde beschrieben, wie man das Sexleben reizvoller gestalten konnte. Ich schlug Andy vor, öfter zu experimentieren, es vielleicht mit Rollenspielen und Verkleidungen zu versuchen. Ich dachte an Arzt und Krankenschwester oder an mich als Stubenmädchen, so was in der Art. Daraufhin kam Andy abends nackt ins Bett, auf dem Kopf einen Wikingerhelm mit Hörnern, den er aus unserer Kiste mit den Kleidungsstücken und Accessoires für Kostümfeste ausgegraben hatte. Sex konnten wir danach vergessen – Andy konnte nicht mehr, und ich wollte nicht mehr. Aber niemand brachte mich so zum Lachen wie er. Eine Zeit lang dachte ich, ich käme auch ohne sexuelle Leidenschaft aus. John – mein letzter Partner – war das absolute Gegenteil von Andy. Er liebte sexuelle Experimente, bedauerlicherweise nicht nur mit mir. Bei Nick – dem Mann zwischen Andy und John – war der Sex aufregend und intensiv. Bei ihm entdeckte ich, dass Sex etwas Spirituelles haben konnte, dass er eine körperliche wie auch geistige Vereinigung war. Für Nick war es ebenso, aber zu einer festen Beziehung war er nicht bereit. Damals war es modern, die Liebe als etwas Unverbindliches zu betrachten. Jemanden zu brauchen oder sich binden zu wollen war verpönt. Wenn man einander liebte, musste man dem anderen Freiraum lassen, ihn gehen lassen, wenn er wollte. Wenn er wiederkam, war es gut, wenn nicht, dann eben nicht. Nick und ich trennten uns unter Tränen. Ich wartete darauf, dass er zurückkam, war mir sicher, dass wir zusammengehörten. Er kam nicht zurück. Sechs Monate später heiratete er eine Brasilianerin. Es war eine der großen Lehren in meinem Leben: Wenn jemand sagt, er sei noch nicht bereit, sich zu binden, heißt das: nicht an dich, Schätzchen. Ich suchte Trost bei meinem Lieblingsbuch, *Der Prophet* von Kahlil Gibran, und las, dass die Liebe einen krönen aber auch kreuzigen, wachsen lassen oder stutzen konnte. Nick hatte meine Liebe abgehackt und mich gestutzt zurückgelassen.

Nach John hatte ich noch einige Beziehungen, zwei davon waren ein Desaster, andere liefen einigermaßen, aber es war niemand Besonderes darunter. Ich dachte an das letzte Desaster namens Martin Mitchell. Er war nicht einmal mein Typ, ich mochte Lippen nicht, die so wulstig waren wie die von Mick Jagger. Eingebildet war er auch. Aber er mochte mich. Er wohnte in London, war geschieden und hatte ein Ferienhaus auf Rame. Mehrere Sommer lang ignorierte ich seine Annäherungsversuche, doch sie schmeichelten mir, und schließlich gab ich nach. Ich war mit niemandem liiert, hatte Angst, eine alte Jungfer zu werden, und ließ mich zum Essen einladen. Martin aß wie eine Kuh, zermalmte das Essen zwischen den Zähnen. Eigentlich hätte ich da schon den Rückwärtsgang einlegen sollen. Bei unserem dritten Date und nach zwei Flaschen Wein gingen wir zu ihm und stolperten in sein Bett. Zu seinem Leidwesen bekam er keine Erektion. Ich versicherte ihm, das sei kein Problem. Doch als die Wirkung des Alkohols verflog, wünschte ich mir sehnlichst, zu Hause zu sein. Aber ich durfte noch nicht gehen, er musste mir noch zeigen, was er konnte.

»Es gibt ja noch andere Möglichkeiten«, sagte er. Ich wollte ihn nicht kränken und ihm das Gefühl geben, versagt zu haben, also blieb ich. Ich wusste, wie empfindlich das männliche Ego war. *Das wird meine gute Tat für die Woche*, dachte ich, *danach bin ich weg.*

»Warte, gleich klappt's«, sagte er und verschwand unter der Bettdecke. Dort blieb er in der nächsten halben Stunde, nuckelte an mir oder pustete in mich hinein.

Während er sich abrackerte, zählte ich die Risse an der Zimmerdecke. Weil ich kein Spielverderber sein wollte, stöhnte ich hier und da, tatsächlich fühlte es sich aber an, als wäre zwischen meinen Schenkeln eine Schnecke, die rhythmische Gymnastik machte. Ich sagte mir, je rascher das Ganze beendet sein würde, desto schneller wäre ich wieder zu Hause, könnte mir eine Tasse Tee machen und ein gutes Buch lesen.

Als er sich endlich von mir löste, hörte man ftt-ftt-ftt. Es war die in mich gepumpte Luft, die langsam entwich. Ich konnte nichts dagegen tun. Selbst meine jahrelange Beckenbodengymnastik half nicht mehr.

Wir hätten darüber lachen können. Manchmal ist Sex eben auch lustig. Aber Martin tauchte mit entrüsteter Miene auf und sagte: »Seit Jahren träume ich von dir, und dann ist es so weit, und du furzt mir ins Gesicht.«

»Das war kein Furz«, antwortete ich pikiert. »Es kam nicht aus dem Darm. Gerochen hat es auch nicht.«

Aber der Moment, an dem wir hätten lachen können, war vorbei.

In der Woche darauf schickte er mir eine SMS. *Habe mir Viagra besorgt. Wollen wir es noch mal probieren?*

»Tut mir leid«, antwortete ich, »aber ich habe Besuch.«

Danach meldete er sich nicht mehr, und ich beschloss, das Thema Männer abzuhaken.

»Als würde er einen Luftballon aufblasen«, erzählte ich Anna. »Ein Wunder, dass ich nicht durchs Fenster davongeschwebt bin. Ich wäre in den Nachrichten gewesen. Seltsames Objekt im Weltraum gesichtet. War es eine Mondsonde? Eine Rakete? Nein, es war Dee McDonald, die von Martin Mitchell aufgepumpt worden war.«

Anna lachte sich krumm, schenkte mir die griechische Statue und sagte, es sei noch zu früh, das Handtuch zu werfen, es habe sich um eine Sexvariante namens »Pustekuchen« gehandelt.

»Hast du das denn auch schon mal erlebt?«, fragte ich.

»Nein, aber man lernt ja nie aus.«

Das war vor fünf Jahren. Seitdem war ich solo.

Als ich aus meiner Behandlung kam, war von meinen Schwestern nichts zu sehen. Ich schaute auf mein Handy, dachte, dass wir zusammen zu Abend essen könnten. Nein, den Vorschlag hatte keine von ihnen gemacht. Auch gut. Dafür warteten mein schönes Zimmer und das Bad auf mich. Auf dem Weg dorthin zog ich eine erste Bilanz. Ich hatte mich mit Fleur unterhalten, vielleicht konnte das ja schon als Fortschritt gelten. In meinem Zimmer bestellte ich mir etwas zu essen und ließ mich auf meinem Bett in die dicken weichen Kissen sinken.

11

Sonntag, 11. Oktober, 10:00 Uhr

Aus dem Konferenzraum, wo unsere Meditation stattfinden sollte, wehte der Duft von Räucherstäbchen heraus. Wir betraten den Raum. Daniel lagerte zu Füßen eines älteren Inders. Dieser saß auf einem Sessel, über den man ein weißes Tuch gebreitet hatte. Beide Männer trugen weiße Kurtas und weite weiße Hosen.

»Guru-Klamotten«, flüsterte Fleur.

Daniel nickte uns zu und bedeutete uns mit einer Handbewegung, auf den noch freien Yogamatten Platz zu nehmen. Rund zwanzig Personen hatten sich schon niedergelassen. Wir verzogen uns in die letzte Reihe. Geschmeidig nahm Rose einen Schneidersitz ein. Meine Mutter hatte mir erzählt, dass Rose regelmäßig Yoga machte, und zwar Bikram-Yoga, die Variante also, die in überheizten Räumen stattfand. Anna und ich hatten das auch einmal versucht, aber wir schafften nicht eine der Stellungen. Noch vor Ende der Stunde verdrückten wir uns und gingen Biryani essen. Seitdem nennt Anna das Ganze Biryani-Yoga.

Ich setzte mich und zog die Knie an. Fleur tat es mir

nach. Einige der Teilnehmer hatten die Augen geschlossen. Andere hatten die Augen offen und schienen zu warten. Niemand sagte etwas. Es war eine friedliche Atmosphäre.

Dann kamen noch einige Teilnehmer herein und ließen sich nieder. Daniel stand auf und stellte uns den Inder als Swami Muktanand vor. Mich erinnerte er an den Weihnachtsmann, mit freundlichem Lächeln, weißem Bart und gütiger Miene.

»Willkommen meine lieben Freunde, Brüder und Schwestern«, begann Swami Muktanand. »Ich freue mich, Sie kennenzulernen. Als Erstes werden Sie mir heute eine kleine Weile zuhören müssen. Danach versuchen wir zu meditieren. Meditation bedeutet Konzentration. Dabei kann man sich auf unterschiedliche Dinge konzentrieren. Manche benutzen ein Mantra oder Musik oder Geräusche, andere eine Kerze oder ein Bild. Wieder andere wenden sich nach innen und konzentrieren sich auf ihren Atem. Wir machen heute etwas, das Ihnen helfen wird, sich von negativen Gefühlen und Gedanken zu befreien. Wir atmen aus und stoßen dabei Hass, Zorn, Angst und ähnlich unschöne Gefühle aus. Es ist ganz einfach. Konzentrieren Sie sich auf Ihren Atem. Wenn Ihre Gedanken abschweifen, machen Sie sich keine Sorgen. Stellen Sie sich vor, Sie wären ein stiller, uralter Berg und Ihre Gedanken Vögel, die um ihren Gipfel kreisen. Lassen Sie sie davonfliegen. Und denken Sie an Ihren Atem. Er verbindet Sie mit der Gegenwart, er ist Ihr Anker.«

»Das mit dem uralt kriege ich hin«, flüsterte Fleur. »Mir tun jetzt schon die Knochen weh.«

»Pscht«, machte Rose. Offenbar nahm sie die Meditationsübung so bitterernst wie früher den Schulunterricht. Vorbildliche Schülerin, die sie war, saß sie kerzengerade da. Auch Fleur benahm sich typengerecht und schnitt Rose eine Grimasse.

»Den Atem nicht vergessen«, ermahnte Swami Muktanand uns. »Und nun machen wir etwas Wunderbares. Schließen Sie die Augen und atmen Sie ein. Halten Sie den Atem an … eins … zwei … drei … und atmen Sie wieder aus.«

Wir waren eine gehorsame Gruppe und taten alles, was er sagte. In den ersten fünf Minuten schaffte ich es sogar, mich zu konzentrieren, einzuatmen, den Atem anzuhalten und wieder auszuatmen.

Mir gefiel auch das, was Swami Muktanand über den Atem als Verankerung in der Gegenwart …

Konzentrieren, befahl ich mir. Nicht an alles Mögliche denken.

Einatmen, halten. Kraft einatmen, Hass, Zorn und Angst ausatmen. Puh, das wäre ein langes Ausatmen geworden. Dazu hätte ich Wochen gebraucht.

Noch mal: einatmen, gut, halten … halten … Zorn, Angst und Trauer ausatmen. Da hatte sich einiges angestaut: Mums Tod, Lucy, die mir fehlte, die Sorge um mein Haus … ausatmen.

Einatmen, halten … Enttäuschung, Sorge, negative Gefühle ausatmen.

Ich fragte mich, was meine Schwestern ausatmeten.

Mir schien, dass ich von allen Anwesenden am lautesten pustete. Vielleicht war das falsch. Ich linste zu den anderen. Alle saßen mit geschlossenen Augen da, sogar Fleur. Ich schielte zu Daniel hinüber. Er wirkte heiter und gelassen. Offenbar musste er sich nicht von Frustrationen befreien.

Mach die Augen zu!

Ich schloss die Augen, doch Daniels Bild blieb.

Er hatte eine schöne Nase. Gerade. Vornehm. Ich fragte mich, ob er Single war.

Wieder öffnete ich die Augen. Diesmal um zu sehen, ob er einen Ehering trug. Ich konnte es nicht erkennen, er saß zu weit weg.

Als ich in Indien war, hatte ich schon einmal meditiert. Auch später wieder in England. Meine Güte, wie viele Om und Nam Myoho Renge Kyo ich schon intoniert hatte! Eigentlich müsste ich mittlerweile wissen, wie der Hase läuft.

Wo könnte Daniel wohnen?

Warum dachte ich denn jetzt an ihn? Ich musste mich konzentrieren.

Einatmen, halten … Kummer und Sorge ausatmen. Ich sah meine Mutter vor mir und wurde erneut von Trauer befallen. Atmen! Vor den Leuten hier wollte ich nicht weinen. Ausatmen, ausatmen, ausatmen.

Plötzlich musste ich aufs Klo. Ob man einfach aufstehen und kurz verschwinden konnte, ohne die anderen zu stören? Wahrscheinlich nicht. Ich musste den Drang vergessen. Bloß nicht mehr daran denken.

Allmählich tat mir mein Hintern weh.

Ich setzte mich um.

Verdammt, mein Bein war eingeschlafen.

Ich setzte mich noch mal anders hin. Jetzt war es besser.

Wieder überlegte ich, welche Gefühle Rose und Fleur wohl ausgestoßen hatten. Nein, darüber dachte ich lieber nicht nach. Spielte auch keine Rolle. Ich musste mich konzentrieren.

Wie selbstgefällig Rose aussah, weil sie so lange im Schneidersitz verharren konnte. Wahrscheinlich würde sie sogar die Lotushaltung schaffen. Die konnte ich auch mal. Ich musste fitter werden. Sollte wieder Pilates machen.

Herrgott, ich dachte einfach zu viel.

Ich war ein Berg, meine Gedanken waren Vögel. Okay, fliegt weg, Vögel. Moment mal, was für Vögel sollten das eigentlich sein? Gurrende Tauben? Krächzende Krähen? Kraniche und Wildgänse auf dem Weg in den Süden? Möwen? Geier? Geier können brutal sein. Ob der Swami sich über die Vielfalt der Vögel im Klaren war und auch, wie einige von ihnen den Betrachter ablenken konnten? Verdammt, wieder mal machte ich alles viel zu kompliziert. Ich war ein Berg, der in sich ruhte. Einatmen, halten ... ausatmen. Hey, da kam eine ganze Schar Spatzen, bestimmt Hunderte. Hilfe, das war keine Meditation, ich befand mich mitten in Hitchcocks Film *Die Vögel*. Wo war mein Gewehr? Die Viecher würde ich runterholen. Das würde ihnen eine Lehre sein. Hm, sehr friedliche Gedanken waren das ja nicht. Verdammt, die Vögel machten mich wahnsinnig. Einatmen, halten ...

Wie lange sollte das eigentlich gehen? Ich hatte schon jetzt das Gefühl, hier seit ewigen Zeiten zu hocken.

Einatmen, ausatmen, halten. Nein, andersherum.

Einatmen, halten … ausatmen. Noch mal. Und noch mal. Sehr schön, langsam schien es zu klappen.

»So und nun öffnen Sie die Augen wieder.« Ich tat wie geheißen. Der Swami lächelte uns gütig an. »Das hat gutgetan, nicht?«

Ich würde eher das Gegenteil behaupten, aber das lag wahrscheinlich an mir.

Auf dem Weg zu unseren Zimmern fragte ich Fleur leise, wie es für sie gewesen sei.

»Ich bin eingeschlafen«, antwortete sie.

Rose konnte ich nicht fragen, sie war schon am Empfang, um sich ihren Zimmerschlüssel geben zu lassen.

Als ich eine halbe Stunde später auscheckte, sagte die Empfangsdame, meine Schwestern hätten das Hotel bereits verlassen. Ohne sich zu verabschieden! Ohne zu fragen, ob sie mich vielleicht bis zum Bahnhof mitnehmen könnten. Diese dummen Hühner. Rose würde zu ihrer Familie und in ihr gesichertes Leben mit der abgezahlten Hypothek zurückkehren. Fleur würde in ein paar Stunden wieder in ihrer luxuriösen Wohnung in Knightsbridge sein. Keine von ihnen hatte Sorgen wie ich, und trotzdem hatten sie sich nicht einmal erkundigt, wie ich nach Hause kommen würde.

Daniel kam auf mich zu. Einatmen, halten … ausatmen.

»Wie fanden Sie die Meditation?«, fragte er.

»Gut. Entspannend.« Ich bemerkte, dass ich errötete, ich konnte noch nie gut lügen. Daniel stand dicht vor mir und schaute mir in die Augen. Ich spürte seine Anziehungskraft.

»Ausgezeichnet. Vielleicht üben Sie ja zu Hause weiter.«

»Das werde ich tun.«

»Fahren Sie jetzt nach Hause?«

»Ja, nach Plymouth.

»Mit dem Zug?«

Ich nickte.

»Ich muss auch zum Bahnhof. Sind Ihre Schwestern schon fort?«

Wieder nickte ich und kam mir vor wie einer der Plastikhunde, die man bei manchen Leuten hinten im Auto sieht. Vielleicht sollte ich es als eine Art Meditation ansehen. Kopf senken, halten, Kopf heben. Himmel, Dee, sagte ich mir, jetzt benimm dich doch einfach mal wie ein normaler Mensch. »Sie waren mit dem Auto hier. Also jede mit ihrem.«

Daniel schaute zur Eingangstür. »Ich glaube, Sie sind ganz anders als Ihre Schwestern.«

»Tja, das war wohl von jeher so.«

»Sie sehen sehr gut aus.«

»Eigentlich ist Fleur die Schönheit, aber Rose war immer am stilvollsten.«

Daniel lächelte. »Ich hatte Sie alle drei gemeint.«

Ich wand mich innerlich. Wahrscheinlich wollte er nur nett sein. Sein Blick kehrte zu mir zurück. Ich errötete schon wieder. »Sie sind das mittlere Kind«, sagte er.

»Und was soll das bedeuten?«

»Dass die anderen einen überstrahlen und man die

eigene Schönheit nicht erkennt.« Ich wollte etwas einwenden, aber da zeigte Daniel auf sich. »Ich bin auch ein mittleres Kind und weiß, wovon ich rede. Mein älterer Bruder hat ein Vermögen gemacht. Nach weltlichem Maßstab ist er ein Erfolg. Mein jüngerer Bruder hat sich im Sport hervorgetan. Dazwischen gibt es mich.« Er verzog das Gesicht. »Ich dachte, mit den beiden kann ich es nicht aufnehmen. Ich war ein Bücherwurm, habe nach Antworten gesucht.« Ich lächelte anerkennend. »Aber genug davon. Wie wollen Sie zum Bahnhof kommen?«

»Mit dem Taxi.«

»Sollen wir uns eines teilen?«

»Gern. Was ist mit Swami Muktanand? Fährt er auch mit, oder beamt er sich nach Hause?«

Daniel lachte. »Würde mich nicht wundern, aber er bleibt heute Nacht im Zentrum von Bristol. Ich habe ihm einen Fahrer bestellt.«

»Welchem Zentrum?«

»Dem Meditationszentrum. Die gibt es überall in England. Auf der Fahrt zum Bahnhof kann ich Ihnen mehr darüber erzählen.«

Mit einem Mal war der Sonntag viel schöner. Ich würde mit einem attraktiven Mann zum Bahnhof fahren, und weit und breit war keine Schwester, die mich ausstechen konnte.

12

Sonntag, 11. Oktober, abends

Rose

Auf der Schnellstraße und schon halb in London fiel mir ein, dass ich Dee bis zum Bahnhof von Taunton hätte mitnehmen können. Aber Fleur war ja auch mit dem Wagen gekommen, vielleicht hatte sie daran gedacht. Hoffentlich. Abgesehen davon gibt es Taxis, und Dee ist eine erwachsene Frau. Gott sei Dank, ein Wochenende wäre geschafft. Fünf bleiben noch. Falls die so werden wie die letzten beiden Tage, drehe ich durch. Mum hat es natürlich gut gemeint, aber eine Darmspülung? Besten Dank. Ich habe dieser Michelle einen Fünfziger in die Hand gedrückt, und der Fall war erledigt, inklusive Schweigegeld. Ich muss einen Riesenstapel Manuskripte lesen, da brauche ich nicht auch noch einen Gummischlauch im Hintern, der mich angeblich glücklich macht. Die Meditationsübung hätte ich mir ebenfalls sparen können. Ich habe viel zu viel im Kopf, wie soll man da innere Ruhe finden. Obwohl ich gegen innere Ruhe nichts einzuwenden hätte. Ich wette, Fleur und Dee hassen mich für meinen eiligen

Aufbruch. Vielleicht hätten sie noch ein wenig zu dritt zusammensitzen wollen. Sie wissen ja nicht, wie mein Leben aussieht. Ich könnte es ihnen schildern, vielleicht würden sie mich dann verstehen. Nur möchte ich nicht mit ihnen, sondern mit Hugh darüber reden. Auch nicht mit Gott, liebe Mum.

Fleur

Ich bin einsam, das kann ich ruhig zugeben. In meiner leeren, dunklen Wohnung komme ich mir sogar noch einsamer vor als sonst. Ich Arme. Ich muss mich mit einem Glas Wein stärken.

Es hat mich gefreut, wieder Kontakt zu meinen Schwestern zu bekommen. Zumindest, was Dee betrifft, Rose kann ziemlich eklig sein. Dee war schon früher ein lieber Schatz. War auch schön, noch mal über die alten Zeiten zu lachen. Meine Schwestern! Niemand kennt mich so gut wie sie. Aber sie kennen mich ja auch schon seit meiner Geburt. Natürlich können wir uns schrecklich piesacken, aber welche Geschwister tun das nicht? Eigentlich war es wunderbar, sie wiederzusehen. Ich hoffe, sie werden wieder Teil meines Lebens. Sogar Rose.

Mums Tod war ein schwerer Schlag für mich. Auch für Rose und Dee. Mum war mein Zuhause, ganz gleich, wo sie sich aufhielt. Selbst in ihrer Seniorenwohnung war sie mein Fels in der Brandung. So jemanden habe ich jetzt nicht mehr. Ich habe weder einen Ehemann noch einen Lebensgefährten, nicht einmal Freunde. Letzteres liegt zum einen daran, dass ich viel gereist bin und lang im Ausland gelebt habe. Zum anderen habe ich in meinem Leben viel Mist gebaut und eine ganze Reihe Freunde verprellt. Ich tue mir leid, warum auch nicht. Egoistisch hat Rose mich genannt. Die dumme Gans. Aber wahrscheinlich hatte sie recht.

Wie lieb, dass Mum uns ihre Liste hinterlassen hat und sich noch aus dem Grab heraus um uns kümmert. Als ich gestern das Video mit ihr gesehen habe, war es, als würde sie noch leben. Nein, nicht wirklich. Vor mir liegen noch fünf Wochenenden mit meinen Schwestern. Wie viele Eltern würden sich die Mühe machen, sechs Wochenenden für ihre erwachsenen Kinder zu planen? Aber so jemanden wie unsere Mutter gibt es so schnell nicht wieder. Wie schön es sein wird, auch an den anderen Wochenenden ihr liebes Gesicht zu sehen und zu hören, was sie sich ausgedacht hat. Ihr Vermächtnis bedeutet mir sehr viel, auch wenn es ein bisschen schräg ist. Wahrscheinlich habe ich das Schräge von ihr geerbt. Die verrückte Fleur Parker. Wo ist sie geblieben? Das frage ich mich ständig. Verdammt, warum gewährt man Toten keinen letzten Anruf, nur um zu sagen, »hör mal, ich bin jetzt im Jenseits, aber es geht mir gut«.

Die Leute schauen mich an und halten mich für einen Glückspilz. Ja, ich habe Geld, ein schickes Auto, Immobilien und eine teure Wohnung in Knightsbridge. Ich habe nur niemanden, mit dem ich all das teilen kann. Klar kenne ich viele Menschen, aber sie sind nur Bekannte, keine Freunde, und das ist ein himmelweiter Unterschied. Ich sehne mich nach jemandem, der freitagabends auf mich wartet, mir ein Glas Wein einschenkt und fragt, wie mein Tag oder meine Woche war. Jemand, der mich wirklich kennt und so akzeptiert, wie ich bin. In meinem Alter ist es nicht mehr so einfach, Männer kennenzulernen. Man braucht Freunde, die einen mit alleinstehenden Männern bekannt machen, und diese Freunde habe ich nicht. Ein einziges Mal habe ich es mit einer Internet-Partnervermittlung versucht. Nie wieder. Es ist zu deprimierend. Meine Nachbarin hat mir erklärt, so etwas müsse man wie einen Job angehen und eine feste Anzahl Stunden investieren. Aber so verzweifelt bin ich nicht. Oder doch? Früher musste ich Männer nur anschauen, und schon hatte ich sie an der Angel. Würde ich heute nicht mehr schaffen.

Ich wünsche mir jemanden, der für mich da ist und der mich liebt. So wie Mum es für mich war. Aber sie ist tot und hat eine Riesenlücke hinterlassen. In meinen Schwestern habe ich sie jedoch wiedererkannt, in ihren Gesten, Angewohnheiten und den Ausdrücken, die wir benutzen, ohne zu wissen, wie typisch sie für uns sind. Rose hat die zierliche Figur meiner Mutter und die Augen, die alles mitkriegen. Dee hat Mums Nase und ihr breites Lächeln. Höchste Zeit, dass sie ihr diese Dinge zurückgeben. Haha. Das sollte ein Witz sein. Dee sieht gut aus, aber sie färbt ihre Haare zu dunkel, das steht ihr nicht. Sie braucht Glanzlichter und einen guten Schnitt, der ihr Haar um gute fünf Zentimeter auf Schulterlänge kürzt. Würde sie Jahre jünger machen. Ab einem bestimmten Alter sollte eine Frau sich für sanfte Haarfarben entscheiden – honigblond, karamellfarben, milchschokoladenbraun. Bin ich ein Besserwisser? Niemals. Schade, dass Dee und Rose dieses Wort nicht eingefallen ist, als sie mich charakterisieren sollten.

Rose und Dee sind meine Familie. Bis auf einige entfernte Cousins und Cousinen, die ich kaum kenne, sind sie die einzigen Verwandten, die ich noch habe. Was für ein alberner Streit das damals war. Wir haben unseren Groll viel zu lang gehegt. Als Mum noch lebte, war ich mit meinen Schwestern verbunden. Ich wusste, wo sie wohnten, wie es ihnen ging, was sie machten. Alle Neuigkeiten habe ich von Mum erfahren, deshalb war es nicht so schlimm, dass Rose, Dee und ich nicht mehr miteinander gesprochen haben. Meine Schwestern existierten trotzdem irgendwo im Hintergrund. Wenn Mums Plan aufgeht und wir glücklich werden, hätte ich nichts dagegen. Ich könnte ein paar Glücksgefühle brauchen, auch ein bisschen Gesellschaft. Deshalb werde ich Mums Programm bis zum Schluss durchziehen, mitsamt Darmspülung und was sonst noch dazugehört.

Sonntag, 11. Oktober, spätabends

Dee

Zu Hause in Kingsand lief ich sofort zu Anna, um ihr alles zu berichten. In ihrem Schlafzimmer brannte Licht. Ich nahm an, dass sie noch las und eine Tasse Kakao trank, das tat sie meistens vor dem Einschlafen. Anna und ich waren äußerst vergnügungssüchtige

Frauen, und wenn wir mal richtig auf den Putz hauen wollten, lasen wir bis spät in die Nacht.

Ich schloss die Haustür auf und stieg die Treppe hinauf.

»Ich bin's«, rief ich.

Sie antwortete nicht. Ich hörte einen merkwürdig erstickten Laut und dachte, hier stimmt was nicht. »Anna!«, rief ich, »ist was passiert?« Ich stieß die Schlafzimmertür auf.

Anna war im Nachthemd. Jemand hatte sie geknebelt und ans Bett gefesselt. Sie warf den Kopf hin und her, als wollte sie etwas sagen. Ich riss ihr den Knebel aus dem Mund.

»Wer hat das getan? Geht es dir gut?« Ich löste Annas Fesseln. »Bist du verletzt? Sind die Typen noch im Haus?«

Annas Brustkorb bebte. Wieder entrang sich ihr ein erstickter Laut. Ich brauchte einen Moment, bis ich begriff, dass sie lachte.

»Du liebe Güte«, sagte ich. »Was ist los? Und was ist so lustig?«

Anna setzte sich auf. »Ian ist los. Er hat *Fifty Shades of Grey* gelesen und wollte unser Sexleben aufpeppen.«

»O nein. O Gott, wo ist er?«

»Im Bad, um Massageöl zu suchen. Er wird gleich wieder da sein.«

»Hilfe, ach herrje, entschuldige. Ich – ich wollte dir nur von meinem Wochenende erzählen – bin schon wieder weg.«

Ich machte kehrt und riss die Tür auf. Aus dem Bad hörte ich die Toilettenspülung. Gleich darauf kam Ian heraus. »Ah, Besuch«, sagte er. Dass er splitterfasernackt war, schien ihn nicht zu stören.

»Ich verschwinde sofort«, murmelte ich hastig und wandte den Blick ab. »Entschuldige die Störung. Bis die Tage. Tut mir wirklich leid.«

Ian und Anna brachen in Gelächter aus. »Du kannst ruhig bleiben«, rief Anna. »Bei uns dürfte sowieso die Luft raus sein.«

»O nein, nein«, rief ich und rannte die Treppe hinunter. »Macht bitte weiter. Komm morgen früh auf einen Kaffee, Anna.«

»Okay«, rief Anna. »Bis dann.«

Was für ein stilles Wasser Anna war, dachte ich auf dem Weg über die Straße. In meinem Haus steuerte ich den Kühlschrank an, holte eine Flasche Weißwein heraus und schenkte mir ein großes Glas ein.

Montag, 12. Oktober, morgens

»Erzähl mir mehr über diesen Daniel«, sagte Anna, nachdem ich ihr die Ereignisse des Wochenendes geschildert hatte. Sie war zum Frühstück erschienen. Wir aßen Rührei auf Toast und tranken Kaffee.

Ich zuckte mit den Schultern. »Da gibt es nicht viel zu erzählen.« Ich hatte über meine Eindrücke geschlafen und war nicht mehr so aufgeputscht wie am Vorabend, als ich Hals über Kopf zu Anna gestürmt war. Im unbarmherzigen Licht des Tages sah ich die Dinge klarer. Auf der Fahrt zum Bahnhof hatten Daniel und ich nett geplaudert. Er konnte nicht nur gut reden, sondern auch zuhören. Er lachte viel, das mochte ich. Er erkundigte sich nach meiner Malerei, meinem Leben und nach meiner Beziehung zu Lucy. Erst auf der Zugfahrt nach Plymouth fiel mir auf, dass ich kaum etwas über ihn erfahren hatte, außer dass er zwei Brüder hatte, in London wohnte, die Auftritte von Swami Muktanand organisierte und einer der Manager von Heaven on Earth war, Zentren, in denen die Kunst der Meditation gelehrt wurde. Zurzeit war er Single.

»Ihr habt euch also ein Taxi geteilt, und dann habt ihr noch was getrunken.«

»Wir hatten eine gute halbe Stunde, bevor wir zum Zug mussten.«

»Das war Schicksal.« Anna klatschte in die Hände. »Wie im Film *Begegnung*.«

»Komm, hör auf. Die Frau in dem Film war verheiratet. Das bin ich nicht. Daniel ist es auch nicht.«

»Sieh an, das weißt du also schon.«

»Ja, aber bestimmt sind zig Frauen hinter ihm her.«

»Und warum sollte er sich nicht für dich entscheiden? Du siehst wundervoll aus. Du bist wundervoll.«

»Danke, aber ich möchte mit niemandem zusammen sein. Ich bin auch allein glücklich. Ich will das nicht mehr. Darauf warten, dass einer anruft. Mich fragen, ob ich ihm vertrauen kann. Mir Sorgen machen, was er denkt, wenn ich mich vor ihm ausziehe. Die Jahre, die es dauert, bis man einvernehmlich schweigen kann. Irgendwas wird mit Daniel nicht stimmen. Männer sind entweder untreu oder Säufer, oder sie sind vom Sport besessen oder arbeiten rund um die Uhr. Oder sie sind langweilig.«

Anna hörte auf zu kauen. »Warum siehst du sie denn nur negativ, das passt doch gar nicht zu dir. Und warum redest du dir diesen Daniel schon aus, bevor du ihn überhaupt richtig kennengelernt hast? Es gibt doch auch Männer wie Ian, der ist nichts von dem, was du gerade gesagt hast.«

»Er ist sexbesessen«, sagte ich. Anna lachte. Zu ihrem Vorwurf, ich sähe Männer nur negativ, äußerte ich mich nicht. Ich wollte von einem Mann nicht mehr verletzt oder enttäuscht werden, deshalb hielt ich mich zurück und ließ mich auf niemanden ein. Wahrscheinlich hatte ich diese Einstellung John zu verdanken. Ständig hatte er mich kritisiert und zum Schluss nicht einmal mehr mit mir geschlafen. Mein Selbstvertrauen hatte einen Knacks bekommen. Nach unserer Trennung ging ich zu einer Therapeutin. Sie erklärte, ich müsse mich auch meiner Schuld an der gescheiterten Beziehung stellen. Ich sollte erkennen, dass ich an Verlustängsten litt, die durch den frühen Tod meines Vaters ausgelöst worden waren. Deshalb würden mir Männer gefallen, die diese Ängste bestätigten. Nach der Sitzung ging es mir noch schlechter als zuvor. Es war, als hätte ich eine verschorfte Wunde aufgekratzt. Ich beschloss, meine Wunden ohne Therapiestunden heilen zu lassen. An diesem Entschluss hatte auch die Sitzung mit Beverly nichts geändert. Man musste Vergangenes loslassen. Ich hatte meine Katzen und meine Arbeit. Ich hatte Anna und bis vor Kurzem noch ein schönes Zuhause. Das reichte aus. Weiter wollte ich meine Art zu leben nicht hinterfragen.

»Ian sorgt dafür, dass unsere Beziehung interessant

bleibt«, sagte Anna und holte mich wieder in die Gegenwart zurück. »Das mag ich.«

»Wie ist es in eurem Sündenpfuhl weitergegangen?«

Anna kicherte. »Trotz seines kaputten Knies hat Ian eine ganz verrückte Stellung ausprobiert und sich den Nacken verrenkt. Ich habe ihn mit Franzbranntwein eingerieben und ihm eine Tasse Tee gemacht.«

»Fifty Shades of Earl Grey, die Alternative für Leute über fünfzig.«

»Und Franzbranntwein, damit einen wenigstens etwas penetriert.«

»Wie aufregend.« Ich lachte. »Wir benehmen uns wie Teenager.«

»Warum nicht«, sagte Anna. »Auch mit fünfzig fühle ich mich manchmal noch wie neunzehn. Die mittleren Jahre zwingen einen doch nicht, langweilig zu werden und sich nicht mehr zu amüsieren.«

»Es sei denn, man verrenkt sich beim Amüsieren den Nacken. Meine Mutter war der gleichen Ansicht. Sie hat sich noch jung gefühlt, als sie schon über achtzig war, und erklärt, ›das Leben besteht nicht nur aus Krankheit, Trübsal und Zahnersatz‹.«

»Eine kluge alte Dame. Wir sagen einfach Nein zur Resignation.«

Eine Zeit lang schwiegen wir. »Tut mir leid, dass ich gestern Abend bei euch reingeplatzt bin«, sagte ich. »Ich hoffe, ich habe nicht alles ruiniert.«

»Ach was, Ian und ich haben darüber gelacht. Du hättest dein Gesicht sehen sollen. Zum Piepen. Weißt du, irgendwann wird es auch für dich wieder jemanden geben. Vielleicht dieser Daniel. Er scheint interessant zu sein.«

Ich verzog das Gesicht. »Ich bin nicht in Eile, und Daniel sehe ich erst im Dezember wieder. Ich habe ihn gefragt, was Fleur, Rose und mir dann bevorsteht, doch das wollte er mir nicht verraten.«

»Hm«, brummte Anna.

»Egal, ich habe sowieso andere Sorgen. Zum Beispiel, wo ich künftig wohnen werde.«

»Wie läuft das denn?«

»Drei Besichtigungstermine in den kommenden Wochen. Es gibt noch nicht viele Interessenten, aber die, die kommen, meinen es offenbar ernst. Michael Harris wird sich freuen.«

»Der war am Samstag hier im Pub. Ian ist mit ihm ins Gespräch gekommen. Er hat einen netten Eindruck gemacht und nach dir gefragt. Schien interessiert zu sein.«

»Ja, weil er wissen will, wann ich das Haus räume.«

»Nein. Er hat sich nach deinen Gemälden erkundigt. Eines hatte er bei seiner Mutter gesehen.«

»Meine Gemälde, soso.«

»Ja, das Haus hat er mit keiner Silbe erwähnt. Er ist geschieden. Seine Frau ist mit dem Tennislehrer durchgebrannt.«

»Ja und?«

Anna zuckte mit den Schultern. »Männer sind wie Busse. Zuerst wartet man ewig, dann kommen zwei auf einmal. Wie Michael und Daniel.«

»Anna, bitte. Michael interessiert mich nicht einmal ansatzweise. Und ich bin nicht sein Typ.«

»Du weißt nicht, wer sein Typ ist. Halte dir wenigstens die Optionen offen. Nein, noch besser. Fang was mit Michael an. Heirate ihn. Wenig später hat er in deinem Haus einen tödlichen Unfall, fällt die Treppe runter oder so. Problem gelöst, das Haus gehört dir.«

»So viel Fantasie! Du solltest wirklich einen Roman schreiben.«

»Ja, nicht wahr? Mit dem Titel ›Die Frau im Irgendwas‹. Du wärst die stille Frau, die von niemandem verdächtigt wird. ›Die Frau im dicken Baumwollunterhemd‹.«

Frechheit. Woher wusste Anna, dass ich dicke Baumwollunterhemden trug? »Leider will ich Michael weder heiraten noch ermorden.«

»Manchmal bist du echt langweilig, weißt du das? Gut, dann erzähl mir noch ein bisschen von deinem Wochenende. Du hattest ein Coaching, eine Darmspülung und eine Meditationsübung. Hey, wir könnten es die Eat-Pray-und-Love-Tour nennen.«

»Oder die Blut-Schweiß-und-Tränen-Tour. Bei der Meditationsübung dachte ich, ich drehe durch. Eine verrückte Reaktion.«

»Du *bist* verrückt. Deshalb liebe ich dich. Im Vergleich zu dir bin ich normal.«

»Sagt die Frau, die davon spricht, Ehemänner zu ermorden.«

Anna grinste. Dann runzelte sie die Stirn. »Wie bist du eigentlich mit deinen Schwestern ausgekommen?«

»Keine Ahnung. Fleur und ich haben ein bisschen geplaudert. Rose war so unnahbar wie immer. Beide sind abgereist, ohne sich von mir zu verabschieden.«

»Was gut war, sonst hättest du dich ja nicht mit Daniel unterhalten.«

»Daniel spielt keine Rolle. Er ist bloß ein Teil von Mums Plan.«

»Aha. Botschaft angekommen. Weißt du, wie er mit Nachnamen heißt? Nur für den Fall, dass ich ihn googeln will.«

»Anna!«

»Spielverderberin!«

Als Anna sich verabschiedet hatte, sank meine Stimmung wieder. Misty saß auf der Fensterbank. »Ob ich jemals wieder Sex habe?«, fragte ich sie. »Was meinst du, gibt es noch Hoffnung?«

Misty krümmte sich. Zuckungen durchliefen ihren Körper. Gleich darauf würgte sie einen Klumpen Katzenhaar hervor.

13

Donnerstag, 15. Oktober

Dee

Als ich wach wurde, fühlte ich mich voller Elan, viel besser als in den vergangenen Wochen. Selbst die Tatsache, dass jemand aus dem Maklerbüro mit den ersten Kaufinteressenten vorbeischauen wollte, konnte mir nichts anhaben. Ich rief Anna an und fragte, ob ich die Zeit, in der die Leute sich bei mir umsahen, bei ihr verbringen konnte.

»Ich ruf gleich zurück«, sagte sie. »Bei mir ist jemand an der Tür.«

Gleich darauf klingelte mein Telefon. Ich dachte, das würde Anna sein, und nahm ab. »Allo«, meldete ich mich mit französischem Akzent. »Dee McDonald, Femme fatale und Mörderin.« Am anderen Ende unterdrückte jemand ein Lachen oder ein Husten. Der Laut klang nicht nach Anna. »Anna?«, fragte ich. »Bist du das?«

»Ähm, nein. Hier spricht Michael Harris.«

»O Scheiße! Also nicht ›Scheiße‹, weil Sie dran sind, sondern, weil ich – ach, verdammt, ich dachte, Sie wären meine Freundin Anna, und da habe ich einen

Witz gemacht.« *Reiß dich zusammen, Dee*! Ich holte tief Luft. »Was kann ich für Sie tun?«

»Ich wollte nur hören, ob alles in Ordnung ist. Heute kommen ja die ersten Interessenten.«

»Das weiß ich.«

»Und – ich dachte, ich könnte Sie vielleicht auf einen Drink einladen. Dann können wir noch mal alles besprechen. Die Besichtigungen müssen Ihnen doch unangenehm sein.« *Und was bitte soll ein Drink daran ändern?* »Oder haben Sie heute schon etwas vor?«

»Ich …«

»Um ein Uhr könnte ich Sie abholen.«

»Ich …« Ich war dermaßen überrascht, dass mir auf die Schnelle keine Ausrede einfiel. »Um eins?«

»Großartig. Bis dann.«

»Ich …«

Zu spät. Er hatte aufgelegt.

Es war ein wundervoller Herbsttag. Michael schlug vor, zum *Whitsand Bay Hotel* in der Nähe von Portwrinkle zu fahren. Wir nahmen die gewundene Straße entlang der Klippen und hatten zu unserer Linken das Meer, das von glitzernden Sonnentupfern gesprenkelt wurde. Ich lehnte mich in die weichen Lederpolster zurück und fühlte mich sehr mondän. Meine Mutter hatte das *Whitsand Bay Hotel* geliebt – ein imposantes Gebäude, das mit seinen grauen zinnenbewehrten Mauern an ein altes schottisches Herrenhaus erinnerte. Von dort aus hatte man eine fantastische Aussicht auf den lang gestreckten Küstenstreifen. Der Rasen führte zu einem kleinen hoteleigenen Strand hinab.

Michael parkte den Wagen. Wir fanden noch einen freien Tisch auf der Terrasse. *Daran könnte ich mich gewöhnen,* dachte ich, als Michael zur Bar ging, um unsere Getränke zu bestellen. Bei John musste ich immer loslaufen, um die Getränke zu besorgen. Damals redete ich mir ein, dass wir gleichberechtigt waren und ich nicht die Frau sein wollte, die von einem Mann erwartete, dass er alles für sie tat. Mit den Jahren wurde mir jedoch klar, dass John erwartete, dass ich alles für ihn tat. Aber an ihn wollte ich jetzt nicht denken, sondern den Augenblick genießen.

»Sie riechen wie mein Vater«, sagte ich, als Michael mit den Getränken zurückkehrte und ein Glas Gin Tonic vor mich stellte.

Michael hob die Brauen. »Ist das gut oder schlecht?«

»Gut. Der Duft ist von Chanel, oder?«

Michael nickte. »Lebt Ihr Vater noch?«

Ich schüttelte den Kopf. »Er starb, als ich sechs war.«

»Das tut mir leid. Auch dass Ihre Mutter in diesem Jahr gestorben ist. Hatten Sie eine enge Beziehung zu ihr?«

»Sehr eng. Das Hotel hier war einer ihrer Lieblingsplätze.« Ich deutete auf mein Glas. »Und das eines ihrer Lieblingsgetränke. Hier haben wir oft gesessen und etwas getrunken.« Ich blinzelte meine Tränen fort. »Haben Sie und Ihre Mutter sich auch nahegestanden?«

Michael schaute auf das Meer hinaus. »In den letzten Jahren weniger. Ich wünschte, ich wäre öfter bei ihr gewesen.«

Ich seufzte. »Ja, ich wünschte auch, ich hätte meine Mutter häufiger besucht. Als sie noch jünger war, ist sie manchmal hierhergekommen, später hat sie das nicht mehr geschafft. Sie war generell reiselustig, aber Cornwall hat sie geliebt.«

Wir schwiegen. Es fühlte sich unbehaglich an. Trauer ist etwas sehr Privates, und wir kannten uns kaum. Wahrscheinlich lag es daran. Michael schien ähnlich zu empfinden, denn er wechselte das Thema. »Wofür steht Dee eigentlich? Für Deirdre? Desdemona?«

»Für Daisy.«

»Aha. Und warum dann die Kurzform?«

»Meine Schulfreundinnen haben mich Dee gerufen, und dann bin ich dabei geblieben. Vielleicht wollte ich meine Individualität betonen und nicht wie meine Mutter und meine Schwestern nach einer Blume genannt werden. Dee war ein Zeichen, dass ich anders und unabhängig war.«

»Warum wollten Sie anders sein?«

»Wollte ich nicht. Oder vielleicht doch. Es ist kompliziert. Familiengeschichten.« Ich redete dummes Zeug und lachte, um es zu überspielen. »Verstehen Sie sich mit Ihrem Bruder?«

Michael verzog das Gesicht. »Wir sind sehr unterschiedlich. Kommen Sie denn gut mit Ihren Schwestern aus?«

»Nicht mehr so, wie es mal war. Man lebt sich auseinander, hört nicht mehr so viel von den anderen, entwickelt sich in eine andere Richtung. So ist das eben. Dann muss man loslassen und die neue Form der Beziehung akzeptieren. Man mag die anderen noch, aber Nähe gibt es nicht mehr.«

Michael nickte. »Traurig, aber wahr. Der Treibsand

des Lebens.« Er wirkte bekümmert, und mir schien, dass er einsam war.

»Bei Hunden und Katzen ist das anders. Solang man sie füttert, entwickeln sie sich nicht von einem weg. Hunde schon mal gar nicht.«

Michael lachte. »Ich auch nicht.«

»Werde ich mir merken.«

»Zurzeit trage ich mich mit dem Gedanken, mir einen Hund anzuschaffen. Das sind treue Gefährten.« Er fixierte mich. »Daisy ist eigentlich ein hübscher Name.«

Ich zuckte mit den Schultern. »Genau. Hübsch wie ein kleines Gänseblümchen. Meine Schwestern heißen Rose und Fleur. Rosen sind schön und elegant. Fleur klingt feminin, französisch und chic. So sind meine Schwestern. Meine Mutter war auch so. Daisy dagegen klingt stinknormal. Wahrscheinlich wäre mir sogar Desdemona lieber gewesen. Vielleicht wäre ich dann aufsehenerregender geworden.«

»Möchten Sie das?«

»Als Teenager wollte ich das. Solche Dinge wünscht man sich in dem Alter doch. Oder finden Sie das anmaßend?«

»Das habe ich nicht gesagt. Allerdings würde ich Sie auch nicht als stinknormal bezeichnen.«

Wieder schwiegen wir. Hatte er mir gerade ein Kompliment gemacht? Oder meinte er, dass ich eher seltsam war? Hätte ich doch nur meinen Mund gehalten.

Michael deutete auf einen weit entfernten winzigen Punkt auf einem Hügel. »Was ist das?«

»Rame Head. Die Kapelle ist eine Ruine, besteht nur noch aus Mauern und Dach. Aber stellen Sie sich vor, wie es früher war, als die Dorfbewohner meilenweit über die Felder zu dieser kleinen Kirche gewandert sind. Es war eine heilige Stätte, darüber nur der Himmel und unten das Meer. Das hat sich bis heute nicht geändert. Rame Head ist einer meiner Lieblingsorte in Cornwall. Von dort aus haben Sie einen endlosen Blick aufs Meer. Noch schöner als hier.«

»Vielleicht könnten Sie mir den Ort ja auf dem Rückweg zeigen.«

»Der Weg zu der Ruine hinauf ist ziemlich steil.«

Michael lachte. »Glauben Sie, das schaffe ich nicht mehr?«

»Nein, natürlich nicht.«

»Ein Spaziergang wäre nicht schlecht.« Michael klopfte auf seinen Magen.

Nein zu sagen wäre unhöflich gewesen, und so fuhren wir eine Weile später an der Küste entlang nach Rame Head und stellten den Wagen auf dem Parkplatz am Fuß des Hügels ab. Michael schritt beherzt aus. Wir stiegen die vielen schmalen Holzstufen hinauf. Oben angekommen waren wir beide außer Atem.

»Das war tatsächlich steil.« Michael ließ seinen Blick schweifen. »Hat sich aber gelohnt.«

Wir betraten die Ruine, doch außer feuchten Ziegelsteinen, Ascheresten und den leeren Bierdosen, die von einer nächtlichen Party zurückgeblieben waren, gab es nichts zu sehen. Wir gingen wieder hinaus zu der Betonplattform und ließen uns darauf nieder. Von dort hatte man einen überwältigenden Blick auf die

Küste, die sich zu beiden Seiten erstreckte. Ich saß ein wenig abseits von Michael. Wir sprachen kein Wort, doch diesmal verursachte unser Schweigen mir kein Unbehagen. Der Ort, an dem wir waren, hatte etwas Beruhigendes. Als wir uns nach einer Viertelstunde aufrafften, fühlte ich mich erholt.

»Es ist so schön hier«, sagte ich bei unserem Abstieg. Michael lief mir voraus.

»Verständlich«, rief er über die Schulter zurück. »Cornwall hat einen ganz besonderen Zauber.«

»Deshalb will ich auch nicht fort.« Der Satz war mir ungewollt entschlüpft.

Michael seufzte. »Ich weiß, und es tut mir leid. Aber dass wir das Haus verkaufen, bedeutet ja nicht, dass Sie Cornwall verlassen müssen.«

»Nein? Wo soll ich hier denn wohnen?«

Michael machte eine hilflose Geste. »Es gibt doch auch noch andere Häuser.«

»Aber da sind die Mieten zu hoch, und die meisten werden nur für kurze Zeit an Feriengäste vermietet.«

»Die Menschen machen ein Haus zu ihrem Zuhause, indem sie es gestalten. Das haben Sie mit unserem Haus getan und können es auch wieder tun.«

Am liebsten hätte ich ihm einen Stoß in den Rücken versetzt. »Wo wohnen Sie denn?«

Er wandte sich noch immer nicht um. »Bis vor Kurzem in Putney. Nach meiner Scheidung habe ich etwas für den Übergang gefunden. Ich weiß also, wie es ist, einen vertrauten Ort verlassen zu müssen. Aber mein Zuhause ist da, wo meine Bücher sind und all die anderen Sachen, die mir gehören.« Wieder seufzte er.

»Sind wir deshalb hierhergefahren?«, fragte ich. »Wollten Sie mich daran erinnern, dass ich mich um eine neue Bleibe kümmern muss.«

»Nein. Natürlich nicht. Anscheinend bin ich für Sie so etwas wie der böse Wolf. Nein, ich wollte lediglich noch einmal darüber sprechen – die Sache bereinigen. Ich wüsste nicht, weshalb wir nicht …«

»Was denn?«, fiel ich ihm ins Wort. »Freunde werden können?«

»Vielleicht. Warum nicht?«

Ich streckte ihm die Zunge heraus. Michael drehte sich um.

»Huch«, sagte ich und betastete meine Zungenspitze. »Fliege verschluckt.«

Michael zog eine Braue hoch und wandte sich wieder um. Das mit der Fliege hatte er mir nicht abgenommen. Ich verfluchte mich. Er hatte nett sein wollen, und ich benahm mich unmöglich.

Auf dem Weg zurück nach Kingsand sprachen wir nicht mehr. Oben auf Rame Head waren wir miteinander im Einklang gewesen, doch nun hatte ich mich wie ein bockiger Teenager aufgeführt und alles verdorben. Vielleicht hätten wir tatsächlich Freunde werden können. Michael war umgänglich, und ich hätte gern noch mehr über ihn erfahren. Wären wir Freunde geworden, hätte er den Verkauf des Hauses vielleicht hinausgezögert. Zu spät.

Es war eigenartig, wie viele Arten des Schweigens es gab und wie jede eine andere Stimmung ausdrückte. Ich erinnerte mich an die Atemtechnik des Swamis. Einatmen, halten … ach, scheiß drauf.

Freitag, 16. Oktober

In wenigen Stunden würde ein Makler der Firma Chatham und Reeves mit einem Ehepaar vorbeikommen. Zwar hatte Anna vorgeschlagen, sämtliche Interessenten mit Voodoo-Zauber und üblen Gerüchen in die Flucht zu schlagen, aber mein Stolz auf das Haus hatte gesiegt. Ich hatte geputzt, abgestaubt und poliert, bis alles picobello war.

Als die Leute kamen, begrüßte ich sie und verzog mich in mein Atelier auf dem Dachboden. Trotzdem hörte ich ihre Kommentare. »Bisschen altmodisch«, sagte der Mann. »Kein Bidet«, stellte die Frau im Badezimmer fest.

Wer hatte denn heute noch ein Bidet? Als ich fünf Jahre alt war, besuchten meine Mutter, meine Schwestern und ich Nachbarn von uns. Da war im Bad ein Bidet. So etwas kannte ich damals nicht und dachte, es wäre eine Kindertoilette. Ich setzte mich darauf und verrichtete mein Geschäft. Danach drückte ich auf eine große Taste und begriff nicht, warum das Wasser meinen Po traf, anstatt das Becken auszuspülen. Erschrocken wickelte ich meinen Haufen in Klopapier und warf ihn in den Abfalleimer. Um Rose das gleiche Schicksal zu ersparen, flüsterte ich ihr anschließend eine Warnung ins Ohr. Rose lachte laut und erzählte meiner Mutter und der Nachbarin, was ich getan hatte. Wie haben sie gelacht! Dee hatte ins Bidet gemacht! Zum Brüllen komisch. Als sie sich ausgelacht hatten, trug meine Mutter mir auf, mein Päckchen aus dem Abfalleimer in die Toilette zu verfrachten. Fleur war noch zu klein, um die Details zu erfassen, aber die Hauptsache hatte sie mitbekommen und nannte mich »Schweinchen Dee«. Wochenlang tat sie das, bis ich ihr drohte, ihren Puppen die Haare abzuschneiden. Erst da gab sie Ruhe. Niemand in meiner Familie erkannte, wie gedemütigt ich mich fühlte, aber selbst wenn, hätte es sie nicht interessiert.

Die Hausbesichtigung dauerte nur zehn Minuten. Zum Dachboden kamen sie erst gar nicht. Das Haus war nichts für sie. Wunderbar.

Samstag, 17. Oktober

In der vergangenen Nacht hatte ich nicht gut geschlafen, deshalb entschied ich am Nachmittag, mich ein Stündchen hinzulegen. Ich entkleidete mich und begab mich ins Bett. Um die Sonnenstrahlen auszusperren, die durch die Vorhänge drangen, setzte ich eine Schlafmaske auf.

Wie gut das tat! Ich kuschelte mich unter die Daunendecke und schlief ein. Geräusche und Stimmen weckten mich. Ich zog meine Schlafmaske herunter. Am Fußende meines Betts standen ein Paar und zwei Kinder, die mich anstarrten.

»Hilfe«, sagte ich. »Wer sind Sie denn?«

»Hilfe«, sagte das kleine Mädchen. »Ein Geist.«

»Der nichts anhat«, sagte der kleine Junge begeistert.

Mr Bentley, der Makler von Chatham und Reeves, tauchte im Türrahmen auf. Er hatte Schlüssel zum Haus.

»Ach herrje«, sagte er. »Haben Sie meine SMS nicht bekommen?«

»Nein.« Ich zog die Bettdecke bis zum Hals hoch.

»Es tut mir leid.« Er sah aus, als wäre er kurz davor loszuprusten. Dem Ehepaar schien es ähnlich zu gehen.

»Tja, vielleicht gehen wir besser wieder«, schlug Mr Bentley vor. »Dann können Sie weiterschlafen.«

»Danke.«

Alle verließen den Raum, mit Ausnahme des kleinen Jungen. Ich schätzte ihn auf zehn Jahre. Er deutete auf die geschlossenen Vorhänge und die Schlafmaske. »Sind Sie ein Vampir?«

»Ja, und am liebsten beiße ich kleine Jungen.«

Wie der Blitz war auch er fort. So viel zu meinem Nickerchen. Wahrscheinlich hatte dieser Zwischenfall mich so tief verstört, dass ich nachmittags nie mehr schlafen konnte.

Montag, 19. Oktober

Am Vormittag hatte ich das Haus erneut geputzt. Der dritte Besichtigungstermin fiel allerdings ins Wasser.

Nur Mr Bentley kam vorbei. »Die Leute haben ihre Meinung geändert«, erklärte er. »Sie haben sich entschieden, nach Padstow zu ziehen.

»Gute Idee«, sagte ich, »dort ist es super.«

Mr Bentley verabschiedete sich. Wenn ich Glück hatte und das so weiterging, konnte ich vielleicht noch den ganzen Winter in meinem Haus verbringen.

14

Sonntag, 5. Dezember

Dee

Der Dezember war trübe und unwirtlich. Der Winter unseres Missvergnügens oder der Winter unseres Disco-Vergnügens, wie Fleur früher immer sagte, während sie die neuesten Tanzschritte übte. Es war höchste Zeit, noch einmal mit Gott zu sprechen, ich wollte nicht, dass meine Mutter mich als Gespenst heimsuchte.

»Lieber Gott, in diesem Jahr hat es frühzeitig geschneit. Wir haben ein Wetter wie in Sibirien, mit orkanartigen Stürmen und Hagel. Meine Heizung funktioniert nicht, und die Zentralverriegelung meines Autos ist kaputt. Außerdem klemmen meine Fenster, ich kann sie weder zu- noch aufschieben. Durch die Decke im Badezimmer tropft es, die Jalousie in meinem Schlafzimmer ist gerissen. Ach ja, Max hatte es an der Blase und musste drei Tage in einer Tierklinik verbringen. Das war so teuer, dass ich glaube, ich habe für einen neuen Klinikanbau bezahlt. Aber das weißt du ja alles schon, wenn du allwissend bist. Ich bin pleite. Mir ist kalt, und ich fühle mich elend. Buhu, ich glaube, wir sind alle dem Untergang geweiht. Vielleicht möchtest du mich ja als Kassandra anheuern, als Verkünderin des Unheils, denn ich bringe Katastrophen und ruiniere jede Party. Bitte lass mir über deine kosmische Bank Geld anweisen. Danke. Amen.«

Ich hatte nie viel Geld, und das Wenige, das ich für den Kunstunterricht verdiente, war nun auch weg, weil ich das Haus für meine Schwestern auf Vordermann gebracht hatte. Mums Liste sah nämlich vor, dass unser zweites Wochenende bei mir in Kingsand stattfand. Gut, dass ich hier noch wohnte. Die letzten Besichtigungen waren im November durchgeführt worden, und der einzige Interessent musste zuerst sein Haus verkaufen, bevor er meines erwerben konnte.

Ich hatte keine Ahnung, was dieses zweite Wochenende beinhaltete. Daniel hatte angerufen, um sich zu erkundigen, ob ich meine Schwestern bei mir unterbringen konnte, doch das, was geplant war, wollte er immer noch nicht verraten. »Das wird erst bei meiner Ankunft enthüllt«, sagte er.

Um meine Schwestern gebührend zu empfangen, fuhr ich nach Plymouth. Ich kaufte Duftkerzen, teure Seifen und Badezusätze, außerdem neue Kopfkissen. Rose schlief zu Hause wahrscheinlich auf feinster kanadischer Gänsedaune, und die alten Kopfkissen in meinem Gästezimmer waren schlaff und klumpig. Neue Handtücher hatte ich auch angeschafft, die alten waren dünn und hart wie Bretter. Darüber hinaus hatte ich für Rose Bio-Knabbereien besorgt und für Fleur belgische Trüffelschokolade. Frische Blumen hatte ich ebenfalls erstanden und zwei Flaschen guten Wein.

»Warum machst du dir so viel Arbeit?«, fragte Anna mich in der Küche. Ich war dabei, den Kuchen zu backen, den Rose immer so geliebt hatte. Fleur mochte ihn auch. Ein Hefekuchen mit Äpfeln und Blaubeeren, den ich Rose zuliebe sogar mit Biomehl anrührte.

»Ich möchte, dass sie sich wohlfühlen.« Ich zeigte Anna die jüngste SMS, die Daniel mir im Namen meiner Mutter geschickt hatte. *Freundlichkeit ist das Tor zum Glücklichsein.*

»Man könnte auch sagen, ein Hund, der mit dem Schwanz wedelt, wird nicht geprügelt.«

»Oder so. Wie klug, dass meine Mutter mich kurz vor dem Besuch der beiden an die Freundlichkeit erinnert hat.«

»Ich finde es schön, dass du noch immer Nachrichten von ihr kriegst.«

»Ja.« Ich seufzte. »Es ist nur seltsam, sie aus dem Jenseits zu empfangen.«

»Aber besser als bei einer spiritistischen Sitzung.«

Samstag, 12. Dezember

Überall im Haus sah es einladend und gemütlich aus, es roch auch gut. Während ich letzte Hand anlegte, dachte ich an Annas Worte und fragte mich, warum ich mir für zwei Menschen, die in meinem Leben kaum noch eine Rolle spielten, so viel Arbeit machte? Sei freundlich!, ermahnte ich mich. Wenn ich ehrlich war, hatte ich mir jedoch nicht aus Liebe ein Bein ausgerissen, sondern um zu verhindern, dass Rose und Fleur in meinem Haus die Nase rümpften. Wie lange ich allein überlegt hatte, ob ich das Haus schon weihnachtlich schmücken sollte, normalerweise machte ich das am zwölften Dezember. Doch dann hatte ich mich dagegen entschieden, denn ich war mir sicher, dass Rose sich abfällig äußern würde. Soweit ich mich erinnerte, waren ihre Weihnachtsbäume stets ein Ausdruck von Wohlstand und Eleganz, immer einfarbig, entweder silbern oder golden, aber nie beide Farben zusammen. Mein Ansatz war eher: je mehr Lametta, desto besser. Zudem hatte ich seit einigen Jahren einen künstlichen Weihnachtsbaum, denn ich fand es nicht schön, wenn die echten Bäume ab dem sechsten Januar neben den Mülltonnen auf der Straße lagen. Für mich war das Verschwendung natürlicher Ressourcen, aber wenn ich das meinen Schwestern erklärte, würden sie mich womöglich wieder als Hippie bezeichnen. Abgesehen davon würde Rose einen Plastikweihnachtsbaum, vollgehängt mit buntem Lametta, geschmacklos finden. Ich beschloss, meine Dekorationsorgie auf die Zeit nach ihrem Besuch zu vertagen.

Rose und Fleur waren frühzeitig und gemeinsam aufgebrochen, sie kamen bereits um zehn Uhr morgens an.

Das konnte man vielleicht als Fortschritt bezeichnen. Meine Mutter hätte es jedenfalls gefreut, dass sie zusammen angereist waren.

Ich zeigte ihnen ihre Zimmer. Rose bekam das Gästezimmer im ersten Stock und Fleur mein Atelier unter dem Dach. Als die beiden ausgepackt hatten, stellte ich fest, dass Rose ihr eigenes Kopfkissen mitgebracht hatte.

»Das macht dir doch nichts, oder?«, fragte sie und räumte die neuen Kissen, die ich für sie gekauft hatte, zur Seite. »Auf meinem eigenen schlafe ich am besten. Wahrscheinlich geht es dir genauso.«

»Ich …« *Sei freundlich!* »Kein Problem. Hoffentlich kommst du mit der Matratze zurecht.«

»Was soll das heißen?«

»Nur, dass ich hoffe, dass dir die Matratze zusagt. Ich dachte, wenn man das eigene Kissen braucht, braucht man vielleicht auch die eigene Matratze. Aber wer will die schon überall durch die Gegend schleppen?«

»Ich will nur gut schlafen können, erst recht nach der langen Fahrt. Ich bin wie erschlagen, dabei haben wir noch nicht einmal angefangen. Musst du so weit vom Schuss wohnen?«

»Ich wohne hier, weil es mir hier gefällt. Wenn das Wochenende bei dir stattfindet, werde ich auch eine lange Anfahrt haben. Auf dem Stuhl da liegen frische Handtücher, oder hast du deine eigenen mitgebracht?«

»Bist du sauer, weil ich mein Kopfkissen mitgebracht habe? Wenn ja, dann sag es offen und ehrlich.«

Ich atmete tief durch. »Nein. Bin ich nicht.«

»Wirklich nicht?«

»Wirklich nicht. Es ist, wie du gesagt hast, nichts geht über das eigene Bett beziehungsweise das eigene Kopfkissen.«

»Und was soll das bitteschön heißen?«

»Nichts, Rose, rein gar nichts.«

»Ich wusste es. Ich wusste, dass es falsch war, mein

Kopfkissen mitzubringen. Ich habe dich gekränkt. Aber ich habe generell Schlafschwierigkeiten, und in fremden Betten ist es noch schlimmer. Viele Menschen, die ich kenne, reisen mit ihrem Kopfkissen.«

»Alles gut, Rose. Wenn du so weit bist, gibt es unten Tee.« Ich rang mir ein Lächeln ab. *Mit den neuen Kissen kann ich dich heute Nacht ganz wunderbar ersticken*, dachte ich auf dem Weg in die Küche. Mein Blick fiel auf das gerahmte Foto meiner Mutter. »Und du brauchst mich gar nicht so anzugucken.«

Fleur kam in die Küche. »Mit wem redest du?«

»Mit niemandem.«

»Du lügst, ich habe dich gehört. Sag bloß, du redest mit dir selbst.«

»Nein – ich habe – mit Gott gesprochen. So wie Mum es in ihrem Brief angeregt hat.«

»Ach richtig.«

»Machst du es nicht?«

»Ich vergesse es ständig. Was sagst du denn zu Ihm oder Ihr?«

»Och, alles Mögliche. Ich plaudere mit Ihm, stelle Fragen, und manchmal bete ich auch.«

»Worum?«

Ich zwang mich zur Geduld. »Um den Weltfrieden.«

Fleur schnaubte. »Dann viel Glück. Seltsam, über Gott habe ich neulich noch nachgedacht. Falls er existiert, muss er es furchtbar finden, allgegenwärtig zu sein. Anfangs war für ihn sicher alles noch neu und interessant, aber jetzt gibt es zig Fernsehsender und Netflix und Videos. Wenn Gott mit allem eins sein will, dann muss er Filme gucken, Shows, YouTube und das rund um die Uhr. Da dreht man doch durch. Mist, denkt er, nicht schon wieder diese Wiederholung und, o nein, bitte nicht noch eine Folge der Teletubbies in wie vielen Sprachen. Kein Wunder, dass er verrückt geworden ist und die Erde abgeschrieben hat. Er musste zu viele Schrottsendungen gucken.«

Ich lachte. »Das war sehr tiefsinnig und überzeugend. Die Theorie kannte ich noch nicht.«

»Ich kann durchaus tiefsinnig sein.« Fleur kramte in meinem Küchenschrank und holte eine Rolle Schokokekse heraus.

Rose betrat die Küche. Einen Moment lang schwiegen wir unbehaglich.

Fleur riss die Kekspackung auf. »Willst du einen Keks?«, fragte sie Rose.

Rose machte eine abwehrende Handbewegung, als wäre Fleur eine lästige Fliege. Das würde ein langes Wochenende werden. Die beiden waren seit Jahren nicht mehr bei mir gewesen – in meiner Küche, in meiner Welt –, und es war noch länger her, dass wir unbeschwert miteinander umgegangen waren, falls das überhaupt jemals so gewesen war.

»Ich möchte, dass ihr euch wohlfühlt«, erklärte ich. »Da ist der Kühlschrank. Nehmt euch, was ihr wollt. Ihr könnt auch kommen und gehen, wie ihr wollt. Fühlt euch wie zu Hause.«

Rose und Fleur nickten. Dann schauten sie sich die Fotos auf meinem Paneel an und erkundigten sich nach den abgebildeten Personen. »Ach, das ist ja Marie. Wie geht es ihr? Seid ihr noch befreundet? Hast du noch mal was von Andy gehört?

»Ja, was Marie betrifft, sie wohnt im Nachbardorf. Nein, in Bezug auf Andy, da erfahre ich das Neueste nur über Lucy.«

»Also wirklich«, sagte Fleur. »Von Gott und der Welt hast du hier Fotos stehen und hängen, nur nicht von uns.«

Verflixt, warum war mir das vor ihrer Ankunft nicht aufgefallen? Früher standen viele Fotos von uns auf dem Paneel, aber nach unserem Streit wegen Mums Unterbringung konnte ich ihren Anblick beim Frühstück nicht mehr ertragen und räumte ein Foto nach dem anderen weg.

»Ich suche eines heraus und stelle es dazu«, versprach ich. »Stehen bei euch denn Fotos von uns dreien?«

»Bei mir schon«, antwortete Fleur spitz. Rose sagte nichts. Ich fasste das als ein Nein auf. Glücklicherweise klopfte es in dem Augenblick an der Eingangstür. Daniel war angekommen, beladen mit Taschen und Kartons, die er in einer Ecke der Küche abstellte.

Ich hatte mir nicht nur mit dem Haus, sondern auch mit meinem Aussehen Mühe gegeben und ein wenig Make-up aufgelegt. Dazu trug ich meinen besten jadegrünen Kaschmirpullover, den ich Oxfam verdankte, und gute Jeans, also keine mit ausgebeulten Knien. Ich hatte versucht, mir einzureden, dass es nichts mit Daniel zu tun hatte, aber das stimmte nicht. Ich hatte oft an ihn gedacht. Als er vor einigen Tagen anrief, um sich nach den Schlafgelegenheiten zu erkundigen, war ich so aufgeregt wie ein Teenager.

Für vier Personen war meine Küche eigentlich zu

klein, aber sie war der einzige Raum, in dem wir an einem Tisch sitzen und das Video anschauen konnten. Eigentlich hätten allein die Parfümdüfte meiner Schwestern ausgereicht, um die Küche zu füllen. Bei Rose war es etwas Schweres und Intensives von Annick Goutal und bei Fleur ein leichter mediterraner Duft von Acqua di Parma. Ich hatte die Fläschchen in ihren Zimmern gesehen. Zusammen mit Daniel war das ziemlich viel auf einmal. Bei seinem Anblick war ich wie elektrisiert gewesen. Er sah noch besser aus, als ich ihn in Erinnerung hatte. Und nun hielt er sich sogar in meinem Haus auf. Es war, als hätte ich einen dreifachen Espresso getrunken.

»Sind Sie gerade erst in Kingsand angekommen?«, fragte ich ihn.

»Nein, gestern Abend. Ich habe im *Bell and Anchor* übernachtet.«

»Das war klug«, sagte Fleur. »Hier ist man fernab der Zivilisation, und die Fahrt hierher dauert ewig.«

»Trotzdem haben wir fließendes Wasser, Strom und Wi-Fi.«

»Entschuldige, Dee, ich wollte dich nicht beleidigen. Gib aber zu, dass es eine lange Anfahrt ist.«

Das musste ausgerechnet Fleur sagen, die durch die ganze Welt gegondelt war und längere Strecken als die meisten von uns zurückgelegt hatte. Ich ging darüber hinweg, vor Daniel wollte ich nicht aggressiv werden. Allerdings wünschte ich, er hätte mir vorher gesagt, wo er übernachten würde, dann hätten wir uns gestern Abend treffen können. Aber wahrscheinlich wollte er Distanz wahren und vermeiden, dass ich oder eine von uns zu viele Fragen über Mums Liste stellte. Trotzdem war ich enttäuscht. Hätte er mich attraktiv gefunden, hätte er die Möglichkeit genutzt, um sich mit mir zu treffen. Also gefiel ich ihm nicht. Er machte seinen Job, und wir waren nur Kundinnen.

Ich kochte Tee und bot allen ein Stück Kuchen an. »Selbst gebacken. Mit Äpfeln und Blaubeeren.«

»Ist da Zucker drin?«, fragte Rose.

»Nicht viel.«

»Dann möchte ich nichts. Zucker lehne ich ab. Hast du zufällig Haferkekse? Bio-Haferkekse?«

»Ja. Fleur, möchtest du ein Stück?«

»Später vielleicht. Ich muss auch auf meine Figur achten.«

»Ich muss nicht auf meine Figur achten«, sagte Rose indigniert. »Ich weigere mich lediglich, Zucker zu essen. Jeder weiß, wie schädlich er ist.«

Ich musste lachen. »Komm, Rose«, sagte ich, »entspann dich. Ein Stück Kuchen bringt dich nicht um. Das hier war einmal dein Lieblingskuchen. Die Sache mit dem Zucker ist doch wie bei allem, man darf es nur nicht übertreiben.«

»Ich nehme ein Stück Kuchen«, erklärte Daniel. »Er sieht sehr verlockend aus.«

»Danke. Ich habe ihn nach einem Rezept meiner Mutter gebacken – extra für dieses Wochenende.«

Rose seufzte. »Soll ich mich jetzt schuldig fühlen?«

»Nein, warum?«

»Weil du den Kuchen ›extra‹ für uns gebacken hast.«

»Ich bürde anderen keine Schuldgefühle auf, das

machst nur du.« Verflixt, das war mir herausgerutscht. Rose ignorierte es.

Fleur kicherte. »Liebe Mum, dieses Treffen fängt wunderbar an.« Sie drehte sich zu Daniel um. »Sie sind der Bote aus dem Totenreich. Warum schalten Sie Ihren Laptop nicht ein und starten die nächste Folge.«

Daniel zog die Brauen hoch. »Bote aus dem Totenreich? Klingt, als wären wir in einem Horrorfilm.«

Fleur schaute Rose und mich an und verdrehte die Augen. Sogar Daniel musste lachen. »Mädels!«, sagte er.

Ich wollte ihm erklären, dass Rose es nicht ausstehen konnte, als Mädel bezeichnet zu werden, aber im letzten Moment biss ich mir auf die Zunge. Zum einen wollte ich nicht meckern, und zum anderen konnte Rose sich selbst wehren. Aber sie war damit beschäftigt, Max zu verjagen, der sich um ihre Beine schlängelte. Rose mochte Katzen nicht. Wenn ich Glück hatte, zeigte Max ihr, was er alles drauf hatte, und pinkelte auf ihre Schuhe.

Daniel holte seinen Laptop hervor. Wir saßen da, tranken Tee und warteten. Wie kam es, dass sich eine so harmlose Szene so merkwürdig anfühlte? Gleich würde meine Mutter auf dem Bildschirm erscheinen und unsere traute Familienrunde komplettieren.

Da waren sie wieder. Mum, Martha und Jean. Sie lächelten uns an. Ich bekam einen Kloß im Hals und schielte zu Rose und Fleur hinüber. Ihre Augen glänzten verdächtig. Dann hatten wir wenigstens eines gemeinsam: Wir alle hatten unsere Mutter geliebt.

»Was haben die denn an?«, fragte Fleur.

»Sieht nach Fitnesskleidung aus«, entgegnete ich. Mum hatte eine rosa Bandana um den Kopf, Martha und Jean trugen Baseballkappen. Jean hatte den Schirm ihrer Kappe nach hinten gedreht. Sie sahen lustig aus.

»Hallo, meine Süßen«, sagte Mum. »Wahrscheinlich habt ihr euch schon gefragt, was eure alte Mutter sich diesmal ausgedacht hat, um euch glücklich zu machen. Dieses Wochenende ist einfach. Am ersten Tag macht ihr ein bisschen Sport. Am zweiten werdet ihr kreativ.«

Rose stöhnte. »Wie in der Schule.«

»Es ist wissenschaftlich bewiesen, dass regelmäßiger Sport die Gefahr von Krebs, Herzkrankheiten und Schlaganfällen reduziert«, verkündete Martha.

»Und von Depressionen«, ergänzte Jean. »Das beste Mittel gegen eine schlechte Stimmung ist, an die frische Luft zu gehen. Schon nach kurzer Zeit ist alles Dunkle und Schwere wie weggeblasen.«

»Heute wird nur geschnuppert«, sagte Mum. »Sport muss man regelmäßig machen, andernfalls nützt er nichts. Deshalb sucht man sich am besten etwas aus, das einem Spaß macht, denn sonst lässt man es rasch wieder bleiben.«

»Ich mache immer noch so oft wie möglich Tai Chi«, sagte Martha. »Jean macht ein bisschen Pilates.«

»Weil ich dabei liegen kann«, fügte Jean hinzu.

»Ich mache weiterhin einige Yogaübungen«, sagte Mum. Sie schaute nach oben und streckte die Zunge so weit heraus, wie sie konnte. »Das ist der Löwe, die Übung schaffe ich gerade noch. Ihr beginnt heute mit einer Wanderung und überlegt, welche Sportart am besten zu eurem Leben passt. Ich weiß, dass Rose Yoga macht, aber was ist mit Daisy und Fleur? Habt ihr genug Bewegung? Dieses Wochenende findet ganz bewusst bei Daisy statt, denn da könnt ihr durch eine wunderschöne Gegend wandern. Leider weiß ich nicht, in welchen Monat dieses Wochenende fallen wird.«

»Hängt davon ab, wann du ins Gras beißt«, sagte Martha.

»Richtig. Könnte also mitten im Sommer oder mitten im Winter sein. Aber Cornwall ist auch im Winter großartig. Liebe Daisy, weißt du noch, als ich vor vielen Jahren über Weihnachten bei dir war? Nach dem Mittagessen sind wir spazieren gegangen. Von Kingsand nach Mount Edgcumbe. Und die ganze Zeit schien die Sonne.« Ich nickte. Diese Strecke hatte meine Mutter geliebt. »Das ist also der erste Teil. Ihr wandert. Atmet frische Luft. Genießt die Landschaft. Gegen Mittag könnt ihr im Pub von Cremyll essen. Danach lauft ihr zurück nach Kingsand. Bis dahin hat Daniel den Sportunterricht vorbereitet.«

Diesmal stöhnte Fleur. »Sportunterricht? Will sie uns umbringen?«

»Es ist wichtig, dass euch die Bewegungen Spaß machen«, sagte Jean. »Deshalb haben wir uns für Zumba entschieden.«

»Aber vorher tut ihr etwas für Herz und Lunge«, sagte Martha. »Außerdem bekommt man beim Wandern einen klaren Kopf.«

»Die letzte halbe Stunde könntet ihr joggen«, sagte Mum. »Nicht rennen, einfach traben.«

»Mir fehlen die richtigen Schuhe.« Fleur schaute auf ihre hellblauen Wildlederstiefel mit dem kleinen dünnen Absatz. Sie passten zu ihrem Pullover und zu ihren Augen.

»Beim Zumba könnt ihr dann tanzen und kommt richtig in Schwung«, sagte Jean.

»Bitte nehmt diesen Teil des Programms ernst«, sagte Mum. »Das Alter kommt schneller, als man denkt. Erhaltet euch eure Mobilität.«

»Ausreden von wegen keine richtigen Schuhe gelten nicht. Wir haben euch Fitnesskleidung besorgen lassen«, sagte Jean.

Ich schaute Fleur an. »Da wird einem unheimlich, oder?«

Fleur zuckte mit den Schultern. »Mum hat mich gut gekannt.«

»Der morgige Tag besteht aus drei Teilen«, fuhr meine Mutter fort. »Dabei geht es um Möglichkeiten, Gefühle auszudrücken.«

»Wir haben lang überlegt, was uns früher Spaß gemacht hat«, sagte Jean. »Kreative Tätigkeiten rangierten ganz oben.«

»Zuerst wird gemalt.« Meine Mutter war wieder an der Reihe. »Für Daisy wird das ein Klacks sein, aber ich möchte, dass ihr malt, weil es euch Freude macht, nicht um etwas zu verkaufen. Fleur und Rose, ihr versucht es einfach.«

»Anschließend wird gesungen«, verkündete Martha. Sie holte tief Luft und ließ einen unglaublich hohen Ton erschallen. »Ihr werdet staunen, wie gut ihr euch dabei fühlt. Ich singe schon seit ewigen Zeiten im Chor.

Der harmonische Gleichklang der Stimmen ist eine wahre Freude.«

»Sie hat uns noch nicht gehört«, sagte ich.

»Stimmt«, sagte Fleur.

Rose machte »scht«.

»Danach kommt eine Schreibübung«, erklärte Mum. »Wisst ihr noch, dass ihr als Teenager Tagebuch geführt habt? Habt ihr die noch? Ein Tagebuch ist etwas Großartiges. Ihm können wir all unsere Gedanken und Gefühle anvertrauen. Rose hatte früher ein Schloss an ihrem Tagebuch, das immer verriegelt war. Auch das, was ihr morgen schreibt, wird keiner lesen, es sei denn, ihr möchtet es. Alle weiteren Informationen bekommt ihr von Daniel.«

Martha schaute auf ihre Uhr. »Zeit, Tee zu trinken, meine Damen.«

»Wirklich? Na schön. Dann bis zum nächsten Mal.«

Der Bildschirm wurde schwarz, und die Küche, die mir vorhin noch voll von Leben vorgekommen war, schien plötzlich leer zu sein. Meine Mutter war da gewesen, und jetzt war sie wieder fort.

»War das alles?«, fragte ich.

Daniel war mit seinem Handy beschäftigt. Gleich darauf kündigte sich auf unseren Handys eine SMS an.

Meine Schwestern und ich griffen nach unseren Handys und lasen die Nachricht. *Nur wenige Stunden im Leben sind angenehmer als die Stunde, die der Zeremonie des Nachmittagstees gewidmet ist. Henry James (1843 – 1916).* Fleur und ich lachten. Selbst Rose schmunzelte ein wenig.

»Martha bestand darauf, ihren Tee jeden Tag um

vier Uhr nachmittags zu sich zu nehmen«, erzählte Daniel. »Als wir das Video aufgenommen haben, war es kurz vor vier.«

»Meine Mutter war auch ein Gewohnheitstier«, sagte ich. »Die erste Tasse Tee trank sie morgens um acht und Kaffee um elf.«

»Gin Tonic auf Limone – nicht Zitrone – um sechs Uhr abends«, ergänzte Fleur. »Das nannte sie ›Dämmerschoppen‹.«

»Ja, das weiß ich noch«, sagte Rose.

»Ich könnte jetzt auch einen Dämmerschoppen vertragen«, erklärte Fleur.

»Am Vormittag?«, fragte Rose.

Fleur schenkte ihr einen müden Blick.

»Gibt es noch Fragen?«, erkundigte sich Daniel.

»Gehen Sie mit uns auf Wanderschaft?«, fragte Fleur.

»Das würde ich gern, aber ich gehöre zum Personal.« Daniel überreichte jeder von uns eine Tasche und einen Karton. »Turnschuhe, Schals und Fleecejacken. Die Größen müssten stimmen.«

Ich nahm meine Sachen entgegen und wich Daniels Blick aus. Wenn ich nicht aufpasste, würde ich auffallend gut gelaunt wirken, wie immer, wenn ein Mann mir gefiel. Ich kannte die Anzeichen. Plötzlich wurde die Welt heller, schien zu vibrieren und war voller Möglichkeiten. Ich fühlte mich lebendig. Aber Rose und Fleur durften das nicht mitbekommen. Sie kannten mich und würden mich bis zum Umfallen necken. Daniel-ist-mir-egal, das war die Rolle, die ich spielte. Total cool. Die Frage war nur, wem ich etwas vormachen wollte? Abgesehen davon, dass es reine Zeitverschwendung war. Er interessierte sich nicht für mich. Aber Fleur beobachtete mich mit Argusaugen. Ich hielt ihrem Blick stand. »Bist du bereit?«, fragte ich. Sie hasste sportliche Betätigungen, oder zumindest war das früher so.

»Klar«, antwortete sie. »Kann's kaum noch erwarten.«

Wir schlüpften in Turnschuhe, streiften Jacken über, wickelten Schals um. Ich wandte mich an Daniel. »Was hätten wir denn gemacht, wenn es in Strömen geregnet hätte?«

Daniel lächelte. »Dann hätte ich ein Sportstudio finden müssen, und Sie wären auf einem Laufband gelandet.« Er reichte mir drei Zwanzig-Pfund-Scheine. »Aus dem Fonds Ihrer Mutter für Ihr Mittagessen.«

»Los, Dee, du führst uns an«, sagte Fleur. »Verglichen mit dem ersten Wochenende und der Darmspülung ist das diesmal Pille-Palle.«

»Har-har«, sagte ich, genau wie früher, wenn eine von uns einen Witz gemacht hatte.

Rose war schon durch die Tür. Fleur und ich rannten ihr nach und winkten Daniel zum Abschied zu, der sich auf den Weg zum *Bell and Anchor* machte. Wir liefen durch enge Gassen, dann an einem kleinen Platz vorbei, zu dessen rechter Seite schöne dreistöckige Häuser lagen, auf der linken Seite der Pub *Golden Sun*. Anschließend stiegen wir eine Anhöhe hinauf und steuerten den Park an, den wir in Richtung Cremyll durchqueren würden.

Mit dem Wetter hatten wir Glück. Der Himmel war

blau, die Luft trocken, wenn auch kalt. Hoch oben über Kingsand kletterten wir über einen Zauntritt und folgten einem Pfad zu dem bewaldeten Teil des Parks. Rose legte ein Tempo vor, als wäre ihr jemand auf den Fersen.

»Warum rennst du so?«, rief Fleur.

Rose drehte sich um. »Wenn man etwas für Herz und Lunge tun will, muss man schnell gehen.«

»Wir können aber auch gemütlich spazieren und uns zum Schluss beeilen«, sagte Fleur.

»Oder abwechselnd schnell und langsam gehen«, ergänzte ich.

»Besten Dank, aber ich möchte bei meinem Tempo bleiben.« Rose hastete weiter.

Fleur grinste. »Wie immer. Rose hetzt los, um irgendwas zu beweisen. Ich bin der faule Sack, der es sich bequem macht, und du steckst irgendwo in der Mitte.«

»Vielleicht.« Wir holten zu Rose auf. »Rose, ich bin der gleichen Meinung wie Fleur. Es gibt doch keine Vorschrift zu rennen.«

»Ihr macht, was ihr wollt«, antwortete Rose. »Und ich mache, was ich will.«

»Wirst du eigentlich jemals locker?«, fragte Fleur.

»Natürlich. Dieser Marsch durch die Natur ist für mich sehr wohltuend. Sonst bin ich entweder in einer Stadtwohnung, der U-Bahn, einem Taxi oder im Büro. Abgesehen davon bewege ich mich gern.«

»Aber man muss doch auch mal stehen bleiben und die Gegend genießen.« Rose setzte sich wieder in Trab. Vielleicht wollte sie allein sein. Fleur und ich ließen sie ziehen und schlugen ein gemächliches Tempo an. Ich war diesen Weg sicherlich schon hundertmal gegangen, aber die Landschaft stimmte mich jedes Mal froh. Zu unseren Füßen schmiegte sich Kingsand mit seinen bunten Häuschen um die Bucht. Zu unserer Linken sah man Hänge mit Wiesen und Feldern, und wenn man sich umwandte, hatte man Mount Edgcumbe Park vor Augen.

»Während des ganzen Spaziergangs werden wir das Meer zur Rechten haben.« Ich wies über den Küstenstrich.

Fleur blieb stehen und schaute sich um. »Hier ist es traumhaft. Kein Wunder, dass du die Gegend liebst. Ich hatte vergessen, wie schön es hier ist.«

»Deshalb will ich auch nicht fort.« Ich erzählte Fleur, dass mein Haus zum Verkauf angeboten wurde.

»Da tut sich erst im Frühling was«, sagte sie.

»Das hat der Immobilienmakler auch gesagt.«

Fleur kannte sich aus. Sie hatte ihr Geld auf dem Immobilienmarkt gemacht, denn sie hatte einen guten Geschäftssinn, ganz gleich, wie flatterhaft und unzuverlässig sie ansonsten war. Bei ihrer ersten Scheidung hatte sie eine hübsche Abfindungssumme bekommen, mit der sie zwei Häuser kaufte, sie renovieren ließ und wieder verkaufte. Mit diesem Geld hatte sie die nächsten Häuser gekauft und auf die Weise weitergemacht. Zurzeit besaß sie ein schickes Haus in Kalifornien und eine teure Wohnung in London. Sie hatte eine Immobilienfirma gegründet, deren Geschäftsführer das erledigte, was Fleur als »langweiligen Kram« bezeichnete. Das bedeutete, Fleur konnte tun und lassen, was sie wollte.

Was Männer anging, hatte sie eine weniger glückliche Hand gehabt. Ihr erster Mann war ein Kontrollfreak, der sich von Fleur scheiden ließ, um eine Frau zu heiraten, die jünger und fügsamer war. Danach heiratete Fleur einen Mann namens Harvey, seines Zeichens Playboy und Alkoholiker. Um ein Haar wäre er ihr Untergang geworden. Während dieser Ehe begann Fleur nämlich zu trinken und Drogen zu nehmen, hauptsächlich Kokain. Das war die Zeit, in der sie Rose und mich nachts anrief, völlig von der Rolle war und man nicht vernünftig mit ihr reden konnte. Das waren für sie und uns schlimme Jahre. Dann und wann ging Fleur in eine Klinik, machte einen Entzug, wurde trocken und clean, doch anschließend kehrte sie zu Harvey zurück, als wäre er ebenfalls eine Sucht, und der Teufelskreis begann wieder von vorn. Meine Mutter hatte nicht alles erfahren, darauf hatten Rose und ich geachtet. Schließlich verließ Harvey meine Schwester, heiratete eine reiche Erbin und zog nach Miami. Fleur brach zusammen und begann den nächsten Entzug. Aber sie hatte die Kurve gekriegt, sogar ohne gesundheitliche Schäden. Das war acht Jahre her. Soweit ich wusste, lebte sie seitdem allein.

»Wenn ich es in bar herumliegen hätte, würde ich dir das Geld für das Haus leihen«, sagte Fleur. »Ich weiß, dass du es mir aus deinem Erbteil zurückzahlen würdest. Das Problem ist aber, dass ich alles fest angelegt habe und etwas auflösen oder verkaufen müsste, um dir die nötige Summe geben zu können.«

»Um Gottes willen, das möchte ich nicht. Aber es ist nett von dir, vielen Dank. Ich würde es sowieso nicht annehmen, vor lauter Angst, ich könnte es nicht zurückzahlen.« Ich schaute zu Rose, die uns weiterhin vorauseilte. »Noch ist unser Erbe nicht garantiert. Wir sind erst beim zweiten Wochenende.«

Ich war gerührt, aber der Reichtum hatte Fleur großzügig gemacht. Die Geschenke, die sie mir vor unserem Streit schickte, waren fantastisch: wunderschöner Schmuck, französische Parfüms, Handschuhe und Schals aus Kaschmir. Ich war jedes Mal überwältigt und wusste nie, wie ich mich revanchieren sollte. Ich hatte so wenig Geld und schämte mich für meine unzulänglichen Geschenke. Aber was sollte man auch jemandem schenken, der alles hatte, und das, was er sich noch wünschte, kaufen konnte.

»Was soll denn dazwischenkommen?«, fragte Fleur. »Ich bleibe definitiv am Ball. Es ist so schön, Mum wieder zu begegnen, und wenn es nur per Video ist. Ich glaube, für Rose ist es genauso. Aber im Ernst, Dee, sag Bescheid, wenn es aussieht, als könntest du das Haus verlieren. Im Ernstfall kaufe ich es, und du zahlst mir Miete.«

Ich drückte ihren Arm. Sie meinte es gut, aber die Mieterin meiner kleinen Schwester zu sein, das war für mich undenkbar. Ich würde mich immer in ihrer Schuld fühlen. Lieber Gott, dachte ich, bitte lass es dazu nicht kommen. Wir schlugen den Waldweg ein. »Wie sieht es denn mit deinem Liebesleben aus?«, fragte ich.

Fleur lachte. »Was für ein Liebesleben? Das habe ich, Gott sei Dank, hinter mir. Für mich sind Männer entweder langweilig, oder sie verlangen zu viel, oder sie wollen der Chef sein. Ich möchte mein eigener

Herr sein, ohne dass mir jemand erklärt, was ich machen, sagen, anziehen und wie ich mich benehmen soll.«

»Hast du Männer ein für alle Mal abgeschrieben?«

»Das habe ich nicht gesagt. Ich möchte mich bloß auf niemanden mehr ernsthaft einlassen.« Einen Moment wirkte Fleur niedergeschlagen. »Nein, eigentlich weiß ich nicht, was ich will. Aber wenn du so viele Geschichten wie ich hinter dir hast, träumst du nicht mehr von der großen Liebe.«

Ich seufzte. »Ich weiß.«

»Wie sieht es denn bei dir aus? Gibt es hier irgendwelche interessanten Männer?«

Ich schüttelte den Kopf. »Sie sind entweder zu jung oder zu alt oder trinken zu viel.«

»Was ist mit dem Typ, dem das Haus gehört?«

»Er kann mich obdachlos machen. Das ist kein guter Ausgangspunkt für eine Beziehung.«

»Und Daniel? Er ist attraktiv.«

Ich zuckte mit den Schultern und wusste nicht, ob ich ihr sagen sollte, wie sehr er mich interessierte. Dann fiel mir ein, wie wenig vertrauenswürdig Fleur in dem Punkt war, und ich bremste mich. »Ja, aber ich will mehr als gutes Aussehen. Ich müsste ihn auch besser kennen. Wir wissen doch kaum etwas über ihn.«

»Dann finde mehr heraus. Mach dich an ihn ran. Er ist doch dein Typ.«

»Deiner auch. Bist du denn nicht an ihm interessiert? Zumindest äußerlich scheint er dir ja zu gefallen.« Ich wollte sichergehen, dass sie keine Rivalin war, denn dann hätte ich die Sache vergessen können.

Fleur schüttelte den Kopf. »Er gehört dir. Mir sind schlimme Männer lieber, solche die schwierig und vielleicht auch ein bisschen gefährlich sind. Daniel ist mir zu nett. Bei ihm würde ich mich langweilen.«

»Und deshalb würde er zu mir passen?«

»Ach komm, das soll doch nicht heißen, dass ich dich auch langweilig finde. Daniel ist nicht mein Typ, aber ich möchte wetten, dass er deiner ist.« Fleur seufzte. »Manchmal fände ich es schön, noch mal jemanden kennenzulernen, aber dann fällt mir ein, dass ich mich immer für den Falschen entscheide.«

»Vielleicht wäre Daniel dann doch nicht schlecht für dich.«

»Komm, Dee, lass es. Ich spüre nichts, wenn ich ihn sehe, es ist einfach nichts da.«

Ich war getröstet und konnte unseren Spaziergang wieder genießen. Es tat gut, mit Fleur zusammen zu sein und mich mit ihr auszutauschen. Sie war ruhiger geworden, hörte zu, statt nur zu reden. Früher liefen die Unterhaltungen mit ihr nach dem Motto »Jetzt haben wir aber genug über mich geredet. Wie geht es dir denn? Weißt du, was ich in der letzten Woche gemacht habe?« Der Plan meiner Mutter war vielleicht doch nicht so schlecht. Nur Rose musste noch ein wenig auftauen. Ich sah sie in der Ferne. Plötzlich machte sie kehrt und joggte zu uns zurück.

»Da kommt die Streberin«, sagte Fleur.

»Ich glaube, das letzte Stück müssen wir beide auch joggen. Also los, sei kein Spielverderber. Die Letzte am Pub zahlt die erste Runde.«

»Wie findest du es denn bis jetzt?«, fragte ich Rose im Pub von Cremyll. Fleur und ich hatten ein Ploughman's Lunch mit einem Glas Wein bestellt und griffen zu. Rose hatte sich für gegrillten Lachs, Salat und Wasser entschieden.

»Wie finde ich was?« Rose zerteilte eine Kirschtomate.

»Na, dieses zweite Wochenende.«

Rose zuckte mit den Schultern. »Anders als das erste. Aber wenigstens ohne Beverly.«

»Mir gefällt es«, erklärte Fleur. »Weites Meer, blauer Himmel und meine Schwestern.«

Rose tat, als hätte sie nichts gehört. »Ich habe Hugh auf dem Weg hierher angerufen, Dee, und ihm das mit deinem Haus erzählt. Seit wann wohnst du schon dort?«

»Hm, könnten achtundzwanzig Jahre sein.«

»Ich muss es genau wissen. In welchem Jahr bist du eingezogen?«

»Warum ist das wichtig?«

»Weil Hugh der Ansicht ist, dass du ein Bleiberecht hast.«

»Und was bedeutet das?«

»Dass man dich nicht raussetzen kann.«

»Im Ernst?«

»Mann, warum habe ich daran nicht gedacht«, rief Fleur. »Wo habe ich meinen Kopf? Natürlich hast du nach der langen Zeit Rechte.«

»Soll ich mich genauer erkundigen?«, fragte Rose.

»Ich kann das tun, ich kenne mich besser aus«, erwiderte Fleur.

»Es geht um die Sache, nicht darum, wer was besser

kann«, gab Rose zurück. »Außerdem kenne ich mich im Mietrecht bestimmt ebenso gut aus wie du, Fleur – und wenn nicht ich, dann tut Hugh es.«

»Herrgott«, sagte Fleur verstimmt, »musst du immer so sein?«

»Wie?«

»Mich behandeln, als hätte ich kein Gehirn. Ich verdiene mein Geld mit Immobilien.«

»Das bedeutet nicht, dass du dich im Mietrecht auskennst. Ich war diejenige, die vom Bleiberecht gesprochen hat, nicht du.«

»Ist doch ganz gleich, Rose«, sagte ich. »Ich bin dir sehr dankbar und kümmere mich darum.«

»Wirklich?«

»Was soll das denn heißen?« Jetzt war ich verstimmt. Warum mischten die beiden sich überhaupt in meine Angelegenheiten ein?

»Ach, du weißt doch, wie du bist. Alles mañana, mañana, und dann passiert nichts.«

»Das ist unfair. Was weißt du denn von mir? Also wirklich, wie kannst du so etwas sagen?«

Rose seufzte. »Du bist neunundvierzig Jahre alt und hast nicht mal eine Wohnung, die dir gehört. Wenn ich zusammenrechne, was du an Mieten verschwendet hast, komme ich wahrscheinlich auf eine Summe, die höher als die Anzahlung für dein Haus ist.«

»Ich hatte ein Haus, das so gut wie mir gehörte und für das ich eine sehr geringe Miete zahlen musste.«

»Deine Vermieterin war alt, und du hättest mit ihrem Tod rechnen müssen. Warum hast du keinen Plan B gemacht?«

»Das geht dich nichts an.«

»Warum hast du kein Geld gespart?«

»Hör mal, ich muss mich vor dir nicht rechtfertigen. Vielleicht bedeutet mir Besitz nicht so viel wie dir. Es gibt ja wohl noch wichtigere Dinge im Leben.«

»Kommt, wir wechseln das Thema«, schlug Fleur vor. »Dee hat recht. Es geht uns nichts an.«

»Außerdem bin ich erwachsen, Rose, und nicht eines deiner Kinder, denen du sagen kannst, wo's langgeht. Hör auf, mich zu nerven.«

»Ich wollte dir lediglich helfen. Sei nicht so empfindlich.«

Was für eine Unverschämtheit! »Ich brauche deine Hilfe nicht.«

»Ach nein?«

»Nein, Rose, und jetzt lass mich zufrieden. Ich habe gesagt, ich kümmere mich darum. Und das Mietrecht kann ich genauso gut lesen wie du.«

»Wunderbar.« Rose presste die Lippen zusammen.

»Lass mich einfach machen.«

»Falls du etwas machst. Du bist in einer stärkeren Position, als du gedacht hast. Du hast Rechte. Dieser Michael Harris wird dich nicht so leicht los.«

»Ich will keinen Streit mit ihm oder womöglich noch vor Gericht gehen.«

»Informiere dich einfach, Dee.«

Ich grüßte militärisch. »Jawohl, Sir.«

Rose seufzte. »War das nötig? Ich wollte dir nur helfen.«

»Brauchst du nicht. Außerdem bist *du* jetzt empfindlich.«

Fleur knabberte an einem Käsewürfel. »Mann, kommen wir gut miteinander aus.«

Samstag, 12. Dezember, 14:00 Uhr

Fleur

Ach, war es schön, an der frischen Luft zu sein. Da kriegt man wirklich einen klaren Kopf. Noch schöner wäre es, wenn Rose langsam mal ein bisschen lockerer würde. Warum ist sie im Pub so über Dee hergefallen? Ja, vielleicht meint sie es gut, aber man hat doch gesehen, wie unangenehm Dee das Thema war. Aber Rose muss eben immer den Ton angeben und anderen Vorschriften machen. Ich kann so etwas nicht leiden. Natürlich hätte Dee schon vor langer Zeit versuchen können, irgendwo eine Wohnung oder ein Haus zu kaufen, aber wenn ich mir anschaue, wie sie lebt, dann sehe ich, dass es für sie genau das Richtige ist. Sie hat sich ein gemütliches Zuhause geschaffen. Ich bin gern hier, es erinnert mich an unser Elternhaus in Hampstead. Oh, wie mir dieses Haus fehlt! Auch wenn ich dort schon lang nicht mehr gewohnt habe, bin ich doch dort aufgewachsen, es war mein Zuhause, meine Zuflucht. Und dann war es weg, verkauft, und dann war auch meine Mutter nicht mehr da. Jetzt ist mir, als würde ich auf offener See treiben, ohne Anker, ohne Halt. Was habe ich denn noch? Meine verklemmte Schwester Rose. Und Dee. Vielleicht können wir wieder Freundinnen werden. Hoffe ich jedenfalls.

Samstag, 12. Dezember, 14:30 Uhr

Dee

»Ich würde lieber ein Nickerchen machen«, sagte Fleur. Wir waren in dem Saal, wo unser Zumba-Kurs stattfinden sollte.

Ich schaute mich um. Außer uns hatten sich ungefähr fünfzehn Frauen eingefunden.

»Ich tanze eigentlich sehr gern.«

»Nach ein paar Drinks tue ich das auch. Komm, wir gehen nach hinten. Dann fällt es nicht so auf, wenn ich schlappmache.«

»Gute Idee.« Die anderen Frauen waren um einiges jünger als wir und wirkten fit.

Unsere Lehrerin hieß Phoebe, eine dunkelhaarige, schlanke junge Frau. Sie war die Tochter von Mike und Bet, denen der Pub im Dorf gehörte. Ich kannte sie gut. Sie winkte mir zu.

Gleich darauf setzte die Musik ein, orientalische Klänge, zu denen wir uns bewegten. Es fühlte sich gut an. Dann wurde daraus ein lateinamerikanischer Rhythmus. Der schien Fleur zu liegen. *Das wird ein schönes Erlebnis,* dachte ich und schaute zu Rose. Sie kam mit den raschen Schritten nicht zurecht, tat aber ihr Bestes.

Nach zwanzig Minuten hätte ich gern eine Sauerstoffflasche gehabt. Fleur fiel es auch nicht leicht mitzuhalten. Rose war einfach köstlich, als versuchte ein Bügelbrett zu tanzen, aber wie immer war sie wild entschlossen, alles richtig zu machen.

Dann begann rhythmische Trommelmusik, und Phoebe trieb uns an. »Knie hoch und stampfen, drehen, drehen, hochspringen, hochspringen, Arme hoch.«

Es war beängstigend, als hätte uns jemand auf Zeitraffer gestellt.

»Stampfen, stampfen, drehen. Knie auf und ab, jetzt das andere Knie, Arme hoch. Und jetzt ›Zumba‹ rufen.«

Das Tempo war rasant, aber die meisten anderen Frauen schienen die Schritte und Bewegungen zu kennen. Fleur, Rose und ich bewegten uns, als wären wir nicht mehr ganz dicht, sprangen nach links, wenn die anderen nach rechts sprangen, nach vorn, wenn es nach hinten gehen sollte, hüpften hoch, wenn wir stampfen sollten.

Aber da wir die letzte Reihe bildeten, konnten uns die anderen nicht sehen. Ich hielt inne, um Luft zu schnappen. Fleur machte einen Schritt nach vorn und stieß mit der Frau vor ihr zusammen, die sich gedreht hatte.

»Umdrehen!«, rief Phoebe und lief zu uns nach hinten. Alle drehten sich um, und plötzlich waren wir in der ersten Reihe.

»Zumba!«, rief Phoebe.

»Zumba!«, riefen wir.

Da uns jetzt jede sehen konnte, legten Rose, Fleur und ich noch einmal einen Zahn zu. *Ein Indianer kennt keinen Schmerz,* dachte ich, kämpfte gegen meine nachlassenden Kräfte an und ließ mir nichts anmerken. Hoch und runter, zwei Schritte nach rechts, zwei nach vorn, zwei nach links. Meine Schwestern und ich hüpften herum, als hätten wir Adrenalinspritzen bekommen.

Mein Herz hämmerte, meine Knie waren wie Pudding. *Bitte, Phoebe,* flehte ich stumm, *bitte sag, alle sollen sich wieder umdrehen*. Schließlich tat sie es, und wir bildeten wieder die letzte Reihe.

Fleur lehnte sich an die Wand. »Ich sterbe.«

Ich blieb keuchend stehen. »Ich auch.«

Rose strampelte sich immer noch ab, aber sie kam mit dem Tempo nicht mehr mit. Wenig später gab sie auch auf und ließ sich neben Fleur auf den Boden fallen.

Nach einer Weile rissen wir uns noch mal zusammen und hampelten für den Rest der Stunde herum. Dann endlich war es vorbei.

»Der Scheißkurs ist vorüber«, sagte Fleur, als wir aus dem Saal schlurften. »Der hat mich ja so was von glücklich gemacht.«

»Oh, mein Rücken«, sagte Rose auf der Straße.

»Meine Knie«, sagte Fleur.

»Meine Hüften«, fügte ich hinzu.

»Aber wir haben es geschafft«, sagte Rose.

»Mann, wir haben es gerockt! Oder heißt es gezumbat? Da ist noch Mumm in den alten Knochen.«

»Wer ist denn hier alt?«, fragte Rose, aber sie lächelte.

»Jetzt trinken wir ein großes Glas Wein«, schlug ich vor.

»Zumba!«, sagte Fleur. »Rose, kommst du mit?«

»Das haben wir verdient. Ich folge euch.«

Samstag, 12. Dezember

Der Abend ließ sich gut an. Im Wohnzimmer brannte ein Feuer im Kamin, das feine Aroma meiner Duftkerze »Feige & Cassis« erfüllte das Haus. Fleur lag auf dem Sofa, in der Hand ein Glas Wein, und schaute im Fernsehen irgendeinen Unsinn an. Misty hatte es sich auf ihrem Bauch bequem gemacht. Dann und wann stöhnte Fleur und sagte: »Ich kann mich nicht mehr bewegen, meine Muskeln sind steinhart.« Rose tippte oben auf ihrem Laptop. Ich war in der Küche und bereitete nach dem Rezept meiner Mutter einen Hühnerbraten zu. Ich hatte das Haus gern voller Gäste und Freude am Kochen. Mir schien auch, nach dem Zumba-Schreck gingen wir alle eine Spur lockerer miteinander um. Ich war gerade dabei, die Kartoffeln mit Öl zu bestreichen, als Rose in die Küche kam, beladen mit Tupperwaredosen.

»Reg dich bloß nicht wieder auf«, sagte sie. »Aber ich habe mein eigenes Essen mitgebracht.«

»Das sehe ich«, entgegnete ich. »Und ich rege mich nicht auf, aber ich habe für uns alle gekocht. Warum hast du denn nichts gesagt? Wenn du bestimmte Dinge nicht essen kannst, hättest du mir vorher Bescheid geben können.«

Rose setzte sich an den Küchentisch. »Zurzeit nehme ich weder Gluten noch Milchprodukte zu mir. Deshalb scheint es mir einfacher, mein Essen mitzubringen als jemandem Umstände zu machen.«

»Bist du auf einem Gesundheitstrip?«

»Nein. Doch. Aber nicht so richtig. Ich meide lediglich ein paar Lebensmittel. Du weißt doch, ernähr dich richtig, und du bleibst jung und fit.«

»Deine Regeln wären für mich kein Problem gewesen, ich habe wochenlang auf Gluten und Milchprodukte verzichtet. Und in dem Hühnchen für heute Abend ist weder das eine noch das andere.«

»Ich wollte dir keine unnötige Arbeit machen.«

»Du bist mein Gast, Rose, warum soll ich mir für dich keine Arbeit machen? Warum nimmst du nie etwas an? Stattdessen musst du immer alles selbst erledigen, alles regeln und kontrollieren – das muss doch ermüdend sein. Selbst um mein Haus willst du dich kümmern. Natürlich bin ich dir und Hugh dankbar, aber lass doch mal los. Gestatte doch mal einem anderen, sich um dich zu kümmern. Lass dir etwas kochen, lass dir einen Kuchen backen.«

Für einen Moment sah Rose aus, als finge sie gleich an zu weinen, doch dann atmete sie durch und sagte: »Lass mich in Ruhe.«

»Wie du willst.« Ich holte eine Flasche Chablis aus dem Kühlschrank. »Möchtest du vielleicht ein Glas Wein?«

Rose zögerte. »Nein, danke.«

Ich wollte schon sagen, dass ich die Flasche extra für dieses Wochenende gekauft hatte, doch dann fiel mir ein, wie sie auf den Kuchen reagiert hatte, und ich ließ es sein.

»Natürlich ist Alkohol der reine Zucker«, sagte ich stattdessen. »Und wir wissen ja, wie schädlich der ist.«

»Komm, Dee, sei nicht so. Ich habe noch nie viel

getrunken, und mittlerweile rühre ich Alkohol kaum noch an.«

Einatmen, halten … ausatmen. Was war bloß an Rose, dass sie mich derart reizen konnte? Sobald wir zusammen waren, veränderte ich mich, wurde zu jemandem, der defensiv war und sich über alles, was sie sagte, aufregte. So wollte ich nicht sein. *Du sollst freundlich sein*, befahl ich mir. »Entschuldige, Rose. Du lebst nach einer Diät. Wahrscheinlich nicht, um abzunehmen, denn an dir ist kein Gramm Fett.«

»Bitte, Dee, könnten wir über etwas anderes reden. Gespräche übers Essen sind langweilig.«

»Ich hätte aber gern noch mehr erfahren. Beispielsweise, wie es dir generell geht.«

Rose seufzte. »Also gut, ich bin tatsächlich auf einem Gesundheitstrip. Das hängt mit den Wechseljahren zusammen, den Hitzewallungen und so weiter. Es ist besser, wenn man auf Zucker und Weizen verzichtet. Trotzdem habe ich keine Lust, darüber zu reden.«

»Fein.«

»Bedeutet das ›gut‹ oder steht fein für ›fick dich, mir reicht es‹.«

Ich lachte. Eine humorvolle Rose war selten. »Wahrscheinlich Letzteres.«

»Mir reicht es auch«, sagte Rose.

»Das ist erst recht ein Grund zum Trinken.«

»Nein. Ach scheiß drauf, hast du Gin und Tonic?«

»Ja. Soll ich dir ein Glas mixen?«

Rose nickte und wirkte einen Moment lang verletzlich. »Mit einem doppelten Gin.«

Ich bereitete ihr den Drink zu. Mit konzentrierter

Miene verteilte Rose den Inhalt ihrer Tupperdosen auf einem Teller. Mit einem Mal hatte ich sie furchtbar gern. Sie war meine große Schwester, und ich hatte keine Ahnung, wie ihr Leben aussah, was sie dachte und fühlte. Ich schnitt eine Zitrone in Scheiben, gab eine Scheibe in ihr Glas und schob es ihr hin. Vielleicht wusste ich nicht mehr viel über sie, aber im Moment waren wir alle zusammen, genau wie meine Mutter es sich gewünscht hatte. Rose war von jeher zurückhaltend, vielleicht war ich diejenige, die sich ändern und sie so nehmen musste, wie sie war.

15

Sonntag, 13. Dezember, 10:30 Uhr

Rose

Wir malen.

Daniel hatte eine Kunstlehrerin aus Kingsand engagiert, die mit den notwendigen Materialien bepackt ankam. Dee war eingeschnappt, wahrscheinlich, weil sie selbst Kunst unterrichtete und diesen Part gern übernommen hätte. Außerdem schien sie Moon zu kennen, jedoch nicht zu mögen. Moon sah eigenartig aus: eine verschrumpelte alte Fee mit langen grauen Rastazöpfen, einem Kleid aus Pannesamt, Springerstiefeln von Doc Martens und einer Halskette mit einem riesigen Rubin als Anhänger. Ihr Bild hätte sich für die Vorderseite eines Märchenbuchs geeignet. Dee erklärte ihr lang und breit, warum wir diese Übung machen würden. Es war so überflüssig wie die meisten Erklärungen.

Moon verteilte Papier, eine Palette, Pinsel und Farben. »Malt, was ihr wollt«, sagte sie. »Was ihr empfindet, oder was euch gerade einfällt. Das kann eine Landschaft sein, ein Porträt oder etwas Abstraktes.«

Präziser geht's wohl nicht, dachte ich und sagte: »Vielleicht sollten Sie uns zuerst ein paar Techniken zeigen.«

Die Schrumpelfee schüttelte den Kopf. »Heute nicht, Schätzchen.« Sie sprach mit dem Akzent der Leute aus Cornwall. »Heute drücken wir uns frei aus. Streicht die Farben auf, tupft oder werft sie einfach aufs Papier. Wie es euch in den Sinn kommt.«

Ich bin nicht dein Schätzchen, dachte ich und überlegte, wie viel Daniel ihr fürs Nichtstun bezahlte. Aber ich fragte nicht nach und machte gute Miene zum bösen Spiel. Zwar wusste ich mit meinen Wochenenden Besseres anzufangen, aber ich hatte mir ausgerechnet, dass die sechs Wochenenden zwölf Tagen entsprachen und ich angesichts des bevorstehenden Erbes an jedem dieser Tage eine ordentliche Summe verdiente. Sie würde meinen Kindern zugutekommen. Wenn ich dazu mit einer in die Jahre gekommenen Waldfee klecksen sollte, dann sei es so.

Fleur zog sich in Dees Atelier zurück. Dee malte in ihrem Schlafzimmer und ich am Küchentisch. Moon saß im Wohnzimmer, rauchte Selbstgedrehte und gab merkwürdige Laute von sich. »Sie singt mit den Delfinen«, erklärte Dee, als sie sich ein Glas Wasser holte.

Ich kann nicht malen. Konnte ich noch nie. Ich entschied mich für eine herbstliche Impression, aber die roten und orangefarbenen Flecken, die herauskamen, hätten alles und jedes sein können. Am ehesten glichen sie blutenden Wunden.

Nach einer Stunde trommelte Moon uns zusammen. In der Küche sollten wir unsere Meisterwerke interpretieren.

»Was hat dich dazu inspiriert?«, fragte Moon mich angesichts meines Werks und klang desinteressiert.

»Der Herbst. Es sollte ein Zusammenspiel der Farben werden«, antwortete ich.

Moon schien zufrieden zu sein. Mit Worten hatte ich mir von jeher am besten zu helfen gewusst. »Es ist wundervoll, Rose. Vollkommen frei.« Moon scheute sich offenbar nicht, den letzten Mist zu verzapfen.

Zu meinem Erstaunen war Dees Gemälde auch nicht viel besser als meines.

»Keine Meisterleistung«, sagte Dee, während wir ihr Werk studierten: eine graue, herabsinkende Masse. Hätte ein Vogel sein können oder eine Szene aus einem Horrorfilm. Ich fragte mich, was sich hinter der Fassade abspielte, die Dee der Welt präsentierte.

Fleur hatte vier Blumen gemalt. Welche es sein sollten, war nicht zu erkennen. Kinder malten solche Blumen. »Das soll uns und unsere Mutter darstellen«, erklärte sie.

»Fantastisch«, sagte Moon. »Ich mag das Einfache daran. Du hast das Wesentliche deiner Gefühle vermittelt.« Sonst noch was? Wie viel Unsinn hatte diese Frau auf Lager? Aber sie sagte nichts mehr. Fleurs Kunstwerk hatte ihr die Sprache verschlagen.

Ich betrachtete Fleurs Bild. *Eigentlich ganz lieb,* ging es mir durch den Sinn, *aber ich würde es mir nicht an die Wand hängen.*

»Ja, mir gefällt es auch«, verkündete Dee. »Du wolltest uns malen. Das rührt mich.« Sie runzelte die Stirn. »Hast du in der ganzen Zeit nur das gemalt?« Dee griff nach dem Blumenbild und drehte es um.

Fleur schlug die Augen nieder. Dee betrachtete die Rückseite des Bilds. Ich reckte den Hals, um auch einen Blick darauf werfen zu können. Man sah jede Menge Cartoons, die meisten stellten Dee, Fleur und mich dar. Auf einem sah man Fleur als Prinzessin auf einem Thron. Mich hatte sie als Außerirdische mit einer riesigen Waffe gezeichnet und darunter geschrieben »Rose, die Ninja-Schildkröte«. Dee war ein schielender Hippie, der auf einer Blumenwiese tanzte.

»Ich wusste, dass die vier Blumen nicht zu dir passen«, sagte Dee.

Fleur war erwischt worden.

»Ich habe nur ein bisschen herumgekritzelt«, sagte Fleur.

»Kindisch«, sagte ich. »Manche Menschen ändern sich nie.« Ich drehte das Bild wieder um.

Sonntag, 13. Dezember, 13:30 Uhr

Wir singen

Wie sich herausstellte, war die Waldfee auch unsere Gesangslehrerin.

»Eine vielseitige Frau«, kommentierte Dee spitz.

Wir mussten uns im Wohnzimmer aufstellen. Moon hatte ein Didgeridoo der australischen Ureinwohner dabei, auf dem sie blies. Tiefe Summtöne erklangen. »Ich möchte, dass ihr die Töne imitiert«, sagte sie.

»Spürt sie tief in euch, mitten im Solarplexus. Stoßt diese Töne mit dem Atem aus, haltet sie, lasst sie in euch vibrieren. Mmmmmrrrrreh. Töne sind heilig. Sie beglücken uns und können heilende Wirkung haben.«

Tatsächlich? Ich schaute zu Dee und Fleur. Sie hatten Mühe, ernst zu bleiben.

Moon blies einen Ton und sah mich an. »Du beginnst, Rose. Gib den Klang wieder.« Ich produzierte eine Art Quieken. »Nein, Rose, nein. Konzentriere dich auf deinen Magen. Atme ein, atme aus. Und jetzt singen!« Um es mir vorzumachen, stieß Moon einen tiefen, furchterregenden Laut aus. »Aaaaaroooooomeh.« Ich versuchte es noch einmal und quiekte erneut.

Moon wandte sich Fleur zu. Fleur strengte sich an und schaffte etwas Atonales, das klang, als würde sie sich gleich übergeben. *Töne können auch wehtun,* dachte ich und hätte mir am liebsten die Ohren zugehalten.

Dann war Dee an der Reihe. Sie brachte so was wie ein Krächzen zustande. Unsere Töne waren zumindest unverwechselbar.

»Das erinnert mich an früher«, sagte Fleur. »Als wir hören wollten, wer am lautesten rülpsen kann. Wisst ihr noch?«

Dee und ich schauten aus dem Fenster, als gäbe es draußen etwas sehr Interessantes zu sehen.

»Jetzt alle zusammen«, verkündete Moon und bot uns ihren Rülpser dar. »Aaaaaroooooooomeh.«

Mitgegangen, mitgefangen, dachte ich und brüllte »Aaaarooooomeh.«

Dee und Fleur stimmten ein. Es klang fürchterlich,

als würden wir erwürgt. Moon sah aus, als wäre sie kurz davor, das Handtuch zu werfen. Aber bitte, wir folgten lediglich den Wünschen unserer Mutter. Ich rang nach Luft.

»Nun öffnen wir unsere Chakras.« Moon trug uns auf, uns auf den Fußboden zu legen, und zündete ein Räucherstäbchen an. Dann platzierte sie Kristalle auf der Mittellinie unserer Körper von der Stirn bis hinunter zum Schritt.

»Jedes Chakra hat einen eigenen Klang und eine eigene Vibration«, erklärte Moon. »Ich führe euch von einem zum anderen. Wir beginnen mit dem sogenannten dritten Auge auf unserer Stirn.« Sie stieß einen hohen Summton aus und bat uns, ihn nachzusingen.

Beim vierten Chakra konnten Fleur und Dee nicht mehr vor Lachen. Ich versuchte, mich zusammenzunehmen, aber es half nichts. Ich prustete los.

»Vielleicht hat Mum sich das ausgedacht, weil sie wusste, wie unmusikalisch wir sind«, sagte Fleur.

Ich war eher der Ansicht, dass unsere Mutter gewusst hatte, wie sehr wir lachen würden. Sogar Moon musste kichern.

»In einem Punkt sind wir uns jetzt wenigstens einig«, sagte Fleur, als Moon verschwunden war. »Uns würde kein Chor der Welt aufnehmen.«

Mich bestimmt nicht, ich war generell kein kreativer Mensch, ganz gleich, ob es um Malerei, Musik oder Schreiben ging. Zwar arbeitete ich mit Autoren, aber ich wusste, wo meine Grenzen waren. Ich erkannte, ob jemand begabt war, konnte beraten und redigieren. Aber ich würde nie ein Goethe werden.

Sonntag, 13. Dezember, 16:00 Uhr

Wir schreiben.

Unser Lehrer für den Nachmittag hieß Arthur. Dee raunte uns zu, dass er Moons Lebensgefährte sei. Auch er hatte aus seinem langen grauen Haar Rastazöpfe machen lassen und sich passend zu Moon für einen Waldwichtellook entschieden. In seinem Fall bedeutete das grauer Kaftan über Jeans. Ebenso wie seine Partnerin wollte er, dass wir unsere Gefühle ausdrückten. Wo, um alles in der Welt, hatte meine Mutter diese Leute aufgegabelt und wie viel ihnen gezahlt? Oder hatte sie das alles Daniel überlassen?

»Schreibt über das, was in eurem Leben geschieht.« Arthur verteilte Stifte und Papier. »Schildert eure Gedanken, Gefühle, Hoffnungen, Ängste, lasst alles raus. Versucht nicht, etwas Perfektes abzuliefern. Seid nicht zu kritisch, redigiert nicht, unterdrückt eure Gefühle nicht. Hinterher könnt ihr das Geschriebene zerreißen, verbrennen oder aufheben. Das bleibt euch überlassen.«

Das kann ich, sagte ich mir, zog mich in mein Gästezimmer zurück und fing an zu schreiben.

Ich habe Krebs. Das erfuhr ich an dem Tag, an dem das Testament meiner Mutter verlesen worden war. Ich sagte es meinen Schwestern nicht, denn in den vergangenen Jahren hatten wir kaum miteinander gesprochen. Der Hauptgrund war jedoch, dass wir unter dem Tod unserer Mutter litten. Ich wollte sie nicht zusätzlich mit meinen Problemen belasten. Jede von uns hatte genug mit ihren Gefühlen zu tun – Trauer, Zorn, Schuldbewusstsein –, einen weiteren Schock wollte ich ihnen nicht versetzen. Außerdem kannte ich die Prognose noch nicht. Bevor ich mich anderen anvertraute, wollte ich wissen, was mir bevorstand. Es gibt schließlich viele Arten von Krebs. Bei einigen kann man hoffen, bei anderen nicht.

Natürlich habe ich es Hugh gesagt. Inzwischen wissen es auch unsere Kinder und meine beste Freundin, aber anderen habe ich es nicht erzählt. Im Verlag weiß keiner etwas davon. Ich möchte nicht, dass meine Kollegen mich plötzlich anders behandeln oder glauben, dass ich die Arbeit nicht mehr schaffe. Ich möchte nicht die arme Rose sein, die Krebs hat und bedauert wird. So etwas kommt für mich nicht infrage. Ich bin noch derselbe Mensch wie vorher. Mag sein, dass ich es irgendwann nicht mehr verheimlichen kann. Das hängt davon ab, wie ich auf die Therapie reagiere. Ich weiß noch nicht, wie ich die Behandlungen im Büro erklären soll, ohne dass man mir Fragen stellt. »Muss für ein paar Tage ins Krankenhaus«? Nein. »Will für ein paar Tage eine Freundin besuchen«? Auch nicht.

Ich erhielt die SMS meiner Ärztin, als Mr Richardson nach der Testamentsverlesung den Brief meiner Mutter für uns kopierte. Ich musste sofort los. Fleur und Dee waren deswegen sauer, das konnte man problemlos erkennen. Aber ich konnte nicht länger bleiben, in der SMS war von »dringend« die Rede gewesen. Unter solchen Bedingungen wäre jeder losgerannt.

Es begann mit einem Knoten in meiner Brust. Ich habe ihn nicht bewusst ignoriert, aber auch nichts unternommen. Wie immer hatte ich alle Hände voll zu tun und keine Zeit, stundenlang in einem Wartezimmer zu hocken. Wird nicht so schlimm sein, sagte ich mir. Vor ein paar Jahren hatte ich Zysten, war auch keine große Sache. Jetzt ist es wieder eine Zyste, redete ich mir ein. Einige Monate später fielen mir in den Achselhöhlen Knoten auf. Da gingen meine Warnleuchten an, und ich ließ mir einen Termin bei Dr. Campbell geben. Sie überwies mich zur Mammografie, Ultraschalluntersuchung und Biopsie, nur um sicherzugehen, falls es doch keine Zyste war. Reine Routine. Einige Tage später sollte ich mir die Ergebnisse abholen. Ich rechnete damit, dass man mir sagte, alles sei in Ordnung, und dachte noch, eigentlich hätte man mir den Befund auch mit der Post schicken können. Aber als ich bei Dr. Campbell war, sagte sie leider nicht, alles sei in Ordnung. Sie sprach das gefürchtete Wort aus. Fortgeschritten. Auch die Lymphknoten waren befallen. Plötzlich bekam ich alles nur noch aus der Ferne mit. Meine Ärztin bewegte die Lippen. Ich hörte so etwas wie »weitere Tests«. Ich erfasste es nicht richtig. Jedenfalls in diesem Moment noch nicht. Ich war mir sicher, dass jemand meine Ergebnisse mit denen einer anderen Frau verwechselt hatte. Passiert doch ständig. In meinem Fall leider nicht. Mums Idee, uns zu zeigen, wie man glücklich sein kann, war plötzlich so absurd wie nur irgendetwas. Ich konnte bloß denken: O Gott, wie sage ich es Hugh und den Kindern? Und was steht mir bevor?

Als ich es Hugh erzählt hatte, beschlossen wir, den Kindern nichts zu sagen, sondern erst mal die nächsten

Ergebnisse abzuwarten. Warum sollten sie sich verrückt machen, wenn es vielleicht gar keinen Grund dazu gab? Hugh und ich verbrachten Stunden im Internet, informierten uns über Behandlungsmethoden und die Erfolgsaussichten, nur um wieder ein kleines Stück festen Boden unter den Füßen zu spüren. Normalerweise gelingt mir so etwas gut, aber in diesem Fall hatte ich das Gefühl, dass der Boden unter mir nachgab. Die nächsten Tests fanden umgehend statt – eine Computertomografie von Brust, Bauchraum, Becken, Knochen. Es sah nicht gut aus. Ich hatte bösartige Zellveränderungen in der Leber und zahlreiche Metastasen in der Wirbelsäule und den Rippen. Das Gesamtergebnis lautete metastatischer Brustkrebs im Stadium IV. Unheilbar. Ich war noch immer sicher, dass es ein Irrtum war. Mir ging es gut. Doch dann zeigte der Onkologe Hugh und mir die CT-Bilder, und es ließ sich nicht mehr leugnen. »Diese Form des Krebses verläuft häufig asymptomatisch«, hörte ich den Onkologen sagen. »Wahrscheinlich glauben Sie deshalb, dass es nicht wahr ist.«

Ich war unglaublich wütend. Warum ich? Warum jetzt? Nicht mit mir, dachte ich und fühlte mich schuldig. Hätte ich es verhindern können, wenn ich rechtzeitig zum Arzt gegangen wäre? Warum hatte ich das nicht getan? Ich Idiotin. Schon als ich den ersten Knoten ertastete, hätte ich mich untersuchen lassen müssen. Warum hatte ich es nicht getan? Weil ich, wie alle anderen Menschen auch, sicher gewesen war, dass mir das nicht passiert. Andere Leute bekamen Krebs, ich nicht. Irrtum.

Gleich nach der Diagnose erhielt ich eine SMS von Fleur. Es ging um das Testament unserer Mutter. Ich schickte ihr eine E-Mail und erklärte, dass ich Mums Liste nicht abarbeiten würde. Ich konnte nicht klar denken, an dem Tag war ich wie von Sinnen. Zwei Tage – oder war es eine Woche? – später rief Dee an und bat mich, Mums letzten Wunsch zu erfüllen. Sie wird mich für egoistisch und gemein gehalten haben. Ich wusste, dass sie das Geld brauchte. Wahrscheinlich nahm sie an, Hugh und ich hätten Geld wie Heu und könnten es uns leisten, das Erbe sausen zu lassen. Dem ist nicht so. Uns geht es gut, aber wir sind nicht reich. Krebs zu haben bedeutet nicht, dass ich auf mein Erbteil verzichte. So verrückt bin ich nicht. Mums Wochenenden mache ich meinen Kindern zuliebe mit. Mit der Summe, um die es für mich geht, können sie sich ihre erste Immobilie leisten. Insofern war der Zeitpunkt meiner Diagnose vielleicht doch nicht so schlecht. Falls es keine Heilung gibt und ich in die ewigen Jagdgründe eingehe, kann ich beruhigt sein. Für meine Familie ist gesorgt. Welche Ironie, dass Mum mich im ersten Video darauf hingewiesen hat, dass zu viel Arbeit krank mache und ich lernen müsse, mich zu entspannen. Dazu ist es zu spät, Mum. Aber als Hugh und ich uns wieder ein wenig gefasst hatten, meinte er auch, Mums Wochenenden könnten das sein, was ich brauche. Eine Ablenkung und vielleicht tatsächlich die Möglichkeit, Glück zu empfinden, so wie es die drei weisen alten Damen prophezeit haben. Vielleicht haben sie ja recht, und womöglich ist auch das hilfreich, was Mum uns in ihren SMS mitteilen lässt. Allerdings hätte ich auch eine SMS für Mum, nämlich »hey, vielleicht sehen wir uns schneller wieder als gedacht«.

Mag sein, dass ich bei diesen Wochenenden etwas lerne, das ich, außer dem Geld, an meine Kinder weitergeben kann. Wenn ich an Moon und ihre Mal- und Musikstunde denke, kommen mir allerdings Zweifel. Für mich entsteht Glück oft grundlos. Man kann es nicht forcieren, aber man kann Dinge tun, die gut für einen sind – meditieren, Sport treiben, sich vernünftig ernähren. Akupunktur soll angeblich helfen, die Nachwirkungen der Chemotherapie zu lindern, falls es dazu kommen sollte. Ich werde alles versuchen. Zurzeit halte ich mich an die strenge Diät, die meine Ernährungsberaterin mir verordnet hat. Leider habe ich Dee beleidigt, als ich mit meinen Tupperdosen auftauchte. Ich hätte ihr den Grund verraten können, aber das wollte ich nicht. Noch nicht, falls überhaupt jemals. Wie immer wird sie mich nun für zickig und egoistisch halten. Sei's drum, damit werde ich fertig. Ihre Verärgerung ist mir lieber als ihr Mitleid.

Aber eigentlich ist Dee ein Schatz. War sie schon als Kind. Davon abgesehen ist sie eine Träumerin und zu idealistisch. Ich möchte sie nicht mit meinem Problem belasten. Fleur auch nicht. Ihr hätte ich es auf der Fahrt hierher sagen können, aber es war so angenehm, sie einfach plappern zu lassen, fast so, als wäre alles normal und das Wort »Krebs« nie gefallen. Ich werde es meinen Schwestern erst sagen, wenn es sich nicht mehr vermeiden lässt. Dr. Campbell hat mir erklärt, dass die Tabletten, die ich nehme, Hitzewallungen und Schweißausbrüche auslösen können, in meinem Fall ganz besonders, da ich noch nicht in den Wechseljahren bin. Falls es zu solchen Nebenwirkungen kommt, kann ich immer behaupten, es läge an den Wechseljahren.

Die Behandlung beginnt mit einer dreimonatigen antihormonellen Therapie, die vielleicht dazu führt, dass das Wachstum der Krebszellen gestoppt wird. Vielleicht! Es funktioniert nämlich nur, wenn ich hormonempfindliche Tumorzellen habe. Das Mittel, das ich nehmen soll, heißt Tamoxifen. Ob es wirkt, stellt sich erst nach einer Weile heraus. »Das Gute daran ist«, sagte meine Ärztin, »dass es außer vorzeitig einsetzenden Wechseljahren kaum Nebenwirkungen gibt. Auch keinen Haarausfall.« Man muss dem lieben Gott für alles dankbar sein. Über das Schlechte hat sie nicht gesprochen, beispielsweise darüber, dass ich nicht wieder gesund werde, weil der Krebs schon zu sehr gestreut hat, und dass ich mir durch die Behandlung lediglich etwas mehr Zeit erkaufe.

Das Schwierigste für mich war, es Hugh zu sagen und dann Simon und Laura, meinen Kindern. Es hat mich große Kraft gekostet, vor ihnen nicht zu weinen. Seitdem habe ich gelernt, dass es nicht nur um mich geht. Meine Familie leidet ebenfalls. Ich sehe, wie sie mich anschauen. Ihr Blick ist voller Traurigkeit. In der letzten Woche habe ich nachts gehört, wie Hugh im Bad geschluchzt hat. Ein Mann, der nie weint. Das war sehr schmerzhaft. Natürlich habe ich mich gefragt, ob ich es Dee und Fleur erzählen soll. Aber sie können auch nichts mehr ändern, und ich möchte nicht, dass wir, wenn wir zusammen sind, nur an meine Krankheit denken. Fleur und Dee würden unglücklich sein, und mir hilft es nicht, wenn andere sich meinetwegen grämen. Ich möchte die Kontrolle behalten. Die Ideen meiner Mutter sind verrückt, aber die Wochenenden mit meinen Schwestern lenken mich von meiner Krankheit ab, genau wie die Arbeit im Büro. Ich kann ich sein: Rose. Nicht Rose, die Krebs hat.

Schon komisch, dass der letzte Wunsch meiner Mutter für mich den Beiklang von letzten Dingen hat. Ich hatte die Wahl, mich in den letzten Monaten meines Lebens entweder von meinen Schwestern bemitleiden zu lassen oder so zickig wie immer zu sein. Ich habe mich für die zweite Variante entschieden, denn ich möchte so lange wie möglich Normalität um mich haben. Zickig kann ich. Krebskrank liegt mir weniger, da muss ich passen. Mum hatte angeregt, dass wir mit Gott sprechen. Für jemanden, der nicht an ihn glaubt, ist das nicht so einfach. Aber wenn, würde es ein kurzes Gespräch, denn mehr als »du kannst mich mal« wäre nicht drin.

16

Sonntag, 13. Dezember, abends

Dee

Nach unserem zweiten Wochenende gab es eine neue Entwicklung.

Fleur und Rose waren vor einer halben Stunde abgereist. Mein Telefon klingelte. Am anderen Ende war Daniel. Er war noch im *Bell and Anchor* und wollte wissen, ob meine Schwestern fort seien. Als ich bejahte, fragte er, ob ich Lust auf einen Drink hätte. Hatte ich.

»Um was geht es denn?«, erkundigte ich mich.

»Das erkläre ich, wenn Sie hier sind.«

Ich zog mich um. Sogar Make-up legte ich auf, aber nicht zu viel, ich wollte nicht, dass Daniel etwas falsch verstand. Zu guter Letzt besprühte ich mich mit einem Hauch Mitsouko und machte mich auf den Weg. Was, um alles in der Welt, konnte Daniel wollen? Meine Gedanken rasten. Gab es auf Mums Liste vielleicht etwas, das nur für mich gedacht war? Wollte Daniel das nächste Wochenende besprechen? Aber eigentlich war es mir egal. Ich fühlte mich gut. Das Wochenende mit meinen Schwestern war glatt gelaufen, wir waren uns wieder nähergekommen. Es war auch nett gewesen, dass sie mir bei meinem Wohnungsproblem hatten helfen wollen. Natürlich würde ich ihre Hilfe nicht annehmen. Ich möchte nicht das Gefühl haben, ihnen etwas zu schulden. Aber es war schön zu erfahren, dass mir jede auf ihre Weise zur Seite stehen wollte.

Daniel saß an der Theke, hatte ein Glas Bier vor sich und lächelte mir entgegen. Er hatte sich wie ein Fischer aus Cornwall gekleidet, mit blauem Pullover und Jeans. Irgendetwas wallte in mir auf. War es Interesse? Nervosität? Vorfreude? Vielleicht war es eine Mischung aus allem.

Ich schwang mich auf den Barhocker neben ihm. »Was kann ich für Sie tun?«

»Zuerst bestelle ich Ihnen etwas. Möchten Sie ein Glas Wein? Oder etwas ohne Alkohol?«

»Ein Glas Weißwein wäre schön.« Das brauchte ich, um meine Nerven zu beruhigen.

Daniel gab dem Barmann ein Zeichen. Ich warf rasch einen Blick in die Runde. Einige Männer und Frauen aus dem Ort nickten mir zu. Gott sei Dank waren weder Ian noch Anna da noch Michael Harris, was mir besonders unangenehm gewesen wäre.

Daniel und ich nahmen unsere Getränke und setzten uns an einen Ecktisch am Kamin. Ich wartete darauf, dass er etwas sagte, aber er war ungewöhnlich still.

Nach einer Weile fragte ich: »Sind wir hier, um über die nächsten Wochenenden zu sprechen?«

Daniel schüttelte den Kopf. »Darüber darf ich weder mit Ihnen noch mit Ihren Schwestern sprechen.«

»Ach ja, richtig. Um was geht es dann? Warum sind Sie noch in Kingsand?«

»Ich war noch nie auf Rame und habe mir die Gegend angeschaut. Danach war es so spät, dass ich beschlossen habe, hier noch mal zu übernachten.«

»Ach so, dann möchten Sie ein wenig plaudern.«

»Ja, so ungefähr. Ich wollte Sie wiedersehen. Beim letzten Mal fand ich es schön, mich noch eine Weile mit Ihnen zu unterhalten, deshalb …« Daniel griff nach meiner Hand und schaute mir in die Augen. »Ich sage jetzt einfach, wie es ist. Du hast mir vom ersten Augenblick an gefallen. Ich habe eine Verbindung gespürt. Vielleicht irre ich mich, aber ich hatte den Eindruck, dir ging es genauso.«

Wie war das? O Gott, bitte lass mich jetzt etwas sagen. Daniel sah mich erwartungsvoll an. Ich war völlig perplex. So etwas passierte mir nicht. Wenn ich jetzt über meine Gefühle sprechen und zugeben würde, dass die Anziehung auf Gegenseitigkeit beruhte, würde ich mir eine Blöße geben und mich verletzlich machen. Was wusste ich schon über ihn? War ich wirklich bereit, eine Bresche in die Mauer zu schlagen, die ich so sorgsam um mich errichtet hatte?

»Vielleicht ist das jetzt ein bisschen viel«, sagte Daniel, »aber ich bin alt genug, um zu wissen, wenn etwas – Besonderes geschieht.«

Mir fehlten noch immer die Worte. In meinem Inneren war so viel los – Adrenalinschübe, Nervenkitzel, Freude, Furcht –, dass mein Gehirn sich ausgeschaltet hatte.

Daniel strich mit dem Daumen über meine Hand.

Dann ließ er mich los und setzte sich zurück. »Entschuldige, ich war zu voreilig. Lass uns über etwas anderes reden. Erzähl mir von deiner Arbeit, deinen Gemälden.«

Ein Themenwechsel, Gott sei Dank. Über meine Arbeit konnte ich sprechen. Doch während ich es tat, versuchte ich das, was gerade passierte, zu verdauen. Ein unglaublich gut aussehender Mann mit himmelblauen Augen saß vor mir und hielt mich offenbar für etwas Besonderes. Anna würde mir einen Schubs geben und sagen, *na mach schon, du Idiotin, was hast du denn zu verlieren*. Warum also zögerte ich? War ich verrückt? Während mir das durch den Kopf ging, plauderte ich über den Kunstunterricht, den ich in einer Oberschule und an Abendschulen gab.

»Dann dürfte die Malstunde heute für dich ein bisschen albern gewesen sein«, sagte Daniel.

»Ich dachte, wir sollen nicht über das Programm meiner Mutter sprechen.«

Daniel lachte. »Regeln sind da, um gebrochen zu werden.«

»Ich fand die Malstunde gut. Nicht das, was ich gemalt habe, sondern weil mir dabei eine Idee gekommen ist. Eine Motivreihe, die ich beginnen möchte. Ich denke an Vögel.«

Daniel zog die Brauen hoch. »Vögel?«

»Ja, den ersten Impuls hat mir Swami Muktanand gegeben. Er hat die Gedanken, die von der Meditation ablenken, mit Vögeln verglichen, und uns geraten, sie davonfliegen zu lassen.«

»Aha, du bist der Berg, still und erhaben.«

»Das vielleicht nicht, aber ich dachte an die vielen

Vogelarten, die es gibt. Kleine, große, sanftmütige und grausame.«

Wieder lachte Daniel. »Und schöne und hässliche. Ich glaube, die Vorstellung der Vögel, die um den Berg fliegen, ist für mich ruiniert. Wenn ich meditiere, werde ich ab sofort Geier, Möwen, Tauben – und den Berg voller Vogeldreck sehen. Oh, Dee, was machst du mit meinem inneren Frieden?« Bei dem letzten Satz schaute er mir erneut in die Augen. Ich wandte den Blick ab und versuchte, meine aufsteigende Hitze zu bekämpfen.

»Vielleicht stellst du dir statt der Vögel lieber Wolken vor.«

»Ah, wie kreativ. Das mag ich. Jedenfalls haben die Vögel des Swami dich angeregt.«

»Ja, ich will die verschiedenen Vogelarten in ihrer natürlichen Umgebung malen und auf die Weise unterschiedliche Empfindungen ausdrücken. Schwäne auf einem Fluss stehen für inneren Frieden, ein Schwarm Stare für Heiterkeit, bunte Papageien für Ausgelassenheit, Eulen vielleicht für Hochmut. Genau weiß ich es noch nicht, ich muss noch mal darüber schlafen, aber ich fühle mich inspiriert. Ich bin sogar aufgeregt. Um im Vogelbild zu bleiben: Ich fühle mich wie ein Ei, das gerade ausgebrütet wird.«

Daniel lächelte. »Das Ei musst du auch malen.«

»Vorhin habe ich einen dunklen, bedrohlichen Vogelschwarm gemalt, nur als Experiment. Es hat etwas in mir ausgelöst, mein Kopf ist voller Bilder und Farben. Als du angerufen hast, war ich dabei, mir Notizen zu machen.«

Daniel beugte sich vor und drückte meine Hand.

»Wenn du so leidenschaftlich über etwas sprichst, leuchtest du von innen.«

Ich errötete. Er schien sich tatsächlich für mich zu interessieren und von dem, was ich gesagt hatte, beeindruckt zu sein. Wie lange es schon her war, dass ein Mann mir seine volle Aufmerksamkeit geschenkt hatte. John war ein Künstler, der international im Kommen gewesen war. Während unserer Beziehung hatte ich in seinem Schatten gestanden. Wenn er über Kunst sprach, hingen alle an seinen Lippen. Seine Kenntnisse und die Art, wie er sich ausdrückte, wirkten faszinierend. Wenn ich über meine Arbeiten sprach, störte ich nur und lenkte von dem großen Meister ab. Folglich behielt ich meine Gedanken für mich und wurde immer schweigsamer.

»Wenn du ein Vogel wärst«, sagte Daniel, »was für einer würdest du sein wollen.«

»O Gott, das weiß ich nicht. Lass mich nachdenken. Welcher möchtest du denn sein?«

»Ich habe zuerst gefragt.«

»Aber um dir die Antwort zu geben, kenne ich dich nicht gut genug.«

»Noch nicht.«

Es gefiel mir, wie er das sagte und dazu lächelte.

»Mein Exfreund wäre ein Pfau gewesen«, sagte ich.

»War das gut oder schlecht?«

»Anfangs gut, zum Schluss schrecklich.«

»War er eitel?«

»Dafür sind Pfaue bekannt. Vielleicht sollte ich mich von ihm inspirieren lassen und einen Pfau malen. Das wäre lustig.«

»Und deine Schwestern, welche Vögel wären sie?«

Ich wurde noch aufgeregter. »O Mann, ich könnte von Menschen ausgehen, von allen möglichen Leuten, nicht nur von John und meinen Schwestern. Das ist eine fantastische Idee. Okay – Rose! Lass mich überlegen. Sie arbeitet hart, ich bräuchte einen geschäftigen Vogel. Nein, das wäre zu wenig, er müsste auffallend und kraftvoll sein. Ein Wanderfalke. Es heißt, dass man einige Exemplare auf den Klippen von Whitsand Bay entdeckt hat, aber bisher habe ich noch keinen gesehen. Für Fleur braucht man Farbenpracht und Exotik – ein Paradiesvogel. Genau. Ein Vogel, der sich gern putzt.« Ich stieß den Atem aus und lehnte mich zurück. Unsere Blicke trafen sich. Diesmal sah ich nicht weg. Sein Blick war zärtlich und strahlend. Ich lächelte, immer noch, ohne den Blick abzuwenden, und spürte einen Stromstoß. Wie lange hatte ich das schon nicht mehr erlebt.

»Klingt gut«, sagte Daniel. Plötzlich schaute er auf seine Uhr und holte sein Handy hervor. »Das darf ich nicht vergessen. Die nächste SMS von deiner Mutter ist fällig.« Er tippte etwas ein und lachte. Gleich darauf ging auf meinem Handy eine SMS ein.

»Geht die Nachricht an alle?«

Daniel nickte.

Ich schaute auf mein Handy und dann zu Daniel. Er wirkte zufrieden.

»Bist du sicher, dass die Nachricht von meiner Mutter ist, oder hast du sie dir selbst ausgedacht?«

»Großes Ehrenwort, sie ist von ihr. Ich habe eine Liste mit den Zeiten, wann ich die Nachrichten verschicken soll. Die gerade war für den Sonntagabend des zweiten Wochenendes, also für jetzt.«

Die SMS lautete: *Wenn man glaubt, dass einem im Leben etwas Schönes bevorsteht, wird es vielleicht wahr.*

Daniel nahm meine Hand, schaute mir in die Augen und ließ seinen Blick langsam zu meinem Mund wandern. Es war unglaublich erotisch. Dabei hatten wir uns bisher nicht einmal richtig berührt. Wir schwiegen beide, aber ich hatte keine Zweifel mehr. Zwischen uns fand etwas Besonderes statt.

»Ich glaube, was da steht«, sagte er schließlich. »Du auch?«

Ja, aber ich war noch nicht so weit, es zuzugeben. Die Anziehung zwischen uns war stark und verführerisch, meine Furcht war jedoch nach wie vor vorhanden. Die Nachricht meiner Mutter war genau zur rechten Zeit gekommen. Vielleicht sollte ich doch wieder jemandem vertrauen und meinem Herzen folgen.

Montag, 14. Dezember, 08:00 Uhr

Ich hatte bereits geduscht und meine Beine rasiert. Sie waren glatt wie ein Babypopo, bis auf die Stelle unter meinem Knie, wo ich mit der Hand ausgerutscht war und mich geschnitten hatte. Mist. Ich tupfte das Blut ab. Hm, sexy, dachte ich, während ich meine Beine im Spiegel bewunderte, und beschloss, sie künftig regelmäßig waxen zu lassen.

Bevor ich mich ankleidete, durchsuchte ich sämtliche Schubladen nach der Körperlotion »Pomegranate

Noir« von Jo Malone, die Fleur mir vor Jahren geschenkt und die ich für besondere Anlässe aufgehoben hatte. Ich fand sie hinter meiner Unterwäsche und schraubte die Tube auf. Der Inhalt war steinhart geworden, ein Zeichen für die vielen besonderen Anlässe, die es in den vergangenen Jahren gegeben hatte. Ich notierte mir in Gedanken, solche Lotionen künftig sofort zu verbrauchen, statt sie vertrocknen zu lassen. Ich trat an den Kleiderschrank. Unter den Geschenken, die ich schon für Weihnachten besorgt hatte, befand sich die Kokosnusslotion, die ich für Anna vorgesehen hatte. Ich trug sie großzügig auf und notierte mir in Gedanken auch, Anna eine neue zu kaufen.

Dann stand ich vor der Schublade mit meiner Unterwäsche. Ein trauriger Anblick. Ich ging den Stapel bequemer, cremefarbener Baumwollunterhosen durch. Hatte ich nicht mal etwas aus Spitze gehabt? Warum hatte ich keinen Stringtanga? Weil er mir das Gefühl gab, Zahnseide zu tragen. Wahrscheinlich kann man das Liebesleben einer Frau an ihrer Unterwäsche erkennen. Bei mir lautete das Urteil »tote Hose«. Und warum suchte ich jetzt so hektisch nach reizvoller Unterwäsche? Warum die hingebungsvolle Körperpflege? Weil Daniel um zehn Uhr zum Kaffee kommen würde. Vielleicht nahm er den gern mit einem Schuss Kokosmilch. Den konnte ich ihm bieten, ich hatte mich mit dem Zeug regelrecht vollgesogen. Ich dachte an den vergangenen Abend. Daniel hatte mich nach Hause begleitet. Wir standen vor meiner Tür, hielten uns an den Händen und strahlten uns an. Aber weiter war nichts passiert.

Eine Szene aus meiner und Fleurs Teenagerzeit blitzte in meinem Gedächtnis auf. Fleur war dabei, sich für ein Date fertig zu machen, trug eine Kombination aus winzigem BH und Slip. Jadegrün mit schwarzem Spitzenrand. Sie rieb sich mit Körperlotion ein. Warum der Aufwand, fragte ich. »Allzeit bereit«, antwortete Fleur. »Altes Pfadfindermotto.« Sie grinste spitzbübisch.

Ein gutes Motto. Ich entdeckte einen schwarzen Hüftslip aus Spitze, den ich noch nie getragen hatte. *Wo kommt dieses Teil her,* dachte ich und schlüpfte hinein. Vielleicht war es das Geburtstagsgeschenk einer Freundin gewesen, womöglich von Anna, und ich hatte es mit der Zeit vergessen. Ich begutachtete mich im Spiegel. O je. Ich hatte mich seit Langem nicht mehr vor einem Mann entkleidet. Das letzte Mal war es vor Martin Mitchell gewesen, dem Mann mit den wulstigen Lippen. *Bitte, lass Daniel nicht wie er sein,* betete ich. Ich musterte mich erneut. Eigentlich war ich ganz gut in Form. Ein paar Knitterfalten am Hals, und Brüste und Knie könnten ein Lifting vertragen, aber immer noch schlank. Letzteres verdankte ich den Genen meiner Eltern. War es für Kerzenlicht noch zu früh? Ich könnte die Vorhänge zuziehen … o Gott, warum war ich so nervös? Einatmen, halten … ausatmen. Vielleicht wollte Daniel gar keinen Sex und würde mich für aufdringlich halten, wenn ich ihn bei Kerzenschein empfing. Wir kannten uns doch kaum. Aber der süße Kitzel in meiner Magengrube erinnerte mich an seine Blicke am vergangenen Abend. Allzeit bereit, flüsterte meine innere Nutte beziehungsweise die Sexgöttin in mir.

09:50 Uhr Daniel kam an und wirkte ebenso aufgeregt wie ich.

10:00 Uhr Kaffeetrinken. Unsere Begierde brachte die Luft zum Knistern. Es war zu spüren, dass wir es kaum noch erwarten konnten.

10:15 Uhr Schon waren wir im Bett. Ich bin wirklich eine Nutte.

10:30 Uhr O Gott, ich bin eine noch größere Nutte, als ich dachte. Aber Daniel ist auch total hemmungslos.

10:45 Uhr Oh, daran kann ich mich kaum noch erinnern. Wir machen es noch mal.

11:00 Uhr Kleiner Krampf in der linken Gesäßbacke. Ist mir egal.

11:05 Uhr Im Film würden wir jetzt eine Zigarette rauchen. Da wir beide nicht rauchen, liegen wir eng umschlungen da. Daniel streicht mir eine Haarsträhne hinters Ohr und sagt: »Ich wusste, dass es gut wird.«

11:10 Uhr Ich werfe einen Blick auf die Uhr. »Sollen wir aufstehen?«
Daniels Blick sagt, dass wir im Bett bleiben.

11:20 Uhr Zweite Runde. Diesmal lassen wir es langsamer angehen und tun es mit geöffneten Augen, saugen den Anblick des anderen auf. Schön. Sehr schön.

Montag, 14. Dezember, nachmittags

Daniel ist gegangen. Ich fühle mich ein bisschen wund,

und meine Knie sind weich. Die Muskeln in meinen Schenkeln zittern, als hätte ich mich im Fitnessstudio verausgabt, und das gleich drei Mal nacheinander. Mein Herz schäumt über. Ich bin im siebten Himmel.

17

Montag, 4. Januar

An diesem Morgen hatte ich einen Brief in der Post. Ich öffnete ihn und las.

Sehr geehrte Ms McDonald,
dieses Schreiben fällt mir nicht leicht, doch wie Sie wissen, ist das Haus, das Sie gemietet haben, inzwischen auf dem Markt. Natürlich kann es eine Weile dauern, bis es verkauft ist. Wir rechnen damit, dass sich der Immobilienmarkt im Frühjahr belebt. Aber auch wenn wir einen Käufer finden, kann es Monate dauern, bis der Kauf abgeschlossen ist. Selbst nach Vertragsschluss gibt es noch keine Erfolgsgarantie; es kann sein, dass ein Käufer die Hypothek, die er beantragt hat, nicht erhält.
Folglich bleibt uns nichts anderes übrig, als die Miete entsprechend dem Mietspiegel zu erhöhen. Meine Mutter hat Sie als Mieterin geschätzt. Es hat sie gefreut, dass Sie sich um Haus und Garten gekümmert haben. Aus diesen Gründen hat sie von einer Mieterhöhung abgesehen. Mein Bruder und ich möchten den Mietpreis jedoch realistisch gestalten.
Da Sie für das Haus über viele Jahre hinweg eine

sehr niedrige Miete gezahlt haben, dürfte Ihnen eine Erhöhung auch angemessen erscheinen. Ich habe mit meinem Bruder über diese Angelegenheit gesprochen. Er war dafür, Ihnen eine Frist zu lassen. Das lag zum einen an der oben erwähnten Wertschätzung meiner Mutter, die sich Ihnen zuliebe mit einem nicht nennenswerten Mieterlös zufrieden gegeben hat. Zum anderen dachten wir, dass Sie das Haus womöglich selbst erwerben würden.
Da Letzteres inzwischen ausgeschlossen scheint, sehen wir eine Mieterhöhung als gerechtfertigt an und hoffen, dass Sie unsere Entscheidung nachvollziehen können. Wir sind keine wohltätige Einrichtung.
Hinsichtlich des Mietpreises habe ich mich mit Mr Bentley von Chatham und Reeves in Verbindung gesetzt. Er hat mich darüber informiert, dass der Mietpreis für das Objekt Summer Lane, Nummer 3, sich angesichts der Größe und Lage, auf monatlich 900 Pfund beläuft und in den Urlaubszeiten darüber liegt. Angesichts der langen Zeit, die Sie in diesem Haus gewohnt haben, sind wir bereit, Ihnen das Haus bis zum Verkauf für monatlich 750 Pfund zu überlassen. Sie werden mir zustimmen, dass diese Summe angemessen ist.
Sollten Sie es dennoch vorziehen, nach einer anderen Wohnung zu suchen und das Mietverhältnis zu kündigen, bitten wir Sie, uns umgehend Bescheid zu geben.

Mit freundlichen Grüßen
William Harris

Na, das neue Jahr fing ja gut an. Ich zog einen Mantel über meinen Schlafanzug an und rannte zu Anna.

Anna war auch noch nicht angekleidet, aber sie lotste mich in die Küche und setzte Teewasser auf.

»Ruf deine Schwestern an«, sagte sie, als sie den Brief gelesen hatte. »Sie haben doch gesagt, dass sie dir helfen würden.«

Ich stöhnte. »Das ist das Letzte, was ich will. Es würde Rose nur in allem bestätigen, was sie über mich denkt – dass ich im Wolkenkuckucksheim lebe, nicht weiß, wie die Realität aussieht, und mit dem Alltag nicht zurechtkomme. Natürlich hatte ich mit Mrs Harris Glück, sie war ein Geschenk des Himmels. Ich mache ihren Söhnen auch gar keinen Vorwurf, natürlich sind sie kein Wohlfahrtsinstitut. Aber das sind meine Schwestern auch nicht. Ich will mich nicht an sie wenden, ich bin neunundvierzig Jahre alt. Gott, ist das peinlich. Was müssen Michael und William Harris von mir halten? Wahrscheinlich glauben sie, dass ich ihre alte Mutter ausgenutzt habe.«

»Das tun sie bestimmt nicht«, sagte Anna.

»Als ich mehr verdient habe, habe ich Mrs Harris sogar angeboten, eine höhere Miete zu zahlen. Fast das Doppelte. Aber das wollte sie nicht. Sie war glücklich, weil ich das Haus liebe und mich darum kümmere. Das war ihr wichtiger als die Miete.«

»Dee, bitte, hör auf, dich vor mir zu rechtfertigen. Ich kenne die Zusammenhänge. Ihr habt beide Glück gehabt, du und Mrs Harris. In einer Zeit, in der jeder hinter dem Geld her ist, war Mrs Harris eine Ausnahme.«

»Ihre Söhne müssen denken, dass sie Mitleid mit mir hatte. Hast du die Stelle gelesen, an der er schreibt, dass sie keine wohltätige Einrichtung sind? Was glaubst du, wie ich mich jetzt fühle?«

»Lass das, Dee. Du weißt, wie es wirklich war. Und was die beiden denken, ist unwichtig. Ja, Mrs Harris war für dich ein Segen, aber du für sie auch. Jetzt haben sich die Umstände geändert, und du musst dich anpassen. So ist das im Leben. Was ist denn mit Daniel? Kann er dir nicht helfen?«

»Um Gottes willen, nein! Wir kennen uns doch erst seit ein paar Wochen. Soll er mich auch für einen Versager halten?«

»Dee, du braucht vielleicht eine neue Wohnung. Das macht dich nicht zu einem Versager. Warum machst du dich immer so schlecht? Was glaubst du, wie viele Leute vor ähnlichen Problemen stehen. Das Leben hat dir einen kleinen Schlag versetzt, weiter nichts. Das stehen wir durch.«

Es tat mir gut zu hören, dass Anna »wir« sagte. Sie war eine wahre Freundin.

»Was ist mit dem Rat, den Rose dir gegeben hat? Warum schaust du nicht ins Mietrecht? Zeig den Söhnen von Mrs Harris die Zähne.«

»Okay. Ja, das mache ich. Sofort. Ich hätte mich schon früher darum kümmern müssen, aber zuerst war Weihnachten, dann Silvester, das Zusammensein mit Daniel – ich bin einfach nicht dazu gekommen.«

»Sag mir, wenn ich helfen kann.« Anna stand auf und sang »We shall overcome«.

Es war zu lustig, wie sie, in Nachthemd und Pantoffeln, das Kampflied sang. Sie wusste eben immer, wie sie mich aufmuntern konnte.

Später am Tag erhielt ich eine der SMS meiner Mutter. Sie lautete: Lerne auf Treibsand zu laufen oder besser noch zu tanzen.

Es war mir unheimlich, wie gut die Nachrichten jedes Mal passten.

Den Nachmittag verbrachte ich am Computer. Zwischendurch telefonierte ich mit einem Berater des Mietervereins. Er klärte mich über meine Rechte auf und gab mir die Links zu einschlägigen Websites durch.

Am Abend setzten Anna und ich die Antwort an William Harris auf.

Als wir fertig waren, las sie mir alles noch einmal vor.

Sehr geehrter Mr Harris,
vielen Dank für Ihr Schreiben vom 4. Januar.
Ich habe es mit Interesse gelesen. Wie mir scheint, sind Sie und Ihr Bruder mit den Rechten eines Dauermieters nicht vertraut.
Diese kommen in den folgenden Fällen zur Anwendung:

- *Wenn jemand eine von privater Hand vermietete Unterkunft in den Jahren von 1989 bis 1997 bezogen hat. Ich bin im Jahr 1991 in das Haus Summer Lane, Nummer 3 eingezogen.*

- Wenn jemand die Miete an eine Privatperson entrichtet hat.
- Wenn der Vermieter nicht im selben Haus wohnt.

Ebenso dürfte Sie Folgendes interessieren:
- Ein Dauermieter kann sich gegen Mieterhöhungen wehren. Über diesen Punkt werde ich mich noch genauer informieren. Allerdings möchte ich Ihnen bereits mit diesem Schreiben mitteilen, dass ich die von Ihnen vorgeschlagene Summe nicht akzeptiere.
- Bestimmte Reparaturen werden vom Vermieter übernommen. In all den Jahren, in denen ich hier gewohnt habe, habe ich Ihre Mutter nicht ein einziges Mal gebeten, Reparaturen zu übernehmen, sondern selbst dafür gezahlt. Auch das wird dazu beigetragen haben, dass sie mich als Mieterin geschätzt hat. Nun jedoch möchte ich von meinem Recht Gebrauch machen und bitte Sie, das Dach und die Regenrinne reparieren zu lassen, desgleichen die Heizung und die veralteten Rohrleitungen. Auch die Mauern, Fenster und Türen müssen dringend neu abgedichtet werden. Ich werde die entsprechenden Kostenvoranschläge einholen und Ihnen zukommen lassen.
- Im Fall des Todes kann das Bleiberecht des Mieters an einen Erben abgetreten werden. In meinem Fall wird das meine Tochter sein.

Mir ist bewusst, dass Sie keine wohltätige Einrichtung sind. Deshalb hoffe ich, dass wir zu einer gütlichen Regelung kommen. Nach wie vor bin ich daran

interessiert, das Haus selbst zu erwerben. Das wird mir nach der Auszahlung des Erbes meiner Mutter im Sommer dieses Jahres möglich sein. Allerdings werde ich mich darüber informieren, inwieweit mir als Dauermieterin ein Kaufpreis unter dem Marktwert des Objektes zusteht.
Ich freue mich, wieder von Ihnen zu hören, insbesondere bezüglich der fälligen Reparaturen.

Mit freundlichen Grüßen
Dee McDonald

»Einverstanden?«, fragte Anna.

Ich stöhnte. »Ich weiß nicht, an manchen Stellen klingt es doch ein bisschen hart. Vielleicht sollte der Ton etwas freundlicher sein. Michael Harris war immer nett zu mir. Er hat auch dafür gesorgt, dass die Miete noch nicht erhöht worden ist.«

»Ich dachte, das soll ein Geschäftsbrief sein«, sagte Anna. »Oder möchtest du, dass ich den Brief mit ›alles Liebe‹ und einer Reihe Küsschen beende?«

»Nein.«

»Man muss selbstbewusst auftreten und klare Fronten schaffen. Du brauchst mehr Mumm, Dee. Für Dinge, die einem am Herzen liegen, muss man kämpfen.«

Ich lachte und deutete einen militärischen Gruß an. »Jawohl, Herr Major.«

»Okay, dann unterschreib den Brief.«

Ich seufzte und tat wie geheißen.

Liebe Mum, dachte ich, *bin schon dabei, auf Treibsand zu tanzen.* Ich steckte den Brief in einen Umschlag und klebte eine Briefmarke darauf. Mich durchzusetzen das war etwas Neues für mich und löste gemischte Gefühle aus. Zum einen war mir mulmig, und ich kam mir rücksichtslos vor, zum anderen tat es mir gut. Ich hatte mich über meine Rechte informiert und mich behauptet.

Ich dachte an das gerade begonnene Jahr, das anscheinend eine selbstbewusstere Dee McDonald zum Vorschein brachte. Ich hatte wieder einen Liebhaber und zig Ideen, was ich malen würde. Zum ersten Mal seit vielen Monaten verspürte ich wieder eine gewisse innere Sicherheit. Einiges davon verdankte ich Anna, einiges meiner Schwester Rose, die mir in puncto Haus den richtigen Anstoß gegeben hatte. Ich beschloss, ihr eine E-Mail zu schreiben und ihr das zu sagen.

18

Samstag, 13. Februar, 08:00 Uhr

Fleur

An diesem Wochenende bin ich an der Reihe. Endlich einmal kommen meine Schwestern zu mir. Der Kühlschrank ist schon voller Leckereien, die ich aus dem Feinkostladen unten an der Straße besorgt habe. Die Weine, die ich gekauft habe, sind auch nicht zu verachten. Meine Putzfrau hat die Wohnung auf Hochglanz gebracht. Rose und Dee werden ihren Augen nicht trauen und sich erinnern, wie schlampig ich früher war. Ich hoffe, es gefällt ihnen bei mir. Es wird wie früher sein, wenn wir bei einer Freundin übernachtet haben. Ach, es wird bestimmt gut, wir haben uns ja beim letzten Mal schon besser als seit Langem verstanden.

Wenn ich nur wüsste, was Mum sich für dieses Wochenende ausgedacht hat. Ich möchte, dass es das schönste Wochenende von allen wird, ganz gleich, was wir tun müssen. Außerdem werde ich versuchen, etwas mehr über Daniel herauszufinden. Nicht meinetwegen, sondern Dee zuliebe. Ich habe nämlich den Verdacht, dass sie sich in ihn verliebt hat. Wenn Dee an jemandem interessiert ist, konnte ich ihr das früher schon an der Nase ablesen. Da werde ich mal nachhaken. Allerdings muss ich behutsam vorgehen und sie dazu bringen, von sich aus über ihn und ihre Gefühle zu sprechen. Ich möchte, dass auch Rose mehr über sich erzählt, über ihr Leben und was sich sonst noch hinter ihrer kühlen Fassade abspielt. Ach, ich spüre jetzt schon, dass es ein wunderbares Wochenende wird.

Samstag, 13. Februar, 07:00 Uhr

Dee

Am Freitag vor unserem nächsten Wochenende fuhr ich zu Daniel. »Es ist besser, wenn wir getrennt erscheinen«, sagte er am Samstagmorgen. Wir waren noch im Bett, und ich lag in seinen Armen. »Deine Schwestern müssen ja nicht wissen, dass wir zusammen sind.«

Seit Dezember trafen wir uns. Es war nicht einfach, da wir beide arbeiteten, genau genommen hatten wir es nur zwei Mal geschafft. Das eine Mal kam er zu mir, das andere Mal besuchte ich ihn in London. Er wohnte in Camden im Parterre eines Hauses mit einem Hof nach hinten hinaus. Vor einem Jahr war er dort eingezogen, aber er hatte noch nicht viel an der Wohnung gemacht, nur im Flur ein Buddha-Poster angebracht. Ein Teil seiner Kleidung hing an einer Stange, ein anderer war noch in Koffern und Kartons verpackt. *Ein Mann auf der Durchreise*, dachte ich im ersten Moment.

Dies ist mein zweiter Besuch bei ihm. Bei meiner Ankunft gestern Abend entschieden wir, den Valentinstag vorzeitig zu feiern, und verzogen uns mit einer Flasche Champagner ins Bett.

»Ja, sie sollen es erst erfahren, wenn wir Mums Liste durchgearbeitet haben.«

»Gut. Meine Funktion verlangt nämlich völlige Neutralität. Ich möchte nicht, dass es zu Reaktionen kommt, die den erfolgreichen Ablauf des Programms stören.«

»Verstanden. Es bleibt unser Geheimnis.«

»Unsere Beziehung ist etwas ganz Besonderes, das müssen wir hüten.«

»Ich werde nichts verraten.« Ich fand Daniels Vorsicht richtig. Das, was wir hatten, gehörte uns allein. Es war kostbar. Ich wollte nicht, dass Rose und Fleur Wind davon bekamen, ihre Meinungen zum Besten gaben und mich aufzogen.

Samstag, 13. Februar, 11:30 Uhr

Da die Straßen verschneit und vereist waren, kam es zu Verkehrsbehinderungen, und ich brauchte mehr Zeit als gedacht, um zu Fleur zu gelangen. Ich war gespannt auf ihre Wohnung, denn die kannte ich noch nicht, Fleur hatte sie erst vor zweieinhalb Jahren gekauft. Ich wusste nur, dass sie im ersten Stock eines Wohnkomplexes auf der Sloane Street in Knightsbridge lag. An der Eingangstür grüßte mich ein uniformierter Portier. Ich stampfte den Schnee von meinen

Stiefeln, bedankte mich bei dem Mann, weil er mir die Tür aufhielt, und durchquerte die marmorne Eingangshalle zum Aufzug.

Als ich den Aufzug verließ, stand Fleur schon in der Tür, strahlte und führte mich in ihre Wohnung.

»Super Stiefel«, sagte ich. Diesmal trug Fleur kniehohe türkisblaue Wildlederstiefel. Ihre lange Strickjacke hatte die gleiche Farbe. Ich überreichte ihr den Strauß weißer Tulpen, die ich auf dem Weg hierher erstanden hatte. Sie hatten ein Vermögen gekostet, aber ich hatte nicht mit leeren Händen erscheinen wollen.

Mein lieber Mann, dachte ich, als ich mich in dem großen Wohnzimmer umsah. Die Fenster mit den Seidenvorhängen reichten vom Boden bis zur Decke und führten auf die elegante Sloane Street hinaus. Der Fußboden war aus dunklem Holz. Den Kontrast dazu bildeten die Möbel und Wände in hellen Farben – Weiß, Elfenbein und Taupe. Ich wusste, dass Fleur einen Innenarchitekten engagiert hatte, für den das Beste anscheinend gerade gut genug gewesen war.

»Wunderbare Blumen«, sagte ich, als mein Blick auf das großzügige Gebinde aus Orchideen und Bambus auf dem Couchtisch fiel. Im Vergleich dazu sahen meine Tulpen mickrig aus.

Daniel saß bereits auf dem Sofa. Er begrüßte mich höflich, mehr nicht. Ich sagte »hi« und wandte mich ab.

»Ich zeige dir dein Zimmer.« Fleur griff nach meiner Reisetasche. Ich war froh, dass sie nicht wissen wollte, wo ich die Nacht verbracht hatte. Wahrscheinlich nahm sie an, dass ich bei einer Londoner Freundin geschlafen hatte. Ich folgte ihr über den Flur.

»Küche.« Fleur öffnete die Tür zu einer Küche, wie man sie in Architekturzeitschriften abgebildet sieht. Sie war ebenso makellos wie das Wohnzimmer, mit Granitoberflächen, cremeweißer Einrichtung und Kalksteinfußboden, und sah aus, als wäre sie noch nie benutzt worden. »Wenn du etwas essen oder trinken möchtest, bedienst du dich einfach.«

Sie führte mich zum Ende des Flurs. »Hier.« Sie öffnete die Tür zu einem großen Zimmer.

»Wow«, sagte ich. »Du hast dich durchgängig für den Minimalismus entschieden.«

Fleur nickte. »Gefällt es dir?«

»Du liebe Zeit, es ist fantastisch. Groß, luftig und elegant.«

Fleur stellte meine Reisetasche auf das riesige Doppelbett, über das eine zart schimmernde Tagesdecke in Taupe gebreitet war. Sie öffnete eine Tür. Ich sah ein weißes Marmorbad. »Ich bin baff«, sagte ich. Doch irgendwie wirkte Fleurs Wohnung, trotz der Pracht, seelenlos, als würde dort niemand wohnen und als gehörten die Zimmer zu einem Luxushotel.

Fleur schien sich über mein Lob zu freuen. »Pack in Ruhe aus und fühl dich wie zu Hause.«

»Mach ich.« Fleur verschwand. Ich schaute mich um. Wie zu Hause konnte ich mich hier nicht fühlen. Es gab weder Bücher noch persönlichen Krimskrams, nur einen Nachttisch mit der jüngsten Ausgabe der *Vogue* und einer weißen Orchidee in einer schmalen Kristallvase.

Als ich ausgepackt hatte, verließ ich mein Zimmer. Im Flur stand eine Tür offen. Dahinter war Rose dabei, eine Reisetasche auszupacken. Ich trat näher. Ihr Zimmer ähnelte meinem, außer dass auf ihrem Bett eine golden schimmernde Tagesdecke lag und eine Wand aussah, als wäre sie mit Blattgold gestrichen worden. »Hi«, sagte ich.

Rose nickte mir zu. »Da sind wir also wieder.« Sie zuckte mit den Schultern, zog ihren roten Pullover aus und enthüllte eine weiße Seidenbluse. »Ich bin nass geschwitzt. Fleur muss die Heizung auf Hochtouren laufen haben.«

»Eine sehr elegante Wohnung, findest du nicht?«

Rose verdrehte die Augen. »Ich komme mir wie in einer Ausstellungswohnung vor. Wahrscheinlich hat Fleur auch eine Putzfrau. Sie selbst wäre niemals in der Lage, alles so sauber und ordentlich zu halten.«

»Stimmt.« Ich lachte. Fleurs Zimmer war früher ein einziges Chaos gewesen. An ihrer Kommode standen die Schubladen offen, überall flogen ihre Kleidungsstücke herum, die Schuhe lagen da, wo Fleur sie hingekickt hatte, der Frisiertisch war übersät mit Schminkutensilien und Parfümfläschchen. »Wie geht es dir?«, fragte ich. Seit dem Wochenende bei mir in Cornwall hatten Rose und ich nur wenig Kontakt gehabt. Wir hatten uns Weihnachtskarten geschickt, und im Januar hatte ich meine Schwestern per E-Mail wissen lassen, dass mein Wohnungsproblem vorübergehend gelöst sei, und mich für ihre Hilfsangebote bedankt. Fleur hatte mir etwas zu Weihnachten geschickt, Badeöl und eine Körperlotion von Jo Malone. Das Geschenk war einige Tage vor Weihnachten angekommen, und ich hatte mir das Gehirn zermartert, wie ich mich revanchieren konnte. Zu guter Letzt kaufte ich Fleur einen hellgrauen Samtschal, den ich in Kingsand entdeckt hatte. Mit ihrem Geschenk konnte er natürlich nicht mithalten, und ich wurde wieder an die Weihnachten und Geburtstage vor unserem Streit erinnert, als ich mich stets fragte, was man einer Frau schenken sollte, die alles hatte.

»Gut«, sagte Rose. »Und wie geht es dir?«

»Auch gut, danke.« Wie schön, dass wir uns inzwischen ohne Sticheleien begrüßen konnten. Aber ich hatte schon oft gedacht, dass Rose einem Kaktus glich, der einmal im Jahr blühte und dann wundervoll war.

»Zum Plaudern haben wir keine Zeit.« Rose lief an mir vorbei in Richtung Wohnzimmer.

Das war eine kurze Blütezeit. Ich folgte ihr. Im Wohnzimmer ließ ich mich so weit wie möglich von Daniel entfernt nieder.

Nach dem Kaffee, den wir aus zarten Porzellantassen zu uns nahmen, machten wir uns für das nächste Video bereit. Daniel stellte den Laptop auf die Glasplatte des Esstisches. Rose, Fleur und ich rückten uns Stühle zurecht. Mein Blick fiel auf ein Paneel am Fenster, auf dem sich zwei gerahmte Fotos befanden: eine wunderschöne Aufnahme meiner Mutter in jüngeren Jahren und ein Foto von Rose, Fleur und mir, als wir um die zwanzig waren. Es war im Garten unseres Elternhauses in Hampstead aufgenommen worden. Ich war gerührt, dass Fleur uns einen so besonderen Platz eingeräumt hatte.

Daniel ließ das Video laufen. Es war wieder in der Seniorenwohnung meiner Mutter gedreht worden.

Mum lag in einem grünen Seidenkimono auf dem Sofa, um den Hals hatte sie eine blaue Pfauenfeder gewunden. Martha fütterte sie mit Weintrauben, Jean wedelte ihr mit einem Fächer Luft zu.

Mum lächelte. Wie immer erwiderte ich ihr Lächeln und war überglücklich, sie wiederzusehen. »Hallo, meine Schätzchen«, sagte sie gedehnt und mit rauchiger Marlene-Dietrich-Stimme. Sie deutete auf ihre Freundinnen. »So was nenne ich Leben.«

»Für dich vielleicht«, sagte Jean und schlug Mum mit dem Fächer auf die Knie. »Warum durfte ich nicht Kleopatra sein?«

Mum kicherte und setzte sich auf. Jean und Martha ließen sich ächzend an ihrer Seite nieder.

Martha lachte. »So ist das, wenn man alt ist. Ob man sich setzt oder aufsteht, immer stöhnt man.«

»Heute beginnt das dritte Wochenende«, sagte meine Mutter. »Ich hoffe, ihr seid alle da, hattet keine Probleme mit dem Wetter und habt euch keine Erkältung eingefangen. Wenn eine von euch ausgefallen wäre, hätte der arme Daniel für einen neuen Termin sorgen müssen. So. Um was geht es an diesem Wochenende?«

Martha griff nach einem Cocktailglas auf dem Beistelltisch und nahm ein Schlückchen. »Man muss sich auch mal etwas gönnen«, erklärte sie. »An den ersten beiden Wochenenden haben wir euch einiges zugemutet, aber so ist das Leben. Es besteht nicht nur aus Cocktails.«

»Nur manchmal«, fügte Jean hinzu. »Glück hat unter anderem mit Gegensätzen zu tun. Irgendeine Frau hat mal gesagt ›Glück ist der Moment, wenn man abends das Korsett auszieht‹. Man ist glücklich, weil etwas Unangenehmes vorbei ist.«

»Beispielsweise, wenn einem warm wird, nachdem man gefroren hat«, sagte Mum. »Oder wenn man schweißgebadet einen kühlen Raum betritt. Wenn man hungrig ist und etwas zu essen bekommt, nach einer ruhigen Phase wieder arbeitet, nach anstrengender Arbeit ausruht und so weiter. Wenn das Leben immer gleich bliebe, würden wir uns zu Tode langweilen.«

»Aber alles muss ausgewogen sein. Wenn man ein Vergnügen übertreibt, wird es bedeutungslos. Wenn man ständig nach Bedeutung sucht, lebt man ohne Vergnügen. Um glücklich zu sein, müsst ihr ein Gleichgewicht anstreben.«

»In jeder Hand ein Glas Wein halten, um nur ein Beispiel zu nennen«, sagte Mum.

»Sei nicht albern, Iris«, entgegnete Jean. »Du weißt, was ich meine.«

Mum nickte. »An diesem Wochenende geht ihr nicht wandern. Es gibt weder Darmspülungen, noch müsst ihr euer Inneres bloßlegen. Anders als an den vorherigen Wochenenden dürft ihr euch diesmal verwöhnen lassen und all euren Sinnen eine Freude machen. Ihr werdet Schönes sehen und hören.«

»Und fühlen und schmecken«, ergänzte Martha. »Ihr werdet erfahren, wie wohltuend Berührungen sind und welche Macht Gerüche haben.«

»Klingt ganz nach meinem Geschmack«, sagte Fleur.

»Ich nehme an, Daniel ist bei euch«, sagte Jean. »Er hat den Tagesplan. Ihr werdet heute entspannen. Wenn ihr wollt, könnt ihr den Tag im Bademantel verbringen. Wir haben Leute für Gesichtsbehandlungen und Massagen bestellt. Am frühen Abend werden euch Köstlichkeiten serviert, die von einem hervorragenden Koch zubereitet wurden. Danach geht es per Taxi ins Ballett oder in die Oper. Die Entscheidung haben wir Daniel überlassen, wir kennen die Programme nicht so weit im Voraus. Es wird etwas Großartiges werden, ein Genuss für Seele und Augen – oder Ohren.«

Meine Mutter übernahm wieder. »Morgen geht es zu Harrods. Zu einem Make-up-Spezialisten, Frisör und persönlichen Einkaufsberater.«

»Auch die Kleidung beeinflusst, wie man sich fühlt«, sagte Martha. »Man muss Stil haben, ganz gleich, wo man ist.«

»Angeberin«, sagte Jean.

Martha sah sie von oben herab an. »Man hat eben einen Standard zu wahren, und die Mädchen sollten den auch haben.«

»Damit wir den Geruchssinn nicht vernachlässigen, möchte ich, dass ihr euch ein Parfüm aussucht«, sagte Mum. »Jede von euch hat einen Lieblingsduft, dem sie seit Langem treu ist, aber vielleicht probiert ihr einmal etwas Neues. Ich weiß, Fleur wird sich in der Parfümabteilung von Harrods wie im Himmel fühlen.«

»Genießt es«, sagte Martha. »Ihr seid alle sehr beschäftigt, ein bisschen Entspannung tut euch gut.«

»Ich hatte schon zu Anfang gesagt, dass die Wochenenden unterschiedlich sein werden«, nahm Mum den Faden wieder auf. »Ich wollte, dass ihr jedes Mal andere Erfahrungen macht, denn sie werden euch nicht gleich gut gefallen, dazu seid ihr zu unterschiedlich. Habt ihr mal von Rudolf Otto gehört?«

Rose, Fleur und ich schauten uns an und schüttelten die Köpfe.

»Er beschreibt eine Erfahrung, die er das Numinose nennt«, erklärte Jean. »Damit meint er die Beglückung angesichts des Wunderbaren, das uns das Leben bietet.«

»Aber die Auslöser dieser Beglückung sind bei jedem Menschen anders«, fügte Martha hinzu. »Bei dem einen kann es ein Musikstück sein, bei dem anderen eine Bergwanderung, ein Sonnenuntergang, die Wunder der Natur, der Aufenthalt in einer Kathedrale, einem Tempel oder einer Moschee, der Anblick eines neugeborenen Kinds. Deshalb haben wir uns für euch Verschiedenes ausgedacht, in der Hoffnung, dass ihr euren persönlichen Weg zu diesem Numinosen findet.«

»Die Darmspülung war es bei mir nicht«, murmelte Fleur. Ich lachte. Rose tat, als hätte sie nichts gehört.

»Entdeckt, was eure Seelen in höchste Höhen steigen lässt«, sagte Mum. »Aber heute werdet ihr einfach genießen und euch entspannen.«

Meine Mutter ließ sich wieder zurücksinken. Jean fächelte ihr zu, und Martha reichte ihr eine Weintraube. Das Video war zu Ende.

»Super«, sagte Fleur. »Wir müssen nicht hinaus in die Kälte.«

»Ja, diesmal ist es nicht so verrückt«, bemerkte Rose.

»Mit einer Pfauenfeder um den Hals auf dem Sofa zu liegen und nach dem Tod noch Videobotschaften zu versenden, ist für mich ziemlich verrückt«, entgegnete Fleur.

»Aber das gilt für Mum. Wir können uns normal benehmen.«

Fleur wandte sich zu mir um. »Du bist so still. Hast du was?«

»Ich? Nein, mir geht's gut. Danke der Nachfrage.«

Mir ging es nicht gut. All meine Sinne waren geschärft und richteten sich auf eine einzige Person, und ich musste tun, als wäre nichts. Dabei war mein Numinoses hier im Raum – Daniel, in den ich mich unsterblich verliebt hatte. Doch in Anwesenheit meiner Schwestern konnte ich ihn weder berühren noch Blicke mit ihm tauschen. Ich konnte mich kaum noch erinnern, wie ich mich ihm gegenüber an den anderen Wochenenden benommen hatte. Ich wollte ihn mit Gleichmut behandeln, aber das war alles andere als einfach. Nach Nick hatte ich solche intensiven Gefühle nicht mehr für möglich gehalten. Aber für Daniel empfand ich noch mehr als für Nick. Daniel war mein Seelengefährte, wir passten zusammen, und alles, was wir gemeinsam taten, war natürlich. Daniel trieb keine Spiele, höchstens die Varianten des tantrischen Sex, in die er mich eingeführt hatte.

»Ach, wahrscheinlich habe ich an meine Arbeit gedacht«, antwortete ich, um Fleur nicht auf dumme Gedanken zu bringen.

»Was für eine Arbeit?«

»Ich habe mit einer Bilderserie begonnen. Sie läuft recht gut, aber sie beschäftigt mich.«

Das schien Fleur einzuleuchten. Daniel wagte ich nicht anzusehen, sonst hätte ich mich womöglich verraten. Denn Fleur entging nichts, sie hatte Argusaugen.

Allerdings lief meine Arbeit tatsächlich gut. Seit Dezember konzentrierte ich mich auf meine Vogelbilder und war so weit, dass ich an eine Ausstellung denken konnte. Es fühlte sich an, als hätte ein Staudamm in mir nachgegeben und eine wahre Bilderflut ausgelöst. Ich hatte kleine und große Gemälde angefertigt. Auf eines war ich besonders stolz. Es zeigte einen Adler mit gesenktem Kopf und ausgebreiteten Schwingen, der über die Leinwand zu fliegen schien, kurz davor, sich wieder in die Luft zu erheben. Daniel war mein größter Fan. Als er dieses Bild sah, wollte er es kaufen. Ich hätte es ihm gern geschenkt, doch das wollte er nicht. »Du lebst von deiner Malerei«, sagte er, was nur bewies, wie einfühlsam und rücksichtsvoll er war.

Daniel überreichte uns die Ablaufpläne für das Wochenende und Geld für unsere Einkäufe. Dann schlüpfte er in seine Jacke, schlang seinen Schal um den Hals und war bereits im Begriff, sich zu verabschieden, als Fleur beschloss, ihn nicht so einfach gehen zu lassen.

»Nicht so eilig, Mister Geheimnisvoll«, sagte sie, als er schon fast aus der Tür war. »Meinen Sie nicht, es wäre an der Zeit, dass Sie uns ein bisschen mehr über sich verraten?«

Daniel wandte sich um und vermied es sorgsam, mich anzusehen. »Was möchten Sie denn wissen?«

»Na, etwas über Ihre Arbeit. Wo Sie wohnen. Ob Sie mit jemandem liiert sind. Haben Sie Kinder? Wir kennen uns jetzt schon seit Oktober, und noch immer sind Sie für uns ein unbeschriebenes Blatt. Wir wollen ja nicht unhöflich wirken, als hätten wir kein Interesse.«

»Da gibt es nicht viel zu erzählen. Ich wohne im Norden von London, arbeite hauptsächlich für Swami Muktanand und ...«

»Was genau machen Sie für ihn?«

»Ich bin sein Assistent, organisiere seine Vortragsreisen und so weiter.«

»Wo tritt er denn auf?«, fragte ich, nur um auch etwas beizutragen und nicht durch mein Schweigen kundzutun, dass ich die Antworten schon kannte.

»Überall in England. Er hält Vorträge, lehrt, besucht Hospize.«

»Was macht er denn in Hospizen?«, wollte Rose wissen.

»Er kümmert sich um die Sterbenden.«

»Inwiefern?«

»Er hilft ihnen, inneren Frieden zu finden. Für viele von ihnen bedeutet es eine Erleichterung, wenn jemand mit ihnen über ihren Zustand spricht, über das, was in ihnen abläuft, und ihnen rät, wie sie sich innerlich auf die letzten Stunden vorbereiten können.«

»Jemand, der nicht betroffen ist, hat gut reden«, sagte Rose.

Sie hatte es mit Schärfe gesagt. Wie unfreundlich sie war, sie wusste doch gar nichts über die Arbeit des Swami. Ich selbst hatte allerdings auch nicht gewusst, dass er Sterbende besuchte. »Was macht er konkret?«

»Er meditiert mit den Sterbenden und richtet ihre Aufmerksamkeit nach innen. Er zeigt ihnen, dass wir mehr als Körper sind, dass der Körper nur der Tempel unserer Seele ist und etwas Vorübergehendes, lediglich eine Hülle.

»Und was ist, wenn die Sterbenden nicht an dieses Höhere der Seele glauben?«

»Das spielt keine Rolle. Auch sie sehnen sich nach dem inneren Frieden, zu dem der Swami den Weg weist.«

»Ich finde das sehr anmaßend«, erklärte Rose.

»Warum?« Daniel ließ sich wieder bei uns am Tisch nieder.

»Meine Güte, ist das nicht offenkundig? Diese Menschen sehen dem Tod entgegen und leiden, und da kommt Ihr Swami angetanzt und faselt etwas über Frieden und schreibt den Leuten vor, wie sie sich fühlen sollen.«

»Sie würden sich wundern, wenn Sie wüssten, wie viele ihn mit offenen Armen empfangen.«

»Für mich klingt das wie die letzte Ölung.«

Daniel zögerte, bevor er antwortete. »Ja und nein. Ja, in dem Sinn, dass die letzte Ölung einem Gläubigen Frieden schenken kann. Nein, weil der Swami keiner Religion angehört und Menschen ungeachtet ihres Glaubens hilft.«

Rose schnaubte verächtlich. »Ich wette, ein Teil der Sterbenden ist meilenweit vom inneren Frieden entfernt. Sie sind naiv und idealistisch, Daniel.«

»Diese Meinung bleibt Ihnen unbenommen. Der Swami drängt sich niemandem auf, aber viele reagieren mit Dankbarkeit auf das, was er bietet.«

»Hat er unserer Mutter auf die Weise geholfen?«, fragte Fleur.

Daniel schien zu überlegen. »Ich glaube schon. Sie hat das Zentrum mehrere Male besucht.«

»Das hat sie nie erwähnt«, sagte Rose.

»Vielleicht, weil sie an ihre Liste dachte«, sagte Fleur. »Sie wollte nicht, dass wir zu viele Fragen stellen.«

»Vielleicht fiel es ihr aber auch leichter, mit dem Swami zu sprechen als mit uns.« Ich erinnerte mich an die einschlägigen Werke in ihrem Bücherregal und an das letzte Gespräch über den Tod, das wir geführt hatten – oder vielmehr versucht hatten zu führen. Für mich war es zu schmerzhaft gewesen. Meine Mutter hatte das erkannt. Der Swami war ihr vermutlich nicht ausgewichen so wie ich. Er hatte mit ihr über den Tod und das Leben danach gesprochen, ihr Trost und Kraft gegeben. Die Vorstellung, dass Daniel auch darin involviert war, machte ihn für mich noch wertvoller. Er war empfindsam und besaß emotionale Intelligenz. Er war der Mann, den ich immer gesucht hatte.

»Und sonst?« Fleur wechselte abrupt das Thema. »Haben Sie eine Partnerin? Kinder? Haustiere?«

Daniel war bewundernswert. Er blieb vollkommen gelassen, wohingegen ich kribbelig wurde und dringend über etwas anderes sprechen wollte.

»Keine Kinder«, begann Daniel. »Und …«

Ich unterbrach ihn. »Wie finden Sie das Programm, das wir absolvieren müssen?«

Daniel lächelte. »Das zu kommentieren steht mir nicht zu. Ich glaube, das sagte ich schon zu Anfang. Es geht um einen Prozess, der ausschließlich Sie und Ihre Schwestern betrifft. Ich bin nur eine Randfigur.«

»Feigling«, sagte Fleur. »Sie wollen sich drücken. Los, erzählen Sie uns, wie der richtige Daniel aussieht. Tun Sie sich keinen Zwang an.«

Ich rang nach Luft. Er durfte den beiden nichts von uns erzählen. Sie würden sich über uns lustig machen und das Große, was wir hatten, schmälern. Daniel verzog keine Miene. Er lehnte sich zurück, als hätte er alle Zeit der Welt. Ich konnte nur beten, dass meinen Schwestern nicht auffiel, wie nervös ich war, dass ich ständig an mir herumzupfte und meine Finger knetete. Ich nahm mir ein Beispiel an Daniel, legte meine Hände entspannt in den Schoß und atmete tief ein und aus.

»Ich drücke mich vor nichts«, sagte Daniel. »Aber wer ich bin und was ich denke, das ist nicht wichtig. Die Liste oder das Programm betrifft nur Sie und Ihre verstorbene Mutter. Ich bin lediglich der Organisator.« Er stand auf. »Und jetzt muss ich wirklich los. Ihre Masseusen werden gleich da sein.«

Die Tür war kaum hinter ihm zugefallen, als Fleur sich zu mir umdrehte und fragte: »Was läuft zwischen dir und ihm?«

Ich fluchte innerlich. »Zwischen mir und Daniel? Nichts.«

Fleur studierte meine Miene. »Ich glaube, du bist scharf auf ihn.«

»Bin ich nicht.«

»Bist du doch. Ich habe es deutlich bemerkt. Du hast kaum einen Pieps von dir gegeben und herumgezappelt.«

»Habe ich nicht.«

»Hast du doch.«

»Ist mir etwas entgangen?«, fragte Rose. »Hast du dich mit ihm eingelassen, Dee?«

»Natürlich nicht. Vielleicht interessiert Fleur sich ja für ihn. Sie hat die Fragen gestellt, nicht ich.«

»Weil ich für dich herausfinden wollte, ob er gebunden ist«, verteidigte sich Fleur. »Gib zu, dass du das wissen willst.«

»Ich weiß es schon. Bereits an unserem ersten Wochenende in Somerset hat er mir erzählt, dass er alleinstehend ist.« Das war wenigstens nicht gelogen.

»Das ist schon Monate her«, entgegnete Fleur. »Wer weiß, wie es heute aussieht. Vielleicht ist er schwul.«

Rose taxierte mich. »Du magst ihn, oder? In seiner Gegenwart verhältst du dich anders als sonst.«

Oh, wie gern ich ihnen alles erzählt hätte. Aber ich hatte mit Daniel vereinbart, unsere Beziehung geheim zu halten. Allerdings war es mir unangenehm, meine Schwestern belügen zu müssen. »Ja, ich mag ihn, aber es gibt keine besondere Chemie zwischen uns. Vielleicht benehme ich mich anders, weil ich wieder male und eine neue Bilderserie begonnen habe.« Ich schilderte ihnen die Vogelbilder, die ich bereits fertiggestellt hatte. Rose tat, als würde sie sich dafür interessieren, Fleurs Augen wurden glasig. Aber es funktionierte, die beiden wurden abgelenkt. Fleur hatte jedoch recht: Wenn Daniel in meiner Nähe war, fühlte ich mich anders und benahm mich wahrscheinlich auch anders, schließlich schwebte ich auf Wolken.

»Hast du noch mal was von den Söhnen deiner früheren Vermieterin gehört?«, fragte Rose.

»Ja, von Michael Harris. Er hat geschrieben, dass er sich darauf freut, im Sommer mit mir über den Kaufpreis zu verhandeln. Das Haus haben sie vom Markt genommen. Offenbar haben sie sich über meine Rechte informiert.«

»Super«, sagte Fleur. »Dann kannst du das Haus noch in diesem Jahr kaufen.«

»Das ist gut«, sagte Rose.

»Ja«, erwiderte ich und strahlte, »das ist richtig gut.«

Die Masseusen erschienen punkt elf Uhr – Cheryl, Katie und Rachel –, muntere junge Frauen mit glänzendem Haar, reinem Teint und klarem Blick. Sie hatten Liegen und Beutel voller Utensilien dabei und erklärten, welche Behandlungen wir aussuchen konnten. Wir alle entschieden uns für eine Gesichtsbehandlung. Bei den Massagen wollte Rose eine Fußreflexzonenmassage, Fleur die klassische Variante und ich die mit Aromatherapie.

Katie war für mich zuständig. Wir gingen in mein Gästezimmer. Ich setzte mich aufs Bett, sie baute ihre Liege auf.

»Sollen wir mit der Massage beginnen?«, fragte sie.

»Gern.«

»Gut, dann zieh alles aus.« Sie reichte mir eine Duschhaube aus Viskose. »Streif die über. Ich bin gleich wieder da.«

Ich entkleidete mich, setzte die Haube auf und stopfte meine Haare darunter. »Fertig«, rief ich. Katie kehrte zurück und brach in schallendes Gelächter aus.

Was für eine unhöfliche Person. Na schön, dann war ich eben nicht mehr zwanzig, aber so zum Brüllen komisch war mein nackter Körper auch wieder nicht. »Was ist so lustig?«, fragte ich.«

Katie deutete auf meinen Kopf, dann auf ihren Schritt. Oh. Das Viskoseteil war keine Duschhaube, sondern ein Slip. Und den trug ich auf dem Kopf.

Ich spürte, wie mir die Röte ins Gesicht schoss. »Gott, wie peinlich.« Ich nahm den Slip vom Kopf und schlüpfte rasch hinein. »Tut mir leid.«

»Kein Problem«, sagte Katie, kicherte jedoch während der ganzen Massage, bis ich auch lachen musste. Meine Mutter hätte vor Lachen geschrien. Doch dann überließ ich mich Katies Händen und dem himmlischen Duft von Rosen und Orangenblüten. Wenig später hatte ich meinen Fauxpas vergessen und schwebte in Richtung Nirwana. Paradiesisch. Ich beschloss, Katie später ein ordentliches Trinkgeld zu geben, unter anderem auch, damit sie den Mund hielt.

Gegen drei Uhr waren die Behandlungen abgeschlossen. Ich fühlte mich so entspannt wie seit Monaten nicht mehr. Als unsere Masseusen sich verabschiedet hatten, wollten Rose, Fleur und ich ein Nickerchen machen. Doch in Fleurs makellosem Elfenbeinzimmer, in dem Bett mit den ägyptischen Baumwolllaken, war mir plötzlich nach Weinen zumute. *Hier bin ich nun, Mum,* dachte ich, *verwöhnt und verschönert. Ich bin in Fleurs Wohnung, und Rose ist im Zimmer gegenüber. Wir sind zusammen, so wie du es dir gewünscht hast. Aber du bist nicht da.* Meine Mutter hatte das Programm für uns mit so viel Liebe und Einfühlungsvermögen gestaltet. Ich wünschte, ich könnte ihr persönlich danken, dass sie sich so sehr um unser Glück gesorgt hatte. Ich wünschte, ich hätte zu ihren Lebzeiten mehr für sie getan. Seit ihrem Tod hatte sich so viel geändert. Ich war von meinem Leben nicht mehr enttäuscht und fürchtete mich nicht mehr vor der Zukunft. Im Gegenteil. Meine Mutter fehlte mir schrecklich, doch abgesehen davon war ich glücklich und voller Hoffnung. Ich wünschte, das hätte ich ihr noch erzählen können. Anscheinend hatte die Massage einen Schutzwall durchbrochen und die Trauer mich wieder übermannt. Ich hatte Mum auf dem Video gesehen, aber in Wahrheit befand sie sich an einem Ort, zu dem ich ihr nicht folgen konnte. Ich begann zu weinen und fragte mich, wie es Fleur und Rose erging, ob die Massagen bei ihnen ähnlich gewirkt hatten.

Um sechs Uhr abends wurde unser Essen gebracht. Es waren Salate, was zunächst langweilig klang, sich aber als Köstlichkeit herausstellte, so wie meine Mutter es versprochen hatte. Selbst meine mäkelige Schwester Rose aß alles restlos auf.

»Mjam-mjam«, machte Fleur. »Granatapfel, Mango, Avocado und Räucherspeck, alles, was ich am liebsten esse.«

Ich taxierte die Gesichter meiner Schwestern, um zu sehen, ob es ihnen nach der Massage wie mir ergangen und ihnen der Verlust unserer Mutter erneut bewusst geworden war. Fleur wirkte aufgeräumt, Roses Miene verriet nichts, sie sah höchstens ein wenig müde aus.

»Und?«, fragte ich. »Was haltet ihr denn nun davon?« Meine Schwestern waren bei der Mousse au Chocolat angelangt, die sie begeistert in sich hineinlöffelten. Meinen Kuchen hatte Rose nicht gegessen, aber hier tat sie sich keinen Zwang an. Ich befahl mir, nicht zu grollen.

»Wovon?«, fragte Fleur.

»Von Mums Anregungen zum Glücklichsein.«

Fleur leckte ihren Löffel ab. »Diesen Teil finde ich ziemlich gelungen. Ach, eigentlich ist alles gut. Oder wie seht ihr das?«

Ich war in meinem ganzen Leben noch nie so glücklich gewesen, aber das lag hauptsächlich an Daniel. »Mal so, mal so. Aber das war nie anders. Es gibt stressige Zeiten, in denen ich mich glücklich fühle, und schöne, in denen ich plötzlich traurig werde. Vorhin habe ich mich himmlisch gefühlt und musste plötzlich weinen, weil Mum mir fehlt.« Ich schaute Rose an.

Rose zögerte mit der Antwort. »Ich glaube nicht, dass man das Glück planen kann. Mum hat es gut gemeint – bis auf die Darmspülung –, und mir ist klar, was sie erreichen wollte, aber Glücksgefühle kommen von innen und nicht, weil man in einer schönen Gegend spazieren geht oder eine Massage bekommen hat. Wenn man Sorgen hat, nützt so etwas nichts.«

»Sorgst du dich wegen etwas?«, fragte ich.

Rose zuckte mit den Schultern. »Nicht mehr als sonst auch. Glück und Unglück, gute und schlechte Tage, all das gehört zum Leben. Es ist ein Luxus, ständig zu überlegen, wie man sich fühlt. Ich könnte das auch gar nicht, mein Kopf ist so schon randvoll. Wie viele Leute haben die Zeit, über das Geheimnis des Glücks nachzudenken? Sicher, Mum wünscht, dass wir das tun, aber für mich hat das etwas sehr Ichbezogenes. Ich, ich, ich. Wie geht es mir heute? Bin ich glücklich oder nicht?«

»Aber das ist doch das Wunderbare«, entgegnete ich. »Mum hat dafür gesorgt, dass wir uns diese Zeit nehmen, und die Mittel zur Verfügung gestellt. Ich finde, das ist ein großartiges Vermächtnis.«

Rose sah mich an, als hätte ich Chinesisch gesprochen. Offenbar empfand sie anders.

»Es ist schön, dass wir wieder in Verbindung sind«, sagte Fleur. »Ich bin gern mit euch zusammen.«

»Sind wir das wirklich?«, fragte Rose. »Ich glaube nicht, dass ihr viel über mein Leben wisst oder ich über eures.«

»Dann erzähl uns doch von deinem Leben«, sagte Fleur.

Ich hatte den Eindruck, dass Rose kurz davor war, es zu tun, und es sich dann anders überlegte. »Da gibt es nichts zu erzählen.«

Fleur seufzte. »Ach, Rose, beschreib doch einfach, wie dein Tag aussieht und deine Arbeit.«

»Ein Tag ist wie der andere.«

»Ja, aber was spielt sich dabei ab?«, fragte ich.

Rose versteifte sich. »Ich habe keine Lust, darüber zu reden. Zu langweilig.«

Na schön, anscheinend war heute nicht der Tag, an dem der Kaktus blühte.

Fleur drehte sich zu mir um. »Erzähl du uns was. Über deine Arbeit wissen wir ja schon Bescheid. Wie ist dein Liebesleben? Ist dir in Kingsand ein netter Mann über den Weg gelaufen?«

Ich hoffte, dass ich nicht errötete. »Unsinn.« Daniel lebte in London, insofern war es wenigstens die halbe Wahrheit.

»Hättest du das gern? Suchst du jemanden für eine Beziehung?«, beharrte Fleur.

»Wenn – wenn es der Richtige wäre, vielleicht.«

»Wie wäre es mit Daniel? Ein Gutmensch, der mit seinem Swami zu den Sterbenden geht und ihnen hilft, inneren Frieden zu finden.«

»Lass ihn, Fleur. Ihm ist das ernst.«

»Ich finde es nach wie vor anmaßend«, sagte Rose. »Was glauben er und sein Swami eigentlich, wer sie sind. Die Todesengel?«

»Das ganz bestimmt nicht. Mir hat das, was er gesagt hat, eingeleuchtet.« Es gefiel mir nicht, dass Fleur und Rose sich über Daniel lustig machten und ihn kritisierten, aber ich wollte ihn nicht zu leidenschaftlich verteidigen. Wie gut, dass ich den beiden nichts von uns erzählt hatte. Bei ihren Vorurteilen wären sie jetzt mit Feuereifer über uns hergefallen.

»Siehst du«, sagte Fleur. »Ich dachte mir doch, dass er dir gefällt. Du bist früher schon auf Typen abgefahren, die die Welt retten wollten.« Wie ein Kind sang sie: »Dee ist verkna-hallt, Dee ist verkna-hallt.«

»Fleur, es reicht«, sagte Rose. »Verbreite dich über dein Leben, wenn es dir Spaß macht, aber respektiere bitte, dass andere Leute zurückhaltend sind.«

Wow, dachte ich, und das ausgerechnet von Rose, die sich ständig in das Leben anderer Leute einmischte, ganz gleich wie zurückhaltend man war.

»Herrgott noch mal«, sagte Fleur. »Ich wollte doch nur ...«

»... über etwas reden, das dich nichts angeht«, beendete Rose ihren Satz. »Wir sind keine Teenager, die ihre Geheimnisse austauschen. Auch Schwestern müssen sich nicht alles auf die Nase binden. Jede von uns hat eine Intimsphäre, die sie schützen möchte.«

Fleur wirkte gekränkt, und ich war der Ansicht, dass Roses Ton unnötig scharf gewesen war.

Ich versuchte, Fleur zu verteidigen. »Sie wollte uns doch nicht ausfragen, sondern nur …«

»Ihr seid noch genauso wie früher«, fiel Fleur mir ins Wort und sprang auf. »Ich dachte, es wäre besser geworden. Ich hatte gehofft, Rose wäre zugänglicher geworden, aber man redet bei ihr immer noch gegen eine Wand. Und Dee nimmt wie immer alles viel zu ernst. Nur dir zuliebe wollte ich mehr über Daniel herausfinden.«

Sie rauschte ab. Die Tür flog krachend ins Schloss. Ich schaute Rose an. Sie zuckte mit den Schultern und aß den Rest ihrer Mousse auf.

Samstag, 13. Februar, 19:00 Uhr

Wir ließen uns zum Sadler's-Wells-Theater fahren, um eine moderne Ballettaufführung zu sehen.

»Wie schön«, sagte ich beim Anblick der verschneiten Straßen auf dem Weg nach Islington. Ich spürte noch immer, wie gut die Massage mir getan hatte, und fand es wundervoll, in einem warmen Taxi zu sitzen und durch ein weiß gepudertes Zauberland zu fahren.

Fleur dagegen war immer noch beleidigt und benahm sich wie ein schmollender Teenager, der einsilbige Antworten gab, ganz gleich, was man sagte. Es hätte mich nicht gewundert, wenn sie als Nächstes »mir egal« gesagt hätte, oder »das ist alles so ungerecht, ich wünschte, ich wäre nie geboren worden« und »niemand versteht mich«. Aber ich würde mir die Vorfreude nicht verderben lassen, ich war schon seit Jahren nicht mehr im Ballett gewesen.

Daniel hatte uns fantastische Plätze im ersten Rang besorgt. Als es im Saal dunkel wurde und das Stimmengemurmel verstummte, war ich sehr aufgeregt. Ein Scheinwerfer beleuchtete die Bühne. Drei weiß gekleidete Tänzerinnen schwebten herein und schienen miteinander zu verschmelzen. Die ersten zehn Minuten waren einfach zauberhaft, doch dann wurden meine Lider schwerer und schwerer. Ich versuchte, die Augen offen zu halten, zwickte mich, trotzdem hatte ich das Gefühl, ich stünde unter Drogen. Es lag an der Wärme im Theater, dem weichen Sessel und daran, dass ich in der Nacht bei Daniel kaum geschlafen hatte. Ich schaffte es nicht, wach zu bleiben.

Erst in der Pause schlug ich die Augen auf und ging nach draußen, um für Fleur und mich ein Glas Wein und für Rose ein Glas Wasser zu besorgen. Der Wein war ein Fehler, ich wurde noch müder. An den zweiten Teil des Abends erinnerte ich mich nicht mehr. Einmal wurde ich kurz wach und stellte fest, dass auch Rose und Fleur die Augen geschlossen hatten und schliefen.

Dann wurde es hell. Wir wachten auf. Die Aufführung war vorbei, und Beifall brandete auf. Es gab mehrere Vorhänge. Rose, Fleur und ich klatschten begeistert mit.

Als wir uns schließlich zum Gehen wandten, schaute

uns eine Frau aus der Reihe hinter uns böse an. »Die reine Verschwendung«, sagte sie zu ihrem Begleiter.

»O nein«, antwortete Fleur. »Der Schlaf hat mir gutgetan. Ich fühle mich wie neugeboren.«

»Geht mir genauso.« Der Mann schenkte Fleur einen lüsternen Blick. »Im Theater schläft es sich wunderbar.«

Die Frau knuffte ihn in die Seite.

Auf der Rückfahrt zeigte Fleur sich allerdings nicht wie neugeboren, sondern gab wieder die Beleidigte und schwieg mehr oder weniger. Rose schien in Gedanken und sprach kaum. Ich tröstete mich mit dem nächsten Tag. Ich mochte es nicht, wenn wir nicht miteinander redeten, das war früher schon so gewesen. Ich überlegte, was ich tun oder sagen könnte, um die beiden aufzumuntern.

Als wir vor Fleurs Wohnung aus dem Taxi stiegen, kam mir ein Lied aus unserer Kindheit in den Sinn. Es beruhte auf einem Song von Irving Berlin, aber Fleur hatte den Text umgedichtet. Ich stimmte ihre Version an. »Schwestern, die sind so was von gestern, Schwestern, die …«

»Halt die Klappe«, sagte Fleur. »Wir sind nicht mehr im Kindergarten.«

Danke, sehr nett. Der Portier öffnete uns die Tür. Müde trottete ich mit den anderen zum Aufzug. Morgen, dachte ich, morgen würde mir vielleicht etwas Besseres einfallen.

19

Sonntag, 14. Februar, 09:00 Uhr

Dee

Mein Müsli verspeiste ich am nächsten Morgen allein in Fleurs Vorzeigeküche. Rose frühstückte in ihrem Zimmer, und Fleur ließ sich nicht blicken. So viel zu ihrer Bemerkung, dass sie wieder gern mit uns zusammen sei. Aber sie hatte früher schon tagelang schmollen können. Mum sagte immer, wenn Fleur sich über etwas geärgert habe, sei sie wie ein vor sich hin köchelnder Eintopf, und jedes Zureden vergebliche Liebesmühe. Aber ich wollte mir die Laune nicht verderben lassen. An diesem Tag würde ich mein Äußeres überholen. Wie lange war es schon her, dass ich mir etwas Neues zum Anziehen hatte kaufen können, der Großteil meiner Garderobe stammte aus Secondhandläden und von Wühltischen. Im Aufstöbern hübscher Fundstücke hatten Anna und ich es zur Meisterschaft gebracht. Anna bezeichnete ihre Kleidung als »Vintage« und sagte, das sei stilvoller als »gebraucht«.

Sonntag, 14. Februar, 11:30 Uhr

Wir fuhren zu Harrods. Eine dunkelhaarige Frau, die ein Strich in der Landschaft war, stellte sich als Kristin vor und führte mich in den ersten Stock.

Wir betraten einen privaten Umkleidebereich. Kristin musterte mich von oben bis unten. »Suchen Sie Businesskleidung oder etwas Lässigeres?«

»Etwas Lässigeres.«

»Für Sommer oder Winter?«

»Hm, vielleicht lieber für den Sommer. Im Winter trage ich meistens dicke Pullover und Jeans.«

»Für den Tag oder den Abend?«

»Für den Tag.«

»Schön. Wie würden Sie Ihren persönlichen Stil beschreiben?«

»Ähm – bequem. Ich trage gern mehrere Schichten übereinander.«

Das war offenbar die falsche Antwort. Kristins Lippen kräuselten sich verächtlich. Wieder wurde ich begutachtet. Ich lächelte. Kristin blieb ernst. Sie bestellte Kaffee für mich, dirigierte mich in eine Ecke mit Sofa, Tischchen und Zeitschriften und verschwand. Wieder hatte ich das Gefühl, im Paradies zu sein. Was Kristin von meinem Äußeren hielt, berührte mich nicht.

Nach zwanzig Minuten kehrte sie beladen mit Kleidungsstücken zurück und deutete auf eine Kabine. »Dort können Sie ablegen. Und dann schauen wir mal, was Ihnen steht.«

Eines musste ich ihr lassen: Sie hatte meine Größe haargenau getroffen, und auch die Stücke, die sie ausgesucht hatte, waren klasse. Einige waren mir allerdings zu schreiend, darunter ein Seidenkleid mit einem Muster aus Farn und großen roten Blumen. Ich warf einen Blick auf die Etiketten. Es waren berühmte Markennamen. Die Stoffe waren samtweich, und jedes Teil hatte Pfiff. Zu guter Letzt entschied ich mich für eine weiße Leinenhose und eine hellgrüne knielange Tunika mit dreiviertellangen Ärmeln, die ganz fantastisch geschnitten war. Als Clou reichte Kristin mir dazu eine zarte weiße Baumwollstola. »Das ist bequem«, sagte sie, »aber auch elegant. Und es besteht aus mehreren Schichten«

Ich betrachtete mich im Spiegel und war sehr von mir angetan. »Perfekt«, sagte ich.

Kristin lächelte. Als sie die neuen Kleidungsstücke verpackte und ich mich ans Bezahlen machte, sagte sie: »Das Outfit macht sie um Jahre jünger.« Frechheit.

Sonntag, 14. Februar, 13:00 Uhr

Man begleitete mich zum Schönheitssalon des Hauses. Diesmal war Paris für mich zuständig, wieder ein Strich in der Landschaft, jedoch blond. Sie hielt mir einen Vortrag über meine Haut. »Sie müssen regelmäßige Peelings machen und auch den Hals eincremen, nicht nur das Gesicht.« Danach empfahl sie mir Cremes für »die reife Haut«. Ich hatte seit fünfzehn Jahren die gleichen Cremes und das gleiche Make-up benutzt, insofern war ich für die Beratung dankbar.

»Für Frauen Ihres Alters gibt es zwei Schminkregeln.

Regel Nummer eins: Entweder Augen oder Mund, nicht beides, sonst sehen Sie aus wie ein Transvestit. Regel Nummer zwei: Weniger ist mehr.«

»Danke«, sagte ich. »Sagen Sie ruhig alles frei heraus.« Auch Paris verstand ihr Handwerk. Der weiche Lidschatten und der Lippenstift in blassem Rosé standen mir gut.

»Die machen Sie um Jahre jünger«, sagte Paris, als sie meine Pflege- und Schminkprodukte einpackte. Frechheit.

Sonntag, 14. Februar, 14:30 Uhr

Bei Hattie, meiner Frisörin, spielte sich Ähnliches ab. Sie hielt mir einen Vortrag über den Zustand meines Haars, monierte die gespaltenen Spitzen und die Farbe.

»Mein Gott, haben Sie die Haare etwa selbst gefärbt? Wissen Sie, wie alt es macht, wenn die Haare im selben Farbton sind? Und wie hart das dunkle Rot Sie aussehen lässt? Sie brauchen sanftere Farben, Sie wollen doch natürlich wirken. Licht und Schatten, so lautet die Devise. Ich werde das Haar auf Schulterlänge schneiden.« Auch Hattie war nur ein Strich in der Landschaft.

Ob diese Frauen nie etwas aßen? Ich überließ mich Hatties Zauberkraft. Zwei Stunden später war mein Haar leicht gesträhnt, zehn Zentimeter kürzer und glänzte in einem schönen warmen Honigton.

»Sie brauchen es nicht zu sagen«, bemerkte ich an der Kasse. »Ich weiß, die Frisur macht mich um Jahre jünger.«

»So ist es«, antwortete Hattie. Frechheit.

Ob man den Frauen hier einbläute, diesen Satz zu sagen? Wie auch immer, als ich in der Abteilung Damenbekleidung an einem Spiegel vorbeikam, war ich mit meinem Aussehen sehr zufrieden. Mums Freundin Martha hatte recht, stilvolles Aussehen konnte die Stimmung heben. Ich fühlte mich einfach königlich.

Ich entdeckte Fleur, die aus der Richtung des Schönheitssalons kam. Sie sah aus wie immer. Schön und elegant. Ich war schon im Begriff, ihr nachzulaufen und zu fragen, ob sie Lust auf eine Tasse Kaffee habe, doch dann überlegte ich es mir anders. Zuerst musste sie aus ihrer Schmollecke herauskommen, bis dahin ließ man sie besser in Ruhe. Ich nahm den Aufzug nach unten und betrat die Parfümabteilung. Mit einem Mal befand ich mich im Alten Ägypten und schritt an vergoldeten Säulen mit aufgemalten ägyptischen Figuren vorüber. An der Decke war ein sternenbesetzter Mitternachtshimmel, auf dem man das Sternbild des Skorpions erkennen konnte. Vor mir befand sich die riesengroße vergoldete Skulptur einer Mumie. Tempel auf Tempel öffnete sich, und vielfältige Aromen wehten mir entgegen.

Wie schön es wäre, wenn ich diese Eindrücke zusammen mit meinen Schwestern genießen könnte, so wie früher, als wir Mädchen waren. Es war die einzige Zeit dieses Tages, die wir gemeinsam erleben konnten. Ich hielt nach ihnen Ausschau, konnte sie jedoch nirgends entdecken. Gut, dass meine Mutter uns nicht vorgeschrieben hatte, die Parfüms zu dritt auszusuchen. Wahrscheinlich hatte sie sich gedacht, dass es Tage wie diesen geben würde. Abgesehen davon hatte Rose noch nie etwas für Mädchenhaftes übriggehabt, und für Parfüms hatte sie sich auch nicht interessiert. »Ich bleibe bei Annick Goutal«, hatte sie am Morgen verkündet. »Warum einen Duft ändern, wenn man den richtigen gefunden hat?«

Ich lief von Theke zu Theke und schnupperte an allen möglichen Parfüms – Miller Harris, Jil Sander, Sisley, Van Cleef & Arpels, Hermès –, doch zu guter Letzt blieb auch ich bei meinem Lieblingsduft »Mitsouko« von Guerlain. David gefiel der Duft ebenfalls. Mein restliches Geld gab ich für ein Fläschchen Mitsouko, die dazugehörige Badeessenz und die Seife aus. Anschließend trat ich an den Stand, an dem es die Parfüms von Jean Patou gab. Meine Mutter hatte beinah ihr Leben lang »Joy« benutzt. Ich griff nach einem Tester und sprühte das Parfüm die Luft. Sofort umgab mich Mums vertrauter Geruch nach Rosen und Jasmin. Einen Moment lang war es sogar so, als wäre sie da. Meine Augen füllten sich mit Tränen. Die Verkäuferin hinter der Theke betrachtete mich erstaunt. Ich wandte mich ab und stellte fest, dass Rose an meiner Seite stand. Vielleicht war sie von dem Duft angelockt worden.

»Es heißt, dass der Geruchssinn der stärkste von allen ist«, sagte Rose und atmete das Aroma von »Joy« gierig ein. Sie legte einen Arm um mich. »Ein Geruch bringt einen Menschen zurück. Ach, wenn du wüsstest, wie ich Mum vermisse.«

»Ich auch. Weißt du noch, wie sie Dads Eau de Cologne nach seinem Tod versprüht hat?«

Rose nickte. »Als hätte sie ihn heraufbeschwören wollen.«

Einen Moment lang standen wir schweigend da, jede in ihre Erinnerungen vertieft. Es war das erste Mal seit dem Tod meiner Mutter, dass ich Roses Gegenwart als tröstlich empfand.

Rose warf einen Blick auf ihre Uhr und kehrte in die Gegenwart zurück. »Ich würde sagen, wir sind fertig. Mir reicht es auch.« Sie musterte mich von oben bis unten. »Du siehst gut aus. Hübsch und elegant.«

»Danke.«

»Tja – dann bis zum nächsten Mal.«

»Ja, bis zum nächsten Mal.« Rose wandte sich ab. Kurz darauf war sie in der Menge verschwunden. »Ruf doch mal an«, rief ich ihr nach.

Dann schaute ich mich nach Fleur um. Ich wollte mich von ihr verabschieden und das Wochenende nicht mit einer Missstimmung beenden. Aber sie war nirgends zu sehen. Ich zog mein Handy hervor. Fleur hatte mir eine SMS geschickt. *Komme heute nicht zurück. Bleib so lang, wie du willst. Wenn du abreist, Schlüssel bitte in Briefkasten.*

Eine teuer gekleidete Frau rempelte mich im Vorbeigehen an. Mit einem Mal fühlte ich mich deplatziert und allein. Mums Parfüm hatte wieder einen tiefen Schmerz in mir ausgelöst, sodass ich die hektische Kaufatmosphäre bei Harrods nicht mehr ertragen konnte.

Draußen auf der Straße rief ich Daniel an. »Heute Nacht bin ich allein in Fleurs Wohnung. Hast du Lust vorbeizukommen?«

»Gib mir eine Stunde«, antwortete Daniel. »Geht es dir nicht gut?«

»Mir geht es wieder gut, wenn du bei mir bist.«

In Fleurs Wohnung war alles dunkel. Ich machte Licht, ging in mein Zimmer und dann ins Bad. Dort streifte ich eine Duschhaube über, um meine frisch geföhnte Frisur nicht zu ruinieren, stieg in die Dusche und seifte mich mit meiner neuen Seife ein. Nach der Dusche besprühte ich mich mit meinem Parfüm, auch in den Kniekehlen und hinter den Ohren, und hüllte mich in den riesengroßen flauschigen Bademantel, den Fleur zur Verfügung gestellt hatte. Als Nächstes holte ich mir ein Glas Sancerre aus dem Kühlschrank in der Küche und legte mich im Wohnzimmer aufs Sofa. Ich konnte es nicht richtig erklären, aber ich verspürte eine gewisse Leere. Es hätte ein schönes Wochenende werden können. Meine Mutter hatte keine Kosten gescheut, um uns zu verwöhnen, und doch empfand ich keine Freude. Mum fehlte mir einfach. Es bedrückte mich auch, dass Fleur so sang- und klanglos verschwunden war. Vielleicht empfand auch sie, dass diese perfekte, ultrateure Wohnung etwas Kaltes hatte. Fleur war wie ein Vogel im goldenen Käfig.

Daniel kam gegen sieben Uhr. Er hatte kaum seine Jacke aufgehängt, da lagen wir uns schon in den Armen. Wie schön es mit ihm war. Nie musste ich mich fragen, ob er mich wollte, es war immer offenkundig.

»Du siehst großartig aus. Und wie gut du riechst.« Er führte mich ins Wohnzimmer und drückte mich gegen die Wand. »Meine Süße«, murmelte er mir ins

Ohr. Ich begann, sein Hemd aufzuknöpfen. Er hielt meine Hand fest und löste den Gürtel meines Bademantels. »Ich will dich sehen.« Er legte meine Schultern frei, glitt mit den Händen darüber und bedeckte meinen Hals mit zarten kleinen Küssen. Dann streifte er mir den Bademantel ab und warf ihn zur Seite. Es erregte mich, nackt vor ihm zu stehen, während er noch bekleidet war. Wie gut, dass ich mich bei ihm nie gehemmt fühlte oder mich meines Körpers schämte. Ich erkannte das Verlangen in seinen Augen und hörte es in seiner Stimme, als er sagte: »Dreh dich um.«

Ich tat wie geheißen. Daniel hob meine Arme, legte meine Hände an die Wand und folgte den Konturen meines Körpers mit den Fingerspitzen. Meine Erregung steigerte sich. Ich stand nackt in der Wohnung meiner Schwester, mit einem Mann, der eigentlich tabu war. Daniel presste sich an mich und streichelte mich.

Mit einem Mal hielt er inne.

»Was ist?«, fragte ich.

»Der Aufzug. Da kommt jemand.«

Ich hörte, dass draußen vor der Wohnungstür etwas fallen gelassen und ein Schlüssel ins Schloss geschoben wurde. »Scheiße«, flüsterte ich. »Fleur.« Panisch drehte ich mich nach meinem Bademantel um, doch der war hinter das Sofa gerutscht. Mein Blick fiel auf die Vorhänge. »Ich verstecke mich lieber.«

»Beeil dich.«

Wie der Wind verschwand ich hinter den Vorhängen. Gleich darauf kam jemand ins Zimmer.

»Daniel, was tun Sie denn hier?«, fragte Rose.

»Ich habe meinen Stick vergessen.«

Ich war kurz vor einem hysterischen Lachanfall. Meinen Stick? Ausgerechnet.

»Tja«, sagte Rose, »ich muss meine Reisetasche abholen. Die wollte ich nicht mit zu Harrods nehmen.«

Gott sei Dank, das klang, als würde sie gleich wieder verschwinden.

»Wo ist Fleur?«, fragte Rose.

»Ich glaube, sie übernachtet bei einer Freundin.«

»Und wie sind Sie in ihre Wohnung gelangt?«

Rose, dachte ich, *hör auf zu reden und zieh Leine*. Ich wandte den Kopf und erstarrte. Das Fenster, an dem ich stand, ging zur Straße hinaus, und das Licht, das aus dem Zimmer durch die Vorhänge fiel, machte mich für jedermann sichtbar. Eine splitterfasernackte Frau, die sich hinter einem Vorhang verbarg. Ich konnte nur beten, dass keiner der Passanten nach oben schaute, und versuchte, Rose mit reiner Willenskraft aus der Wohnung zu bugsieren. Auf der Straße wurden Schritte laut. Ich schielte nach unten. Einige ältere Damen liefen über den Bürgersteig.

»Dee hat mich eingelassen«, sagte Daniel.

Mist, das war die falsche Antwort.

»Dee?«

»Ja, auch sie wollte ihre Reisetasche abholen.«

»Ach. Ist sie noch da?«

O nein, bitte, mach, dass es nur ein Albtraum ist.

»Nein, ich glaube, sie wollte zu einer Freundin.«

»Ach, und wann war das?«

»Vorhin. Sie hat mich eingelassen und sich verabschiedet.«

»Ach so. Aber woher wussten Sie, dass sie da war?«

»Das wusste ich nicht. Ich hatte Fleur erwartet.«

»Kommt Dee hierher zurück?«

Verdammt noch mal Rose, verpiss dich.

»Das weiß ich nicht.« Ich hoffte, Daniel konnte besser lügen als ich. Ich wäre jetzt schon knallrot und würde stottern.

Unten spazierte eine Gruppe junger Männer über den Bürgersteig. Nicht nach oben schauen, nicht nach oben schauen, flehte ich stumm. Es nützte nichts, sie sahen zu mir hoch, deuteten mit dem Finger auf mich und lachten sich krumm. *Ja, ihr Knallköpfe, total witzig.* Ich schloss die Augen.

»Ich schau mal, ob ihre Tasche noch hier ist.« Rose entfernte sich mit klackenden Absätzen.

»Alles okay?«, flüsterte Daniel und lachte leise.

»Sieh zu, dass du sie los wirst«, zischte ich. »Hier ist es nicht lustig.« Mehr wagte ich nicht zu sagen, denn Rose konnte jeden Augenblick zurückkehren. Mein Publikum unten kriegte sich kaum noch ein vor Begeisterung.

Klick-klack, klick-klack. Rose kam zurück. »Dees Tasche ist noch da, und im Bad stehen auch noch Sachen von ihr. Das heißt, sie kommt wieder.«

»Ah. Ja, kann sein.«

»Haben Sie Ihren Stick gefunden?«

»Ja, bin auch gleich wieder weg. Oder soll ich auf Sie warten, damit wir die Wohnung gemeinsam verlassen?«

»Nicht nötig, ich muss noch telefonieren.«

Nein, Rose, bitte nicht. Ich spähte nach unten. Meine Bewunderer sahen nicht aus, als hätten sie vor, demnächst die Biege zu machen. *Bitte, lass keinen von ihnen auf den Gedanken kommen, mich mit dem Handy aufzunehmen.* Ich hatte keine Lust, mich am nächsten Tag auf Youtube zu entdecken, unter der Überschrift »Nackte Frau zeigt sich in Knightsbridge«.

»Na dann, auf Wiedersehen.«

»Einen Moment noch, Daniel. Ist das Video meiner Mutter auf dem Stick?«

»Ähm – ja.«

»Darf ich mir den Stick vielleicht ausleihen?«

Konnte es noch schlimmer werden? Was war, wenn Daniel sich diesen Stick nur ausgedacht hatte?

»Leider nicht, ich habe keine Kopie. Aber ich verspreche Ihnen, dass Sie zum Schluss alle Aufnahmen erhalten.«

»Aha. Es wäre mir trotzdem lieber, wenn ich die ersten Videos jetzt schon bekommen könnte. Ich möchte sie meinem Mann und meinen Kindern zeigen.«

Die gestikulierenden Zuschauer unten hatten weitere Passanten angelockt, die wissen wollten, was so unterhaltsam war. Tja, das war Dee McDonald in all ihrer Pracht. Reglos wie eine Statue. Außerdem fror ich. Meine Mutter hatte sich vermutlich andere Gründe für meine Gebete gedacht, aber ich schloss die Augen und flehte stumm, bitte, lieber Gott, hilf mir von hier fort. Du hast doch bestimmt *Raumschiff Enterprise* gesehen. Könntest du mich nicht einfach wegbeamen?

»Gut, dann schicke ich Ihnen die Videos umgehend.«

»Danke. Eigentlich wollte ich auch noch …« Stille. *Los, Rose, spuck es aus und hau ab.*

»Was?«

»Ach, vergessen Sie es, war nichts Besonderes.«
»Sind Sie sicher?«
»Ja.«
»Also gut, ich muss dann los.«
»Auf Wiedersehen, Daniel. Bis in zwei Monaten.«
Schritte. Die Tür fiel ins Schloss. Der Aufzug setzte sich in Bewegung.

Rose durchquerte das Wohnzimmer. Was, wenn sie die Vorhänge zurückziehen würde, um hinauszusehen? Was, wenn sie aus irgendeinem Grund den Bademantel hinter dem Sofa entdeckte? *Lieber Gott, bitte schick Rose nach Hause.*

Ich sah, wie Daniel unten das Haus verließ. Glücklicherweise sah er nicht zu mir herauf und gab auch meinem Publikum keine Erklärungen für meinen Balkonauftritt ab.

In der Wohnung war es so still, dass ich Rose atmen hörte. Was, wenn sie mich auch hörte? Was, wenn sie dem Geräusch auf den Grund ginge? Was würde ich dann sagen? Hallo, Rose, tja, ich zeige mich nun mal gern nackt?

Roses Handy klingelte. »Hallo, Liebling. Ja, mir geht es gut.« Wenn sie mit ihrem Mann sprach, klang Roses Stimme viel sanfter als sonst. »Ich bin bald zu Hause. Vielleicht bringe ich – oh, du hast gekocht. Ich bin eigentlich nicht – ja, gut, ich komme, sobald ich ein Taxi finde.«

Danke, lieber Gott. Rose verließ das Zimmer. Die Tür fiel ins Schloss. Sie war weg.

Ich wartete noch einen Moment. Dann zeigte ich meinem Publikum den Mittelfinger und trat von der

Bühne ab. Ich kleidete mich an und rief Daniel an, um ihm zu sagen, dass die Luft wieder rein war. Doch als er eintraf, war unsere Stimmung dahin. Wir steuerten die nächste Bar an und bestellten uns jeder ein großes Glas Wein.

20

Mittwoch, 17. Februar

Rose

Ich war im Krankenhaus und wartete auf meine Ärztin. Wir wollten das neueste Ergebnis der Computertomografie besprechen. Ich würde erfahren, ob die Hormonbehandlung angeschlagen hatte. Dr. Campbell würde mir die alten und neuen Computeraufnahmen zeigen und erklären, ob sich der Tumor zurückgebildet hatte oder gleichgeblieben war. In beiden Fällen hätte die Behandlung gewirkt. Sie war übrigens weniger schlimm gewesen, als ich erwartet hatte. Manchmal war mir leicht übel gewesen, hier und da hatte ich Verdauungsstörungen und Hitzewallungen, in manchen Nächten Wadenkrämpfe gehabt. All das war unangenehm, doch wenn es dabei bliebe, würde ich es gern hinnehmen.

Ich wurde aufgerufen. Jetzt war es so weit. Dr. Campbell schaute von ihren Unterlagen auf. Ihre Miene verriet nichts.

»Es tut mir leid, Rose, aber die Behandlung hat nicht das erhoffte Ergebnis gebracht. Wir müssen etwas anderes versuchen.«

Nicht das erhoffte Ergebnis. Es hatte nicht funktioniert. Mein Magen verkrampfte sich. Ich versuchte, das Ungeheure der Aussage zu erfassen. »Was?«

»Uns stehen zwei Wege offen, die ich gleich noch näher erläutern werde. Unser Ziel ist es, Ihr Leben zu verlängern und, was noch wichtiger ist, Ihre Lebensqualität zu erhalten. Sie haben die Wahl, Vinorelbin oder Capabetabin einzunehmen …«

Ebenso wie an dem Tag, als ich zum ersten Mal von meiner Krankheit erfuhr, bekam ich von dem, was sie sagte, kaum etwas mit. Intravenös, Tabletten, Wahl, Zyklen, Wochen mit und Wochen ohne, all das rauschte an mir vorbei. Zum Glück schreiben Ärzte einem alles auf und geben einem Informationsmaterial mit. Ich hörte kaum noch zu, war in Gedanken schon bei Hugh und wie ich es ihm sagen sollte.

Benommen und beladen mit Informationsmaterial verließ ich die Sprechstunde. Eine ausgedruckte Zusammenfassung meines Gesprächs mit Dr. Campbell hatte ich auch. Ich überflog die Seiten und las etwas von Optionen, Nebenwirkungen, Einnahme. *Das darf einfach nicht wahr sein,* mehr konnte ich nicht denken. Ich blätterte durch die Seiten. Mögliche Nebenwirkungen, Infektionsrisiko, Verdauungsstörungen. Ich stopfte den ganzen Kram in meine Handtasche, wollte nichts mehr wissen, jedenfalls im Moment nicht. Dr. Campbell hatte von einer sanften Form der Chemotherapie gesprochen und dass nicht jeder unter Nebenwirkungen zu leiden hatte. Wahrscheinlich musste sie die Gefahr von Nebenwirkungen aus rechtlichen Gründen erwähnen, aber was nutzte mir das. Selbst wenn man Antibiotika nahm, wurde man auf Nebenwirkungen hingewiesen, die Liste auf den Beipackzetteln war endlos und diente lediglich zur Absicherung, denn welcher Laie verstand schon, was da stand? Ich hielt mir vor Augen, dass die Hormonbehandlung nicht schlimm gewesen war. Vielleicht würde ich ja auch das neue Medikament vertragen. Aber damit wollte ich mich jetzt nicht auseinandersetzen. Ich brauchte einen ruhigen Ort, um das Material durchzulesen. Aber zuerst musste ich mich beruhigen.

Ein Teil von mir war entschlossen, einfach wie bisher weiterzumachen und meine Krankheit so lange wie möglich zu ignorieren. Das Problem war nur, dass ich ja nicht allein betroffen war. Das wurde mir beim Verlassen des Krankenhauses wieder bewusst. Ich musste Hugh das Ergebnis mitteilen, dem Mann, den ich liebte und mit dem ich verheiratet war. Doch dazu war ich noch nicht bereit. Schon dass ich Krebs hatte, war für ihn schrecklich, und ich wusste nicht, wie ich es ihm leichter machen konnte. Ich musste mich erst mal irgendwo hinsetzen, die neueste Nachricht verdauen und mich beruhigen, bevor ich nach Hause fuhr. Ich hatte allerdings Angst, an einem ruhigen Ort, wo mich nichts ablenkte, würde meine Fantasie Amok laufen. Ich überlegte, ob ich bei Mr Richardson vorbeischauen sollte, sein Büro war ganz in der Nähe. Er hatte mich daran erinnert, dass ich für das Wochenende bei Fleur noch unterschreiben musste. *Tu lieber irgendwas als zu quengeln,* sagte meine Mutter früher, wenn wir ihr mit unserem Gejammer über Gott weiß was auf die Nerven gingen. Wie so oft hatte sie recht gehabt. Vor allem aber wollte ich jetzt nicht allein sein, denn sonst würde mein Elend über mir zusammenschlagen.

Als ich die Kanzlei betrat, kam Daniel Scott aus Mr Richardsons Büro.

»Hallo.« Er deutete auf die Tür von Mr Richardsons Büro. »Ich habe das Geld für den nächsten Programmteil geholt. Apropos, da das nächste Treffen bei Ihnen stattfindet, wäre es gut, wenn wir einige Details besprechen könnten. Die Unterbringung beispielsweise.«

Nein, dachte ich. Mir stand der Sinn nicht nach einem Gespräch über Bagatellen. »Können wir das nicht telefonisch regeln?«

»Natürlich, das können wir auch.«

Die Empfangsdame rettete mich. »Mr Richardson wartet auf Sie.« Sie winkte mich in sein Büro.

An der Tür drehte ich mich noch einmal zu Daniel um. »Rufen Sie mich an.«

Als ich aus dem Büro kam, hockte Daniel immer noch da.

»Haben Sie Zeit für einen Kaffee?«, fragte er.

Ich war unschlüssig. Eigentlich sollte ich nach Hause fahren und meinem Mann und meinen Kindern mitteilen, was Dr. Campbell gesagt hatte – ein Gespräch, vor dem mir graute. Ihnen zuliebe würde ich mich zusammenreißen und Haltung bewahren müssen. Ich durfte nicht in Tränen ausbrechen, musste stark sein, stärker, als ich jemals gewesen war. Hugh wusste nicht, dass mein Termin bei Dr. Campbell heute gewesen war, sonst wäre er mitgekommen. Doch ich wollte die Nachricht allein hören und sie, falls sie schlecht war, in

Ruhe verarbeiten. Ich war nicht in Stimmung, mich mit Daniel Scott zu unterhalten. Allerdings sollte er nicht denken, irgendetwas sei nicht in Ordnung und das durch irgendeinen dummen Zufall Dee oder Fleur gegenüber erwähnen.

»Gut, aber nur, wenn wir den Kaffee schnell trinken. Viel Zeit habe ich nicht.« Die Doppelbedeutung des letzten Satzes ging mir durch und durch. Aber die Hauptsache war, Daniel so rasch wie möglich wieder loszuwerden.

Auf der Straße fiel mir ein, dass Swami Muktanand sich um Sterbende kümmerte. Das hatte Daniel an dem Wochenende bei Fleur erzählt. Ich hatte darüber gespottet, doch in Wahrheit hatte es mich interessiert. Dann und wann hatte ich sogar überlegt, Kontakt zu ihm aufzunehmen. Daniel hatte recht gehabt. Menschen in meiner Situation möchten über ihren Zustand sprechen. Dr. Campbell hatte sich auf das Körperliche beschränkt, die Wahl der Medikamente und die Behandlung. Über die mentalen und emotionalen Auswirkungen hatte sie nicht gesprochen. Ich wusste lediglich, dass es die Möglichkeit zur Psychotherapie gab. An dem Treffen einer Selbsthilfegruppe hatte ich bereits teilgenommen, doch das hatte mich total fertiggemacht. Sicher, wenn man sich die Geschichten der anderen anhörte, erkannte man, dass man nicht allein war, aber wenn die Leute in Tränen ausbrachen, wurde es zu viel. Der Swami hatte mir gefallen. Vielleicht hatte er tatsächlich etwas Tröstliches zu sagen.

Daniel und ich setzten uns in ein kleines Café. Wir bestellten Kaffee. Daniel musterte mich prüfend.

Offenbar bemerkte er, dass mit mir etwas nicht stimmte. So viel zu der stoischen Fassade, hinter der ich mich versteckt hatte.

Er griff nach meiner Hand. »Was haben Sie, Rose?«

Ich zog meine Hand zurück. Meine Augen begannen zu brennen. »Bitte keine Nettigkeiten«, sagte ich. »Nette Menschen sind nichts für mich.«

»Entschuldigung, ich möchte nicht aufdringlich sein, aber ich sehe doch, dass Sie etwas beschäftigt. Manchmal tut es gut, mit jemandem zu reden. Vielleicht kann ich helfen.«

»Mir kann niemand helfen.«

Daniel betrachtete mich. »Neulich bei Fleur hatte ich bereits den Eindruck, dass Sie sich nicht gut fühlen.«

Ich versuchte, mich zu sammeln und wieder die professionelle Rose Edwards zu werden. Gefühlsausbrüche lehnte ich ab, zumindest in der Öffentlichkeit. Schweigend sahen wir zu, wie der Kellner die Kaffeetassen abstellte. Ich nahm ein Schlückchen. Eigentlich durfte ich keinen Kaffee mehr trinken, doch den Gedanken verdrängte ich. Was für einen Unterschied sollte eine Tasse Kaffee noch machen?

»Wissen Ihre Schwestern, dass etwas Sie belastet?«

»Nein! Und das soll auch so bleiben. Bitte, erzählen Sie ihnen nichts von dieser Begegnung. Mir geht es auch gleich wieder besser. Mir fehlt nichts, wirklich nicht.«

Daniel wirkte skeptisch. »Keine Sorge, ich verrate nichts. Diskretion gehört zu meinem Job. Trotzdem sehe ich, dass etwas Sie bedrückt.«

Wieder schwiegen wir. Ich wollte gefasst bleiben,

doch im Grunde meines Herzens sehnte ich mich danach, hemmungslos zu weinen.

Daniel durchbrach die Stille. »Ich beobachte Sie und Ihre Schwestern, wenn Sie zusammen sind. Ich erkenne, wie Sie sich bei Dee und Fleur verhalten. Sie hängen an Ihren Schwestern und wollen sie beschützen. Trotz der Sticheleien.« Er lächelte. »Hinter Ihrer Fassade sehe ich jemanden, der verletzlich ist. Wir sind alle Menschen und haben Probleme, mit denen wir fertig werden müssen. Was sind Ihre Probleme, Rose? Wovor haben Sie Angst? Was beschäftigt Sie? Sie müssen mit jemandem darüber sprechen. Mit Ihren Freundinnen oder mit Ihrem Mann.«

Das gab den Ausschlag. Sicher, ich konnte mit Hugh und meinen Freundinnen sprechen, aber nicht richtig. Ich konnte ihnen nicht sagen, wie sehr ich mich fürchtete, oder ihnen meine Gedanken schildern. Ich konnte sie nicht fragen, was aus meinen Kindern würde, wenn sie keine Mutter mehr hatten – was aus Hugh, ohne seine Frau. Ich wusste, wie einsam Hugh sein würde. Ich hatte auch niemanden, der mir beschreiben konnte, was auf mich wartete. Oder der mir beistand, wenn ich mir ausmalte, was ich nicht mehr erleben würde: die Studienabschlüsse meiner Kinder, ihre Hochzeiten, meine Enkelkinder. Ich wollte leben, hatte noch so große Erwartungen, wollte weinen und vor Wut toben, aber über all das konnte ich nicht sprechen. Gott sei Dank machte Daniel keinen Druck.

»Wahrscheinlich beschützen Sie auch Ihren Mann und Ihre Freundinnen.«

Ich gab ihm keine Antwort.

»Aber ganz gleich, um was es sich handelt, manchmal hilft es, mit jemandem außerhalb der Familie und des Freundeskreises zu reden.«

»Ich hoffe, Sie meinen damit nicht, dass ich wieder zu Beverly gehen soll. Da verzichte ich dankend.«

»Nein, aber vielleicht meine ich jemanden, den Sie weder beschützen noch schonend auf etwas vorbereiten müssen. Ich bin ein guter Zuhörer.«

An anderen Tagen wäre ich jetzt aufgestanden und gegangen, aber Daniel hatte mich auf dem falschen Fuß erwischt. Ich musste mit jemandem reden, so schwer es mir fiel. Er hatte meine Mutter gekannt, er kannte meine Schwestern. Wenn ich mich ihm anvertraute, wäre es, wie mit einem Freund der Familie zu sprechen. Vielleicht verstand er ja, was ich durchmachte. Ich holte tief Luft und erzählte Daniel die ganze Geschichte. Im ersten Moment wirkte er betroffen, doch dann fing er sich und hörte mir zu, ohne mich zu unterbrechen. »Falls ich noch mal so eine alberne SMS erhalte, in der meine Mutter mir rät, auf Treibsand zu tanzen«, schloss ich, »dann bin ich schneller als meine Krankheit und bringe mich selber um.«

Daniel lachte. »In Ordnung. Natürlich serviert uns das Leben alles Mögliche, aber das Wichtigste ist, wie wir damit umgehen.«

»Ist das wieder ein Zitat meiner Mutter? Einige sind wirklich zum Kotzen.«

Daniel hob die Hände. »Ich sage es noch mal: Ich führe nur die Wünsche Ihrer Mutter aus, weiter nichts.«

»Und Sie können nichts dafür, dass eine ihrer Töchter Krebs hat.«

»Nein. Aber Sie entscheiden, ob das, was Sie erleben, gut oder schlecht ist.«

»Sie haben leicht reden«, sagte ich gereizt. Ich hatte ihn überschätzt, er verstand nicht, was ich durchmachte. Es war falsch, mit ihm darüber zu sprechen. Normalerweise war ich stark, er hatte mich in einem Moment der Schwäche angetroffen. »Ich mag keine Plattitüden. Ich will auch nicht ermuntert werden, fröhlich zu sein. Versuchen Sie das mal, wenn man Ihnen erklärt hat, dass Ihr Krebs unheilbar ist. Sie meinen es sicherlich gut, aber …«

»Zwei Menschen, die mir nahestanden, sind im vergangenen Jahr an Krebs gestorben«, fiel Daniel ein. »Meine Mutter und mein bester Freund. Sicher, ich war nicht derjenige, der die Behandlungen über sich ergehen lassen musste, aber ich war bei ihnen und weiß, was sie durchgemacht haben. Ich weiß, wie sehr mein Freund sich davor gefürchtet hat, seine Familie einzuweihen. Ihm war klar, dass sie entsetzlich leiden würde.«

»Sie müssen sich sehr nahegestanden haben.«

Daniel nickte. »Ich bin mit ihm aufgewachsen. Wir haben in derselben Straße gewohnt, sind in dieselbe Klasse gegangen. Ich habe viel von ihm gelernt. Vielleicht klingt es platt, aber während seiner Krankheit gab es Momente, in denen er glücklich war.«

»Was soll das bedeuten? Dass ich während der Chemo glücklich sein soll, obwohl sie mich nicht heilen, sondern nur mein Leben verlängern wird? Das kann nicht Ihr Ernst sein?«

»Doch. Vielleicht klingt es widersprüchlich, und Sie

halten mich für einen Idioten, aber wenn Sie die Menschen, die Ihnen nahestehen, an sich heranlassen, werden Sie deren Liebe spüren. Vielleicht macht Sie das nicht glücklich, aber mein Freund hat auf dem Weg inneren Frieden gefunden. Den müssen Sie auch finden, Rose. Sie werden einen Prozess durchlaufen, der aus Schock, Verdrängung, Schuld, Wut und Depressionen besteht – wahrscheinlich haben Sie einiges schon hinter sich. Doch schließlich kommt die Akzeptanz. Dahin müssen Sie gelangen, und dann finden Sie auch Ihren inneren Frieden.«

Ich spürte, wie Wut in mir hochkochte. Was für ein unverschämter Typ. Saß da mit seinen lächerlichen Armbändern, selbstzufrieden und kerngesund, und sonderte Müll ab. »Ich bin noch in der Phase der Wut«, erklärte ich. »Vielleicht bleibe ich da auch.«

»Gut, seien Sie wütend. Das ist Ihr gutes Recht. Wahrscheinlich fragen Sie sich, warum es ausgerechnet Sie getroffen hat. Und warum gerade jetzt?«

»Natürlich. Nur spielt das keine Rolle, denn es ist ja passiert. Meine Wut richtet sich gegen meinen Körper. Er hat mich im Stich gelassen.«

»Früher oder später wird es uns allen so ergehen«, sagte Daniel. »Nichts ist so sicher wie der Tod. Nur, wann er kommt, das wissen wir nicht.«

»Hat Martha so was nicht in einem der Videos gesagt?«

»Mag sein. Der Tod ist ein Tabuthema unserer Gesellschaft, aber irgendwann ereilt er uns. Ihnen wird es nur deutlicher als anderen vor Augen geführt.«

»Wie schön. Wie wär's mit einem Film mit dem Titel

›Der Tod‹. Demnächst in Ihrem Theater. Hauptrolle: Rose Edwards.«

»Haben Sie Angst?«

»Manchmal.« Tränen schossen mir in die Augen. »Am schwersten fällt es mir, mit Hugh und meinen Kindern darüber zu sprechen. Ich war immer der Fels in der Brandung, habe ihre Probleme gelöst, alles in Ordnung gebracht, alles geregelt. Und plötzlich gibt es ein Problem, das ich nicht lösen kann.«

»Vielleicht doch«, sagte Daniel. »Sie können weder den Krebs verschwinden lassen noch das, was er mit Ihrem Körper anstellt, aber Ihren Geist können Sie trotzdem steuern. Wenn Sie inneren Frieden finden, wird die Krankheit leichter zu ertragen sein. Lassen Sie mich helfen. Ihre Mutter hatte diesen Frieden …«

»Meine Mutter war siebenundachtzig, ich bin gerade mal über fünfzig. Es ist nicht fair.«

»Nein, aber was ist schon fair? Warum leben wir in einer freien Gesellschaft und genießen das, was sie zu bieten hat, während andere Krieg und Armut erdulden müssen? Es gibt so vieles im Leben, das nicht fair ist. Aber seitdem ich mit Swami Muktanand zusammenarbeite, habe ich die Bedeutung des inneren Friedens erfasst. Wir tragen ihn in uns, ganz gleich wie die äußeren Umstände sind. Swami Muktanand und ich gehen zu Menschen, die krank sind oder im Sterben liegen, und führen sie zu diesem inneren Ort, aus dem sie die Kraft schöpfen, die es ihnen leichter macht, das Leben loszulassen.«

»Ich kann nicht akzeptieren, dass es mich getroffen hat.«

»Das kann anfänglich niemand. Aber Sie sind stärker, als Sie glauben, Rose. Und falls Sie jemanden brauchen, um darüber zu sprechen, bin ich für Sie da. Meine Telefonnummer haben Sie. Ich weiß, was in Ihnen vorgeht, und ich glaube, dass wir uns heute nicht durch Zufall begegnet sind. Deshalb habe ich auf Sie gewartet.«

»Jetzt klingen Sie wie eine Figur aus einem Schundroman.«

Daniel zuckte mit den Schultern. »Ich glaube an das Schicksal und an die Bedeutung simultaner Ereignisse.«

Ich seufzte. »Ich weiß nicht mehr, was ich glaube.«

Der Kellner kam und füllte unsere Kaffeetassen auf. Ich schaute ihm zu. Es tat gut, mit jemandem zu sprechen, der eigene Ansichten hatte. Jemand, der mich weder beschwichtigen wollte, noch von Wundern redete, und den auch meine Wut nicht irritierte. Daniel akzeptierte, dass ich sterben musste, und wenn er darüber sprach, war es, als sähe ich einen zarten Silberstreifen am Horizont.

Doch nach einer Weile fühlte ich mich erschöpft. Aber wenigstens konnte ich jetzt nach Hause fahren und meiner Familie gegenübertreten. Auf der Fahrt im Taxi ließ ich mir das, was Daniel gesagt hatte, noch einmal durch den Kopf gehen. Er war klüger, als ich gedacht hatte. Kein Wunder, dass meine Mutter ihn geschätzt hatte. Die Ärzte sprachen über die körperlichen Aspekte, die Behandlungen und die Aussichten, mehr jedoch nicht. Auch zu Hause hatte ich niemanden, an den ich mich wenden konnte. Hugh und die Kinder schlichen um mich herum und behandelten mich wie ein rohes Ei. Sie verbargen ihre Gefühle ebenso wie ich. Daniel hatte das, was in mir vorging, nachvollziehen können. Er hatte recht. Ich musste mit meiner Krankheit fertig werden. Die Frage war nur, wie.

Mein Handy kündigte eine Nachricht an. Es waren sogar zwei. Die erste war von Daniel. *Ich hoffe, die folgende Nachricht nervt Sie nicht. D.*

Er bezog sich auf die SMS, die er im Auftrag meiner Mutter geschickt hatte. *Mut bedeutet nicht, keine Angst zu haben, sondern, die Angst zu überwinden.*

Sie können mich mal, schrieb ich zurück.

Daniel schickte mir ein Smiley.

Krebs als Anlass zum unterhaltsamen Geplänkel? Seltsam. Ich lächelte noch, als das Taxi vor unserem Haus anhielt. Es war schön, jemanden zu haben, dem ich *Sie können mich mal* schreiben konnte, ohne dass er es in die falsche Kehle bekam. Vielleicht würde ich sein Angebot annehmen und mir von ihm und Swami Muktanand helfen lassen. Aber vielleicht auch nicht. Es war jedoch eine Wohltat gewesen, wie ein normaler Mensch behandelt zu werden und mit jemandem zu sprechen, der sagte, was er dachte.

21

Samstag, 12. März

Dee

Ich bin umgeben von Vögeln – Stare, Amseln, Adler, Wanderfalken, Pinguine, Schwäne, Truthähne. Sie waren überall in meinem Atelier, einige als Aquarell, die Amseln in Kohle, die Schwäne in Acrylfarben.

»Das ist das Beste, was du je gemalt hast«, sagte Anna.

»Jeder Vogel drückt eine geistige Verfassung aus«, antwortete ich. »Was meinst du, muss ich mir Sorgen um mich machen?«

Anna lachte. »Weißt du schon, wie viel die Bilder kosten sollen?«

Ich zuckte mit den Schultern. »Das musst du festlegen. Ich kann so was nicht.«

»Okay. Ich hätte übrigens gern das Aquarell mit den Truthähnen. Sie erinnern mich an Ian, wenn er nackt ist. Was ist mit heute Abend? Bist du bereit?«

Ich nickte. Heute war mein Geburtstag. Ich war fünfzig Jahre alt geworden. Den Geburtstag würden wir im *Bell and Anchor* feiern, Anna hatte darauf bestanden. »Solche Ereignisse muss man würdigen«, sagte sie. »Daraus werden Erinnerungen.«

Anfangs hatte ich mich gewehrt. Dann hatte ich an Daniel gedacht. Es war schon so lange her, dass ich ein Fest mit einem Mann, den ich liebte, gefeiert hatte. Es würde wundervoll werden. Daniel würde meine Freunde und Freundinnen kennenlernen, denn bisher kannte er nur Anna und Bet, die Wirtin des *Bell and Anchor*. Auch deshalb hatte ich mich bereit erklärt, in großem Rahmen zu feiern. Anna hatte die Organisation übernommen und verkündet, das Fest finde unter dem Motto »Götter und Göttinnen« statt. »Ein Kostümfest ist das beste Mittel, um die Leute in Schwung zu bringen«, erklärte sie.

Aber es gab auch Leute, die keine Kostümpartys mochten und deshalb nicht kommen würden. Doch das sagte ich Anna nicht. Die meisten meiner Freunde waren innerlich jung geblieben und für jeden Quatsch zu haben. Anna hatte die Einladungen lang im Voraus verschickt, sodass wir inzwischen mit rund achtzig Gästen rechneten. Sie würden von überallher kommen und hatten Zimmer in den umliegenden Pensionen gebucht.

»Macht es dir was aus, wenn Michael Harris kommt?«, fragte Anna.

Ich zuckte mit den Schultern. »Ich muss ja nicht mit ihm reden.«

Ian hatte sich mit Michael Harris angefreundet. Beide liebten Countrymusik und wanderten gern. Anna schätzte diese Freundschaft. Jetzt war sie nicht mehr die Einzige, die von Ian bei Wind und Wetter durch

Moorlandschaften geschleift wurde. Anscheinend war Michael des Öfteren in unserer Gegend gewesen. Ich hatte ihn nur ein einziges Mal gesehen, unten an der Bucht, doch da hatte es so gestürmt, dass keiner von uns stehen geblieben war.

Ich lud meine Schwestern ein.

»Wir sehen uns im April«, schrieb Rose. »Dann können wir etwas unternehmen.«

Fleur war nicht sicher, ob sie zu dem Zeitpunkt überhaupt in England wäre.

Erst als klar war, dass keine der beiden kommen würde, lud ich Daniel ein, der sofort zusagte. Wir würden uns als gottähnliches ägyptisches Königspaar verkleiden. Die Kostüme hatte ich besorgt.

Um sieben Uhr abends hing Daniels Ramses-Kostüm auf einem Bügel an meiner Schlafzimmertür. Ich war bereits als Kleopatra verkleidet. Anna umrandete meine Augen dick mit einem schwarzen Kajalstift und trug goldene Gesichtsfarbe auf. Ich begutachtete mich im Spiegel und fand mich exotisch und glamourös. Anna ging als Medusa. Sie hatte einen bunten Kimono an, kleine Schlangen und Knochen aus Gummi in ihr Haar geflochten und ihre Lider weiß geschminkt, sodass sie, wenn sie die Augen schloss, wie ein Zombie aussah. Die Wirkung war fantastisch, wenn auch ein wenig gruselig.

»Wann kommt Daniel an?«, fragte sie.

Ich schaute zum x-ten Mal auf meine Uhr. »Eigentlich müsste er längst da sein, er wollte gegen Mittag in London losfahren. Aber wenn ich ihn auf dem Handy zu erreichen versuche, gehen die Anrufe auf die Mailbox.«

»Wahrscheinlich, weil er Auto fährt«, sagte Anna. »Wer weiß, wie der Verkehr ist.«

»Er wollte mit dem Zug fahren.«

»Ach so? Na, mach dir keine Sorgen, er wird schon noch kommen.«

Um halb acht brachen wir zum *Bell and Anchor* auf und lösten bei den Menschen, denen wir auf der Straße begegneten, große Heiterkeit aus. Anna winkte allen fröhlich zu.

»So ziehen wir uns in Cornwall jeden Samstagabend an«, rief sie einem Wanderer zu, der wie angewurzelt dastand und uns anglotzte.

Im Pub war es bereits gestopft voll. Alle jubelten und applaudierten, als Anna und ich hereinkamen, aber Daniel war nirgends zu sehen. Doch die gute Laune meiner Gäste lenkte mich von meiner Enttäuschung ab. Ich begrüßte alte Freundinnen, wir lachten über unsere Kostüme und erzählten uns das Neueste. Marie war als nordische Göttin erschienen und hatte das blonde Haar an den Ohren zu Schnecken gesteckt. Mary und Maryan aus London hatten sich wie die Leinwandgöttinnen der 1920er Jahre zurechtgemacht. Freunde aus Derbyshire, die früher in Kingsand gewohnt hatten, stellten indische Götter und Göttinnen dar, mit blau geschminkten Gesichtern. Ian war Elvis, der Gott der Rockszene. Er stand mit einem Bier bei Michael Harris, der sich für das Kostüm eines römischen Gottes entschieden hatte, mit Toga und Lorbeerkranz. Anna begutachtete ihn. »Schöne Beine«, sagte sie. Ich nickte den beiden Männern zu. Michael hob sein Glas und lächelte. Ich erwiderte sein Lächeln. Er hätte mir wegen des Hauses böse sein können, aber das war er nicht. Vielleicht würden wir doch noch Freunde werden. Ich entdeckte meine Frisörin Linda, die als Patti Smith gekommen war, die Göttin der Rockszene. Meine Masseuse Crystal war Marilyn Monroe, eine weitere Leinwandgöttin. Sie unterhielt sich an der Theke mit Mark, dem Automechaniker im Ort. Er hatte sich als traditioneller Gott ausstaffiert, mit langem weißem Gewand und Rauschebart. Ein Gott der Mayas – ein Bauarbeiter namens Barry – plauderte mit Aphrodite, der Wirtin des *Bell and Anchor.*

Gordon, mein Zahnarzt, kam und umarmte mich. Er trug Socken und einen Morgenmantel aus Seide.

»Als was bist du gekommen?«, fragte ich.

»Als Sexgott«, antwortete Gordon, riss seinen Morgenmantel auf und enthüllte Boxershorts mit der englischen Fahne als Motiv.

»Träum weiter«, sagte Anna.

Gordon stand bei Jack, einem der Bauern aus der Umgebung. Jack hatte sich für ein pelziges Kostüm mit Kapuze und Ohren entschieden. »Ist ein bisschen ausgefallen«, erklärte er. »Ich bin Anubis, der Gott, der wie ein Hund aussieht.«

Anna und ich stellten uns an die Seite. Anna reichte mir ein Glas Champagner und wies mit der Hand über die Menge. »Das hätte deiner Mutter gefallen. So viele Götter und Göttinnen. Hat der Liebesgott sich noch nicht gemeldet?«

Ich schüttelte den Kopf. »Er hat immer noch die Mailbox an. Ich hoffe, ihm ist nichts zugestoßen.«

Anna drückte mich an sich. »Er kommt schon noch. Vielleicht hatte der Zug eine Panne.«

Nach einer Stunde, in der ich mit beinah jedem geplaudert und etliche von Bets fantastischen Minipasteten gegessen hatte, klopfte Ian mit einem Löffel an sein Glas. Die Gäste verstummten und sahen ihn erwartungsvoll an. »Jetzt kommt eine kleine Überraschung für unser Geburtstagskind«, verkündete er.

»O nein«, murmelte ich, obwohl ich schon in den ganzen letzten Wochen den Eindruck gehabt hatte, dass Anna etwas im Schilde führte.

Alle wandten sich zu der kleinen Bühne um. Ich betete, dass Daniel nichts mit der Überraschung zu tun hatte und nicht aus einer Geburtstagstorte hervorsprang. Aber selbst das hätte ich hingenommen, wenn er nur bei mir gewesen wäre.

Schallendes Gelächter ertönte. Marie und Anna steuerten das Klavier auf der Bühne an. Sie hatten ihre Göttinnenkostüme abgelegt und sich wie arme alte Frauen gekleidet, mit Kopftüchern und Kassenbrillen. Als Anna zu mir herüberschaute und grinste, sah ich, dass sie sich zwei riesige falsche Schneidezähne angeklebt hatte. Marie ließ sich am Klavier nieder.

»Liebe Dee«, sagte Anna. »Zu deinem Fünfzigsten haben wir ein kleines Lied komponiert. Wir hoffen, dass es dir gefällt.« Sie drehte sich zu Marie um. »Eins, zwei.«

Marie begann zu spielen. Dann sang sie.

»Ich bin fünfzig, ach du Schreck, die Jugend und der

Lack sind weg. Knochen knacken, Muskeln drücken, manchmal hab ich's auch im Rücken. Früher war ich sexbesessen, heute kann man mich vergessen.«

Die Gäste fingen an zu lachen. Marie sang weiter. »Nichtsahnend und verwundert steh ich vor dem nächsten Jahrhundert. Im Mund fehlen die ersten Zähne, aber die Falten kann niemand mehr zählen.«

Anna übernahm. »Ich liebe Yoga, dabei kann ich liegen, und gutes Essen, ohne mich nachher zu wiegen.«

Sie warf mir einen Blick zu und zwinkerte übertrieben mit einem Auge. Ich schaute in die Runde, ob Daniel gekommen war. Das Lied hätte ihm gefallen. Er hätte sich vor Lachen gebogen. Wo steckte er bloß?

Marie war an der Reihe. »Ich bin fünfzig und halte mich an der Flasche fest, egal, ob Bier, Wein oder Schnaps drin ist.«

»Aber Champagner Rosé ist mir am liebsten«, warf Anna ein.

Die beiden sangen aus voller Kehle und amüsierten sich prächtig.

»Sehen kann ich nicht mehr viel, mein Gedächtnis ist hinüber …«

Ich entdeckte Mrs Rowley aus unserem Laden an der Ecke. Die sonst so missmutige Frau kriegte sich gar nicht mehr ein vor Lachen.

Anna und Marie sangen jetzt im Chor. »Ich bin fünfzig. Wo ist mein Stock, wo meine Brille? Wo ist die Flasche, wann bin ich endlich knülle?«

Marie wieder. »Ich bin fünfzig. Mein Haar ist dünn, der Rest ist fett. Da ist meine Flasche, ich geh jetzt ins Bett.«

Anna und Marie richteten ihren Blick auf die Schar der Gäste und sangen leiser und langsamer weiter. »Ihr denkt vielleicht, nur andere werden älter und verlieren ihren Schwung, aber niemand von uns bleibt ewig jung.«

Ein wahrer Beifallssturm brach los. Die Leute johlten und trampelten. Anna zeigte auf mich. »Rede!«, rief sie »Rede!«

Ich bahnte mir einen Weg zur Bühne und hörte das Ping meines Handys. Ich warf einen Blick auf das Display. Da stand Daniels Name. Vielleicht war er gerade in Kingsand angekommen, würde gleich da sein und wollte mir Bescheid geben. Dummerweise konnte ich die SMS jetzt nicht lesen, so unhöflich wollte ich nicht sein. Ich steckte das Handy in meinen goldenen Büstenhalter und griff nach dem Mikrofon. Michael Harris stand an der Theke und prostete mir zu. Ich schaute in die strahlenden Gesichter meiner Gäste, unter denen gute Freunde waren. Nur Daniel fehlte, obwohl ich dieses Ereignis so gern mit ihm geteilt hätte, und das machte mich traurig.

»Anna und Marie«, begann ich, »wie soll ich da mithalten können, ihr seid nämlich total verrückt. Trotzdem bin ich gerührt. Der fünfzigste Geburtstag ist ein Meilenstein im Leben, ein schöner Meilenstein, deshalb lasst uns auf die nächsten fünfzig Jahre trinken. Ich danke euch, dass ihr so zahlreich erschienen seid, vor allem denen, die von weither gekommen sind. Genießt den Abend.« Ich hielt mein Glas hoch. »Und Prost.«

»Prost«, schallte es zurück. Angeführt von Anna sangen alle »Happy Birthday«.

Danach konnte ich mich endlich verdrücken, um die SMS zu lesen. Ich kämpfte mich durch die Menge in Richtung Damentoilette und geriet an Michael Harris.

»Herzlichen Glückwunsch zum Geburtstag«, sagte er.

»Danke.« Ich wollte weiter und deutete auf die feiernden Gäste. »Lang kann ich nicht mit Ihnen reden.«

»Ich nehme es nicht persönlich.« Michael lächelte. »Bei solchen Festen kann man sich nicht jedem Gast widmen. Es sind ja auch sehr viele gekommen, man sieht, wie beliebt Sie sind, wie viele Freunde Sie haben. Sogar ein eigenes Geburtstagslied hat man für Sie geschrieben.«

»Ja, aber einige haben es leider nicht geschafft.« Ich dachte an einen bestimmten Gast.

»Hm, tja, also, ich wollte mich auch noch für den Brief meines Bruders entschuldigen, den er Ihnen Anfang des Jahres geschrieben hat. William ist ungeduldig. Ich war gegen diesen Brief, aber ich kann ihm keine Vorschriften machen.«

Alles in mir schrie danach, Daniels Nachricht zu lesen, aber da Michael so liebenswürdig war, wollte ich ihn nicht vor den Kopf stoßen. »Keine Sorge«, sagte ich. »Ich mache Ihnen keine Vorwürfe. Ich habe zwei Schwestern und dadurch schon vor langer Zeit gelernt, mich von ihren Worten und Taten zu distanzieren.«

Michael schien aufzuatmen. »Ich finde es gut, wie Sie reagiert haben. Sie gehören hierher, das sieht man. Nicht nur in das Haus an der Summer Lane, sondern in diese Ecke Cornwalls.«

»Sie waren in der letzten Zeit auch öfter hier, oder?«

»Ja, ich mag die Gegend.« Bildete ich es mir nur ein, oder spielte er tatsächlich noch auf etwas anderes an. Wollte er sagen, dass er mich mochte? Wie dem auch sei, damit konnte ich mich im Moment nicht befassen. »Ich suche nach einem Haus, in dem ich mich eines Tages zur Ruhe setzen kann.«

»Ach, wollen Sie das Haus Ihrer Mutter deshalb verkaufen? Brauchen Sie das Geld?«

»Nicht sofort. Bei William sieht das etwas anders aus, deshalb macht er auch so viel Druck. Aber ich konnte ihm wenigstens klarmachen, dass er noch eine Zeit lang warten soll.«

»Danke«, sagte ich, »das freut mich sehr. Wir reden ein andermal weiter, ja? Ich muss mich noch mit ein paar Leuten unterhalten, bevor sie wieder abreisen.«

Michael schien enttäuscht zu sein. »Oh. Ja, natürlich, ich darf Sie nicht so lange mit Beschlag belegen. Ich wünsche Ihnen noch viel Spaß.«

»Danke.« Ich betrat die Damentoilette, verzog mich in eine leere Kabine und konnte endlich, endlich Daniels Nachricht lesen.

Liebste Dee, herzlichen Glückwunsch zum Geburtstag. Leider kann ich nicht bei Dir sein, was ich sehr bedauere, aber mir ist etwas dazwischengekommen. Was, erkläre ich Dir später. Bitte, verzeih mir. Ich liebe Dich. Daniel. X

Mit schwerem Herzen ließ ich mich auf den Toilettensitz sinken und versuchte, meiner Enttäuschung Herr zu werden. Daniel würde nicht mehr kommen. Die ganze Woche hatte ich mich darauf gefreut, ihn heute bei mir zu haben, meinen neuen Partner und Seelengefährten. *Macht nichts,* redete ich mir zu. Draußen warteten achtzig Gäste auf mich, viele von ihnen gute Freunde. Es war mein Geburtstag, und sie wollten mich feiern. Ich würde mir die Freunde nicht verderben lassen. Aber es war zu spät. Mir war nach Weinen zumute – und schon flossen die ersten Tränen.

22

Samstag, 12. März

Fleur

Es war nur Sex. Vielleicht etwas mehr als ein One-Night-Stand, aber trotzdem nur Vergnügen. Offengestanden war ich diejenige, die ihn verführt hat. Er kam vorbei, um einen Schal abzuholen, den er im Februar bei mir hatte liegen lassen. Ich hatte ein bisschen was getrunken, war einsam und fühlte mich mutig. Außerdem wollte ich wissen, ob ich es immer noch draufhatte. Im ersten Moment sträubte er sich, aber das dauerte nicht lang. Es war bereits eine Weile her, dass ich zum letzten Mal Sex gehabt hatte; ich dachte schon, ich hätte die Lust verloren. Aber in Nullkommanichts hatte er mich zum Leben erweckt. Als er mich über das Sofa beugte, war die Fleur von früher auferstanden und bereit, es krachen zu lassen.

Ich war von einer einzigen Nacht ausgegangen, aber es wurden mehrere Nächte. Warum auch nicht? Daniel war attraktiv und ein guter Liebhaber. Wir waren uns einig, dass es nur Sex war, ohne Versprechen, ohne Verpflichtungen. Trotzdem hatte ich Gewissensbisse.

Natürlich hatte ich die. Von Anfang an war mir klar gewesen, dass Dee etwas für ihn übrighatte. Noch bevor ich den ersten Schritt machte, fragte ich deshalb, wie es mit ihm und Dee aussehe. Ich weiß schließlich, was sich gehört.

»Da ist nichts«, antwortete er. »Da wird auch nie etwas sein. Klar, Dee ist in mich verschossen, aber sie ist nicht mein Typ. Ich bin ihr zwar erst wenige Male begegnet, aber ich weiß jetzt schon, dass ich mich nie mit ihr einlassen würde. Frauen wie sie wollen zu viel, unter anderem eine feste Beziehung bis zum Grab. Das kommt für mich nicht infrage.«

Für Dee tat es mir leid, aber wenigstens würde ich ihn ihr nicht wegschnappen. Dennoch bat ich Daniel, ihr nichts über uns zu erzählen. »Natürlich nicht«, sagte er. »Dee ist ein lieber Mensch. Ich will sie nicht verletzen und ihrem Selbstbewusstsein einen Schlag versetzen. Ich möchte auch nicht, dass eure Rivalität noch größer wird. Wir werden beide schweigen.«

So weit so gut. Auch ich wollte Dee nicht wehtun, wir waren uns gerade erst wieder nähergekommen. Na schön, bei unserem Wochenende im Februar war ich nicht nett gewesen, aber da hatte ich meine Periode. In solchen Zeiten geht es mir nicht gut. Einer meiner Exliebhaber hat mal gesagt, dass ich mich dann ir einen Psycho verwandele. »Rose muss auch nichts erfahren«, sagte ich. »Was ich tue, geht sie nichts an.«

»Kein Problem«, sagte Daniel. »Es bleibt unser Geheimnis.«

Wir waren beide erwachsen, und ich musste meine Schwestern nicht um Erlaubnis fragen, bevor ich mit jemandem ins Bett stieg, aber dass wir es hinter ihrem Rücken taten, machte das Ganze noch reizvoller. Es wird nicht von Dauer sein. Daniel ist kein Mann, der lang bei einer Frau bleibt, das sieht man sofort. Und ich will von ihm nicht mehr als dann und wann eine heiße Nacht. Im Moment funktioniert es und hat etwas wundervoll Verbotenes.

23

Samstag, 9. April, morgens

Dee

Endlich war der Frühling da. Der März war schrecklich gewesen, jeden Tag hatte es in Strömen geregnet. Aber jetzt hatten die Wolken sich verzogen, der Himmel war klar, und in der Luft lag eine wunderbare Leichtigkeit. Als ich in Plymouth in den Zug nach Exeter stieg, erhielt ich eine SMS meiner Mutter. Ich liebte ihre kleinen Botschaften, zum einen, weil sie von ihr waren, zum anderen, weil Daniel sie schickte, sodass ich mit ihm und mit meiner Mutter verbunden war. An meinem Geburtstag hatte er nicht kommen können, weil Swami Muktanand krank geworden war und Daniel ihn ins Krankenhaus fahren musste. Eine Woche später machte er es wieder gut, kam mit einem riesigen Blumenstrauß und tausend Entschuldigungen. Aber das schönste Geschenk war er selbst gewesen.

Mums SMS lautete: *Ein wenig Rücksicht und ein wenig Freundlichkeit sind oft mehr wert als ein Haufen Geld.* John Ruskin (1819 – 1900).

Wieder ein Zitat über die Freundlichkeit. *Sehr lustig,*

Mum. Sie wollte, dass Rose, Fleur und ich während unseres vierten gemeinsamen Wochenendes nett zueinander waren. Okay, dachte ich. Diesmal würde ich mich daran halten und die Nettigkeit in Person sein.

Seit Fleur bei unserem letzten Treffen die Beleidigte gespielt hatte, war sie offenbar in sich gegangen. Kurz nach meinem Geburtstag erhielt ich von ihr einen fantastischen Strauß weiße Rosen und eine Glückwunschkarte, auf der sich zwei Mädchen im Sonnenschein an der Hand hielten. Unter dem Bild stand »Eine Schwester ist ein kleines Stück Kindheit, das man nie verlieren kann.« Dazu hatte Fleur geschrieben: »Für das nächste Jahr wünsche ich Dir nur das Allerbeste. Alles Liebe, Fleur, XXX.« Für Fleur war das ziemlich gefühlvoll, aber ich fand es lieb und betrachtete es als versöhnliche Geste. Wenigstens schmollte sie nicht mehr.

Ich hoffte, dass wir uns an diesem Wochenende wieder ein Stück näherkommen würden. Bisher hatten wir uns alle zwei Monate getroffen, so wie unsere Mutter es gewünscht hatte. Zwischendurch hatten wir kaum Kontakt gehabt. Das dürfte Mum sich anders vorgestellt haben.

Aber ihr Plan funktionierte. Wir besuchten einander wieder. Rose war aus ihrem Trott herausgekommen und hatte ein Wochenende in Cornwall verbracht. Ich hatte ein Luxuswochenende in London erlebt, statt immer nur zu sparen. Auch Mums Zitate ergaben Sinn, und die Aufgaben waren auch nicht schlecht, teilweise sogar schön. Bei manchen hatte ich etwas gelernt. Aber auch zwischen unseren Treffen dachte ich ab und zu an meine Schwestern und fragte mich, was sie wohl gerade machten. Ich überlegte, was sie über ihr Leben dachten, was überhaupt in ihren Köpfen vor sich ging?

An unseren Wochenenden hatten wir beim Mittag- und Abendessen zusammengesessen. Zudem hatten wir einige der Übungen gemeinsam gemacht. Doch wir erzählten uns nichts. Vielleicht wollten wir uns den anderen nicht aufdrängen oder keine Verbundenheit heucheln. Deshalb war ich auf dieses Wochenende gespannt, wunderte mich jedoch, dass wir uns ausgerechnet in Exeter treffen sollten. Ich hatte damit gerechnet, dass Rose diesmal die Gastgeberin sein würde. Wie auch immer, diesmal würde ich mutiger sein und meine Schwestern nach ihrem Leben fragen.

Unser Treffpunkt war ein Hotel in Bahnhofsnähe. Ich kam als Erste an. In der heruntergekommenen Empfangshalle lagen hässliche Teppiche, und es roch nach gekochtem Gemüse. Rose und Fleur wollten aus London anreisen, Daniel aus Bristol. Er war in dem dortigen Heaven-on-Earth-Zentrum gewesen. In den vergangenen Monaten hatten wir es nur zweimal geschafft, uns zu sehen. Daniel hatte viel zu tun, und ich bedrängte ihn nicht. Ich wollte nicht eine dieser Frauen sein, die klammerten und Ansprüche anmeldeten. Daniel war ein Freigeist, und ich ließ ihm den Freiraum, den er brauchte. Er sollte zu mir kommen, wenn er es wollte. Das Gute daran war, dass unser Zusammensein bei jeder Begegnung kostbarer und leidenschaftlicher wurde.

Rose und Fleur wirkten in dem billigen Hotel fehl am Platz. Fleur kam in hautenger weißer Jeans und rosa

Seidenbluse. Rose trug zu Jeans und Slipper ein maßgeschneidertes dunkles Jackett. Sie sah müde aus. Zum ersten Mal dachte ich, dass sie alt wurde. Für meine Verhältnisse war ich auch chic, in grünblauer Leinenhose und türkisfarbener Tunika. Doch ich fror. Ich war im Sonnenschein losgefahren, und dann war das Wetter umgeschlagen. Aber wenigstens sah ich neben meinen makellosen Schwestern nicht zu schäbig aus. Ich überlegte, woran man erkannte, dass sie Geld hatten. Lag es an Roses Handtasche von Mulberry? An Fleurs Prada-Tasche? An Roses Sonnenbrille von Chanel? Doch ganz gleich, was es war, sie hatten den typischen Stil gut betuchter Londoner. Das Hotelpersonal und einige Gäste starrten die beiden an.

Fleur rümpfte die Nase. »Ich hoffe, wir müssen hier nicht bleiben«, sagte sie, als Daniel eintraf.

Daniel schüttelte den Kopf. Er wandte sich an die nicht sehr gepflegt wirkende Empfangsdame und wechselte mit ihr einige Worte. Dann führte er uns in einen kleinen Konferenzraum hinten im Hotel. Rose lief zu einem Gemälde an der Wand und rückte es gerade. Wir ließen uns an einem wackligen Plastiktisch nieder. Rose holte einen Block aus der Handtasche, riss eine Seite ab, faltete sie zusammen und steckte sie unter ein Tischbein.

»Wie ist es dir seit unserem letzten Treffen ergangen?«, fragte ich Rose. Daniel war dabei, auf einem zweiten Tisch seinen Laptop einzuschalten.

»Gut. Warum fragst du?«

»Weil ich es wissen wollte. Ich würde gern mehr über dein Leben erfahren.«

Aus einem mir unerfindlichen Grund warf Rose Daniel einen strengen Blick zu. »Mir geht es gut. Ich habe viel zu tun. Wie geht es dir?«

»Gut, danke.«

»Malst du immer noch Vögel?«, erkundigte sich Fleur.

»Ja. Inzwischen habe ich beinah genug für eine Ausstellung zusammen. Vielleicht mache ich die Ausstellung noch in diesem Sommer. Dann wimmelt es bei uns von Touristen. Zur Erinnerung kaufen sie gern etwas von einem der lokalen Künstler.«

»Wollen sie nicht lieber Landschaften oder Bilder mit dem Meer?

»Doch, aber nicht immer.«

»Dann sind die Vögel ja völlig falsch«, sagte Rose. »Gib deinen Kunden das, was sie wünschen. Ich kenne den Markt. Touristen, die eine Gegend wie Cornwall besuchen, nehmen zur Erinnerung typische Landschaftsszenen mit. Ich war in St. Ives. Die Galerien dort sind voll von Meerlandschaften.«

»Vielleicht möchten sie zur Abwechslung ja mal was anderes.«

»Ich will damit nur sagen, wenn man mit einer Sache Geld verdienen will, führt man eine Marktstudie durch und befriedigt Kundenwünsche.«

Meine Stacheln stellten sich auf. Rose hatte keine Ahnung. Ich war diejenige, die in Cornwall lebte. Ich war die Künstlerin. »Ich habe Jahre damit verbracht, Landschaften zu malen. Sicher, sie haben sich verkauft, aber ...«

»Na, siehst du. Schuster bleib bei deinen Leisten.«

»Herrgott, Rose, du hast meine Bilder doch noch gar nicht gesehen.«

»Jetzt geh doch nicht gleich an die Decke. Ich wollte dir nur einen Rat geben. Der auf meiner Erfahrung beruht.«

»Ach so, dann kenne ich mich wohl nicht aus.«

»Das habe ich nicht behauptet. Ach, vergiss es. Mal deine Vögel. Schick mir die Fotos von ihnen per E-Mail. Dann kann ich dir sagen, was ich davon halte.«

Das würde mir gerade noch fehlen. Rose, die mit ihrer nicht vorhandenen Erfahrung über meine Gemälde herfiel. Besten Dank. Aber wie typisch das wieder war. Ständig wollte sie das Sagen haben. Sogar jetzt, obwohl wir erst seit wenigen Minuten zusammensaßen.

»Hört auf«, sagte Fleur. »Denkt an die Freundlichkeit, die in Mums Zitat erwähnt wurde.«

»Halt die Klappe«, sagten Rose und ich wie aus einem Mund.

»Wie ihr wollt.« Fleur wirkte eingeschnappt. »Was ist denn mit mir, Dee? Warum fragst du mich nicht, wie es mir geht?«

»Wollte ich gerade machen. Also schön, wie geht es dir?«

Auch Fleur warf Daniel einen Blick zu, bevor sie antwortete: »Erzähl ich dir später.«

Was hatten die beiden nur mit Daniel? Warum schauten sie ihn an, wenn ich sie fragte, wie es ihnen ging. War mir irgendetwas entgangen?

Daniel konnte uns hören. Er sah zu Fleur hinüber, die sich in seiner Gegenwart offenbar nicht über ihr Befinden äußern wollte. Ich überlegte, ob ihn das kränkte.

Rose stand auf und trat zu Daniel. »Sehen wir wieder ein Video?«

»Ja«, antwortete Daniel, »das vierte. Danach gibt es nur noch zwei.«

Ich war sicher, dass Rose so etwas wie »ich kann selbst rechnen« antworten würde, aber das tat sie nicht.

»Möchten Sie etwas essen?«, fragte sie Daniel stattdessen. »Oder einen Kaffee? Haben Sie überhaupt schon gefrühstückt?« Rose drehte sich zu uns um. »Soll ich euch etwas besorgen?«

Ich war erstaunt. Rose war nett zu Daniel? Und hatte ich es mir eingebildet, oder hatten er und Fleur wieder einen Blick getauscht und gelächelt, als wäre ihnen ein Witz eingefallen? Ich sah Daniel fragend an. Er wich meinem Blick aus, und für einen Moment wurde ich panisch. *Entspann dich,* befahl ich mir. *Sei nicht paranoid.* Wahrscheinlich war er nett zu ihnen, damit sie uns nicht auf die Schliche kamen.

»Danke«, sagte Daniel, »ich habe gefrühstückt. Sind Sie bereit?«

Fleur und Rose nickten. »Bereiter geht's nicht mehr«, sagte Rose.

»Tun Sie sich keinen Zwang an«, sagte Fleur. Wieder tauschten sie und Daniel einen Blick. Kam es mir nur so vor, oder waren ihre Worte tatsächlich zweideutig gewesen? Hatte sie ihm zugezwinkert? Ich taxierte Daniel, um festzustellen, ob er auf Fleur reagierte, aber seine Miene war ausdruckslos.

Ich versuchte, mich auf das Video zu konzentrieren, aber meine Gedanken rasten. Lief was zwischen Fleur und Daniel? Oder zwischen Rose und Daniel? Während der letzten gemeinsamen Wochenenden hatte ich mich nicht mehr gefragt, was sie von Daniel hielten. Nur an unserem ersten Wochenende im Oktober hatten wir darüber gesprochen. Danach ging es nur noch darum, wie sehr ich ihn mochte. Daniel und ich wiederum hatten uns nie über meine Schwestern unterhalten, lediglich vereinbart, unsere Beziehung vor ihnen geheim zu halten. Ich spürte einen Anflug von Eifersucht. Vielleicht hatte jede meiner Schwestern Kontakt zu Daniel. In Gedanken notierte ich mir, ihn darauf anzusprechen. Er musste noch an diesem Morgen zurück nach London fahren und am Montag nach Bristol. Aber am Sonntagabend wollte er kommen und ein paar Stunden mit mir verbringen. Das bedeutete, nur um mit mir zusammen sein zu können, würde er den Umweg über Exeter fahren. War damit nicht bewiesen, dass ich mir keine Sorgen machen musste? Doch tief in meinem Innern begann etwas zu nagen.

Daniel brachte den Laptop zu unserem Tisch. Fleur, Rose und ich setzten uns so, dass wir den Bildschirm sehen konnten. Meine Mutter erschien. Sie stand in ihrer kleinen Küche am Tisch. An ihrer Seite schöpfte Jean aus einem riesigen Suppentopf etwas in Marthas Teller. Martha saß am Tisch. Mum und Martha hatten sich wie Obdachlose gekleidet, mit fingerlosen Strickhandschuhen und alten Mänteln. Jean trug eine Hundemütze mit Ohren.

Fleur und ich sahen uns verwundert an. Rose zog eine Braue hoch.

»Werden wir schon gefilmt?«, fragte Mum. »Hallo,

meine Süßen. Tja, was wird es wohl diesmal sein? Es wird ein bisschen anders werden als sonst.«

»Das kannst du laut sagen«, murmelte Fleur. »Was hat Jean sich bloß bei der Mütze gedacht?«

»Diesmal sollt ihr erfahren, wie glücklich es macht, etwas zurückzugeben«, sagte Mum.

Martha ergriff das Wort. »Heute werdet ihr in einem Tierheim aushelfen, heute Abend Suppe an Obdachlose verteilen und morgen ein Altersheim besuchen.«

»Allmächtiger«, sagte Fleur.

»Etwas für andere tun«, sagte Jean, »für jemanden, der in Not ist, ist befriedigender als vieles andere. Falls ihr euch über meinen Aufzug wundert: Ich stelle einen der Hunde aus dem Tierheim dar.«

»Zum Bellen komisch«, sagte Fleur und lachte über ihren Witz. Daniel gluckste. Die beiden schienen sich gut zu verstehen. Wieder wurde ich unruhig.

Meine Mutter übernahm erneut. »Ihr werdet diese Arbeit zwar nur für zwei Tage tun, aber wir fanden, so etwas sollte auch auf der Liste sein. Fleur bedenkt bereits mehrere Hilfsorganisationen mit großzügigen Spenden …«

Ich warf Fleur einen Seitenblick zu. Das hatte ich nicht gewusst.

»Aber manchmal ist auch die praktische Erfahrung gut«, fügte Martha hinzu. »Man trifft auf Menschen oder andere Lebewesen, die nicht so viel Glück im Leben hatten wie ihr. Für sie sollte man sich dann und wann einsetzen. Danach sieht man sein Leben in einem ganz neuen Licht.«

»Wie immer hat Daniel alles organisiert«, sagte

Mum. »Es wird nicht das luxuriöseste eurer Wochenenden sein, aber versucht, die beiden Tage mit offenem Herz und Verstand anzugehen. Manchmal müssen wir daran erinnert werden, dass wir die Erde mit anderen Menschen teilen. Nicht jeder hatte die Möglichkeiten, die ihr gehabt habt.«

»Hört, hört«, sagte Martha.

Jean machte »wuff-wuff« und grinste. Ich musste lachen. Eine Achtzigjährige, die sich wie eine Achtjährige benahm.

Ich schaute Rose an. Sie schien von den Wochenendplänen ebenso wenig begeistert zu sein wie Fleur. Ich hoffte, sie würde jetzt keinen Rückzieher machen. Fleur oder mich zu enttäuschen, das wäre für Rose kein Problem, aber wahrscheinlich hätte sie Hemmungen, sich dem Wunsch meiner Mutter zu widersetzen.

»In der SMS von Mum ging es nicht darum, dass wir nur zueinander freundlich sein sollten«, sagte ich, »sondern dass wir auch anderen gegenüber freundlich sein sollen.«

Rose seufzte. Sie hatte verstanden.

»Auf Wiedersehen, meine lieben Mädchen«, verabschiedete sich meine Mutter. »Bis zum nächsten Mal.«

Weg war sie. Rose wandte sich zu Daniel um. »Sind diese Pläne ernst gemeint?«

Daniel nickte. »Ich habe einen Wagen bestellt. In einer Viertelstunde werden Sie ins Tierheim gefahren.« Er streifte seine Jacke über und reichte uns den Wochenendplan mit Terminen, Treffpunkten und Abholzeiten. »Wenn Sie Fragen haben, erreichen Sie mich auf dem Handy.«

»Moment noch.« Fleur deutete auf ihre helle Kleidung und die eleganten Stiefel. »So kann ich nicht mit Tieren arbeiten.«

Ich sah, dass Daniel sich das Lachen verbeißen musste. »Ich dachte mir schon, dass Sie nicht richtig gekleidet sein würden. Deshalb habe ich Overalls ins Tierheim bringen lassen. Für die Suppenküche erhalten Sie gebrauchte Kleidung.«

Fleur hielt ihre manikürte Hand hoch. »Was ist mit meinen French Nails? Soll ich die ruinieren?«

»Im Tierheim bekommen Sie Tragetaschen«, erwiderte Daniel. »Darin sind unter anderem Gummihandschuhe.« Er schien den Gedanken an unser Wochenende ausgesprochen erheiternd zu finden.

»Gummihandschuhe? Wozu das denn? Müssen wir Kühen in den Arsch greifen?«

»Wohl kaum, im Tierheim gibt es nur Hunde und Katzen.«

»Wo werden wir übernachten?«, fragte ich.

»Ach ja.« Daniel verzog das Gesicht. »In einem Hostel unten an der Straße. Ein sauberes Haus.« Er reichte mir einen Ausdruck mit unseren Buchungsdaten.« »Es ist schon alles geregelt.«

Fleur stieß einen abgrundtiefen Seufzer aus.

Rose zuckte mit den Schultern. »Kommt, wir bringen es hinter uns. Denkt an das Geld.«

So hatte Mum das nicht geplant, ging es mir beim Hinausgehen durch den Kopf.

Als Daniel gegangen war, holte Fleur ihr iPhone heraus und gab etwas ein. »Okay«, sagte sie wenig später. »Ich übernachte in einem Boutique-Hotel. Fünf Sterne. Hostels tue ich mir nicht an. Wer kommt mit? Ich zahle.«

»Ich«, antwortete Rose. »Aber ich kann selbst für mich bezahlen. Trotzdem, danke für das Angebot.«

»Und wenn Daniel das herausfindet?«, fragte ich. »Oder Mr Richardson? Ich dachte, wir müssen Mums Anweisungen befolgen und unterschreiben, dass wir es getan haben. Wenn Mums Plan vorsieht, dass wir in einem Hostel übernachten, müssen wir das meiner Meinung nach auch tun.«

»Regeln sind da, um gebrochen zu werden«, entgegnete Fleur. »Und wie soll Daniel das überhaupt herausfinden? Oder Mr Richardson? Wir werden es ihnen bestimmt nicht auf die Nase binden, und Mum wird es auch nicht erfahren. Komm, Dee, lass uns rebellieren.«

»Vielleicht beobachtet Mum uns doch von irgendwoher«, sagte ich.

Fleur lachte laut auf. »Was für ein Hasenfuß du bist. Genau wie früher.«

»Was ist, wenn jemand aus dem Hostel Daniel erzählt, dass wir nicht erschienen sind«, sagte ich. »Er wird doch für die Übernachtungen zahlen.«

Fleur seufzte. »Also gut. Wie checken im Hostel ein, gehen auf unsere Zimmer und verlassen sie wieder. Danach suchen wir unser hübsches kleines Boutique-Hotel auf, essen etwas Anständiges und schlafen gut. Am Morgen kehren wir zum Hostel zurück und geben die Schlüssel ab. Kein Mensch wird etwas erfahren.« Sie sah mich herausfordernd an. »Los, Dee, lass uns etwas Verbotenes tun.«

»Ich …« Ich war mir immer noch nicht sicher, aber ich wollte kein Spielverderber sein.

»Diesmal bin ich mit Fleur einer Meinung«, erklärte Rose. »Ich habe auch lieber die Wahl, als mich stur an Vorschriften zu halten. Lasst uns in das schöne Hotel gehen. Dee weiß, wie wichtig mir ein gutes Kopfkissen ist.« Sie lächelte mich an.

»Okay, ich mache mit.« Die Vorstellung, mich gegen meine Mutter aufzulehnen, hatte etwas Reizvolles. Ich fühlte mich so tollkühn wie früher, wenn ich mich ihr als Teenager zu widersetzen wagte.

Fleur buchte unsere Zimmer. Ich wandte mich an Rose. »Hast du dich an Daniel gewöhnt?«

»An Daniel? Ja. Warum fragst du.«

»Ach, weil ich den Eindruck habe, dass du ihm gegenüber nachsichtiger geworden bist.«

»Wie kommst du darauf?«

»Du hast ihm Kaffee angeboten. Wolltest wissen, ob er gefrühstückt hatte.«

»Das war reine Höflichkeit. Außerdem sollen wir dieses Wochenende freundlich sein. Ich meine, Mum hat ihn engagiert, also muss es etwas geben, das für ihn spricht. Er ist in Ordnung, und seinen Job macht er gut.«

»Was sagst du dazu?«, fragte ich Fleur.

»Wozu?«

»Wie kommst du mittlerweile mit Daniel zurecht?«

»Du liebe Güte.« Fleur zuckte mit den Schultern und schaute zur Seite. »Den Mann habe ich überhaupt nicht auf dem Schirm. Warum? Ist zwischen euch etwas vorgefallen?«

»Nein. Nein, und das wird es auch nicht. Ich meinte ja nur.«

»Magst du ihn immer noch?«

»Ja, aber ich wünschte, ihr würdet mich das nicht jedes Mal fragen.«

»Du hast damit angefangen«, sagte Rose.

»Ich … er ist … wie ihr gesagt habt. Allerdings wird das Thema allmählich langweilig.«

Fleur musterte mich prüfend. Ich betete, dass ich nicht errötete. »Sei vorsichtig«, sagte sie.

»Was soll das heißen? Und warum wolltest du vorhin in seinem Beisein nicht sagen, wie es dir geht?«

»Keine Ahnung.« Fleur zuckte mit den Schultern. »Aber du solltest bei ihm … ach, entschuldige, du willst ja nicht mehr darüber reden.«

»Herrgott, Fleur, jetzt spuck es endlich aus.« Schon als Kind hatte ich es gehasst, wenn Fleur erklärte, sie habe ein Geheimnis, und sich dann weigerte, es zu erzählen. Das hatte mich wahnsinnig gemacht.

»Ich habe dir geraten, vorsichtig zu sein«, erwiderte Fleur. »Mein Männerradar zeigt an, dass er zwar ein netter Kerl ist und so weiter, aber keiner, der sich für eine feste Beziehung interessiert. Wärst du mit ihm zusammen, würdest du vermutlich mehr von ihm wollen, als er bereit ist zu geben. Ich halte ihn für einen Einzelgänger, einen Mann, der seine Freiheit schätzt. Aber werde jetzt bitte nicht wieder sauer.«

»Ach, wer ist denn beim letzten Wochenende sauer abgerauscht? Das warst du doch, nicht ich. Und woher willst du überhaupt wissen, wie Daniel ist? Hast du dich mal länger mit ihm unterhalten?«

»Ich kenne diesen Typus Mann.«

»Ich würde das auch so sehen«, sagte Rose. »Auf etwas Festes legt Daniel keinen Wert.«

»Wie könnt ihr das so einfach behaupten?«, fragte ich aufgebracht. »Ihr seid ihm erst viermal begegnet und dann auch nur kurz. Und ausgerechnet du, Fleur, musst von deinem Radar reden. Bei deiner Vergangenheit.«

»Gerade wegen meiner Vergangenheit ist auf meinen Radar Verlass. Deshalb noch mal: Daniel ist kein Mann, der sich binden will. Abgesehen davon verstehe ich nicht, warum du dich so aufregst. Du sagst doch immer, zwischen euch wäre nichts.«

»Ich rege mich nicht auf«, gab ich wütend zurück. »Und wer sagt überhaupt, dass ich etwas Festes suche? Aber das ist ja auch alles hypothetisch. Zwischen Daniel und mir spielt sich nichts ab.« Aber die beiden hatten mir einen Floh ins Ohr gesetzt. Mir fiel auf, dass Daniel und ich nie über unsere Zukunft gesprochen hatten. Auch nicht über die Möglichkeit, eines Tages zusammenzuleben. Vielleicht hatten meine Schwestern recht. Womöglich war ich so überglücklich gewesen, hatte unsere Begegnungen und den tollen Sex so sehr genossen, dass mir gewisse Anzeichen entgangen waren. Daniel hatte mir nie etwas versprochen, das wurde mir plötzlich bewusst.

Das Tierheim lag eine gute Meile außerhalb der Stadt inmitten von Feldern. Es bestand aus einer Reihe Flachbauten. Auf dem Weg dorthin hatte Fleur die ganze Zeit gestöhnt und geseufzt. Rose hatte missmutig und resigniert gewirkt. Ich freute mich auf den Tag. Wie Mum erklärt hatte, würde es etwas anderes als sonst sein. Im Übrigen mochte ich Tiere und hatte mir oft vorgestellt, mich eines Tages, wenn ich nicht mehr malen konnte, als ehrenamtliche Helferin in einem Tierheim zu melden.

Wir stiegen aus dem Wagen aus und wurden von ohrenbetäubendem Gebell empfangen.

Rose schauderte. »Mum wusste doch, dass ich keine Tierfreundin bin.«

»Ich kann auf Tiere auch verzichten«, sagte Fleur. »Das ist nur was für Dee, die Katzennärrin.«

Eine junge Frau mit Rastalocken kam uns entgegen. Sie trug einen blauen Overall, Gummistiefel und ein Namensschild, auf dem »Sandra«, stand.

»Wir sind Ihnen so dankbar«, sagte Sandra und führte uns in einem der Flachbauten in ein Büro. »Jedes zusätzliche Paar Hände ist uns willkommen. Ihre Arbeitskleidung ist auch da. Sie können sich hier umziehen. Danach zeige ich Ihnen, was zu tun ist.«

Wir nahmen den Kleiderstapel entgegen und streiften etwas über, das nach Gefängnisoverall aussah. Als wir fertig waren, ging Sandra mit uns zu den Tieren. Am Katzengehege blieb sie stehen und deutete auf ein langes Kanalisationsrohr an der Seite des Gebäudes.

»Uns steht eine Inspektion bevor«, sagte sie. »Deshalb wäre es am besten, wenn Sie zuerst dieses Rohr reinigen. Wahrscheinlich ist das schon seit einem Jahr nicht mehr gemacht worden. Ich bringe Ihnen Eimer, Plastiksäcke und einen Schlauch. Es ist leider ein etwas unangenehmer Job, aber wir sind unterbesetzt und mit den Neuankömmlingen beschäftigt. Sieben Katzen haben wir heute bekommen und müssen ihre Käfige vorbereiten, drei verlassen uns, weil sie ein neues Zuhause gefunden haben. Wir arbeiten unter Hochdruck.«

»Das muss ein Witz sein«, sagte Fleur, als Sandra fort war, um unsere Arbeitsgeräte zu holen. »Glaubt ihr wirklich, Mum wollte, dass wir ein Abflussrohr reinigen?«

Wir streiften uns Gummihandschuhe über.

»Es gibt immer ein erstes Mal«, sagte ich.

»Und gleichzeitig ein letztes«, antwortete Fleur.

Sandra kehrte mit unserer Ausrüstung zurück und zeigte uns, wie man die Verschlussklappen des Rohrs öffnete. Widerstrebend ließen Fleur und ich uns auf den Knien nieder und tauchten die Arme bis zum Ellbogen in Matsch. Rose krabbelte auf allen vieren an dem Rohr entlang und öffnete die Klappen. Fleur und ich rutschten hinter ihr her und schaufelten den Dreck in Plastiksäcke. Der Gestank war mörderisch. Sandra hatte recht gehabt, das Rohr war mindestens seit einem Jahr nicht mehr gereinigt worden und quoll über.

Es begann zu nieseln.

Fleur setzte sich auf ihre Fersen zurück. »Mir ist, als wäre ich im Knast. Obwohl ich nichts verbrochen habe.«

Rose sah aus, als würde sie sich gleich übergeben. »Und wie bitte soll uns dieses Erlebnis glücklich machen?« Auch sie setzte sich in die Hocke und sah zu, wie ich den widerlichen Brei herausschaufelte.

Schließlich rappelte Rose sich auf und schaute zum Himmel hinauf. »Ist das dein Ernst, Mum?« Sie zog ihre Gummihandschuhe aus und warf sie auf den

Boden. »Ihr könnt ja bleiben, aber ich gehe. Für so was ist das Leben zu kurz.«

»Fühlst du dich nicht gut?«, fragte ich.

Rose war so weiß, als wäre sie kurz davor, ohnmächtig zu werden. »Nein, ich fühle mich, verdammt noch mal, nicht gut. Mir ist speiübel. Der Gestank ist ekelhaft, und der Himmel weiß, welche Bakterien in dieser Brühe lauern. Was ist, wenn ich – wenn wir uns hier etwas holen. Tut mir leid, Mum, bislang habe ich deine Wünsche erfüllt, aber das hier geht zu weit.«

»Was hast du vor?«, erkundigte sich Fleur.

Rose lehnte sich gegen die Gebäudemauer. »Ich fahre in das Boutique-Hotel, trinke Pfefferminztee und versuche, mich zu erholen. Kommt jemand mit?«

»Ich bleibe«, erklärte ich. »Fehlt dir wirklich nichts, Rose? Soll dich jemand begleiten?«

Fleur wirkte unschlüssig.

»Was sollen wir Daniel und Mr Richardson sagen, wenn ihr beide das Handtuch werft?«, fragte ich. »Mit dem Hotelwechsel kommen wir wahrscheinlich durch, aber vor der Arbeit dürfen wir uns nicht drücken. Bitte, bleib hier, Fleur. Wir machen Roses Arbeit mit.«

»Herrgott noch mal«, sagte Rose. »Die können mir alle den Buckel runterrutschen. Wenn es einem nicht gut geht, wird man ja wohl eine Ausnahme machen dürfen.«

»Fahr ins Hotel«, sagte Fleur. »Du siehst wirklich angeschlagen aus. Wir sagen den Leuten hier, dass dir übel war.«

»Ja«, sagte ich, »auch Mum würde nicht wollen, dass du hier arbeitest, wenn du dich unwohl fühlst.«

Wenig später wurde Rose von einem Taxi abgeholt. Fleur und ich ackerten weiter. Es wunderte mich, dass Fleur standhaft geblieben war. Ich hätte gewettet, dass sie noch vor Rose das Weite suchen würde, aber sie rutschte tapfer auf ihren Knien herum und schaufelte Schlamm aus dem Rohr.

»Wie hatte Mum das noch genannt, was wir erleben würden?«, fragte sie irgendwann.

»Meinst du das Numinose?«

Fleur hielt ihr Gesicht in den Regen. »Ja, genau das. Ein Gefühl der Beglückung. Oder war es Verzückung?«

Ich warf einen Blick auf meinen gefüllten Plastiksack und musste lachen. »Ich weiß auch nicht, was das soll. Wenn wir in Verzückung geraten sollen, wäre der Besuch einer Kathedrale oder eines Schlossparks angebrachter gewesen.«

»Oder ein Tag am Strand oder sonst irgendwo in der Natur. Aber vielleicht wussten Mum und ihre Freundinnen nicht, dass wir das Kanalisationsrohr reinigen müssen.«

»Es ist grauenhaft, aber wenn du dir überlegst, wie viel wir erben, ist der Stundenlohn nicht schlecht.«

»Falls Rose uns nicht disqualifiziert hat.«

»Ach was, jeder konnte erkennen, dass sie nichts vorgetäuscht hat. Aber bei *Big Brother* würde sie keine fünf Minuten überstehen.«

»Ich auch nicht. Man muss dem lieben Gott für alles dankbar sein, wenigstens müssen wir keine Känguruhoden essen.«

»Freu dich nicht zu früh.«

Eine halbe Stunde später hatten wir ein Viertel des Rohrs geschafft, und meine Knie brachten mich fast um. Ein Taxi kam. Rose stieg aus, bezahlte den Fahrer und marschierte zu uns.

Sie trug zwei Besen mit harten Borsten und eine Tragetasche, aus der sie Gesichtsmasken hervorzog. Es schien ihr besser zu gehen. »Okay«, sagte sie. »Wie ihr seht, bin ich wieder da. Das von vorhin tut mir leid. Auf dem Weg bin ich an einem Baumarkt vorbeigekommen und habe die richtige Ausrüstung besorgt. Hier sind Gesichtsmasken. Knien werde ich mich allerdings nicht mehr. Wenn ich diesen grässlichen Matsch noch einmal aus der Nähe riechen muss, kotze ich. Wir werden das jetzt systematisch angehen. Fleur, du öffnest die Klappen mit der Spitze des Besenstiels. Auf die Weise machst du dir den Rücken nicht kaputt. Dee nimmt den anderen Besen und schiebt den Schlamm zusammen. Spart Kraft.«

Ich stand auf und salutierte. »Jawohl, Sir.« Diesmal hatte ich nichts dagegen, dass Rose die Führung übernahm. Ihre Idee war prima. Ich schnappte mir einen Besen und schob den Modder mit dem Besen zusammen. Ein Kinderspiel. »Geht's dir wirklich besser?«, fragte ich Rose. »Wenn du dich nicht gut fühlst, musst du nicht mitmachen.«

»Mir geht's ein bisschen besser. Aber du kennst mich ja, ich kneife nicht. Allerdings wäre es mir lieb, wenn eine von euch den Matsch in die Müllsäcke schaufeln würde.«

»Kein Problem«, sagte ich. »Wir sind froh, dass du wieder da bist.«

Eine Stunde später war das Rohr gereinigt. Wir spülten es mit dem Wasserschlauch und mit einem Desinfektionsmittel aus. Unser Job war erledigt. Selbst Rose schien mit unserer Arbeit zufrieden zu sein.

»Meint ihr, jetzt könnten wir gehen?«, fragte Fleur.

Dem war leider nicht so. Sandra kam, begutachtete unser Werk und reckte den Daumen. »Die Besen waren eine gute Idee, ich wünschte, ich wäre selbst darauf gekommen. Also gut, dann weiter im Text. In den Katzenkäfigen müssen die Spinnweben entfernt werden. Dazu erhalten Sie Staubwedel.«

Wir folgten Sandra in das Katzengehege. »Schaffst du das?«, fragte ich Rose.

»Mal sehen.« Sie sah wieder angegriffen aus.

»Gut, aber wenn nicht, hörst du auf.«

Wir durchquerten einen Gang. Auf beiden Seiten befanden sich auf Brusthöhe Katzenkäfige. Jeder Käfig beherbergte eine Katze und hatte an der Rückseite eine Klappe, durch die die Tiere in einen großen Außenkäfig gelangten, mit Blick über die Anlage. »An einer Seite der Käfige finden Sie farbige Markierungen«, sagte Sandra. »Grün bedeutet, dass die Katze zutraulich ist, violett, dass es sich um ein nervöses Tier handelt. Gelb steht für überwiegend zutraulich, trotzdem sollte man das Tier nicht anfassen. Rot heißt, dass die Katze angreifen könnte.«

Ich spähte in die Käfige. Aus jedem schaute mir ein kleines pelziges Gesicht entgegen. Es gab schwarze Katzen, getigerte, weiße, rothaarige. Einige wirkten so niedergeschlagen, dass mein Herz schwer wurde. Katzen waren Tiere, die gern im Freien umherstreiften.

Die Vorstellung, meine Katzen müssten hier leben, war schrecklich, auch wenn die Tiere es warm hatten, beschützt und gefüttert wurden.

Sandra reichte uns Staubwedel, die Schlüssel für die Käfige und deutete in einen Käfig. »Da hängt alles voll. Ich hoffe, keine von Ihnen fürchtet sich vor Spinnen.«

Dieses Mal erbleichte Fleur. »Doch, ich. Ich hasse Spinnen.«

»Dann setz die Gesichtsmaske wieder auf«, sagte Rose. »Spinnen tun einem nichts.«

»Ich übernehme den Job«, erklärte ich, als Sandra verschwunden war. »Wenn jemand kommt, tut ihr einfach beschäftigt.« Ich wollte nicht riskieren, dass Fleur die Flucht ergriff. Rose sagte, ihr sei schwindlig. Ich holte ihr einen Schemel. In der nächsten Stunde machte ich zig Spinnweben den Garaus. Fleur lief den Gang auf und ab, schaute in einige der Käfige und las die Angaben an den Käfigen. Mir war alles recht, solange die beiden nur blieben. Wir wurden auch nicht kontrolliert, das Personal des Tierheims hatte genug anderes zu tun.

Als ich fertig war, kehrte Sandra zurück und erklärte die dritte und letzte Aufgabe. »Es wäre schön, wenn Sie die restliche Zeit mit den Katzen verbringen würden. Bei den Tieren mit den roten Käfigmarkierungen aber bitte vorsichtig sein. Setzen Sie sich vor einem Käfig auf einen Schemel, öffnen Sie die Tür und schenken Sie dem Tier ein wenig Aufmerksamkeit. Sprechen Sie mit ihm. Die meisten sehnen sich nach Kontakt und freuen sich, wenn sie wenigstens einmal am Tag menschliche Gesellschaft haben.«

»Jetzt fühle ich mich wie Dr. Doolittle«, murrte

Fleur, als Sandra fort war. »Wer redet denn mit Tieren? Was fängt man überhaupt mit ihnen an?«

»Schenk ihnen ein bisschen Liebe«, sagte ich und lief an den Käfigen entlang. Einige Tiere schauten traurig, andere ängstlich, wieder andere gelangweilt, einige schliefen, andere kratzten am Gitter, weil sie hinauswollten.

Fleur schien plötzlich aufzuleben. »Kommt, wir machen alle Käfige auf und lassen sie frei«, schlug sie vor. »Und dann spielen wir Rattenfänger von Hameln, nur dass uns Katzen folgen. Schau nicht so entsetzt, Dee, war nur ein Witz.«

»Auf den Zetteln an den Käfigen steht, ob es schon ein neues Heim für sie gibt«, sagte Rose. Sie deutete auf einen der Zettel. »Da sieht man, wie alt die Tiere sind und seit wann sie hier sind.« Sie öffnete die Tür eines Käfigs. Ein alter Kater mit rötlichem Fell stieß ihre Hand mit dem Kopf an. »Clifford«, las Rose vor. »Vierzehn Jahre alt. Sein Herrchen ist gestorben.« Sie zog ihren Schemel heran und begann, Clifford zu streicheln. Er schnurrte wie eine Nähmaschine.

Ich entdeckte eine schwarz-weiß gefleckte Katze namens Bonnie und sprach eine Zeit lang mit ihr. Fleur blieb bei mir stehen und machte einen unsicheren Eindruck.

»Was sagt man zu einer Katze? In welcher Sprache soll ich mit ihr reden?«

»Das ist egal«, antwortete ich. »Plaudere einfach mit ihnen.«

»Plaudern? Mit einer Katze? Worüber? Über Politik?«

»Wie wär's mit dem Wetter?«

»Meinst du das ernst?«

»Nein, Fleur, ich meine, dass du einfach etwas sagen sollst. Eine menschliche Stimme zu hören kann tröstend sein.« Ich konzentrierte mich wieder auf Bonnie. »Na, meine kleine Mieze, seit wann bist du denn schon hier? Wahrscheinlich gefällt es dir hier nicht, aber für ein so süßes Mädchen findet sich bestimmt bald jemand, der es mit nach Hause nimmt. Dann kannst du wieder frei herumlaufen.« Bonnie legte sich auf die Seite und schnurrte.

Fleur sah mir zu. Zu guter Letzt setzte sie sich auf einen Schemel und öffnete den Käfig eines niedlichen grauen Kätzchens. »Hallo, Katze. Ich heiße Fleur. Ein Fell habe ich nicht, jedenfalls nicht mehr. Ich hatte ein Waxing. Für dich klingt das sicher schräg, wahrscheinlich willst du dein Fell behalten. Überleg es dir. Vielleicht möchtest du ja einen neuen Trend starten. Ich kenne da eine sehr kompetente Kosmetikerin am Sloane Square.«

Ich fing an zu kichern.

»Was ist denn so lustig?«, fragte Fleur.

»Du.«

»Das ist nicht nett. Monty und ich verstehen uns prächtig.« Fleur wandte sich wieder der Katze zu. »Warum erzählst du mir nicht ein bisschen was über dich? Wie kommt es, dass du hier gelandet bist?«

Das graue Kätzchen näherte sich Fleur, miaute und presste sein Köpfchen an Fleurs Hals. Fleur lachte entzückt auf. »Na, hier kann aber jemand flirten. Lass dich lieber nicht mit mir ein, Kätzchen, so was geht immer ins Auge. Fleur ist kein Typ, der Pfötchen hält.«

Als wir aufbrachen, hatten wir die meisten Katzen, die nicht rot markiert waren, besucht. Fleur war den Tränen nahe. »Was geschieht denn jetzt mit Monty?«, fragte sie Sandra.

»Um den brauchen Sie sich keine Gedanken zu machen, Monty ist bereits von jemandem vorgemerkt worden. Katzen gehen relativ schnell weg, erst recht, wenn sie niedlich und lieb wie Monty sind. Jeden Tag kommen Leute, die ein Haustier möchten.«

»Was ist mit den rot markierten Tieren?«, fragte Rose.

»Bei denen kann es etwas länger dauern.«

»Und die Alten?«, fragte ich. Einige Katzen waren wie Clifford alt und klapprig und ihre Tage gezählt. Es stimmte mich traurig, dass sie in einem Käfig, umgeben von fremden Katzen, sterben mussten.

»Sie werden mitunter aus Mitleid genommen«, antwortete Sandra. »Zu uns kommen wundervolle Menschen, die sich gerade die alten Tiere aussuchen. Das sind echte Katzenfreunde.«

»Was machen Sie mit den Tieren, bei denen es dauert?«, fragte Rose.

»Bei uns wird kein Tier eingeschläfert«, erwiderte Sandra. »Es dauert dann eben eine Weile, bis sie ein neues Zuhause finden.«

»Was ist mit Clifford?«, fragte Rose. »Hat er schon ein neues Zuhause?«

»Clifford ist ein lieber alter Kerl, aber leider hat sich noch niemand für ihn erwärmt. Er ist jetzt seit einem halben Jahr bei uns.«

»Das ist eine Schande«, entgegnete Rose. »Clifford ist ein Schatz.«

Fleur und ich rissen die Augen auf.

»Und das von Rose?« Fleur schüttelte den Kopf. »Der Gestank aus dem Abflussrohr muss ihr das Gehirn vernebelt haben.«

Auf dem Rückweg fiel mir wieder auf, wie blass Rose war. Alle drei waren wir ziemlich groggy.

»Heute waren wir ein gutes Team«, erklärte ich.

»Ja, aber ich würde dem Tierheim lieber Geld spenden, als noch mal den Abfluss zu reinigen. Doch den kleinen Monty hätte ich mitgenommen, wenn er nicht schon jemanden gefunden hätte.«

»Fleur«, sagte ich, »du hast ja ein Herz.«

»Natürlich. Vielleicht lege ich mir ein Haustier zu. Tiere sind pflegeleichter als Männer.«

»Und sie lieben dich bedingungslos«, ergänzte ich.

Fleur lachte. »Eine verrückte alte Katzennärrin in der Familie reicht«, erwiderte sie, doch ihr Ton war nachsichtig, im Gegensatz zum Anfang unseres Programms, als sie nur gestichelt hatte.

Nach einem leichten Abendbrot in einem Café nahe dem Hostel liefen wir zu der nächsten Adresse, die auf unseren Plänen angegeben war. Wir fanden eine Suppenküche auf Rädern, davor eine kleine Schlange Obdachloser. Die Helfer waren schon dabei, die Suppen auszuteilen.

Es waren drei Helfer, zwei junge Frauen namens Kat und Rachel, und ein junger spitzbärtiger Mann mit Namen Ben. Von uns schienen sie nichts gewusst zu haben und wirkten nicht gerade begeistert.

»Können wir irgendwie helfen?«, wandte Rose sich an Ben, der der Chef zu sein schien.

»Eigentlich nicht, wir haben alles im Griff. Wer, sagten Sie noch mal, hat Sie geschickt?«

»Unsere tote Mutter«, antwortete Fleur.

Ben musterte sie argwöhnisch.

»Das war ein Witz«, sagte ich.

»Kommen Sie von einer Institution?«

»Nein«, erklärte ich. »Wir machen bei einem Freiwilligenprogramm mit.«

Ben seufzte gequält. »Ständig schickt man uns Leute. Inzwischen gibt es sogar eine Warteliste für freiwillige Helfer.«

Ich kam mir vor, als wäre ich ohne Einladung bei einer Party erschienen, was ich angesichts der Umstände eigenartig fand.

»Ich glaube, wir stören«, flüsterte ich Fleur ins Ohr.

»Den Eindruck habe ich auch«, erwiderte sie. »Vielleicht sollten wir fragen, ob sie irgendwelche Abflüsse zu reinigen haben.«

»Wehe.«

Mein Blick fiel auf einen alten Mann, der auf der anderen Straßenseite in einem Hauseingang saß und nichts zu essen hatte. »Soll ich dem Mann da etwas bringen?«, fragte ich Ben.

»Klar, aber wundern Sie sich nicht, wenn er nicht mit Ihnen spricht. Er sagt nie etwas.«

Ich füllte eine Plastikterrine, schnitt ein großes Stück von einem Brot ab und trug es über die Straße. Der Mann nahm beides entgegen und begann zu essen. Ich kehrte zum Wagen zurück.

»Hey«, rief der Mann mir nach.

Ich wandte mich um. Offenbar hatte er sich entschieden, mit mir zu sprechen. Das freute mich. Anscheinend war ich die erste Freiwillige, mit der er bereit war zu kommunizieren. »Ja bitte.« Ich lächelte den Mann an.

»Verpiss dich«, rief er.

Ben und Fleur brachen in Gelächter aus.

»Hast du gedacht, er wollte sich bei dir bedanken?«, fragte Fleur.

Ich nickte verlegen. »Wo schlafen diese Leute?«, fragte ich Ben.

»In der Stadt gibt es mehrere Heime und Hostels, aber je nach Wetter nächtigen sie auch im Freien.«

Ich schielte zu Fleur hinüber. Vielleicht überlegte sie wie ich, ob das Hostel, das wir verschmäht hatten, zu den Obdachlosenunterkünften zählte.

»Ich schäme mich nicht«, wisperte sie. »Und du solltest das auch nicht tun. Denk einfach nicht mehr daran.«

Eine halbe Stunde lang standen wir nutzlos herum. Es schien kein Obdachloser mehr zu kommen.

»Sie können ruhig gehen«, sagte Ben. »Wir machen hier klar Schiff. Und vielen Dank auch.«

»Kein Problem«, antwortete Fleur. »Machen wir immer wieder gern.«

Wir fuhren zum Hostel zurück, um so zu tun, als wollten wir dort übernachten.

»Ich mag Minimalismus«, sagte Fleur, als sie unsere drei Zimmer begutachtete. In jedem standen ein Bett und ein Nachttisch. Wir zerwühlten unsere Betten, sodass es aussehen würde, als hätten wir in ihnen geschlafen. »Vielleicht sollten wir die Kopfkissen so unter die Bettdecke legen, dass jemand, der hereinkommt, glaubt, es würde jemand im Bett liegen«, schlug Fleur vor. »Wie früher, wenn wir nachts noch mal losgezogen sind.«

»Gute Idee.« Ich stopfte das Kopfkissen unter die dünne Bettdecke.

Danach fuhren wir zu unserem Boutique-Hotel. Rose zog sich gleich nach dem Einchecken zurück, sie fühlte sich immer noch unwohl. Fleur und ich beschlossen, im Zimmer zu Abend zu essen, ein Bad zu nehmen und uns früh schlafen zu legen, aber es war nicht mehr so, als wollte sie mir aus dem Weg gehen. Wir waren einfach erschöpft.

In meinem großen wunderschönen Zimmer erinnerte ich mich, dass Martha im Video gesagt hatte, nach der Erfahrung dieses Wochenendes würden wir unser Leben in einem neuen Licht sehen. Sie hatte recht gehabt. Was für ein Luxus es war, in einem duftenden Bad zu liegen und anschließend in ein frisch bezogenes Bett zu steigen. Ganz gleich, was meine Mutter mit diesem Tag bezweckt hatte, ich war voller Dankbarkeit, dass ich ein Dach über dem Kopf und ein bequemes Bett hatte.

24

Sonntagmorgen, 10. April

Dee

Am Sonntagmorgen ließ Rose sich das Frühstück aufs Zimmer bringen. Ich sah das Tablett vor ihrer Tür stehen. Sie hatte so gut wie nichts angerührt, nur die Tasse war benutzt worden.

»Wie fühlst du dich?«, fragte ich sie, als sie kurz darauf am Empfang erschien.

»Gut«, antwortete sie und steuerte den Ausgang an. »Der Gestank aus dem Abfluss gestern ist mir auf den Magen geschlagen, weiter nichts.« Sie öffnete die Tür. »Einen Tag hätten wir geschafft. Bin gespannt, was Mum sich für heute Schönes ausgedacht hat.«

Als Fleur auch da war, machten wir uns auf den Weg zu unserem Hostel. Wir waren ziemlich schweigsam, offenbar hatten wir alle keine große Lust, etwas zur Unterhaltung beizutragen. Der Wagen, den Daniel bestellt hatte, wartete schon.

Rose und Fleur kletterten hinein. Ich gab unsere Schlüssel am Empfang ab.

»Wir sind sehr früh aufgestanden, um irgendwo zu

frühstücken«, erklärte ich der jungen Rezeptionistin mit dem pinkfarbenen Haar.

Mit gleichgültiger Miene nahm sie die Schlüssel entgegen und wünschte mir einen schönen Tag.

»Wünsche ich Ihnen auch.«

»Das ist unser Geheimnis«, betonte Fleur, als ich zu meinen Schwestern in den Wagen stieg. »Niemand darf etwas erfahren.«

»Geht klar«, sagte ich.

* * *

Das Altersheim war ein überheiztes viktorianisches Gebäude inmitten eines Wohngebiets. Georgia, eine hübsche dunkelhaarige junge Frau mit Pferdeschwanz und in blauer Uniform, nahm uns in Empfang.

»Hat eine von Ihnen sich schon einmal um ältere Menschen gekümmert?«, fragte sie.

»Nur um unsere Mutter«, antwortete Rose. »Aber sie war nicht pflegebedürftig.«

»Na, wir freuen uns jedenfalls, dass Sie hier sind. Ich habe Overalls für Sie. Wenn es Ihnen nichts ausmacht, würde ich Sie bitten, hier ein bisschen für Sauberkeit zu sorgen. Falls Sie währenddessen mit unseren Senioren sprechen möchten, tun Sie es ruhig. Die meisten sind froh, wenn sie mal neue Gesichter sehen.«

Ich erhielt einen Mopp für den Flur. Als ich mit der Arbeit anfing, kam eine alte Frau mit freudiger Miene auf mich zu.

»Mary«, sagte sie. »Mary.«

»Nein, ich bin Dee. Hallo.«

»Mary?«

»Nein, Dee.«

Die Frau lief dunkelrot an. »Natürlich bist du Mary. Warum lügst du?«

»Ich bin wirklich Dee.« Hilfe suchend schaute ich mich um, aber auf dem Flur waren nur wir beide. Die Frau sah aus, als würde sie mich gleich ohrfeigen, doch dann überlegte sie es sich anders.

»Geh doch zum Teufel«, murmelte sie und wandte sich ab. »Du weißt ja nicht mal, wer du bist.« Sie verschwand über den Flur.

Ich wischte weiter und kam an einem Aufenthaltsraum vorbei. Die Tür stand offen. Rose war dabei, Staub zu wischen. Ein alter Mann lief um sie herum, nahm Gegenstände auf und trug sie in eine Ecke. Als Rose ihn bat, sich hinzusetzen, fing er an zu schreien. Eine Frau in einem Sessel, die sich mit einer Puppe in den Armen vor und zurück wiegte, stimmte in die Schreie ein. Ich war kurz davor, es ihnen nachzutun. Es war schrecklich, Menschen in einem solchen Zustand zu sehen und nicht zu wissen, wie man ihnen helfen konnte.

Rose trat zu mir. »Diese Leute sind dement. Ich glaube, wir sollten die Kommunikation dem Personal überlassen.«

Ich nickte, fühlte mich unzulänglich und widmete mich wieder meinem Mopp. Auf dem Flur blockierte eine Frau den Zugang zu den Toiletten. Ich wischte um sie herum und lächelte.

Sie erwiderte mein Lächeln. »Ich warte auf den Bus«, erklärte sie. »Den 107er. Der hat sich verspätet.« Sie machte einen sanftmütigen Eindruck und schien gedanklich bei dem verspäteten Bus zu sein.

»Ich hoffe, er kommt bald«, sagte ich.

Im Aufenthaltsraum stand ein Mann auf und urinierte auf den Fernseher.

Georgia kam, führte ihn zurück zu seinem Platz und wischte die Bescherung auf.

Wir halfen, so gut wir konnten. Wir teilten heiße Getränke aus, dann die Mahlzeiten, sammelten das Geschirr wieder ein, machten Betten, putzten die Küchen.

»Bekommen die Leute keinen Besuch?«, fragte ich Georgia während der Pause in der kleinen Personalküche.

»Einige schon, aber viele von ihnen erkennen die Besucher nicht mehr. Andere reagieren nur noch auf die Fürsorge und Liebe ihrer Freunde und Verwandten, die Menschen selbst sagen ihnen nichts mehr. Andere nehmen auch die Zuwendung nicht mehr wahr.«

Ich war zutiefst dankbar, dass meine Mutter bis zuletzt geistig klar geblieben war, und hatte großes Mitleid mit den Menschen, die weniger Glück hatten. Das Personal, das hier arbeitete und für die Menschen sorgte, konnte ich nur bewundern.

»Das war heftig«, sagte ich, als wir am späten Nachmittag im Taxi saßen. »Was meint ihr, was Mum mit diesem Tag bezweckt hat?« Fleur und Rose wirkten ebenso bedrückt wie ich.

»Keine Ahnung«, entgegnete Fleur. »Ich dachte, wir sollten Wege zum Glück finden, aber der Tag hat mich nur runtergezogen. Ich war froh, als wir gehen konnten. Das war wie eine Belohnung. Und jetzt fühle ich mich schuldig. Diese Menschen sind jemandes Vater oder Mutter. Danke, Mum, das war wirklich kein Honigschlecken.«

»Vielleicht wollte Mum uns auf das, was uns bevorstehen kann, vorbereiten«, sagte Rose. »Niemand weiß, was einen erwartet.«

»So etwas hoffentlich nicht«, sagte Fleur. »Das war deprimierend. Mir ist, als wäre ich in einem Kreis der Hölle gewesen, in dem die Leute sabbern, dement oder halb tot sind.«

Ich lächelte. Meine Mutter konnte sich genauso ereifern wie Fleur. »Wie schrecklich es sein muss, ohne Gedächtnis zu sein. Wie verwirrend.«

»Das Alter ist nichts für Schlappschwänze, Mum hat es immer wieder gesagt«, erinnerte sich Rose. »Ich bin froh, dass sie so etwas nicht mitmachen musste.«

»Ich auch. Es macht mich für mein Leben dankbar. Ich bin gesund und wohne in einem schönen Haus in einer schönen Gegend.«

»Deshalb hat Mum es getan«, sagte Fleur. »Natürlich. Wisst ihr nicht mehr, wie sie früher oft gesagt hat, wir sollen für das, was wir haben, dankbar sein? An diesem Wochenende hat sie es uns um die Ohren gehauen.«

Rose nickte. »Wenn wir nicht aufessen wollten, hat sie uns von den hungernden Kindern in Afrika erzählt.«

»Du hast immer gewartet, bis sie aus der Küche war, und dein Essen dann in den Müll gekippt«, sagte ich zu Fleur.

»Nur wenn es Kohl gab, den kriege ich heute noch

nicht runter. Trotz der hungernden Kinder, die es nicht nur in Afrika gibt.« Fleur schaute aus dem Fenster. »Ich fühle mich richtig beschissen.«

»Meint ihr, Mum wollte, dass wir künftig als Freiwillige in Tierheimen und sozialen Einrichtungen arbeiten?«, fragte ich.

»Möglich«, erwiderte Rose. »Oder es war eine Ermahnung, das Leben zu genießen. Wir wissen nicht, was auf uns zukommt, was das Alter für uns bereithält, ob wir es überhaupt erreichen. Vielleicht wollte sie auch sagen, dass wir aus allen Situationen das Beste machen und die Menschen, die uns nahestehen, lieben sollen.« Auch sie schaute bei ihren Worten aus dem Fenster. Dieses Wochenende hatte uns allen zu denken gegeben.

»Falls es euch im Alter nicht gut geht, hoffe ich, für euch da sein zu können«, sagte ich.

»Danke nein«, entgegnete Fleur. »Ich werde in der Karibik leben und mich nach Herzenslust amüsieren. Und wenn eine von euch anfängt, auf den Fernseher zu pissen, gibt es den Gnadentod. Dann engagiere ich jemanden, der euch im Schlaf erstickt.«

Rose lächelte. »Danke, Fleur, ich wusste, auf dich ist Verlass.«

»Ich gehe nicht kampflos unter«, sagte Fleur.

»Das hatten die Leute im Heim wahrscheinlich auch nicht vor«, sagte ich.

»Das reicht.« Fleur hielt sich die Ohren zu. »Gut, dass wir das Wochenende hinter uns haben. Ich spende dem Altersheim Geld, danach können wir wieder so egoistisch und gleichgültig sein wie immer.«

»Wer ist ›wir‹?«, fragte Rose.

»Gut, dann eben nur ich«, antwortete Fleur. »Mann, wenn ich zu Hause bin, ziehe ich meine Klamotten aus, nehme ein langes Bad und trinke ein Glas Wein. Ich mag nun mal schöne Dinge. Macht mich das zu einem schlechten Menschen? Wäre mir auch egal. Ich bin, wie ich bin.«

»Kein Kommentar«, sagte Rose nachsichtig.

An diesem Wochenende war es anders als sonst gewesen. Zwar hatten wir einander auch geneckt, aber wir waren nicht boshaft geworden. Auch früher hatten wir uns schreckliche Dinge an den Kopf geworfen, doch das meiste war abgeperlt. Wir waren einfach so. Mir schien, dass wir dabei waren, diesen Zustand wieder zu erreichen. Wir unterhielten uns ungezwungener, verstellten uns nicht mehr. Das war das Schöne an diesem Wochenende.

An dem Parkplatz, wo Rose ihren Wagen abgestellt hatte, verließen wir das Taxi. Rose bot mir an, mich zum Bahnhof zu fahren.

»Das ist nicht nötig«, sagte ich. »Ich nehme ein Taxi.« In einer Stunde wollte ich mich mit Daniel treffen und mit ihm zu Abend essen. Danach würde ich mit dem letzten Zug nach Plymouth fahren und Daniel nach Bristol, wo er am kommenden Morgen bei einem Meeting sein musste.

Doch Rose war beharrlich. »Steig ein«, sagte sie. »Wenn wir heute etwas gelernt haben, dann doch, dass wir uns umeinander kümmern sollen. Wann geht dein Zug?«

»Ich habe eine Fahrkarte ohne feste Uhrzeit.«

»Wer hängt schon gern im Bahnhof herum.« Fleur zog ihr iPhone heraus. »Wenn du noch lang warten musst, können wir irgendwo einen Tee oder ein Glas Wein trinken.« Na super, und wie sollte ich mich da jetzt herauswinden? Fleur hatte auf ihrem iPhone schon die Abfahrtszeiten der Züge nach Plymouth aufgerufen. Nach unserem ersten Wochenende war sie abgerauscht, hatte sich nicht einmal von mir verabschiedet. Warum musste sie ausgerechnet jetzt fürsorglich werden?

»In zwanzig Minuten geht ein Zug. Den müsstest du noch schaffen.«

»Also gut. Vielen Dank.« Ich kletterte auf den Rücksitz von Roses Wagen und schämte mich, weil ich meine Schwestern angeschwindelt hatte. Freunde und Familie waren kostbar, das war mir noch nie so bewusst geworden wie in dem Altersheim heute mit seinen dementen Bewohnern. Vielleicht sollte ich den beiden von mir und Daniel erzählen, statt ein doppeltes Spiel zu spielen. Ich sollte mich ihnen öffnen und darauf vertrauen, dass sie verständnisvoll reagieren würden. Aber vielleicht noch nicht heute. Zuerst würde ich mit Daniel darüber sprechen. An unserem nächsten Wochenende würde ich meine Schwestern einweihen. Ja, lieber beim nächsten Mal.

»Bist du verrückt?«, fragte Daniel, als ich ihm meinen Plan unterbreitete. Wir saßen in einem Weinlokal im Zentrum von Exeter. Vorher hatte ich so lange auf dem Bahnhof ausgeharrt, bis ich sicher war, dass meine Schwestern auf dem Weg nach London waren.

»Ich lüge nicht gern.«

»Wir lügen nicht, wir behalten lediglich etwas für uns.«

»Was ist, wenn Fleur und Rose dahinterkommen? Wir sind gerade dabei, wieder aufeinander zuzugehen. Ich möchte, dass sie erneut Teil meines Lebens werden. Das will ich nicht gefährden.«

Daniel seufzte. »Ich glaube, mit deinem Geständnis würdest du einen großen Fehler machen.«

»Aber wieso denn? Wir haben nur noch zwei Wochenenden, danach sind wir mit dem Programm durch. Ich schulde es ihnen, ehrlich zu sein.«

»Und wie stellst du dir ihre Reaktion vor? Es ist zu spät, Dee. Was meinst du, wie du dastehst, wenn ihnen klar wird, dass du ihnen monatelang etwas vorgemacht hast. Wie werde ich dastehen?«

An ihn hatte ich noch gar nicht gedacht. »Ich hoffe, dass sie mich verstehen. Ich könnte ihnen erklären, dass ich mich verletzlich gefühlt habe ... und dass du geschwiegen hast, um das Programm meiner Mutter nicht zu gefährden.«

Daniel holte tief Luft. »Lass mich bitte außen vor.«

»Das kann ich nicht, wie soll das denn gehen? Okay, anfangs wollten wir es geheim halten, aber jetzt möchte ich das nicht mehr.«

Ich erinnerte mich an meine Eifersucht, als er und Fleur Blicke getauscht hatten – und an mein Misstrauen, als Rose so nett zu ihm war. Sollte ich das erwähnen? War das klug?

Daniel nahm einen Schluck Rotwein. »Wie wär's mit einem anderen Thema? Im Moment scheinen wir beide nicht klar denken zu können. Erzähl mir von dem

Wochenende. Wie ist es gelaufen?« Er lachte. »Ich habe mir euch in dem Hostel vorgestellt. Jeder weiß, wie schlecht die Betten sind.«

Ich errötete. »War nicht so schlimm.« Lügnerin, tadelte mich eine innere Stimme.

»Konntest du überhaupt schlafen?«

»Ich dachte, über die Programmdetails dürften wir nicht sprechen.« Ich klang barsch, das hatte ich nicht gewollt. Angelogen hatte ich ihn auch, und nun gab es noch ein Geheimnis, dass ich nicht verraten durfte. Wie, um alles in der Welt, war es zu diesem Durcheinander gekommen?

Daniel schien sich über meinen Tonfall zu wundern. »*Ich* soll die Details nicht verraten, keine Ratschläge geben und euer Verhalten nicht kommentieren. Aber wenn du nicht darüber sprechen willst, lassen wir es.«

»Entschuldige, ich wollte nicht so unfreundlich klingen.«

Wir schwiegen unbehaglich und tranken den Wein, der plötzlich sauer zu schmecken schien. Aber so war das, wenn man unaufrichtig war und genau wusste, dass man in einer guten Beziehung ehrlich sein musste.

»Ich begreife immer noch nicht, weshalb ich Rose und Fleur nichts von uns erzählen soll«, sagte ich schließlich. »Dann wäre es endlich heraus. Es war mir unangenehm, als ich ihnen vorhin nicht die Wahrheit sagen konnte und mich auf dem Bahnhof herumdrücken musste. Ehrlich währt am längsten.« Was für eine Heuchlerin ich war, dachte ich bei der Erinnerung an das schöne weiche Hotelbett, von dem Daniel nichts erfahren durfte.

Daniel seufzte. »Können wir es jetzt gut sein lassen? Und noch mal darüber schlafen?«

Seine Antwort gefiel mir nicht. Ich verschränkte die Arme vor der Brust und schaute zum Fenster hinaus.

Daniel löste meine Arme und nahm meine Hand. »Was ist denn in dich gefahren? So bist du doch sonst nicht.«

»Vielleicht doch. Ehrlichkeit ist für mich wichtig. Das war von jeher so, und nun bin ich plötzlich gezwungen, andere zu belügen. Vielleicht habe ich ja auch über uns nachgedacht und mich gefragt, aus welchem Grund du so auf Geheimhaltung pochst.«

Daniel fuhr zurück. »So was nenne ich paranoid. Wir hatten abgemacht, deinen Schwestern nichts zu sagen. Wir beide, nicht nur ich.«

»Damals war ich ja auch dafür, aber das hat sich geändert. Unsere Beziehung hat sich geändert.«

Es war offenkundig, dass Daniel keine Konflikte mochte. Aber auch ich fühlte mich unwohl. *Sei jetzt still,* befahl ich mir. *Tu, was er vorgeschlagen hat, und schlaf darüber.* Daniel hatte anscheinend dichtgemacht. Ich wollte den Abend retten, wusste aber nicht, wie. Ich studierte seine Miene. Daniel war ein gut aussehender Mann. Für ihn würden sich auch andere Frauen interessieren. Ob er mit ihnen schlief?

»Raus damit«, sagte Daniel. »Ich sehe doch, dass du noch mehr auf dem Herzen hast.«

Ich zögerte, doch dann sagte ich: »Was empfindest du für meine Schwestern?«

Daniel wirkte überrascht. »Was ich für sie empfinde? Ich kenne sie doch kaum. Soweit ich das mitbekommen habe, sind sie sehr unterschiedlich. Und interessant. Ich halte sie für starke Frauen.«

»Was meinst du mit ›interessant‹? Dass du dich für Rose oder Fleur interessierst?«

Daniel stieß einen langen Seufzer aus. »Ach, darum geht es. Warum hast du das nicht gleich gesagt?«

»Der Gedanke ist mir erst an diesem Wochenende gekommen. Also, wie sieht's aus?«

»Da läuft nichts. Sie sind beide nicht mein Typ.«

»Und wer ist dein Typ.«

»Du bist das, du Dummkopf. Was meinst du denn, weshalb ich heute Abend hier bin? Wie bist du nur auf die Idee gekommen, ich wäre an einer deiner Schwestern interessiert?«

»Es lag an etwas, das Fleur gesagt hat. Es klang, als würde sie dich gut kennen.«

Ich fixierte seine Miene, doch da tat sich nichts. »Was hat sie denn gesagt?«

»Dass du nicht zu den Männern gehörst, die eine feste Beziehung wünschen. Rose war derselben Meinung. Sie halten dich für einen Einzelgänger.«

Ich wartete auf seinen Widerspruch, doch der kam nicht. Daniel schwieg.

»Wir haben noch nie über unsere Zukunft gesprochen«, fuhr ich fort.

Daniel wirkte nicht erfreut. »Nein, haben wir nicht. Hör zu, Dee, ganz gleich, was deine Schwestern gesagt haben oder glauben, du weißt doch, dass sich unsere Beziehung auf einer ganz speziellen Ebene abspielt. Wir haben eine besondere Verbindung. Daran kannst du doch nicht zweifeln. Ist das jetzt eines deiner Verhaltensmuster? Malst du dir Dinge aus, um etwas, das gut läuft, zu sabotieren?«

Ich wurde defensiv. »Bei John habe ich mir nichts ausgemalt. Er hat mich nach Strich und Faden betrogen. Deshalb ist mir Ehrlichkeit wichtig.«

»Ich bin nicht John.«

»Bei Nick habe ich mir auch nichts ausgemalt. Er hat mich zwar nicht betrogen, aber er war nicht gewillt, sich auf eine Beziehung einzulassen.«

»Dee, wir verbringen doch schöne Zeiten miteinander, oder? Genügt das nicht? Was möchtest du denn noch?«

Ich gab ihm keine Antwort. Wieder breitete sich ein unangenehmes Schweigen aus. Ich wünschte, ich hätte den Mund gehalten. Das Gespräch war ganz anders gelaufen, als ich gehofft hatte. Und auf was hatte ich gehofft? Auf Gewissheit? Dass er sich zu mir bekannte? Das konnte ich vergessen. Es war, als hätte ich zwischen uns eine Mauer hochgezogen. »Vergiss es. Vergiss, was ich gesagt habe. Ich möchte nicht, dass wir uns wegen meiner Schwestern streiten.«

Wieder griff Daniel nach meiner Hand. »Das möchte ich auch nicht.«

Ich überließ ihm meine Hand und verfluchte mich. Warum hatte ich etwas gesagt, ohne es vorher in Ruhe zu durchdenken oder mit Anna zu besprechen? Daniel hatte mein Misstrauen nicht verdient. Oder doch? Zum ersten Mal seit unserem Zusammensein war ich mir seiner nicht mehr sicher. »Wann sehen wir uns wieder?«

»Bald. Sobald ich meinen Terminplan für den nächsten Monat habe, schicke ich dir eine E-Mail oder rufe an. Vielleicht sollten wir irgendwohin fahren, wo es schön ist.«

»Das wäre wunderbar. Es ist nur – wie geht es mit uns weiter? Was passiert, wenn wir Mums Liste abgearbeitet haben?« Die Sätze waren mir einfach so herausgerutscht. *Halt endlich die Klappe*, sagte meine innere Stimme. *Du nervst und wirst lästig.*

»Ich verstehe nicht, dass du das überhaupt fragen musst«, antwortete Daniel. »Für das, was wir haben, brauchen wir doch keinen Garantieschein.«

»Nein, natürlich nicht.« Ich schaute auf meine Uhr. In einer halben Stunde ging mein Zug. »Ich muss los.«

»Ich auch.«

»Du grübelst zu viel«, sagte Daniel vor dem Bahnhof und schloss mich in die Arme. »Natürlich ist es nicht ideal, wenn man sich nur sporadisch sieht, aber das, was wir haben, ist etwas Großartiges. Das musst du doch erkennen. Mach dir keine Gedanken.«

Ich küsste ihn. Ja, wir hatten etwas Großartiges. Einen Moment lang gaben mir seine Umarmung und sein liebevoller Blick Sicherheit. Dann musste ich zum Bahnsteig.

»Lass mir noch ein wenig Zeit. Dann bin ich so weit, und wir sagen es deinen Schwestern«, sagte Daniel. »Dein Vorschlag kam für mich ein bisschen überraschend.« Er lächelte. »Ich bin ein Mann. Männer brauchen eine Weile, bis sie etwas kapieren.«

»Klar«, sagte ich. »Entschuldige, dass ich uns den Abend verdorben habe.«

»Das kannst du gar nicht. Hör auf, dir Sorgen zu machen. Beim nächsten Mal sprechen wir noch mal in Ruhe über alles.«

Auf der Zugfahrt ließ ich mir Daniels Worte durch den Kopf gehen – auch das, was meine Schwestern gesagt hatten. Irgendetwas nagte noch immer an mir. Wo war Daniel, wenn er nicht bei mir war? Er konnte ja nicht die ganze Zeit arbeiten. Hatte er andere Frauen, darunter auch eine meiner Schwestern? Niemand konnte Dinge so gut für sich behalten wie Rose, aber sie würde sich niemals mit Daniel einlassen, allein Hugh und der Kinder wegen. Und Fleur? Nein, sie kam auch nicht infrage. Im Gegensatz zu Rose konnte Fleur nämlich rein gar nichts für sich behalten, erst recht nicht, wenn es um eine Eroberung ging. Aber was war mit den Frauen, die ich nicht kannte? Daniel hatte mir nie etwas versprochen. Ich ihm allerdings auch nicht. Erwartete ich zu viel, wünschte ich mir zu viel? Wir sprechen darüber, hatte er gesagt, und dass er Zeit brauche. Ich schaute auf die vorbeifliegenden Häuser und Lichter der Städte. Irgendwie hatte ich das Gefühl, dass Daniel mich hatte abblitzen lassen.

Auf dem Bahnsteig in Plymouth lief ich Michael Harris über den Weg. Ich war nicht in Stimmung, mit ihm zu plaudern, aber ich konnte ihm nicht mehr ausweichen. Er hatte mich gesehen und winkte.

»Haben Sie einen Ausflug gemacht?«, fragte er.

»Nein, ich war in Exeter bei einem Familientreffen. Wohin sind Sie denn unterwegs?«

»Ich bin auf dem Rückweg nach London.«

»Warum fahren Sie mit dem Zug? Wo ist Ihr Auto?«

»Das habe ich auf Rame gelassen.«

»Warum?«

»Weil ich im Zug arbeiten kann. Ich muss in London nur rasch etwas erledigen, dann komme ich zurück. Ich schaue mir auf Rame Häuser an.«

Ich erinnerte mich, dass er bei meiner Geburtstagsparty etwas von einem Hauskauf gesagt hatte. Das war, bevor ich in die Damentoilette gestürzt war, um Daniels SMS zu lesen. Es schien ihm also ernst zu sein.

»Haben Sie schon etwas Interessantes gefunden?«

»Ja, es sind sogar zwei Häuser. Eines ist das alte Pfarrhaus auf dem Weg nach Cawsand.«

»Das kenne ich. Ein wunderschönes Anwesen, gleich an der Küste.«

»Ja, mit Blick über die ganze Bucht.«

»Bestimmt hassen Sie mich. Wenn ich nicht wäre, könnten Sie das Haus Ihrer Mutter übernehmen.«

»Ich hasse Sie keineswegs, das dürfen Sie nicht glauben. Ich suche etwas Ländlicheres als das Haus, in dem Sie wohnen. Ich möchte von Bäumen umgeben sein. So etwas findet man in Kingsand nicht.« Er lachte. »Vielleicht lege ich mir sogar einen Hund zu.« Er warf einen Blick auf seine Uhr und auf die Tafel mit den Abfahrtzeiten. »Ich muss los. Machen Sie's gut.«

»Sie auch.«

Ich verließ den Bahnhof in bedrückter Stimmung. Michael schien ein netter Mann zu sein, und was mein Haus betraf, war er entgegenkommend gewesen. Sein Bruder war derjenige, der mich hatte vertreiben wollen. Ich dachte an Daniel. War er ein netter Mann? Oder lag es bei uns in der Familie, den falschen Mann zu wählen? Fleur und ich waren die besten Beispiele. Aber es war nicht mehr zu ändern, mein Herz gehörte ihm.

25

Donnerstag, 19. Mai

Fleur

Leb wohl, Daniel. Es ist an der Zeit, unser kleines Techtelmechtel zu beenden.

Es war nie etwas Ernstes. Daniel und ich haben uns höchstens dreimal im Monat getroffen. Inzwischen langweilt er mich. Warum also weitermachen, es führt ja zu nichts. Außerdem glaube ich, dass Dee ihn immer noch mag. Sie behauptet zwar das Gegenteil und erzählt ständig, sie sei nicht interessiert, vergisst jedoch, dass wir zusammen aufgewachsen sind. Ich weiß, wie sie sich verhielt, wenn sie sich in jemanden verknallt hatte. Sie machte dicht und errichtete eine Mauer um sich, um ihre Gefühle zu verbergen. Wenn wir mit Daniel zusammen sind, wird sie still oder hektisch – wenn er weg ist, wird sie wieder normal. Falls sich zwischen den beiden etwas anbahnen sollte, wird Dee mit gebrochenem Herzen enden. Ich will es nicht noch schlimmer machen. Warum sollte ich eine Beziehung fortsetzen, die mir nichts bedeutet? Für mich war Daniel wie ein übrig gebliebenes Stück Kuchen. Hallo?

Will das noch einer? Nein? Okay, dann her damit, bevor es verkommt. Das ist nicht gerade das, was man als große Liebe bezeichnet. Deshalb mache ich einen Haken dahinter. Soll Dee sich mit ihm vergnügen. Nein, das soll sie nicht. Ich möchte nicht, dass sie verletzt oder zurückgewiesen wird. Daniel schwört zwar, dass er sich nie auf sie einlassen würde, aber ich werde mich trotzdem nicht mehr mit ihm abgeben.

Ich habe den Eindruck, dass Dee und ich uns wieder näherkommen, ich will keine Komplikationen. Als Kind bin ich zu ihr gegangen, wenn mich etwas bedrückt hat, und sie hat mich getröstet. Rose war ja meistens mit ihren Freundinnen unterwegs. Vielleicht hat Mum sich deshalb dieses Programm ausgedacht. Rose hat ihre Familie und die Arbeit. Dee und ich sind Singles. Ich bin sicher, Mum wollte, dass Dee und ich wieder Freundinnen werden.

Ich möchte sogar, dass wir Freundinnen sind, auch nach dem Programm. Männer kommen und gehen. Wer braucht schon einen Mann? Und was Sex betrifft, lässt mein Interesse langsam nach. Bald werde ich auch dieses Kapitel abhaken. Aber Freunde und Schwestern sind immer da, sie sind Teil des Lebens. Ich will nicht, dass eine sinnlose Affäre wie die mit Daniel zwischen uns kommt. Deshalb heißt es »ciao, Baby«, war nett mir dir. Ich melde mich wieder (tue ich natürlich nicht). Ich schätze mal, bei Daniel wird der Groschen fallen, wenn er nichts mehr von mir hört.

26

Freitag, 10. Juni

Dee

Das fünfte Wochenende stand an.

»Wo trefft ihr euch denn diesmal?«, fragte Anna.

»In einem Hotel in Reading.«

»Das ist nicht weit weg und gut mit dem Zug zu erreichen.«

»Meine Mutter hat an alles gedacht. Selbst die Treffpunkte hat sie so ausgesucht, dass wir meistens bequem hinkommen können. Heute Abend fahre ich los. Rose und Fleur kommen morgen an.«

»Und Daniel?«

»Wir treffen uns heute Abend im Hotel. Da findet das Wochenende statt.«

»Dee, die Frau mit der lockeren Moral.«

»Und dem geheimen Sexleben. Aber nicht mehr lang. Ich meine, das Geheime. Das Sexleben wird hoffentlich noch eine Weile halten. Auch wenn es sich in der letzten Zeit abgekühlt hat.«

»Geht das von dir oder ihm aus?«

»Weiß ich nicht genau. Seit ich mit ihm über Rose

und Fleur gesprochen habe, ist das so. Aber vielleicht wird an diesem Wochenende alles wieder gut.«

»Willst du deinen Schwestern wirklich reinen Wein einschenken?«

»Ja. Mir ist egal, was Daniel dazu sagt. Die Beziehung zwischen Rose, Fleur und mir hat sich gebessert. Es fühlt sich falsch an, ihnen etwas vorzuspielen.«

»Wir bleiben in Funkkontakt. Ruf mich an, wenn du mich brauchst.«

»Wird gemacht.«

* * *

Auf der Zugfahrt legte ich mir die Sätze zurecht, um Rose und Fleur von Daniel und mir zu erzählen. Es war noch nicht zu spät. Ich würde erklären, wie es dazu gekommen war, reinen Tisch machen, und hoffen, dass sie verstanden, warum ich es nicht sofort gesagt hatte. Bei den ersten Wochenenden waren wir drei noch reizbar gewesen, erst im April hatten wir unseren Durchbruch gehabt. Inzwischen hatte ich auch nicht mehr das Gefühl, dass das Leben meiner Schwestern besser war als meines. Fleur hatte eine wundervolle Wohnung, schien jedoch einsam zu sein. Rose wurde von ihrer Arbeit aufgefressen und stand sich selbst im Weg. Vielleicht konnte ich ihnen helfen und für sie da sein, wenn sie mich brauchten. Die Möglichkeit wollte ich nicht verspielen, nicht einmal Daniel zuliebe. Am Samstagabend wollte ich beichten. Dann, wenn wir alle zusammen sein würden.

Diesmal waren wir wieder in einem schönen Hotel untergebracht, nicht weit vom Bahnhof entfernt. Die

Empfangshalle war sehr geschmackvoll in Braun-Grau und ähnlichen Erdfarben gehalten. In meinem Zimmer blinkte eine Taste am Telefon. Ich drückte sie, erreichte den Empfang und erfuhr, dass Daniel eine Nachricht hinterlassen hatte. Sie lautete, dass er es nicht schaffte, schon am Abend zu kommen, und sich später noch einmal melden würde. Verärgert warf ich meine Reisetasche aufs Bett und fragte mich, warum er mich nicht auf dem Handy angerufen hatte? Die Nummer hatte er, und sonst rief er mich ja auch an oder schickte eine SMS. Wieder hatte ich dieses nagende Gefühl. Was lief da ab? Vor zwei Wochen hatten wir uns in London getroffen und schöne Stunden auf dem Camden Market verbracht. Danach hatten wir in einem Feinkostgeschäft eingekauft und in Daniels Wohnung zu Abend gegessen. Das Thema »gemeinsame Zukunft« hatte ich nicht mehr angeschnitten. Es war ein angenehmes, entspanntes Zusammensein, aber es fühlte sich trotzdem nicht richtig an. Ich hatte das Gefühl, nicht ich selbst zu sein. Daniel wirkte zerstreut, aber ich fragte ihn nicht nach dem Grund. Inzwischen wusste ich, dass er zu den Männern gehörte, die nicht gern festgenagelt wurden.

Ich bestellte mir das Abendessen beim Zimmerservice, sah fern und ließ mein Handy eingeschaltet. Daniel rief nicht an. Aber wenn man darauf wartete, klingelte das Handy ja nie. Ich überlegte, ob ich ihn anrufen sollte. Nein, ich wollte nicht die Frau sein, die jemandem hinterhertelefonierte und vorwurfsvoll fragte »Wo bist du?«. Ob das der Anfang vom Ende war? Mein Bauch sagte mir ziemlich deutlich, dass irgendetwas zwischen uns nicht mehr stimmte.

Samstag, 11. Juni

Nach dem Frühstück ging ich in den kleinen Konferenzraum, der für uns reserviert worden war, in der Hoffnung, Daniel allein anzutreffen. Aber Rose und Fleur waren schon da. Daniel war auch anwesend und hantierte mit seinem Laptop.

Als er mich sah, lächelte er und sagte »Hi«. Ich nickte ihm zu. Er war ein guter Schauspieler und tat so, als wäre nichts. *Heute geht es um Mum,* hielt ich mir vor Augen. Ich würde es nicht zulassen, dass Daniel und meine Unsicherheiten mir die Zeit mit meiner Mutter verdarben.

Wir setzten uns hin. Daniel ließ das Video laufen. Da war meine liebe Mum. Selbst nach all den Monaten war es immer noch eine bittersüße Erfahrung, sie auf einem Bildschirm zu sehen. Sie wirkte so lebendig. Ich freute mich unglaublich und litt gleichzeitig, weil ich wusste, dass es sie nicht mehr gab. Mum saß auf einem Sofa, flankiert von Martha und Jean. Jean und Martha hatten die Augen geschlossen und die Hände, mit den Handflächen nach oben, im Schoß liegen. Alle waren in Weiß gekleidet und trugen dreieckige Hüte aus durchsichtigem Kunststoff.

Fleur lachte. »Schickt sie uns heute nach Ascot?«

»Ich fürchte, nein«, sagte Daniel.

»Hallo, meine lieben Mädchen«, begann Mum. »Gefallen euch die Hüte? Wir tragen sie, weil es an diesem Wochenende um die Kraft des Geistes geht. Man könnte auch sagen, dass wir uns mit dem mentalen Ansatz zum Glücklichsein befassen werden.«

Martha und Jean öffneten die Augen.

»Man kann das Leben ändern, indem man seine Einstellung ändert«, sagte Martha.

Jean nickte. »Erschafft euch das Leben, das ihr euch wünscht.«

Rose stöhnte. »Allmächtiger, bitte nicht so was.«

Martha begann wieder. »Unser Geist ist eine starke Macht, und unser Denken beeinflusst unser Sein. Manche Leute brauchen ihr ganzes Leben, bis sie das erkennen. Deshalb sprechen wir es an diesem Wochenende an.«

Jean war an der Reihe. »All die großen Denker der Vergangenheit sagen, dass unser Leben eine Folge unserer Gedanken ist, etwas, wofür wir uns entscheiden.«

»Erzähl das mal den Menschen in Kriegsgebieten«, sagte Rose. »Oder denen, die an einer tödlichen Krankheit leiden.«

Ich schielte zu Fleur hinüber. Sie zog eine Braue hoch. Anscheinend hatte Rose wieder einen ihrer Anfälle von Unduldsamkeit.

»Menschen werden nicht durch Zufall erfolgreich«, sagte Martha. »Sie arbeiten dafür, sie haben Ziele. Vor allem aber glauben sie an die Kraft ihres Geistes. Sie sind davon überzeugt, erfolgreich zu werden.«

»Gedanken sind wie Magnete«, sagte Mum. »Sie ziehen ein Geschehen an.«

Rose seufzte genervt.

»Seid also achtsam, wenn ihr denkt«, sagte Jean.

Ich warf Daniel einen Blick zu. Waren meine Gedanken für unsere Entfremdung verantwortlich? Sabotierte ich das, was wir hatten, weil ich der Ansicht war, dass Männer mich grundsätzlich enttäuschten? Wenn ja, musste ich diese Gedanken vertreiben. Weg mit ihnen.

»Ich dachte, dass der intellektuelle Ansatz dieses Wochenendes Rose besonders zusagen wird«, sagte meine Mutter.

Rose verdrehte die Augen. »Irrtum.«

»Heute werdet ihr lernen, eure Gedanken zu führen«, sagte Martha. »Ihr werdet herausfinden, welche Gedanken in euch vorherrschen und euer Leben prägen. Danach überlegt ihr, was ihr wirklich wollt, und entdeckt die Gedanken, die euch helfen, das Gewünschte herbeizuführen.«

»Wisst ihr noch, wie wir früher vor dem Spiegel gestanden und immer wieder gesagt haben, ich will einen größeren Busen?«, fragte Fleur. »Hat nie was genützt.«

»Ich glaube, so was meint Mum nicht«, sagte ich. Ich sah, wie Daniels Blick zu Fleurs Brust huschte, und wurde wieder eifersüchtig.

Meine Mutter übernahm. »Heute erfahrt ihr, wie man mit Sorgen, Schuldgefühlen und Schuldzuweisungen umgehen kann. Man muss die Verantwortung für das eigene Leben übernehmen und für die Entscheidungen, die man getroffen hat, statt anderen die Schuld zu geben. Ich weiß, dass ihr Sorgen habt. Deshalb werdet ihr Sorgenkästchen erhalten und das hineintun, was euch Kummer macht. Danach konzentriert ihr euch auf eure Wünsche. Dee, du bist Künstlerin und weißt, wie so etwas geht. Du stellst dir etwas vor und verwirklichst es auf einer Leinwand. Heute werdet ihr lernen, wie man das nicht nur in der Kunst, sondern auch im Leben macht. Ihr werdet lernen, wie man das eigene Schicksal gestaltet.«

Rose schnaubte verächtlich. Sie wechselte einen Blick mit Daniel. Worin waren die beiden sich einig? Über das, was meine Mutter gesagt hatte? Etwas anderes? Nun war ich auch auf Rose eifersüchtig. »Das eigene Schicksal gestalten?«, sagte sie. »Sonst noch was?«

Was für ein Problem hatte sie bloß wieder? Mir gefiel die Idee, meine Gedanken kontrollieren und mein Schicksal beeinflussen zu können. So wie ich mich an diesem Morgen fühlte, war das auch dringend erforderlich.

»Sei still«, sagte Fleur zu Rose.

»Sei selber still«, antwortete Rose.

Im Video ergriff Jean das Wort. »Versucht, zu dem Menschen zu werden, der ihr sein wollt. Überlegt, wer ihr hättet sein können.«

»Wie immer wird Daniel euch die organisatorischen Details erklären«, sagte meine Mutter. »Ihr müsst nicht weit laufen. Das meiste macht ihr hier oder in eurem Hotelzimmer.«

»Vieles betrifft euer Privatleben«, sagte Jean. »Deshalb haltet ihr es wie mit der Schreibübung am zweiten Wochenende. Ihr müsst euch den anderen nicht mitteilen, könnt es aber tun. In erster Linie geht es darum, dass ihr herausfindet, wo ihr im Leben steht, ob das der Punkt ist, den ihr euch wünscht, und wie es weitergehen soll.«

Martha fuhr fort: »Am Sonntag werdet ihr Methoden der Achtsamkeit kennenlernen. Das ist etwas wie

Meditation und kann euch mit dem Augenblick in Berührung bringen. Wir vergeuden so viel Zeit damit, an unsere Zukunft zu denken und Vergangenes zu bereuen, dass wir die Gegenwart vergessen.«

»Obwohl wir sie real erleben und nur sie das wahre Glück bereithält«, sagte Mum. »Wir denken, dass wir in der Vergangenheit glücklich waren, an diesem oder jenem Tag, aber diese Zeit ist vorüber und kehrt nicht mehr zurück. Ein andermal denken wir, dass wir in Zukunft glücklich werden, wenn sich unsere Wünsche erfüllt haben, sei es in Form einer Reise oder der großen Liebe. Aber vor lauter Wünschen vergessen wir zu leben, obwohl wir gar nicht wissen, ob unsere Wünsche Wirklichkeit werden. Glaubt mir, nur die Gegenwart zählt. Deshalb werdet ihr Übungen machen, die euch zeigen, wie man den Augenblick bewusst erlebt, wie man schmeckt, Geräusche wahrnimmt, die Natur genießt. Wann habt ihr zum letzten Mal den Himmel betrachtet, ich meine, bewusst betrachtet? Oder eine Blume. Oder einen Baum.«

»Ich kann jetzt schon verkünden, dass ich nicht zum Ökofreak mutieren werde«, sagte Fleur.

»Also, meine lieben Mädchen«, fuhr Mum fort, »seid im Hier und Jetzt. Kostet das Leben bewusst aus und denkt an das, was euch glücklich macht.«

»Greift in das Füllhorn des Lebens«, sagte Martha.

Mum und ihre Freundinnen schlossen die Augen und lächelten verklärt. Mit ihren komischen Hüten sahen sie wie runzlige Außerirdische aus.

Dann waren sie weg.

»So ein kalter Kaffee«, sagte Rose.

»Ja, immer nur frisch von der Leber weg, Rose«, entgegnete Fleur. »Warum ist das kalter Kaffee?«

»Weil ich solchen Mist schon zigmal gehört habe. Das ist esoterisches Geschwätz. Kennt ihr ein Buch mit dem Titel *Das Geheimnis*? Da wird auch davon gefaselt, dass man seine Wünsche verwirklichen kann. Man muss sich vorstellen, Millionär zu werden, und schwupp ist man einer.«

»Bei mir hat es funktioniert«, sagte Fleur.

»Mir gefällt die Idee«, sagte ich.

»Dann lebt ihr auf dem Mond. Die Einzigen, die Millionäre werden, sind die Leute, die diesen Unsinn verzapfen, Bücher darüber schreiben und DVDs herstellen. Es gibt viele Menschen, die naiv genug sind, den Quatsch zu glauben und, ohne zu arbeiten, an Geld kommen wollen.«

»Warum bist du so negativ?«, fragte Fleur. »Wir können es doch wenigstens mal versuchen. Mir gefällt die Idee mit dem Sorgenkästchen.«

»Als würde so etwas helfen.«

»Warum denn nicht?«, fragte ich.

Rose seufzte. »Weil das Leben komplizierter ist, als irgendein Guru des positiven Denkens es darstellt.«

Daniel schaute Rose schon wieder an. Sein Blick war sanft und liebevoll. Ich verstand gar nichts mehr. Warum schaute er sie auf die Weise an? Er fing meinen Blick auf und schaute weg. Rose hatte nichts bemerkt, Fleur auch nicht. Diesen Blick hatte ich mir definitiv nicht eingebildet. Aber Rose und Daniel? Unvorstellbar. Die Ehe von Rose und Hugh war auf Fels gebaut – von Anfang an. Ob Daniel sich in Rose verliebt hatte?

Vielleicht fand er sie anziehend, weil sie unerreichbar war, wohingegen ich sofort zu haben gewesen war. Er war sich meiner sicher. Hatte ich deshalb den Reiz für ihn verloren?

Fleur wandte sich an Daniel. »Wir wollen die Welt durch schiere Willenskraft verändern. Was müssen wir dazu tun? Wir möchten der Welt Frieden bringen, die Armut abschaffen und unsere Zellulitis loswerden.«

Sah aus, als würden uns zwei interessante Tage bevorstehen.

Für die Übungen überreichte Daniel uns einen CD-Player, CDs, eine Liste mit Anweisungen, Papier und Stifte.

»Wenn etwas ist, rufen Sie mich an«, verabschiedete er sich. »Aber ich glaube, das Ganze ist selbsterklärend.«

Er schien es eilig zu haben und wirkte verdrießlich. Ich überlegte, ob ich ihm später eine SMS schicken und fragen sollte, was mit ihm los sei. Wo er gestern Abend war und warum nicht bei mir? Ob wir uns Sonntagabend sehen würden. Warum er Rose auf diese Weise angesehen hatte? Und warum er so schlecht gelaunt war? Ich beschloss, ihm keine dieser Fragen zu stellen. Würde ich es tun, würde ich unsicher klingen und ihm lästig sein. Nörgeln wollte ich auch nicht. Ich wollte nicht die Frau sein, die einen Mann kontrollierte, erst recht nicht, wenn Daniel tatsächlich bei Frauen die Herausforderung liebte. Ich hatte bei Nick und John genug durchgemacht, das musste ich nicht wiederholen. Männer wie Nick, John und Daniel wussten, wie man Tatsachen verdrehen und so tun konnte, als wäre der andere das Problem. Ich wollte nicht mehr hören, ich sei paranoid oder verlange zu viel. Das kannte ich schon, das konnte ich abhaken.

Daniel war kaum verschwunden, als unsere Handys summten. »Wieder eine Botschaft aus dem Grab«, sagte Fleur.

Diesmal hatte meine Mutter sich für ein Bibelzitat entschieden. Matthäus 7,7: *Bittet, so wird euch gegeben; suchet, so werdet ihr finden; klopfet an, so wird euch aufgetan.*

»Sehr schön«, sagte Fleur. »Ich bitte um einen Caffè Latte und ein Croissant mit Mandeln. Dee und Rose, was wollt ihr?«

Samstag, 11. Juni, 11:00 Uhr

Als Erstes mussten wir die CD hören. Ihr Titel lautete »Wie Träume Wirklichkeit werden«. Wir ließen uns in den Sesseln im Konferenzraum nieder und lauschten. Die CD dauerte fast eine Stunde. Bei dem Sprecher handelte es sich um einen Australier namens Jack Marcuson. Er sprach über die Kraft positiver Gedanken. Fleur schlief mittendrin ein, ich beinah auch. Nur Rose saß steif und aufrecht da und hörte zu. Hier und da schnaubte sie verächtlich.

»Was willst du wirklich?«, fragte Jack. »Denk darüber nach. Bete darum. Tu es, als würdest du etwas aus einem Katalog bestellen. Und dann warte darauf, dass das Universum seinen Zauber wirkt und es dir schickt. Bitte um Dinge. Vertrau darauf, dass deine Wünsche in

Erfüllung gehen. Akzeptiere das, was du gewünscht hast. Formuliere deine Bitten klar und deutlich. Glaube daran, dass du erhört wirst. Genieße das, was du dir wünschst, als wäre es bereits Wirklichkeit. Sage nie, ich werde, sondern, ich bin. Benutze immer die Gegenwartsform. Das Universum schwingt mit dir mit und wird dir das Gewünschte schenken.«

»Wie ein Pizzalieferant«, sagte Fleur, die wieder wach geworden war. »Ich hätte gern eine mit Käse.«

Jack sprach weiter. »Gleiches gesellt sich zu Gleichem. Deine Gedanken senden ein magnetisches Signal aus. Wenn dir das, was du in deinem Leben siehst, nicht gefällt, wählst du eine andere Frequenz. Wenn du dein Leben ändern willst, änderst du den Sender. Greife in das Füllhorn des Lebens.«

»Mach ich alles längst«, sagte Fleur.

Das traf zu. Fleur hatte von jeher geglaubt, dass sie erfolgreich sein würde. Ich fragte mich, wie viel meines Lebens ich mir selbst zu verdanken hatte. Ich hatte kein Füllhorn. Ich wurstelte mich durch, und das schon seit Jahren. War das eine Folge meines Denkens?

Jack war noch nicht fertig. »Der Geist reagiert nicht auf Verneinung. Sag nie ›ich will nicht arm werden‹ oder ›ich will meinen Job nicht verlieren‹. Das Universum hört nur auf ›ich will dieses oder jenes‹. Dein Leben ist ein Ausdruck deiner Gedanken, und die stärksten unter ihnen siegen. Du musst positiv denken. Nie etwas Negatives. Das Feedback wird sich in deinen Gefühlen niederschlagen. Bitte um etwas. Vertrau auf die Erfüllung deiner Wünsche. Tu, als wäre es schon geschehen.«

»Was für ein Schwachsinn«, rief Rose aus.

»Wie oft willst du das noch sagen?«, fragte Fleur. »Leidest du am Tourette-Syndrom?«

»Seid doch mal still«, sagte ich. »Ich möchte das hören.«

»Wenn du deine Wünsche visualisierst«, erklärte Jack, »dann denk daran, dass man sich bewegte Bilder besser als statische vorstellen kann. Nehmen wir an, du wünschst dir einen Garten. Stell dir vor, wie du darin herumläufst, den Rasen mähst, etwas pflanzt. Verstehst du, was ich sagen will? Stell dir das gewünschte Leben szenisch vor. Setz deinen Wünschen keine Grenzen. Das Universum ist reichhaltig und endlos kreativ. Dein Geist wird dafür sorgen, dass das, was du möchtest, geschieht. Erwarte die Dinge, die du dir wünschst. Beobachte dich, wie du dich freust. Das Gesetz des Magnetismus ist auf deiner Seite. Viel Glück, meine Freunde. Denkt daran, dass ihr sowohl die Wunderlampe als auch der Dschinn darin seid.«

Die CD war zu Ende. Fleur stand auf. »Ich bin der Dschinn, ich bin die Lampe. Scheiße, ich will aus mir raus.«

Ich lachte, Rose nicht.

»Ist was?«, fragte ich Rose.

»Nein, wieso denn?«

»Weil du eine Scheißlaune hast«, sagte Fleur. »An was liegt es? An der Arbeit? Hugh? Den Wechseljahren? Der trockenen Scheide?«

Rose seufzte. »Sei nicht so vulgär, Fleur. Ich bin ein bisschen müde, weiter nichts. Warte nur, bis du so weit bist.«

»Ach, dann hat es also damit zu tun.«

»Können wir vielleicht das Thema wechseln? Meine Kinder sind übers Wochenende zu Hause, und ich möchte heute nach London zurückfahren. Wenn es euch recht ist, gehe ich die Übungen über Mittag durch, fahre anschließend los und schlafe in meinem eigenen Bett.

Fleur schaute mich an. »Mir macht das nichts aus. Dir?«

»Ich – nein, mir auch nicht.« Eigentlich hatte ich meinen Schwestern von Daniel und mir erzählen wollen, aber nicht, wenn Rose in Eile war. Ich würde es ihnen morgen sagen.

Wir machten uns an die Arbeit. Zum Mittagessen ließen wir uns Sandwiches kommen. Die Übungsaufgaben machten mir Spaß. Ich überlegte, was ich tun wollte, wer ich sein wollte, und ließ meiner Fantasie freien Lauf. Hatte Jack nicht angedeutet, dass es für das, was ich erreichen wollte, keine Grenzen gab? Ich stellte mir eine erfolgreiche Ausstellung vor, sah mich in einer Galerie mit Interessenten reden. Dann dachte ich an das Haus, in dem ich wohnte, und stellte mir vor, wie ich den Kaufvertrag unterschrieb und die Besitzurkunde erhielt. Ein schönes Gefühl.

»Du könntest dir einen Mann kommen lassen«, sagte Fleur zu mir. »Denk aber daran, ihn genau zu beschreiben. Ich mach das auch.«

Keine schlechte Idee. Ich beschrieb Daniel. Dann strich ich alles wieder aus und schrieb »Ich möchte einen freundlichen Mann.« Ach nein, wir sollten ja die

Gegenwartsform verwenden. »Ich habe einen freundlichen Mann.« Danach wusste ich nicht mehr weiter. Mir fiel noch ein, dass er ehrlich sein musste, großzügig. Er sollte schöne Hände haben …

Fleur füllte Seite auf Seite. »Mister Positiv hat gesagt, wir müssten präzise sein.«

»Wen suchst du denn?«

»Einen Buddha, der Eier hat und einen Bentley fährt.«

Ich musste lachen. »Du suchst einen spirituellen Meister?« Offenbar hatte sie sich die grenzenlosen Möglichkeiten zu Herzen genommen.

»Ich meine einen Mann, der spirituell ist, ohne ein Waschlappen zu sein. Auf Jesuslatschen und Alfalfa auf dem Balkon kann ich verzichten. Der Mann soll Testosteron haben, also ein richtiger Mann sein, einer, der außerdem die Natur respektiert und weiß, wie eine Beziehung funktioniert. Idioten, Schürzenjäger, Schwindler und Betrüger können mich mal.«

»Und warum muss er einen Bentley fahren?«

»Er soll eigenes Geld haben. Ich will niemanden, der sich von mir aushalten lässt. Mist, das war eine Verneinung. Ich muss das anders formulieren. Er soll finanziell unabhängig sein. Nein, wieder falsch. Er ist finanziell unabhängig. Siehst du, langsam kriege ich es hin.«

»Klingt, als wärst du auf der Suche nach einem, der perfekt ist«, sagte Rose. »Viel Glück dabei.«

»Bitten, vertrauen, akzeptieren«, sagte Fleur, indem sie Jacks australischen Akzent meisterhaft imitierte. »Ich kann so jemanden doch wenigstens anstreben, oder? Materiell gesehen habe ich alles, einen Partner fände ich deshalb nicht schlecht. Und wenn Jack sagt, ich muss mir das, was ich mir wünsche, nur vorstellen, dann tue ich es eben.«

»Was wünschst du dir denn?«, fragte ich Rose. »Natürlich musst du nicht antworten.«

»Ach, hauptsächlich Dinge, die mit Hugh und den Kindern zusammenhängen. Trotzdem glaube ich nicht an das, was Jack erzählt hat.«

»Aber was ist mir dir selbst?«, fragte Fleur. »Was wünschst du dir denn für dich?«

Es sah aus, als würden Roses Augen feucht. Sie senkte den Kopf. »Das geht dich nichts an.«

Bei der nächsten Aufgabe sollten wir erklären, wie wir unsere Zeit aufteilten. Mithilfe eines Kuchendiagramms musste man darstellen, wie viel Zeit man jeweils für Spirituelles, Sport, Spielen, Arbeit, Freunde, Liebe und Abenteuer aufwendete.

Bei mir erhielt die Arbeit ein riesiges Kuchenstück. Das für Freunde war mittelgroß. Für Sport gab es nur ein dünnes Stück, Sport hatte ich in der letzten Zeit vernachlässigt. Das Gleiche galt für das Spirituelle. Auch das Stück für die Liebe war dünn, denn seit Neuestem sahen Daniel und ich uns kaum noch. Das Stück für Abenteuer wurde dank der Liste meiner Mutter mittelgroß. Beim Thema Spielen musste ich passen, dazu malte ich zu konzentriert. Doch das Malen bereitete mir Freude, also gab es auch für Spielen ein Stück Kuchen.

Als Nächstes sollten wir uns anhand des Diagramms überlegen, ob es ein Ungleichgewicht aufwies, und uns fragen, warum einige Kuchenstücke so schmal ausgefallen waren. Na schön, dachte ich, ich sollte öfter meditieren, Sport treiben und spielen.

Anschließend ging es darum, ohne Verneinungen und in der Gegenwartsform zu beschreiben, was wir uns wünschten. Ich tat es. Es sah aus wie das Ergebnis einer Strafarbeit.

Ich, Dee McDonald, bin eine erfolgreiche Malerin. Ich, Dee McDonald, bin eine erfolgreiche Malerin. Ich, Dee McDonald, bin eine erfolgreiche Malerin.

»Das nimmt ja überhaupt kein Ende.« Fleur blätterte durch die Seiten. »Fünf Abenteuer, die ich gern hätte? Zehn Dinge, die ich mir für mein Leben wünsche? Die Ziele oder Träume für die nächsten fünf Jahre? Beschreiben, was ich zur Umsetzung unternehmen werde? Den perfekten Tag planen? Was soll der Scheiß?«

»Na, darum geht es doch. Du sollst Ziele nennen und dir klarmachen, wie du sie erreichen kannst«, antwortete ich.

»Das ist von allen Aufgaben die langweiligste. Nur der Entwurf meines künftigen Partners hat mir gefallen.«

»Ich finde es auch sehr langweilig«, sagte Rose.

Ich beschloss, das Gemecker zu ignorieren, und widmete mich wieder den Zielen, die ich gern erreichen würde. Das erste Ziel war, meine Beziehung zu Daniel zu klären, das zweite, dass meine Ausstellung ein Erfolg wurde. Außerdem wollte ich, dass meine Schwestern und ich die Liste meiner Mutter vollständig abarbeiten und anschließend in Kontakt bleiben würden. Und der Hauskauf, der war ebenfalls ein Ziel.

»Endlich kommt das Sorgenkästchen«, sagte Fleur.

»Und welchen Sinn soll das haben?«, fragte Rose.

»Deine Sorgen Gott mitzuteilen, damit er sich darum kümmert«, erwiderte ich.

»Und wenn man Atheistin ist?«

»Das weiß ich auch nicht. Schreib die Sorgen einfach auf. Wie früher deine Wunschliste für den Nikolaus.«

»Als ob ich an den glauben würde.«

»Wie wär's mit dem Osterhasen?«, fragte Fleur. »An den hast du lang geglaubt.«

»Wir wär's, wenn wir das Ganze abkürzen?«

»Wie denn?«, fragte ich.

»Wir schreiben einfach ›Die ganzen Sorgen, die ich in diesem Leben noch haben werde. Amen‹, und das kommt in das Kästchen«, entgegnete Rose.

»Das würde bedeuten, dass wir den Punkt nicht ernst nehmen.«

»Wieso, der Satz deckt eben alles ab.«

»Einverstanden«, sagte Fleur.

Rose schrieb den Satz auf, faltete den Papierbogen zusammen und steckte ihn in das lederne Kästchen, das man uns zur Verfügung gestellt hatte.

»Ich bin weg«, sagte Rose. »Bis morgen.« Und schon war sie verschwunden.

»Mensch«, sagte Fleur, »sieht aus, als bliebe es an uns hängen, ein Mittel gegen Krebs zu erfinden und für den Weltfrieden zu sorgen.« Sie notierte etwas auf ihrem Block, riss die Seite ab und legte sie in das Kästchen. »Glaubst du, mit Rose ist alles in Ordnung?«

Ich hob den Kopf. »Ich – weiß nicht so recht. Wie kommst du darauf?«

»Keine Ahnung. Sie sieht müde aus, und wenn man etwas über ihr Leben wissen will, blockt sie ab.«

»Was ist daran neu?«

»Vielleicht nichts. Kann sein, dass es tatsächlich mit ihren Wechseljahren zusammenhängt.« Fleur knabberte an ihrem Stift. »Die Liste, die Mum zusammengestellt hat – glaubst du, die bringt uns einander näher?«

»Manchmal ja, manchmal nein.«

»Geht mir genauso. Ich habe das Gefühl, als wäre ich Rose nicht einen Schritt nähergekommen – und dass sie alles nur wegen des Erbes tut. Ich meine, sie hätte uns doch nach London mitnehmen können. Ich habe Hugh und die Kinder seit ewigen Zeiten nicht mehr gesehen. Seit Mums Beisetzung nicht mehr. Es ist ihr nicht einmal eingefallen zu fragen, ob wir vielleicht mitwollen, als Familie gewissermaßen.«

»Stimmt«, sagte ich nachdenklich. »Vielleicht hätten wir es uns wünschen müssen.«

Fleur zuckte mit den Schultern. »Wozu? Rose wird sich nie ändern.« Sie drehte sich zu mir um. »Hör mal, wäre es sehr schrecklich, wenn ich auch nach London zurückfahren würde? Es ist ja nicht weit, und ich könnte ein paar Dinge erledigen. Morgen früh bin ich wieder da. Dann muss ich die Nacht auch nicht in einem fremden Bett verbringen.« Ich war enttäuscht. Fleur musste das erkannt haben. »Es ist nicht persönlich gemeint«, fügte sie hinzu. »Aber ich muss tatsächlich ein paar geschäftliche Anrufe tätigen und E-Mails schreiben.«

»Schon in Ordnung«, sagte ich. Dann kam mir ein

Gedanke. Für Daniel wäre es auch nur eine kurze Strecke, von London hierherzukommen. Ich musste ihm lediglich mitteilen, dass ich allein war.

Fleur verabschiedete sich. Als sie fort war, machte ich mich daran, Daniel eine E-Mail zu schreiben, doch dann hielt ich inne. Daniel durfte ja nicht erfahren, dass meine Schwestern verschwunden waren. Zu den Plänen meiner Mutter hatten mit Sicherheit nicht nur Übungen gehört, sondern auch der Wunsch, dass Rose, Fleur und ich Zeit miteinander verbrachten. Manchmal fragte ich mich sogar, ob die Aufgaben nur ein Vorwand waren, damit wir zusammenkamen und abends gemütlich irgendwo aßen. Würde ich Daniel verraten, dass Fleur und Rose nach London gefahren waren, könnte das bedeuten, dass wir eine der Bedingungen des Testaments nicht erfüllt hatten. Das war mir zu riskant, immerhin hatten wir es bald geschafft. Ich ging in mein Zimmer, bestellte mir etwas beim Zimmerservice, schaute im Fernsehen einen Film an und wünschte, ich hätte auch nach Hause fahren können.

Sonntag, 12. Juni

Am Morgen erhielt ich wieder eine SMS meiner Mutter. *Mach jeden Tag zu deinem Lieblingstag.*

Ich lächelte. Das hatte sie immer gesagt, wenn Fleur, Rose oder ich weinend zu ihr kamen und uns über eine der anderen beschwerten. Ich nahm mir vor, mein Bestes zu tun, und begab mich nach unten, um mich mit meinen Schwestern zu treffen. Von Daniel hatte ich nichts gehört, was ich sehr verletzend fand. Es fiel mir nicht leicht, mir nichts anmerken zu lassen.

Sonntag, 12. Juni, 11:00 Uhr

An diesem Tag sollte es um Achtsamkeit gehen. Wir trafen unseren Lehrer im Konferenzsaal des Hotels, einen hochgewachsenen Mann mit weißem Haar und Bart. Ich schätzte ihn auf Mitte fünfzig. Er wirkte ernst und gleichzeitig entspannt. Ebenso wie Daniel trug er mehrere gewebte Armbänder. Fleur musterte ihn von oben bis unten. Es war ein gut aussehender Mann, aber wahrscheinlich nicht ihr Typ. Er machte den Eindruck eines Naturburschen, einer, der Bäume fällte, im Garten arbeitete und segelte. Fleur stand eher auf kultivierte Männer mit Geld, nicht auf jemanden, der ein kariertes Hemd und Jeans trug.

»Guten Morgen, meine Damen«, sagte er, als wir uns niedergelassen hatten. »Mein Name ist Andrew, und ich bin Ihr Lehrer. Sind Sie so weit, dass wir anfangen können?«

Wir nickten.

»Heute möchte ich Ihnen das Konzept der Achtsamkeit vorstellen.«

»Ist das etwas anderes als Meditation?«, fragte Rose.

»Es gibt Ähnlichkeiten. Wenn wir meditieren, tun wir es schweigend und konzentrieren uns auf unser Inneres, um Ruhe zu finden. Daniel hat mir erzählt, dass Sie bereits Meditationsübungen gemacht haben. Heute wird es darum gehen, achtsam zu leben. Mithilfe der Achtsamkeit tragen wir unsere innere Ruhe nach außen und leben bewusst. Um Ihnen ein Beispiel zu geben: Häufig isst man etwas, ohne es zu schmecken, weil man mit den Gedanken woanders ist. Oder man nimmt seine Umgebung nicht wahr, weil man in Gedanken schon bei der nächsten Tätigkeit ist, und so entgeht uns der Augenblick. Achtsamkeit bedeutet bewusstes Leben und den Gebrauch aller Sinne, um den Augenblick zu erfahren.«

Hörte sich gut an.

»Und was ist, wenn man nicht im Augenblick sein will?«, fragte Fleur. »Beispielsweise beim Waxing oder beim Zahnarzt.«

»Sehr gute Frage«, sagte Rose und schaute Andrew abwartend an.

Andrew lächelte und ließ seinen Blick einen Moment lang auf Fleur ruhen. »Ja, gute Frage. Für solche Momente rate ich zur Meditation. Finden sie einen ruhenden Pol in sich. Oder stellen Sie sich eine andere Umgebung vor. Aber, wie ich schon sagte, heute geht es darum, achtsam zu leben.«

»Vielleicht könnten Sie mir auch zeigen, wie man sich andere Umgebungen vorstellt«, sagte Fleur. »Ich hasse Zahnärzte.«

»Ich auch.« Andrew lächelte. »Machen Sie es sich bequem, seien Sie entspannt und gleichzeitig aufmerksam. Zu Demonstrationszwecken gehen wir eine Reihe von Alltagserfahrungen durch. Atmen Sie einige Male tief ein und aus, nehmen Sie Ihren Körper wahr. Spüren Sie, wie sich Ihr Sessel anfühlt und das Gewicht Ihrer Füße auf dem Boden. Gut.« Er nahm einige Äpfel, halbierte sie und verteilte die Stücke an uns. »Als Erstes essen wir achtsam. Ich möchte, dass Sie die Apfelhälfte in der Hand halten. Wie schwer fühlt sie sich an? Wie fühlt sich das Stück an? Glatt? Hart? Weich? Führen Sie es an ihre Nase. Wie riecht es?« Wir taten wie geheißen und sogen den leicht süßlichen Duft ein. »Gut. Beißen Sie ein Stück ab. Wie fühlt es sich auf Ihrer Zunge an? In Ihrem Mund? Beißen Sie zu. Kauen Sie. Wie fühlt sich das an?«

Wir kauten und schluckten. Ich konnte Andrews Ansatz nachvollziehen. Wie oft aß ich etwas und war dabei so in Gedanken oder sorgte mich wegen einer Sache, dass ich kaum wusste, was ich aß.

»Sehen Sie, so einfach ist das. Diese simple Methode können Sie auf alle Bereiche Ihres Lebens anwenden. Wenn Sie jemanden sehen – einen Freund, einen Angehörigen –, schauen Sie die Person richtig an.«

»Wir müssen aber nicht an ihr riechen, oder?«, fragte Fleur.

»Nein«, erwiderte Andrew, »wir sollten sie auch nicht essen.«

Oh, dachte ich, Mister Achtsamkeit hat ja Sinn für Humor!

»Funktionieren die Techniken auch beim Sex?«, fragte Fleur. Offenbar war sie darauf aus, Andrew zu provozieren.

»Ich würde sagen, dass sie das sexuelle Erlebnis noch intensivieren, meinen Sie nicht?« Andrew zog eine Braue hoch.

Aber Fleur gab keine Ruhe. »Werden Sie das demonstrieren?« Ich musste lachen. So war Fleur schon in der Schule gewesen, hatte zum Spaß die peinlichsten Fragen gestellt.

»Heute nicht«, antwortete Andrew. »Sie sind aber herzlich eingeladen, an meinem Workshop über Sex und Achtsamkeit teilzunehmen.«

»Ist das ein Date?«, fragte Fleur.

»Fleur, jetzt reicht's«, sagte Rose. »Er macht nur seinen Job.«

»Es stört mich nicht«, sagte Andrew. »Die Frage höre ich immer wieder.«

Fleur zog eine Schnute. Sie hatte ihre Fragen für originell gehalten.

»Ganz gleich, was Sie tun«, fuhr Andrew fort, »konzentrieren Sie sich auf Ihren Atem. Das hilft Ihnen, im Augenblick anzukommen. Nehmen Sie wahr, wie ihr Zwerchfell sich hebt und senkt. Diese einfache Technik wird Sie entschleunigen und Ihre Wahrnehmung schärfen. Wir machen so vieles – auch Sex – automatisch. Doch wenn Sie sich in Achtsamkeit üben, wird Ihnen bewusst, wo Sie sind, was Sie tun, wie es sich anfühlt – und das kann dem Sex nur zuträglich sein.« Er schaute Fleur an.

Fleur taxierte ihn. »Stimmt. Bei vielen Männern geht es ruckzuck.«

»Ich bin der Meinung, dass man den Weg ebenso wie das Ziel genießen soll.«

Fleur lächelte ihn träge an. »Ach ja?«

Andrew erwiderte ihr Lächeln. »Absolut.«

Danach konzentrierten wir uns auf unseren Geschmacks- und den Geruchssinn, erfuhren die Süße des Honigs, den bitter-herben Geschmack dunkler Schokolade, die Aromen der Kräuter, die Andrew mitgebracht hatte. Die Übungen machten mir Spaß und vergegenwärtigten mir den Augenblick.

Gegen Mittag führte Andrew uns hinaus in den Hotelpark.

»Ich möchte, dass Sie achtsam gehen«, sagte er. »Nicht dass Sie die Übung hinter sich bringen und wieder ins Hotel rennen. Nein, ich möchte, dass Sie Ihre Umgebung wahrnehmen. Schauen Sie sich die Bäume an, ihre Beschaffenheit, schauen Sie richtig hin. Erkennen Sie, wie rau die Borke ist, wie glatt die Blätter. Schauen Sie sich die Farben an, die vielen Grüntöne. Schauen Sie sich alles bewusst an. Spüren Sie die Sonne auf der Haut. Spüren Sie den Erdboden unter Ihren Füßen, den harten Weg, die weiche Wiese.«

»Das ist langweilig«, flüsterte Fleur schon nach wenigen Minuten.

Andrew hatte es mitbekommen. »Nehmen Sie Ihre Langeweile wahr, Fleur. Verdrängen Sie das Gefühl nicht, spüren Sie es.«

»Ist das Ihr Ernst?«

Andrew warf Fleur einen Blick zu. Seine Augen funkelten amüsiert. »Ja. Spüren Sie Ihre Langeweile. Überlassen Sie sich dem Gefühl.«

Wir gingen weiter. Auch dieser Teil des Tages sagte mir zu. Ich konzentrierte mich auf meinen Atem und versuchte, den Augenblick zu erleben. Rose war auffallend still, doch zum Schluss erklärte sie: »Das war sinnvoll. Im Hier und Jetzt sein. Aber neu ist es nicht.«

»Nein, die Idee ist nicht neu«, entgegnete Andrew.

»Aber wenn wir achtsam sind, wird jede Situation für uns neu.«

»Der Typ hat auf alles eine Antwort«, flüsterte Fleur.

»Das habe ich gehört«, sagte Andrew.

Diesmal funkelten Fleurs Augen, und ich hatte den Eindruck, dass hier ganz schön geflirtet wurde.

Achtsam kehrten wir ins Hotel zurück, tranken achtsam Tee, saßen achtsam im Sessel und atmeten achtsam. Wir nahmen alles wahr, was unsere Umgebung uns bot – Geräusche, Geschmack, Anblicke, Gerüche, Gefühle.

Als die Übungen beendet waren, war es, als hätte mir jemand Bremsklötze untergeschoben. Ich war entschleunigt. Es fühlte sich gut an, friedlich. Meine Sorgen, mein Kummer, das waren Empfindungen der Vergangenheit oder richteten sich auf die Zukunft.

Als Andrew sich verabschiedete, bat Fleur ihn um seine Visitenkarte.

Andrew reichte sie ihr. »Sie können sich jederzeit bei mir melden. Ich würde mich auch freuen, wenn Sie an einem meiner Workshops teilnehmen würden.«

»Fahren Sie jetzt nach London zurück?«, fragte Fleur.

»Ja, mit dem Zug. Mein Auto ist in der Werkstatt.«

»Sie können mit mir fahren«, sagte Fleur. »Ich hole nur rasch meine Sachen.«

Ich bekam Fleur noch einmal zu fassen, als sie am Empfang auscheckte. »Willst du das Thema Achtsamkeit weiterverfolgen?«, fragte ich.

»Vielleicht«, antwortete Fleur. »Die Wunschübungen gestern müssen etwas genützt haben. Ich glaube, ich bin dem perfekten Mann begegnet.«

»Andrew? Das freut mich.«

Ich freute mich tatsächlich für Fleur und schaute ihr nach, als sie das Hotel verließ und zum Parkplatz lief. Zwar hatte ich Andrew nur für kurze Zeit erlebt, aber mir schien, dass er in der Lage war, mit meiner Schwester fertigzuwerden. Allerdings hatte ich jetzt auch Fleur nichts von Daniel und mir erzählen können. Dann sah ich Rose die Treppe herunterkommen. Vielleicht konnte ich es ihr wenigstens sagen.

Doch Rose lief an mir vorüber. »Muss los. Bis zum nächsten Mal.«

Gut, dann würde ich beim nächsten Mal beichten.

27

Freitag, 15. Juli

Dee

Die Sonne schien, und in meinem Garten blühten Rosen und wilde Geranien. Bald würde meine Gemäldeausstellung eröffnet werden, und ich war mit meinen Bildern zufrieden. Seit Anfang des Jahres hatte ich wie eine Besessene gemalt und vierzig Bilder geschaffen. Zwanzig von ihnen würde ich ausstellen. Für einige hatte ich Wochen gebraucht, beispielsweise für das Gemälde des Pfaus, zu dem mein Expartner John mich inspiriert hatte. Es war ein Ölgemälde im Stil Picassos, mit kraftvollen Pinselstrichen in Grün- und Blautönen. Den Kopf und die Flügel hatte ich verzerrt dargestellt. Bei anderen Bildern handelte es sich um Kohlezeichnungen und Aquarelle, die ich in anderthalb Tagen angefertigt hatte. Nun setzte ich das, was ich an unserem Juni-Wochenende gelernt hatte, in die Tat um und stellte mir vor, wie meine Bilder gekauft wurden. Immer wieder murmelte ich: Ich, Dee McDonald, bin eine erfolgreiche Malerin. Ich, Dee McDonald, bin eine erfolgreiche Malerin. Ich, Dee McDonald, bin eine erfolgreiche Malerin.

Die Ausstellung fand in der Galerie im ersten Stock des Gemeindehauses statt. Anna half mir bei den Vorbereitungen.

Der Wein war schon geliefert worden. Meine Freundin Marie war gekommen, hatte Brot gebacken und Dips hergestellt. Zur Eröffnung trug ich die Kombination, die ich im Februar bei Harrods gekauft hatte.

»Bist du nervös«, fragte Anna.

»Ein bisschen. Aber ich freue mich auch.«

»Du siehst toll aus. Ich bin sicher, die Ausstellung wird ein Erfolg.«

»Danke. – Anna, denk daran, bei Fleur nichts über Daniel zu sagen. Du auch, Marie.«

Fleur hatte versprochen, zur Eröffnung aus London zu kommen, und gesagt, dass wolle sie sich »nicht entgehen lassen«. Seit Juni hatten wir mehrmals telefoniert, einmal sogar auf Skype. Es machte mich unglaublich froh, dass wir wieder miteinander sprachen. Fleur war nicht nur meine Schwester, sondern auch eine Verbindung zu meiner Mutter, der sie in vielen Dingen ähnlich war. Rose hatte ich ebenfalls eingeladen, aber wie immer hatte sie zu viel zu tun und konnte sich nicht freinehmen. Sie bat mich jedoch, ihr am Abend die Fotos zu mailen.

Als Fleur ihr Erscheinen ankündigte, war ich nervös geworden, denn Daniel hatte ebenfalls versprochen zu kommen. Wie hätte ich Fleur seine Anwesenheit erklären können? Es war zu kompliziert, dabei wünschte ich mir sehnlichst, dass beide an diesem Ereignis teilnehmen konnten. Doch dann hatte Daniel abgesagt. Für mich war es die erste Ausstellung seit Jahren. Die letzte war der absolute Reinfall gewesen. Zum einen hatte es an den schweren Stürmen gelegen, die in der Zeit über Rame hinwegfegten und die Besucher fernhielten, zum anderen waren meine Bilder bar jeder Originalität gewesen. Diesmal war ich jedoch zuversichtlich. Ich hatte mein ganzes Können investiert.

Anna legte einen Finger auf ihre Lippen. »Ich schweige wie ein Grab. Mein Rat wäre allerdings, dass du es deinen Schwestern bald sagst.«

»Das habe ich vor, ich will nur den passenden Moment abwarten. An dem Wochenende im Juni habe ich es versucht, da hat es nicht geklappt, und heute habe ich wirklich zu viel anderes im Kopf. Außerdem möchte Daniel, dass wir noch warten.«

»Worauf?«

»Er möchte, dass wir zuerst Mums Liste abarbeiten. Es ist doch nur noch ein Wochenende übrig.«

Anna zuckte mit den Schultern. Sie mochte Lügen ebenso wenig wie ich. »Na schön. Bist du dir sicher, dass du mit diesem Mann zusammen sein möchtest? Gut, ich bin ihm nur einmal begegnet, und da wirkte er nett und schien dich zu mögen. Aber macht er dich auch glücklich?«

Ich seufzte. »Wenn wir zusammen sind, definitiv. Ich wüsste nur gern, wie es weitergeht. Anfangs war alles super, die Vorfreude, wenn wir einen Besuch geplant hatten, die fantastischen Begegnungen – sogar die Heimlichkeiten fand ich reizvoll. Aber mittlerweile möchte ich, dass wir ein gemeinsames Leben führen und uns zueinander bekennen. Ich möchte ihn als meinen Partner vorstellen können.«

»Aber du weißt nicht, ob er der richtige Typ dafür ist.«

»Rose und Fleur sind der Meinung, dass er es nicht ist. Im August findet das letzte Wochenende statt, dann werde ich es ihnen sagen. Selbst Daniel kann nichts dagegen haben, denn danach ist das Programm meiner Mutter beendet, und unsere Beziehung kann sich nicht mehr störend auswirken.«

»Gut«, sagte Anna. »Wir sind nämlich zu alt, um uns zu fragen, ob wir geliebt werden oder nicht. Aber zuerst feiern wir deinen Erfolg. Daniel legen wir heute mal auf Eis.«

Ich grinste. »Weil ich, Dee McDonald, eine erfolgreiche Malerin bin.«

Anna deutete auf den Raum, der voll von meinen Bildern hing. »Genau das bist du.«

Die Ausstellungseröffnung begann um achtzehn Uhr. Es dauerte nicht lang, bis die Galerie sich mit Dorfbewohnern und Urlaubern füllte. Kingsand war ein ruhiger Ort, in dem abends nicht viel los war. Eine Ausstellung, wo man zusammenkommen konnte, war das Highlight des Monats. Schon nach einer halben Stunde waren drei Gemälde verkauft und durch rote Punkte gekennzeichnet. Michael Harris hatte das Aquarell einer blassen Winterlandschaft erworben, in der die leuchtend rote Brust eines Rotkehlchens den einzigen Farbfleck bildete. Ich hielt nach ihm Ausschau, konnte ihn jedoch nirgends entdecken. Aber wie lieb von ihm, eines meiner Bilder zu erwerben, obwohl ich ihm so viel Ärger gemacht hatte.

Eine Stunde nach der Eröffnung kam Fleur in die Galerie gerauscht, trug ein weißes Kleid und Sandalen mit Goldriemchen und zog alle Blicke auf sich. Wie immer sah sie aus, als wäre sie den Modeseiten einer Hochglanzzeitschrift entsprungen.

Fleur drehte eine Runde und schaute sich die Bilder sorgfältig an. »Fantastisch«, sagte sie. »Einige möchte ich für meine Wohnung kaufen.« Sie deutete auf den Adler. Es war das Bild, das ich schon an Daniel verkauft, aber unbedingt hatte ausstellen wollen. Aus meiner Sicht war es das Beste von allen. »Das ist fantastisch«, rief Fleur. »Ist es wirklich schon vergeben?«

»Ja.«

»An jemanden hier im Raum?«

»Nein, jemand anders.«

»Wohnt er in Kingsand?«

»In London. Die Leute waren hier zu Besuch.«

»Ach, dann handelt es sich um ein Paar?«

»Nein, es ist ein Mann.«

»Ein Freund?«

»So was in der Art.«

»Muss ja ein Freund sein, immerhin hast du ihm das Bild vor der Ausstellungseröffnung gezeigt.« Ich wand mich innerlich. Warum konnte ich ihr nicht sagen, dass Daniel es erstanden hatte. Genau wegen solch unbehaglicher Momente würde ich demnächst Klarheit schaffen. Glücklicherweise hakte Fleur nicht mehr nach. »Das Bild ist jedenfalls großartig. Es hat etwas Gewalttätiges, als würde der Adler die Leinwand durchstoßen. Ich hätte es sehr gern gekauft. Lässt du davon Drucke anfertigen?«

»Ja.«

»Gut, dann nehme ich einen Druck. Das Original zu besitzen, wäre natürlich schöner gewesen.«

»Ich male das Bild noch mal, nur für dich«, versprach ich, obwohl ich die Stimmung, in der ich das Bild im Januar gemalt hatte, wahrscheinlich nicht mehr wiederbeleben konnte.

Fleur trat an das kalte Büfett. In dem Augenblick erschien Michael Harris und kam auf mich zu. Trotz unserer Unstimmigkeiten freute ich mich, dass er meine Ausstellung besuchte.

»Das sind wunderbare Arbeiten«, sagte er. »Ich bin beeindruckt.«

»Danke. Auch dafür, dass Sie ein Bild gekauft haben.«

»Ich wäre sogar daran interessiert, für mein neues Haus mehrere zu kaufen. Ian hat mir erzählt, dass Sie gar nicht alle Bilder ausgestellt haben.«

»Stimmt. Dann haben Sie für das alte Pfarrhaus also ein Angebot abgegeben.«

»Der Vertrag ist schon unterzeichnet. Jetzt muss ich das Haus noch einrichten und Bilder aufhängen – es zu einem Zuhause machen. Vielleicht darf ich die anderen Gemälde ja irgendwann sehen.«

»Natürlich.«

»Wunderbar.« Er deutete auf die vielen Besucher. »Ein schöner Erfolg.«

»Weil es für Kingsand eine Abwechslung bedeutet.«

»Ist Ihr Partner auch hier?«

Woher wusste er von einem Partner? Ob Ian ihm etwas gesagt hatte? Hastig sah ich mich um, aber Fleur war zum Glück nicht in Hörweite, sondern schenkte sich am Büfett ein Glas Wein ein.

»Partner?«, fragte ich.

»Entschuldigung«, sagte Michael. »Geht mich nichts an.«

»Kein Problem. Aber ich habe keinen Partner – keinen festen.« Oder hatte ich den doch? Ich wusste es nicht mehr.

»Oh, ich dachte … offenbar habe ich mich geirrt.«

Wir wurden von einer jungen Frau unterbrochen, die sich für meine Kohlezeichnung der Stare interessierte. Die Zeichnung war als Folge der Meditationsübung an unserem ersten Wochenende entstanden, als ich den Kopf voller Vögel hatte. Das Bild hatte etwas Dunkles und Bedrohliches. Michael nickte mir zu und zog weiter. Ich wechselte ein paar Worte mit der Frau, die meine Zeichnung kaufen wollte. Als auch sie verschwunden war, kam Fleur angeschossen.

»Pack sofort aus. Wer war der Typ, mit dem du gerade gesprochen hast?«

»Der Sohn meiner früheren Vermieterin.«

Fleur linste zu Michael hinüber. »Ah, der berühmte Mr Harris.«

Ich nickte.

»Und nach wem hat er sich erkundigt? Ich habe das Wort ›Partner‹ gehört. Ist das der Mann aus London, der den Adler gekauft hat, den ich so gern hätte? Hast du mir etwas verschwiegen?«

»Nein, überhaupt nicht«, sagte ich eilig. »Michael hat mich wahrscheinlich mit Annas Freund gesehen. Das ist der kahlköpfige Typ da hinten, der sich mit Pitabrot und Hummus vollstopft.« Ich deutete auf Ian. Fleur schaute in die Richtung. Eine Lüge nach der anderen. Mir wurde elend zumute. Wenn ich Fleur und Rose an unserem nächsten Wochenende die Wahrheit über mich und Daniel anvertrauen würde, wüsste Fleur noch, was ich ihr gerade erzählt hatte, und wäre gekränkt. Rose würde fragen, warum ich so lange geschwiegen hatte. Ich verfluchte Michael Harris und Daniel. Warum konnte Daniel nicht hier sein? Warum konnten wir kein normales Paar sein? Warum war er bei wichtigen Ereignissen nicht an meiner Seite, sodass jeder Bescheid wusste? Ich wünschte, er wäre hier, um die Bilder zu sehen und das Interesse der Besucher zu erleben. Aber nein, wir waren ja nur ein heimliches Paar. Die ganze Situation war falsch und quälend und musste wirklich bald beendet werden. Sehr bald. Aber noch nicht. Heute nicht.

Anna trat zu mir. »Dreh dich nicht um, aber rate, wer gerade erschienen ist.«

Ich drehte mich um, und das Herz rutschte mir in die Hose. *O nein*, dachte ich, *nicht er, nicht jetzt*. In einem cremefarbenen Leinenanzug und Panamahut stand John, mein Expartner, am Eingang. Die Kleidung war typisch, er war schon immer ein Angeber gewesen. Fleur hatte ihn auch entdeckt und fragte: »Ist das nicht John?«

»Doch. Wahrscheinlich möchte er Kritik üben.« Johns Blick ruhte auf dem Pfauengemälde, zu dem er mich inspiriert hatte. Ich hatte mit Hingabe daran gearbeitet und die normalen Proportionen so lange verzerrt, bis der Pfau einem bunt gefiederten Monster glich.

John drehte sich um, unsere Blicke trafen sich, und er verneigte sich leicht. Dann winkte er mich mit dem Zeigefinger zu sich.

»Jetzt schau dir das an«, sagte Fleur. »Er zitiert dich zu sich. Lauf bloß nicht los.«

»Ich denke ja nicht daran.« Ich nickte John höflich zu und wandte mich ab. »Die Zeit, als ich losgerannt wäre, ist vorbei.«

»Soll ich Wein auf ihn kippen?«, fragte Anna.

Fleur lachte. »Ich mochte dich schon immer gut leiden, Anna. Komm, ich helfe dir.«

»Um Gottes willen.« Ich hielt die beiden fest. »Wie heißt es so schön? Die beste Rache nach einer Trennung ist, es sich gut gehen zu lassen. Und er sieht doch, dass es mir gut geht.«

»Richtig.« Fleur zwinkerte mir zu.

Wenig später stand John bei mir. »Na, meine kleine Dee.« Meine Stacheln stellten sich auf. Ich hatte es gehasst, wenn er mich so nannte.

»Mit fünfzig ist man nicht mehr klein«, entgegnete ich.

»Du siehst großartig aus, falls du mir die Bemerkung gestattest.«

Ich wollte von ihm weg und zermarterte mir das Gehirn nach einer Ausrede. John deutete auf die Gemälde. »Neue Richtung. Na ja.«

Wie gut ich ihn kannte. John war jemand, der etwas andeutete, damit man ihn bat, konkret zu werden. Es war einer seiner Kontrollmechanismen.

»Wie findest du die Bilder?«, fragte Fleur.

John schien zu überlegen. »Ein Fortschritt – gewissermaßen. Doch, da ist durchaus etwas zu erkennen, eine Art Same, der noch …«

»Fortschritt, Samen?« Fleur verdrehte die Augen. »Wenn es um Kunst geht, hast du schon früher nur Stuss geredet. Bei Dees Bildern ist kein Same zu erkennen, sondern ein Talent, das in voller Blüte steht. Was hast du hier überhaupt zu suchen?«

Johns Miene wurde säuerlich. »Ich habe in der Zeitung von der Ausstellung gelesen und interessiere mich für das, was andere Künstler malen. Außerdem wollte ich das neueste Werk meiner kleinen Dee bewundern.«

Seine kleine Dee! Wie hatte ich es nur so lange mit so einem Schwachkopf ausgehalten? Jetzt wurde mir klar, wie er früher mit jedem Wort versucht hatte, mich herabzusetzen, auch wenn er mich dabei angelächelt hatte. Jeder Kommentar sollte mich verunsichern und auf meinen Platz verweisen. Ich musste wahnsinnig gewesen sein.

»Jetzt hast du das Werk bewundert«, sagte Fleur. »An den roten Punkten siehst du, wie gut es sich verkauft. Deshalb schlage ich vor, entweder du kaufst auch etwas oder zischst ab.«

»Musst du so unhöflich sein?« John ging.

»Den mochte ich noch nie«, sagte Fleur so laut, dass John es hören konnte. »Seine Bilder auch nicht.«

Die Ausstellung war wirklich ein großer Erfolg. Vier Gemälde und fünf Zeichnungen waren verkauft worden.

Als die letzten Besucher weg waren, gingen Fleur

und ich in den Pub und setzten uns zu Anna, Ian und Marie, die schon früher aufgebrochen waren. Ich betete, dass Anna Ian darauf hingewiesen hatte, in Fleurs Gegenwart nichts von Daniel zu sagen. Es war schrecklich, so wollte ich wirklich nicht mehr leben. Mir fiel ein, dass Daniel und ich in diesem Pub gewesen waren und die Gäste über uns getuschelt hatten. Ich schaute mich in dem gut besuchten Schankraum um. Mein Magen verkrampfte sich. Beinah jeder der Anwesenden hätte damals hier sein und mich und Daniel sehen können. Aber ich konnte ja nicht gut die Runde machen und jeden bitten, mich nicht auf Daniel anzusprechen. Zu lügen war einfach nicht mein Ding, es führte nur zu Komplikationen.

»Er mag dich«, sagte Fleur, als Michael Harris hereinkam und an die Theke trat.

»Wie kommst du darauf?«

»In der Galerie hat er dich immerzu angeschaut, konnte den Blick gar nicht von dir losreißen.«

»Ich bin nicht interessiert.«

»Solltest du aber. Sein Aussehen gefällt mir. Er hat ein freundliches Gesicht.«

»Dann nimm du ihn doch.«

»Nicht mein Typ. Außerdem habe ich schon jemanden im Visier.« Für einen grässlichen Moment dachte ich, Fleur spräche von Daniel.

»Wen?«

»Na, Andrew natürlich.«

»Den Achtsamkeitslehrer?«

Fleur nickte, ihr Blick wurde weich. »Wir stehen noch am Anfang, aber ich mag ihn sehr.«

Ich war erleichtert. Meine Sorge war wieder einmal nur die Folge meiner Paranoia. Wie gern ich ihr von Daniel und mir erzählt hätte, ebenso unbefangen wie sie Andrew erwähnt hatte. Aber ich freute mich für Fleur. Ich hatte den Eindruck, dass sie seit Langem einsam war, und fand es schön, mir vorzustellen, dass sie es künftig nicht mehr sein würde. Offenbar machte sie sich die gleichen Gedanken um mich. Ich sah, wie Michael sich mit der Besitzerin des Pubs unterhielt. Ohne Daniel würde ich mich wahrscheinlich für ihn interessieren.

»Wem soll ich etwas zu trinken bestellen?« Fleur stand auf. »Ich finde, um Dees Erfolg zu feiern, ist eine Flasche Champagner angebracht. Ich lade euch ein.«

»Super Idee«, sagte Anna. Als Fleur an der Theke war, rutschte sie dichter an mich heran. »Fleur hat mich nach dir und Daniel gefragt«, flüsterte sie.

»O nein, was wollte sie denn wissen?«

»Was du für ihn empfindest. Ob er dir gefällt.«

»O Gott, und ich dachte, sie wäre von dem Thema abgekommen. Was hast du ihr geantwortet?«

»Ich habe mich dumm gestellt und irgendwas vor mich hin gemurmelt. Aber ich mag das nicht. Jetzt muss auch ich lügen.«

»Wenn du wüsstest, wie leid mir das tut, Anna. Du hast Fleur aber nicht erzählt, dass Daniel mich besucht hat, oder?«

»Natürlich nicht, aber du musst bald reinen Tisch machen.«

»Das tue ich ja auch. An dem Wochenende, wenn wir wieder mit Rose zusammen sind.«

»Und warum erzählst du es Fleur nicht jetzt? Dann hättest du es bei einer Schwester schon mal hinter dir.«

»Pscht«, machte ich, als Fleur sich zu uns umdrehte und rief: »Will jemand Chips?«

Wir schüttelten die Köpfe. Aber Fleurs Adlerauge entging ja nie etwas. Ich konnte ihr ansehen, dass sie etwas mitbekommen hatte. Als sie mit der Flasche und den Gläsern zurückkehrte, fragte sie: »Was hattet ihr zwei denn zu tuscheln?«

»Nichts«, entgegnete ich.

»Nichts heißt immer, dass doch etwas war.«

»Dee möchte dir etwas sagen«, erklärte Anna.

»Ich …«

In dem Augenblick kam Michael an unseren Tisch und fragte, ob er sich zu uns setzen dürfe.

»Natürlich, setzen Sie sich.« Fleur rückte zur Seite, sodass Michael neben mir sitzen musste. Dabei zwinkerte sie mir zu. *Hilfe,* dachte ich, *langsam wird es tatsächlich zur Farce.*

Die nächsten zehn Minuten nutzte Fleur für eine PR-Kampagne und schwärmte in den höchsten Tönen von mir und meiner künstlerischen Begabung. Ich wurde verlegen. Aber Michael hörte Fleur zu und lächelte freundlich. Wahrscheinlich dachte er, dass Fleur sich so ins Zeug legte, weil ich verzweifelt einen Mann suchte. Ich trank einen großen Schluck Champagner und hoffte, er würde sich nicht wieder nach meinem Partner erkundigen, und auch Ian und Anna würden sich nicht verplappern.

»Du trinkst ganz schön viel«, sagte Anna, als ich ein zweites Glas geleert hatte.

»Ich feiere meine Ausstellung«, log ich. Es hätte ein wundervoller Abend sein sollen, an dem ich nur meinen Erfolg genießen würde, stattdessen war ich nervös und überlegte, wer was zu wem sagen könnte.

Fleur schien sich jedoch glänzend zu amüsieren und sich in diesem Pub und unter meinen Freunden wohlzufühlen. Sie unterhielt sich mit Anna und Marie und brachte sie zum Lachen. Mit einem Mal befiel mich eine beinah schmerzliche Zärtlichkeit für meine Schwester. Sie war glücklich, weil sie mit Leuten zusammen und Teil von etwas war und nicht allein in ihrer seelenlosen Londoner Wohnung saß.

Eine halbe Stunde später war ich betrunken und sehr müde. Schwankend stand ich auf. Michael sprang auf und wollte mich stützen. Ich winkte ihn fort. »Brauch keine Hilfe.«

»Es wäre kein Problem.«

»Doch«, nuschelte ich. »Männer sind immer ein Problem.« Auf dem Weg zur Tür musste ich mich zwingen, nicht zur torkeln und nichts umzustoßen.

Im Nu war Anna an meiner Seite und führte mich nach draußen.

»Sag es Fleur«, drängte sie.

»Kommandier mich nicht herum. Bin zu betrunken, brauche klaren Kopf.«

Anna lachte. Fleur kam aus dem Pub und half Anna, mich nach Hause zu bugsieren, wo ich sofort mein Bett ansteuerte. Doch ich konnte nicht schlafen. Ich wälzte mich von einer Seite auf die andere und überlegte immer wieder aufs Neue, wie ich Fleur meine Beziehung mit Daniel erklären sollte. Ich musste es tun. Die Frage war nur, wann. Ich wollte es mir nicht wieder mit ihr verscherzen. Ach, und Michael Harris gab es ja auch noch. Hatte ich ihn im Pub wirklich ignoriert? Ich stöhnte ins Kopfkissen. Ich wusste einfach nicht, wie man mit Männern umging. An den einen klammerte ich mich, den anderen scheuchte ich fort.

Samstag, 16. Juli, morgens

Ich wurde früh wach und ging nach unten in die Küche. Heute war es so weit, ich würde Fleur alles erzählen.

»Was macht der Kopf?«, fragte Fleur, als sie sich zu mir gesellte.

»Dem geht's nicht so toll. Das war das letzte Mal, dass ich etwas getrunken habe.«

Fleur lachte. »Du hast Glück, so gute Freunde zu haben. Wer braucht schon einen Mann, wenn er richtige Freundinnen hat?«

Ich holte tief Luft. »Ich muss dir was erzählen. Es hat mit Daniel zu tun.«

Fleur stand auf und öffnete die Kühlschranktür. »Daniel? Also gut, erzähl.«

»Ich weiß, ich hätte es schon früher sagen sollen, aber …«

Fleur drehte sich zu mir um. »Du musst nichts sagen, ich weiß es schon.«

»Was? Aber woher …«

»Es war nicht zu übersehen.«

»Ja, aber wie …«

»Du warst von Anfang an in ihn verknallt, das habe ich sofort erkannt.«

»Mehr als verknallt.«

Fleur seufzte. »Der Abend gestern war für uns beide schön, Dee, bitte lass uns das nicht verderben, indem wir über Daniel sprechen. Wir würden uns nur aufregen.«

»Aber wieso würde das denn etwas verderben?«

Fleur zuckte mit den Schultern. »Ich finde eben, dass er für dich nicht der Richtige ist.«

»Warum nicht.«

»Weil ich nicht will, dass du verletzt wirst. Komm, lass uns über was anderes reden. Oder lass uns ein bisschen Achtsamkeit üben und in der Gegenwart leben.«

Ich begriff nicht, warum Fleur nicht über Daniel und mich sprechen wollte. Normalerweise hätte sie von dem Thema gar nicht genug kriegen können.

»Ja, aber …«

»Huhu, seid ihr schon wach?«, rief Anna und kam durch den Flur marschiert, hinter ihr Ian, der eine Tüte Croissants bei sich hatte.

Annas Blick zuckte von mir zu Fleur. »Huch«, sagte sie. »Sind wir in ein Gespräch geplatzt?«

»Nein, nein.« Fleur nahm Ian die Croissants ab. »Oh, wie schön, die sind ja noch warm. Wer möchte Kaffee?«

Ich sah zu, wie Fleur den Tisch deckte und Kaffee kochte. Dabei drohten die ganzen Unsicherheiten aus meiner Teenager-Zeit wieder hochzukommen. Irgendetwas an unserem Gespräch war unangenehm und falsch gewesen. Ich erinnerte mich an die Zweifel, die ich als junges Mädchen hatte, wenn mein Instinkt mir sagte, dass man Fleur nicht trauen konnte. In neunzig Prozent der Fälle hatte ich recht gehabt. Warum war sie mir ausgewichen? Hatte es etwas mit ihr und Daniel zu tun? Nein, sie hatte ja gerade begonnen, sich auf Andrew einzulassen, und schien ihn zu mögen. An was lag es dann? Wusste sie etwas über Daniel? Vielleicht über Daniel und Rose? Bei dem Gedanken wurde mir übel. Vielleicht hatte Daniel etwas mit Rose angefangen, und Fleur wusste es und versuchte, mich vor einer Enttäuschung zu bewahren.

Nach dem Frühstück hatte Fleur es plötzlich eilig und erklärte, sie müsse bereits am Nachmittag wieder in London sein. Ich konnte ihr keine weiteren Fragen stellen, sie verabschiedete sich früher als Anna und Ian. Es war, als ahnte sie, dass unser Gespräch noch nicht beendet war. So viel also zu meinem Versuch, Fleur reinen Wein einzuschenken.

Ich musste mich wieder in der Galerie sehen lassen und machte mich auf den Weg. Dabei kamen mir Roses Worte von unserem ersten Wochenende wieder in den Sinn. Sie hatte mir vorgeworfen, immer alles auf morgen zu verschieben, und sie hatte recht. Ich hätte es meinen Schwestern von Anfang an sagen sollen.

28

Samstag, 13. August

Dee

An diesem Wochenende war Rose die Gastgeberin. Ich betätigte den Türklopfer an ihrer Haustür. Gleichzeitig erhielt ich eine SMS meiner Mutter. Diesmal lautete sie: *Richtet nicht, damit ihr nicht gerichtet werdet. Matthäus 7,1.*

Wie immer sehr passend. Ich hörte, dass sich innen Schritte näherten, und hoffte, meine Schwestern nahmen sich die biblischen Zeilen zu Herzen, wenn ich ihnen von Daniel und mir erzählte. Ich hatte meine Rede schon im Kopf. Diesmal konnte mich nichts und niemand abhalten. Ich würde meine Beichte nicht mehr verschieben. Zur Vorbereitung hatte ich mich an die Erfolgstechniken gehalten, die wir an unserem letzten Wochenende gelernt hatten. Ich hatte mir vorstellt, wie wir drei am Abend gemütlich bei einer Tasse Tee zusammensaßen. Fleur und Rose lauschten mir mit verständnisvollen Mienen und wünschten Daniel und mir alles Gute.

In dem Haus hier in Highgate wohnte Rose schon

seit zehn Jahren mit ihrer Familie. Es war eine Doppelhaushälfte in einer ruhigen, baumgesäumten Straße. Ich nahm an, das Haus war Anfang des zwanzigsten Jahrhunderts errichtet worden. Von außen war es nichts Besonderes, doch angesichts der Lage und der Londoner Immobilienpreise schätzte ich den Wert auf fünf oder sogar sechs Millionen Pfund. Für das Geld bekäme man auf Rame ein Herrenhaus mit Weideland und Park. Rose öffnete die Tür und ließ mich herein.

Im Flur hatte sich seit meinem letzten Besuch vor über drei Jahren nicht viel geändert. Doch seitdem Simon und Laura nicht mehr zu Hause waren, sah es ordentlicher aus. Früher hing die Garderobe voller Mäntel und Jacken, darunter lagen Schuhe, Rucksäcke und Taschen. Jetzt stand dort ein elegantes Tischchen mit einem Strauß weißer Rosen in einer Kristallvase. Auf dem Weg über den Flur warf ich einen Blick durch offen stehende Türen. Die anderen Zimmer wirkten noch so, wie ich sie in Erinnerung hatte. Rose bevorzugte traditionelle Einrichtungen mit bequemen Sesseln und intellektuellem Flair. Letzteres drückte sich in den Büchern auf jeder freien Fläche aus, selbst auf dem Fußboden türmten sie sich.

Auf einer Anrichte in einem der Zimmer standen Familienfotos im Silberrahmen. Ich blieb stehen. Es waren Fotos von Simon, Laura, meiner Mutter, meinem Vater und zu meiner Überraschung auch eines von Rose, Fleur und mir als Kinder. Wir saßen an einem sonnigen Tag auf einer Bank an dem Tennisplatz, auf dem meine Mutter regelmäßig spielte.

»Hugh nimmt an einem Kricketspiel teil, wir sind

also unter uns«, sagte Rose. Wir betraten die Küche mit der abgetrennten Essecke. Seit meinem letzten Besuch war ein großer verglaster Wintergarten angebaut worden, ein lichtdurchfluteter Ort mit Sesseln aus Rattan und Palmen in schweren grauen Übertöpfen. Auch hier stapelten sich Bücher.

»Wie wunderschön es hier ist«, sagte ich.

»Danke.« Rose war lässiger als sonst gekleidet, vielleicht weil sie zu Hause war. Doch sie wirkte wieder blass und müde, und das Haar, das sonst immer glänzte, kam mir dünner und stumpfer vor. Vielleicht war auch das eine Folge der Wechseljahre. In Gedanken notierte ich mir, sie an diesem Wochenende zu zwingen, mir zu sagen, wie es ihr wirklich ging.

»Das glaube ich nicht«, rief ich, als ich den Kater sah, der eingerollt auf einem Sessel in der Sonne lag. Es war Clifford aus dem Tierheim. »Du hast ihn also geholt.«

Rose lächelte. »Ja. Es hieß doch, er hätte nicht mehr lang zu leben. Das hat mich berührt. Ein so lieber alter Kerl soll seine letzten Tage auf angenehme Weise verbringen.«

»Auf ihre alten Tage wird Rose sentimental«, erklang Fleurs Stimme.

Ich drehte mich um. Sie und Daniel saßen in der Essecke an dem langen Holztisch und hatten Kaffeebecher vor sich stehen. Daniel nickte mir zu. Er war dabei, seinen Laptop zu verkabeln. Ich trat an die Sprossentüren und schaute hinaus in den Garten. Er war so angelegt worden, dass man ihn ohne großen Aufwand in Schuss halten konnte. Im warmen Sonnenlicht des Augusttags sah er wie gemalt aus – vorn die Beete mit den kleinen Pflanzen, dahinter die hohen Gewächse, eine Farbenexplosion aus rosa, lavendelblau, dunkelblau und violett. Rose musste einen Gärtner haben, sie selbst hatte keinen grünen Daumen, und die Beete waren eindeutig von kundiger Hand gestaltet worden.

»Wie traurig, dass wir heute die letzte Videoaufnahme sehen werden«, sagte ich.

»Ja«, entgegnete Fleur. »Ich habe mich jedes Mal darauf gefreut. Es war, als wäre Mum doch noch nicht ganz aus unserem Leben verschwunden. Künftig werden wir nur noch Erinnerungen haben.«

Ich seufzte. Dieses letzte Wochenende hatte für mich etwas Beklemmendes, was bei den früheren nicht der Fall gewesen war. Alle zwei Monate hatten wir Besuch von Mum gehabt, und wenn es nur per Video war. »Aber wenigstens haben wir uns wieder«, sagte ich. »Und Mum lebt in uns allen. Sie hat ihr Ziel erreicht. Wir sprechen wieder miteinander, treffen uns sogar.«

»Ja, aber wie geht es weiter?«, fragte Fleur. »Treffen wir uns auch, wenn wir es nicht müssen?«

Ich setzte mich an den Tisch. »Das hoffe ich.«

Rose hatte sich nicht geäußert. Sie ließ sich bei uns nieder und wandte sich an Daniel. »Was steht uns denn diesmal bevor?«

Zur Antwort schaltete Daniel den Laptop ein. »Das werden wir gleich sehen.« Er hatte mich zur Begrüßung nur kurz angesehen, seitdem nicht mehr. Seine Miene war so neutral wie an den anderen Wochenenden. Das machte mich wütend. Er hatte weder auf mich reagiert noch auf das, was Fleur gesagt hatte. Es war, als versuchte er, unsichtbar zu sein. Als ich ihn kennenlernte, hatte ich seine Gelassenheit bewundert, jetzt ging sie mir auf die Nerven.

Das Video begann. Martha, Jean und meine Mutter saßen in Sesseln und waren normal gekleidet. Martha trug ein lavendelfarbenes Twinset, Mum ihre geliebte grüne und Jean eine blaue Strickjacke.

»Hallo, meine Süßen«, sagte Mum. »Das ist also unser letztes Wochenende. Hoffentlich seid ihr alle da und könnt bei Mr Richardson unterschreiben, dass ihr meine Wünsche erfüllt habt. Danach erhaltet ihr euer Erbe. Hurra! Gebt aber nicht alles für Süßigkeiten aus. Apropos. Zum Thema Geld möchte ich heute noch etwas sagen, und zwar ganz im Ernst. Geld kann man immer brauchen, das ist nun mal so, aber achtet darauf, dass es nicht übermächtig wird. Mit Geld kann man kein Glück kaufen, höchstens Sicherheit und hier und da etwas, das einem Freude macht. Ich war immer am glücklichsten, wenn ich mit meiner Familie zusammen war, mit Freunden, mit Menschen, die ich geliebt habe. Ob wir Geld auf dem Konto hatten, war nicht so wichtig. Manchmal hatten wir welches, manchmal mussten wir uns nach der Decke strecken, aber meine Freunde waren immer für mich da, in guten wie in schlechten Zeiten.

Martha ergriff das Wort. »Deshalb möchte ich, dass ihr an diesem Wochenende die einfachen Freuden des Lebens genießt. Gibt es etwas Besseres als den Geruch eines frischen Kuchens oder eines Bratens im Ofen. Stimmt uns so etwas nicht froh? Spüren unsere Lieben dann nicht unsere Fürsorge?«

»Daniel hat die Backzutaten besorgt«, sagte Mum. »Ich habe ihm meine alten Rezepte für Scones und für meine berühmte gefüllte Biskuitrolle gegeben. Außerdem hat Daniel euch schon in den letzten Tagen gebeten, eure Fotoalben mitzubringen. Von meinen Besuchen bei euch weiß ich, dass ihr unterschiedliche Fotos von früher habt. Schaut sie euch zusammen an. Macht einen Ausflug in die Vergangenheit. Erinnert euch an die Zeit, als ihr klein wart, und daran, wie ihr zusammen aufgewachsen seid. Erzählt einander, was in den Jahren passiert ist, in denen ihr euch nicht gesehen habt. Heute müsst ihr euch nicht weiter bewegen als von der Küche zum Sofa, in der Hand eine Tasse Tee und frisch gebackene Scones.«

Jean war an der Reihe. »Morgen werdet ihr zu einem Park fahren und spazieren gehen. Ich hoffe, es wird ein schöner warmer Tag sein und alles in voller Blüte stehen. Nehmt euch Zeit, die Blumen anzuschauen. Einen Garten anzulegen und zu sehen, wie alles wächst und gedeiht, das sind äußerst lebensbejahende Beschäftigungen. Man tritt zurück und denkt, das habe ich mit kleinen Samenkörnern geschafft. Ein Wunder.«

»Aber heute könnt ihr einfach euer Zusammensein genießen«, sagte Martha. »Heute Abend schaut ihr eine DVD an. Wir haben eine Folge von Attenboroughs Wunder des Lebens ausgewählt. Da seht ihr die ganze Pracht der Schöpfung. Es ist eine fabelhafte Alternative zu den Nachrichten, die nur von Not und Elend berichten. Unsere Welt ist großartig, trotz der Kriege und des Wahnsinns, die wir abends im Fernsehen erleben.«

»Das war's«, sagte meine Mutter. »Das ist das Ende

meiner Liste. Wir hoffen, dass ihr euch ausgesöhnt habt. Und dass die Aufgaben euch Spaß gemacht haben. Natürlich könntet ihr sagen – und Rose hat es wahrscheinlich schon getan –, dass viele der Dinge, die ihr gemacht habt, nur vorübergehende Freuden waren. Ich denke an die Massage, die Einkäufe und den morgigen Besuch im Park. Sie sollten auch nur Hinweise sein, wie man glückliche Momente gestalten kann, die insgesamt zu einem glücklichen Leben führen können. Natürlich hätte ich mir noch mehr ausdenken können, aber das hätte zu viel Zeit in Anspruch genommen.«

»Sex, zum Beispiel«, sagte Martha. »Ich war für einen Workshop in Tantra-Sex. Guter Sex kann einen nämlich sehr glücklich machen.«

Mum lachte. »Wir haben dagegen gestimmt. Nackt und im Schneidersitz mit euren Geschlechtsteilen zu sprechen, das schien mir ein bisschen krass zu sein, selbst für aufgeklärte Frauen, wie ihr es seid.«

»Gott sei Dank«, sagte Fleur. »Es macht mir zwar nichts aus, meine Vagina zu betrachten, aber auf den Anblick eurer Geschlechtsteile kann ich verzichten.«

»Sei still«, sagte Rose, denn meine Mutter sprach weiter. »Letztlich ist es die Geisteshaltung, die entscheidet, ob man glücklich ist oder nicht. Die Aufgaben, die ihr abgearbeitet habt, sollten lediglich dazu beitragen.«

»Die Abflussreinigung im Tierheim würde ich eher nicht dazuzählen«, sagte Fleur.

Jean übernahm. »Unsere letzte Botschaft beinhaltet simple Freuden. Verbringt Zeit mit den Menschen, die ihr liebt. Liebt einander, zeigt anderen eure Liebe, seid freundlich zueinander, entscheidet euch, glücklich zu sein.«

»Richtet andere nicht«, ergänzte meine Mutter. »Wir wissen nicht, was sich im Leben anderer Menschen abspielt.«

Martha und Jean nickten.

»Wenn ihr Tage habt, an denen ihr bedrückt seid, denkt an unsere Liste und sucht euch etwas daraus aus. Macht einen Spaziergang, nehmt Tanzunterricht, meditiert. Man kann die innere Verfassung ändern. Ganz gleich, was geschieht, denkt immer daran, dass ihr entscheidet, wie ihr darauf reagiert.«

»So vieles von dem, was man für wichtig hält, stellt sich als völlig unwichtig heraus«, sagte Jean. »Nur die Liebe zählt, nichts ist mächtiger als sie. Mitunter kommt sie von einem Menschen, von dem ihr sie nicht erwartet habt, doch wenn ihr sie findet, spürt ihr, dass nichts glücklicher macht.

Die Liebe ist nichts Nebulöses. Sie ist mehr als eine Idee und ein Gefühl. Liebe muss praktiziert werden. Tut etwas für diejenigen, die ihr liebt, zeigt ihnen, dass sie euch am Herzen liegen.«

»Zeigt es mit Freundlichkeit und Güte«, ergänzte Mum.

»Und einem Kuchen«, sagte Jean. Martha nickte lachend.

»Aber jetzt heißt es endgültig Abschied nehmen«, sagte meine Mutter mit feuchten Augen. Sie wusste, dass wir sie zum letzten Mal sahen. Meine Kehle wurde eng. »Wenn ihr dieses Video seht, bin ich schon seit einem Jahr nicht mehr unter euch.«

Meine Mutter, Jean und Martha standen auf, griffen nach hinten und holten drei handgroße versilberte Herzen hervor. Sie hielten sie in die Kamera und deuteten mit ihnen von links nach rechts auf drei Punkte, als hätten sie Rose, Fleur und mich gemeint.

Mum wischte sich die Augen ab. »Es ist vorbei«, sagte sie.

Martha verneigte sich. »Au revoir.« Sie verließ den Raum.

Jean verneigte sich ebenfalls. »Arrivederci«. Sie folgte Martha.

»Auf Wiedersehen. Adiós. Goodbye«, sagte Mum. Auch sie verneigte sich und schaute uns mit einem Blick voller Liebe an, dass ich nach Atem ringen musste. Sie warf uns eine Kusshand zu und ging.

Meine Schwestern und ich starrten auf die leeren Stühle in dem leeren Zimmer. Der Anblick machte Mums Verlust so endgültig, dass mein Schmerz wieder so groß war wie in der ersten Zeit nach ihrem Tod. Mir fiel der Streich ein, den Jean und meine Mutter uns Kindern gespielt hatten, wenn sie sich in unserem Wohnzimmer hinter dem Sofa und dem Vorhang versteckten.

»Das war's«, erklärte Daniel und wollte den Laptop ausschalten.

»Einen Moment noch«, sagte ich. »Früher haben Jean und meine Mutter sich manchmal versteckt. Vielleicht kehren sie wieder zurück.«

Aus mir sprach die Sehnsucht, meine Mutter noch einmal sehen zu können. Für fünf Minuten – oder auch nur für eine Minute. Wir warteten. Ich betete, dass meine Mutter noch einmal erscheinen würde, aber das geschah nicht, und schließlich sah ich ein, dass es auch nicht mehr geschehen würde.

»Ich glaube, sie ist fort«, sagte Rose.

»Ich fürchte auch, dass nichts mehr kommt«, sagte Daniel.

Fleur begann zu weinen, und ich war kurz davor, es ihr nachzutun. Ich legte einen Arm um sie. »Es ist, als wäre sie erneut gestorben«, sagte Fleur. »Das tut so weh. Das letzte Jahr war doch dazu da, uns zu zeigen, wie man glücklich werden kann, aber ich bin noch nie so unglücklich wie beim Anblick dieses leeren Raums gewesen und angesichts der Gewissheit, dass Mum jetzt ein für allemal tot ist.«

»Aber diesmal erleben wir es gemeinsam«, sagte ich und dachte an den Tag, als Hugh mir am Telefon sagte, dass meine Mutter gestorben sei. Damals hatten meine Schwestern und ich kaum miteinander gesprochen.

Rose holte eine Schachtel Papiertaschentücher und stellte sie vor Fleur.

»Ist es jetzt wirklich zu Ende?«, fragte ich Daniel. »Oder gibt es noch mal eine SMS? Irgendetwas?«

Er schüttelte den Kopf. »Auch ich werde mich jetzt verabschieden.« Er löste die Kabel an seinem Laptop und begann einzupacken.

»Hat meine Mutter für dieses letzte Wochenende denn keine Anweisungen hinterlassen?«, fragte Fleur.

Wieder schüttelte Daniel den Kopf. »Irgendwann musste Schluss ein.«

Ob ich jetzt mit meiner Beichte beginnen sollte? Ich musterte meine Schwestern und wünschte, ich hätte es längst getan und nicht für heute aufgehoben. Jetzt war die Trauer um unsere Mutter wieder so stark, dass mein Bekenntnis unpassend gewesen wäre.

»Vielen Dank, Daniel.« Rose wandte sich zu Fleur und mir um. »Ich habe eine Bitte. Können wir das Nachmittagsprogramm ein bisschen abändern? Ich müsste für eine Stunde weg. Vielleicht kommt ihr ja mit.«

»Wohin?«, fragte Fleur.

»Erinnert ihr euch noch an Swami Muktanand?«

Fleur und ich nickten.

»Er kehrt nach Indien zurück und wird heute Nachmittag verabschiedet. Ich würde gern daran teilnehmen. Es findet nicht weit von hier statt.«

»Du willst dich von dem Swami verabschieden?«, fragte ich verblüfft. »Wie kommt das denn?«

Rose warf Daniel einen kurzen Blick zu. »Ich bin dann und wann zu seinen Meditationssitzungen gegangen. Es hat mir viel gebracht.«

»Echt? Warum hast du uns das denn nie erzählt?« Meine Gedanken überschlugen sich. Rose nahm freiwillig an Meditationsübungen teil? Ich wusste wirklich sehr wenig über sie. Aber warum der Blickkontakt mit Daniel? Hatte er ihr bei den Sitzungen geholfen? Und was für Sitzungen waren das gewesen?

»Es war etwas – das nur für mich war.«

Ich drehte mich zu Daniel um. »Wussten Sie etwas davon?«

Er schaute Rose an. Sie nickte. »Ja«, antwortete er. »Es hatte aber nichts mit der Liste Ihrer Mutter zu tun.«

Es hatte nichts mit der Liste zu tun? Womit dann? Mir fehlten die Worte.

»Aber warum hast du es im Geheimen getan?«, wollte Fleur wissen. »Du hättest es uns doch sagen können.«

Rose seufzte. »Vieles, was der Swami gesagt hat, hat bei mir Anklang gefunden. Ich war auf der Suche nach innerem Frieden. Die Dinge, die wir gemeinsam gemacht haben, das waren nur vorübergehende Freuden, genau wie Mum gesagt hat. Ich habe mich nach etwas gesehnt, das bleibt.« Sie schenkte Daniel ein kleines Lächeln, das er erwiderte.

Mir wurde das Herz schwer. Daniel hatte sich hinter meinem Rücken mit Rose getroffen. Aus welchem Grund? Wenn es so etwas Harmloses wie gemeinsames Meditieren war, hätte er es doch erwähnen können. Oder war es mehr? Hatten sie eine Beziehung? Seit wann ging Rose schon zu Swami Muktanand?

»Hast du ihn gefunden?«, fragte Fleur. »Ich meine, den inneren Frieden?«

»An manchen Tagen spüre ich, dass er greifbar ist«, antwortete Rose.

»Rose«, sagte ich, »was verbirgst du vor uns?«

Daniel schaute Rose an. Ja, zwischen den beiden lief etwas. »Ich muss los«, sagte er. »Ich glaube, es gibt ein paar Dinge, die Sie besprechen sollten.« Er griff nach seiner Tasche. »Bis heute Nachmittag«, verabschiedete er sich von Rose. Ich fühlte mich ausgeschlossen.

»Besprechen?«, fragte ich Rose, als Daniel verschwunden war. »Was hat er gemeint?«

»Hattest du was mit ihm«, fragte Fleur.

»Ja und nein«, entgegnete Rose. »Nicht das, was ihr denkt. Ich muss euch etwas sagen, aber ich möchte es später tun, wenn Hugh wieder da ist. Bis dahin machen wir das, was Mum sich gewünscht hat.«

O Gott, dachte ich. Hatte sie eine Affäre mit Daniel? Möchte sie Hugh in unserem Beisein mitteilen, dass sie ihn verlassen wird?

»Geht's noch, Rose?«, fragte Fleur. »Du und Daniel?«

Rose stand auf. »Ich habe doch schon gesagt, dass es nicht das ist, was ihr denkt.«

»Klar, ist es ja nie.«

»Ich möchte jetzt nicht mehr darüber reden. Und nein, Daniel und ich haben nichts miteinander. Nicht im herkömmlichen Sinn.«

In mir begann es zu brodeln. Sie machte es immer noch. Musste immer noch Oberwasser haben. Rose entschied, was sie uns sagen wollte und wann, unsere Gefühle waren ihr einerlei. Allerdings hatte sie auch nichts von meiner Beziehung zu Daniel gewusst. Mist, es wurde immer schlimmer.

»Ach, und jetzt sollen wir einfach wie geplant Kuchen backen, Familienfotos anschauen und in der Erinnerung an unsere schöne Kindheit nostalgisch werden?«, fragte ich aufgebracht. »Dass du dich irgendwann mit Daniel einlässt, hätte Mum sich wahrscheinlich in ihren kühnsten Träumen nicht vorstellen können.«

»Wie oft soll ich noch sagen, dass es nicht so war?«, erwiderte Rose. »Ich habe versprochen, später mit euch zu reden, und das werde ich auch tun.«

In den nächsten Stunden versuchte ich, mich normal zu benehmen, doch es fiel mir schwer. Auch Fleur war in einer sonderbaren Laune, wohingegen Rose die Zutaten für den Kuchen wie ein Roboter abwog. Ich schickte Daniel eine SMS und fragte, was, zum Teufel, los sei. »Sprich mit Rose«, lautete seine Antwort.

Ich wusste, dass es keinen Zweck hatte, mit Rose zu sprechen. Sie würde erst reden, wenn sie es für richtig hielt. Also backten wir Scones. Es wirkte beinah surreal und war weit von dem innigen Beisammensein entfernt, das unsere Mutter sich wahrscheinlich ausgemalt hatte.

Als die Scones im Ofen waren, schauten wir uns die Fotoalben mehr oder weniger schweigend an. Fleur hatte das einzige Album, das sie besaß, mitgebracht, ich zwei Alben und Rose hat eines, das ihr gehörte, und die Alben meiner Mutter. Wäre unsere Stimmung eine andere gewesen, hätten wir eine schöne Zeit miteinander verbringen können, hätten uns erinnert, über unsere Haarfrisuren und die Kleidung von früher gelacht. Doch die Stunden zogen sich.

Ich betrachtete Rose. Sie blätterte in einem Album. Was ging in ihr vor? Was wollte sie uns noch nicht sagen? Ihr Gesicht verriet nichts, höchstens, dass sie zurzeit zu wenig Schlaf bekam.

»Fühlst du dich nicht gut?«, fragte ich sie. »Du siehst müde aus.«

»Mir fehlt nichts.«

»Bist du sicher?«, fragte Fleur. »Du wirkst angeschlagen.«

Rose tat so, als hätte sie nichts gehört, und schaute auf ihre Uhr. »Ich muss los. Kommt ihr mit, oder wollt ihr hier auf mich warten?«

»Wir kommen mit«, antworteten Fleur und ich wie aus einem Mund.

Samstag, 13. August, 13:00 Uhr

Der Abschied von Swami Muktanand fand in einem schicken Hotel in Kensington statt. Als wir ankamen, stand Daniel bereits in der eleganten Empfangshalle, deren Fußboden und Säulen aus honiggelbem Marmor waren. Er winkte uns zu, machte jedoch einen nervösen Eindruck. Rose ging zu ihm. Inzwischen war ich mir sicher, dass die beiden eine Affäre hatten. Die Art, wie sie miteinander sprachen, hatte etwas Intimes. Daniel sah zu Fleur und mir herüber. Ich war kurz davor, zu den beiden zu laufen und sie auf ihre Beziehung anzusprechen, doch Fleur hielt mich zurück und sagte: »Ich muss dir etwas erzählen.«

»Kann das nicht warten?«

Fleur zog mich in eine Nische. Rose und Daniel konnte ich von dort aus immer noch sehen. Das war gut, ich wollte ihr Mienenspiel beobachten. »Nein, es kann nicht warten. Es geht um Rose – oder vielmehr um Daniel.«

»Na gut.« Es juckte mich, zu Daniel und Rose zu marschieren und sie zur Rede zu stellen.

»Daniel ist ein Schwindler, ein unaufrichtiger Mensch. Falls Rose sich tatsächlich auf ihn eingelassen hat, wird er ihr bestimmt nicht erzählt haben, dass ich auch was mit ihm hatte.«

Im ersten Moment dachte ich, ich hätte mich verhört. »Du hattest was?«

»Eine Affäre, obwohl man es kaum so nennen kann. Es war nur Sex, reiner Sex, weiter nichts.«

Rose und Daniel waren vergessen, meine ganze

Aufmerksamkeit richtete sich auf Fleur. »Du? Du hattest eine Affäre mit Daniel?«

»Ja, aber es war so, wie ich gerade gesagt habe. Nur Sex und Vergnügen.«

Es kam mir vor, als hätte mir jemand in den Magen geboxt. Ich rang nach Atem, bekam keine Luft. Mir wurde übel. Also hatte ich mich doch nicht getäuscht. Aber wenn Daniel mit Fleur und mit mir zusammen gewesen war, dann doch wohl nicht auch noch mit Rose. »Nur Sex und Vergnügen? Was genau willst du damit sagen?«

»Nichts. Außer, dass es schon wieder vorüber ist.«

»Ich ...« Ich konnte es noch immer nicht fassen. Mir wurde schwindlig. »Warum hast du mir das nicht früher erzählt?«

»Weil Daniel und ich vereinbart hatten, niemandem etwas zu sagen.« Die Vereinbarung kam mir bekannt vor. »Außerdem wollte ich dich nicht verletzen, ich wusste doch, dass du ihn magst.«

»Stimmt, ich mochte ihn – mag ihn. Mochte ihn.« Meine Übelkeit verflog. Plötzlich kochte ich vor Wut und hätte mich liebend gern abreagiert. Sollte ich irgendwo dagegen treten? Fleur treten? Daniel? Rose? Mich selbst, weil ich eine derartige Idiotin war und meiner Intuition nicht getraut hatte, obwohl die Anzeichen unverkennbar gewesen waren? Und jetzt auch noch Rose. Ich schaute zu Daniel hinüber. »Ich dachte, ich würde ihn kennen.«

»Ich hätte es nicht getan, wenn zwischen euch etwas gewesen wäre«, fuhr Fleur fort. »Aber er hat mir geschworen, dass da nichts ist und nie etwas sein wird.

Entschuldige, dass ich das so deutlich sage. Deshalb habe ich dich vor ihm gewarnt.«

Am liebsten hätte ich sie gebeten, endlich den Mund zu halten, aber ich wollte mehr erfahren. »Wie kam er dazu, so etwas zu schwören?«

»Na, weil ich ihn nach dir gefragt habe.«

»Das ist nicht wahr.«

»Doch. Natürlich. Sag mal, für wie mies hältst du mich eigentlich? Wenn ich gedacht hätte, dass zwischen euch was läuft, hätte ich ihn nicht mal mit der Kneifzange angefasst. Noch mal, Dee, es tut mir leid, ich hätte nichts gesagt, aber jetzt geht es anscheinend auch um Rose. Ich will nicht, dass sie sich wegen einem Typ wie Daniel zum Affen macht.«

»Daniel und ich hatten eine Beziehung.«

»Nein, hattet ihr nicht.«

»Meinst du nicht, dass ich das besser wissen müsste?«

»Ich habe ihn gefragt, Dee. Er hat gesagt, das käme für ihn nicht infrage.«

Meine Wut steigerte sich. »Daniel und ich hatten uns geeinigt, niemandem etwas zu sagen. Kommt dir das bekannt vor?«

Fleur riss die Augen auf. »Ach.« Sie hatte es kapiert.

»Ja, ach. Ich habe ihn gefragt, ob er etwas mir dir hat. Das hat er weit von sich gewiesen und erklärt, das käme für ihn nicht infrage.«

Fleur war schockiert. Daniel sah wieder zu uns herüber und wirkte besorgt.

»Echt? Wann habt ihr angefangen?«

»Im letzten Dezember. Und wann ging es bei dir los?«

»Im März, aber es ist vorbei.«

»Hat er Schluss gemacht, oder warst du es?«

»Ich. Es hatte keinen Sinn, hat mir nichts mehr gebracht. Und wie ist es bei dir?«

Meine Übelkeit kehrte zurück. Ich hatte mir meine Beichte etwas anders vorgestellt. »Ich weiß es nicht. Es hat nachgelassen, aber ich glaube, wir sind noch ein Paar. Dachte ich jedenfalls. Wir haben uns so oft wie möglich getroffen.« Warum klang das so falsch? Wir waren kein Paar mehr. Nicht wirklich. Und im vergangenen Monat waren wir nur ein einziges Mal zusammengekommen, hatten uns auf halbem Weg in Bristol getroffen und waren beide nicht bei der Sache gewesen. Wir aßen zusammen, liebten uns, aber alles hatte etwas Mechanisches. Ich hatte mir eingeredet, dass es eine Phase war, die alle Paare nach dem ersten Rausch und der Freude, einander gefunden zu haben, durchmachten.

Fleur legte eine Hand auf meinen Arm. Ich schüttelte sie ab. Ich war verwirrt, wütend, fassungslos, verletzt und fühlte mich elend. So viel zu meiner Vision, mich meinen Schwestern bei einer schönen Tasse Tee anzuvertrauen und ihre Glückwünsche entgegenzunehmen. Zur Beruhigung atmete ich ein paarmal tief durch. Ich wollte nicht, dass meine Gefühle die Oberhand gewannen.

Fleur betrachtete Rose und Daniel. »Er hat uns alle an der Nase herumgeführt. Wir müssen es Rose erzählen und zwar sofort.«

»Sofort? Warum denn sofort?« Ein Teil von mir wollte immer noch warten und später mit Rose sprechen, wenn wir in ihrem Haus waren, nicht in der Empfangshalle eines Hotels. Ein anderer Teil hatte allerdings große Lust, zu Daniel zu gehen und ihn mit einem Kinnhaken niederzustrecken. Kein Wunder, dass Rose so blass aussah. Sie hatte ihre Gefühle aus Rücksicht auf ihre Familie unterdrückt. In der Hinsicht hatten Fleur und ich es besser gehabt.

»Ich weiß, du musst jetzt einiges verdauen«, sagte Fleur. »Ich allerdings auch.« Ihre Wangen hatten sich vor Zorn gerötet. »Dieser Scheißkerl. Hat er tatsächlich behauptet, zwischen uns hätte sich nichts abgespielt?«

»Ja. Ich habe ihn gefragt. Er hat gesagt, du wärst ihm zu anstrengend und nicht sein Typ.«

»Ach, und mir hat er erklärt, du wärst nicht sein Typ und würdest zu viel von einem Mann verlangen. Er hat uns beide belogen. Ich frage mich, welchen Bären er Rose aufgebunden hat. Komm, wir fragen sie.«

Als Daniel uns kommen sah, drehte er uns den Rücken zu.

»Rose, wir müssen dir etwas erzählen«, sagte Fleur so laut, dass einige der Hotelgäste sich zu ihr umwandten.

Daniel machte einige Schritte rückwärts. »Ich überlasse die Damen dann …«

»O nein, du bleibst, wo du bist«, fiel Fleur ihm ins Wort.

Daniel erstarrte.

»Was ist denn?«, fragte Rose.

Daniel seufzte. »Ich gehe besser. Ich finde, Sie sollten in Ruhe miteinander reden.«

»Rühr dich nicht vom Fleck«, sagte Fleur.

»Ja, ich finde auch, dass du uns ein paar Erklärungen schuldest«, sagte ich.

Rose fragte verwundert: »Darf ich mal erfahren, was das soll?«

»Dieser verlogene Mistkerl hat uns allen etwas vorgemacht.« Fleur deutete auf Daniel und sprach jetzt so laut, dass jeder in der Empfangshalle es mitbekommen konnte. Einige Gäste starrten uns an. »Wusstest du, dass das Schwein mit Dee und mir geschlafen hat?«

Rose riss die Augen auf. »Niemals. Du machst Witze, oder?« Sie drehte sich zu Daniel um und studierte seine Miene. »Ist das wahr?«

»Mir hat er gesagt, dass er sich nichts aus Fleur macht.« Ich wartete auf Daniels Reaktion. Er sah aus wie ein Hase im Scheinwerferlicht.

»Und mir, dass er sich nichts aus Dee macht«, sagte Fleur.

Ich sah Daniel an. »Unsere Beziehung war unser Geheimnis.«

»So wie unsere«, ergänzte Fleur.« Auch sie hatte Daniel im Visier.

Daniel wünschte sich wahrscheinlich, die Erde würde sich auftun und ihn verschlingen.

»Mir hat er gesagt, dass er sich für keine von euch interessiert«, erklärte Rose. Dann sah sie meinen Gesichtsausdruck und hob bedauernd die Hände. »Er hat mit euch beiden geschlafen?«

»Willkommen im Club«, sagte Fleur. »Wir drei waren für ihn nur was fürs Bett.«

»Nein.« Rose schüttelte den Kopf. »Bei mir war es nicht sexuell, sondern …«

»Ich denke, du hast dich mit ihm getroffen«, sagte Fleur.

»Schon, aber auch das erkläre ich später. Nicht hier.« Rose war rot angelaufen. »Warum haben Sie gelogen?«, wandte sie sich an Daniel. »Ich hatte mehr von Ihnen erwartet.«

Daniel wand sich und trat noch ein paar Schritte zurück bis zu einer Säule, hinter der er sich wahrscheinlich gern versteckt hätte. »Ich soll gelogen haben? Als Einziger? Was ist denn mit Ihnen, Rose. Und mit dir, Dee, und dir, Fleur? Ihr habt doch auch gelogen.«

Rose ballte die Hände zu Fäusten. »Ich habe Ihnen vertraut. Was sind Sie für ein Arschloch.«

»Ich habe ihm auch vertraut«, sagte ich. Ich hatte Daniel geliebt, mein Bett mit ihm geteilt und die intimsten Augenblicke mit ihm erlebt. Wo war dieser Mann? Warum trat er nicht vor und erklärte uns sein Benehmen?

Hinter uns standen noch immer Gäste, die zu uns herüberschauten und wahrscheinlich gern gewusst hätten, um was es ging.

»Seit wann?«, fragte Rose.

»Seit Dezember«, antwortete ich.

»Fleur?«

»Bei mir ging es im März los, aber es ist vorbei.«

Roses Gesichtsfarbe vertiefte sich. Sie sah aus, als würde sie jeden Moment explodieren. Dann machte sie einen Schritt auf Daniel zu und stieß ihn gegen die Brust. Daniel hatte Mühe, sein Gleichgewicht zu halten. »Sie legen meine Schwestern flach, aber bei mir machen Sie auf nett und raten mir, meinen inneren Frieden zu finden? Das ist wirklich die Höhe.«

»Flachlegen ist ein sehr unschönes Wort, Rose«, sagte Daniel aufgebracht. »Ich habe niemandem etwas vorgespielt. Ihnen erst recht nicht.«

»Aber meinen Schwestern, und insofern betrifft es auch mich. Wenn ich mir überlege, dass meine Mutter Ihnen vertraut hat! Was glauben Sie, was sie jetzt von Ihnen halten würde? Ihre Aufgabe war es, die Wochenenden zu organisieren und sich um die Liste meiner Mutter zu kümmern, die wollte, dass wir Schwestern wieder zusammenfinden. Aber Sie haben Ihre Position ausgenutzt. Um ein Haar hätten Sie mit ihren Lügen und Taschenspielertricks alles zerstört, was unsere Mutter erreichen wollte. Sie haben auch sie zum Narren gehalten, und das macht mich wütender als alles andere. Ich könnte Sie umbringen – Sie sind der Teufel im Gewand eines Heiligen. Sie – Sie …« Rose hatte die Kontrolle über sich verloren. Sie schubste Daniel noch einmal, diesmal so fest, dass er nach hinten taumelte, mit dem Kopf gegen die Säule schlug und rücklings auf den Marmorboden fiel. Gleich darauf sickerte Blut aus seinem Kopf über den Boden.

»O Gott.« Ich kniete mich neben ihn. »Ruft einen Krankenwagen.«

Einige Gäste kamen angelaufen und starrten auf Daniel. Rose sah aus, als fiele sie gleich in Ohnmacht. Ein Mann trat zu ihr und breitete vorsorglich die Arme aus.

»Die Polizei muss verständigt werden«, rief eine Frau.

Fleur zückte ihr Handy und telefonierte. Dann kniete auch sie sich zu Daniel und sagte: »Scheiße, verdammte Scheiße.«

29

Sonntag, 14. August

Dee

Ich holte das Fläschchen Bachblütentropfen aus der Handtasche, legte den Kopf zurück und träufelte vier Tropfen auf meine Zunge. Seit meiner Ankunft im Polizeirevier vor einer Stunde war es bereits die zweite Dosis. Das Fläschchen hatte ich immer für Notfälle dabei, die Tropfen halfen bei Stress und Angstzuständen. Doch vor dem gestrigen Tag hatte ich nur selten Gebrauch von ihnen gemacht.

Ich saß auf einer Bank im Wartebereich des Reviers. Durch das Fenster sah ich Fleur kommen. Auf die Begegnung mit ihr hätte ich verzichten können, mir steckten die jüngsten Enthüllungen noch in den Knochen. Wie oft wir gelogen hatten, nicht nur Fleur, sondern auch ich. Und jetzt auch noch der Albtraum eines Polizeiverhörs. Wie hatte es dazu kommen können? Wir waren doch keine Kriminellen.

»Morgen«, sagte Fleur und überreichte mir eine Tageszeitung. »Hast du das gesehen?« Der Wachhabende schaute von seinem Schreibtisch auf. Wie alle

Männer starrte er Fleur an. Im Vergleich zu ihr kam ich mir ärmlich vor, meine Kleidung war zerknittert, mein Haar nicht gekämmt. Ich stöhnte, schüttelte den Kopf und überflog die Schlagzeilen.

»Auf der Titelseite steht es nicht. Schlag Seite drei auf. Ich habe den Artikel angestrichen.«

»Wird Rose namentlich erwähnt?«

»Ich fürchte, ja.«

Ich seufzte. »Wir auch?«

»Nein, und zum Glück gibt es auch keine Fotos. Heute früh habe ich als Erstes die Tageszeitungen gekauft und alle durchgesehen. Nur im *Chronicle* stand was. Lies. In der Zeit besorge ich uns einen Kaffee. Ist Roses Anwalt schon hier?«

Ich wunderte mich, dass Fleur mit mir redete, sogar anbot, mir etwas zu trinken zu besorgen. Am liebsten hätte ich ihr Angebot abgelehnt. Ich war tief gekränkt, und Fleur sollte erkennen, dass ich nicht gewillt war, ihr ohne Weiteres zu verzeihen. Eigentlich wollte ich nie mehr mit ihr reden, sie nie mehr sehen. Ich hatte geglaubt, dass sie ähnlich empfand und wir uns wieder wie früher als Teenager beleidigt anschweigen würden. Doch dann sagte ich mir, dass wir alle drei in dieser Sache steckten, Rose, Fleur und ich. Außerdem war ich durstig. Vielleicht wäre Koffein besser als die Bachblütentropfen. »Der Anwalt ist noch nicht erschienen, und die Polizisten halten sich bedeckt. Sie haben bloß gesagt, dass ich warten soll.«

»Bin gleich wieder da.« Fleur lief los. Ich begann zu lesen.

Attacke auf Friedenskonferenz

In einer Pressekonferenz der Sekte Heaven on Earth kündigte Swami Muktanand (87), ein spiritueller Führer der Bewegung, gestern seinen Rückzug aus dem öffentlichen Leben und der Lehre an. Bereits am Abend flog er nach Indien, wo er sich an einem abgelegenen Ort des Himalajas zur Ruhe setzen wird.

In dem Hotel, in dem die Friedenskonferenz der Sekte stattfand, kam es zwischen Rose Edwards (52), einer Anhängerin des Swami, und Sektenmitglied Daniel Scott (50) zu Handgreiflichkeiten. Ein Zeuge behauptet, dass Mrs Edwards gedroht habe, Mr Scott umzubringen. Scott wurde ins Rathbone Hospital gebracht. Wie es heißt, ist sein Zustand kritisch. Bei ihrer Festnahme wirkte Mrs Edwards verstört. Sie bleibt bis auf Weiteres in Haft.

* * *

Ich ließ die Zeitung sinken. Absurd. Hätte die Nachricht andere Leute betroffen, hätte ich gelacht. Heaven on Earth war auch keine Sekte, sondern eine Organisation, die aus mehreren Meditationszentren bestand, und Rose war nicht gewalttätig, zumindest normalerweise nicht.

Fleur kehrte mit zwei Cappuccino zurück und fragte: »Was machen wir jetzt?«

Ich schlug die Beine übereinander und verschränkte die Arme vor der Brust. Anhand meiner Körpersprache sollte Fleur erkennen, dass ich Abstand wahren wollte und noch immer wütend auf sie war. »Wir warten. Weißt du, wie es Daniel geht?«

»Ist immer noch bewusstlos. Am liebsten ginge ich ins Krankenhaus und würde ihm ein Kissen aufs Gesicht drücken.«

Ich bedeutete ihr, leiser zu sprechen, und schaute zu dem Wachhabenden hinüber, der Fleur immer mal wieder bewundernde Blicke zuwarf.

»Bist du verrückt?«, zischte ich. »Ist dir nicht klar, wo wir sind? Ich weiß, dass du es nicht ernst meinst, aber die Leute hier wissen das nicht.«

»Wie kommst du darauf, dass ich es nicht ernst meine? Ich hätte meinem Instinkt vertrauen und die Finger von dem Wichser lassen sollen. Was glaubst du, wie …«

Fleur verstummte. Roses Anwalt war hereingekommen.

Ich stand auf, um ihn zu begrüßen. »Das ist alles Mums Schuld«, sagte ich zu Fleur. »Hätte sie diese idiotische Klausel nicht in ihr Testament gesetzt, wäre uns dieser ganze Mist erspart geblieben.«

Fleur gab dem Anwalt die Hand. »Waren Sie schon bei ihr? Wie geht es ihr? Und was passiert jetzt?«

»Ihre Schwester ist nicht auf dem Revier.« Der Anwalt holte zwei Briefumschläge hervor, einen für Fleur, einen für mich. »Ihr Ehemann hat mich gebeten, Ihnen die Briefe zukommen zu lassen.«

»Geht es Rose gut?«, fragte ich.

»Ich habe nur den Auftrag, Ihnen die Briefe zu geben. Wenn Sie sie gelesen haben, können Sie Mr Edwards anrufen.«

Nach diesen Worten machte der Anwalt kehrt und verschwand. Ich riss den Briefumschlag auf und fing an zu lesen. Fleur tat das Gleiche.

»Liebste Dee,
so viele Geheimnisse, so viele Lügen. Wahrscheinlich überlegst Du immer noch, was ich so lange verschwiegen habe. Ich habe Krebs, das war es, was ich Dir und Fleur gestern sagen wollte.«
Ich hörte, wie Fleur nach Luft schnappte.
»Am Tag der Testamentsverlesung habe ich es erfahren. Deshalb musste ich auch so schnell los. Damals habe ich nichts gesagt, ich wusste ja nicht, wie die Prognose aussah. Sie war nicht gut. Stadium IV. Unheilbar. Vielleicht fragst Du Dich, wie ich meinen Zustand so lange geheim halten konnte. In dem Punkt ist Krebs eine sonderbare Krankheit: Es kann sein, dass man lang nichts bemerkt, bis es dann rapide bergab geht. Doch mittlerweile spüre ich die Folgen der Therapie und kann nicht mehr so weitermachen wie bisher.
Ich hatte eine dreimonatige Hormonbehandlung, die nicht geholfen hat, dann drei Monate lang Chemotherapie, die anzuschlagen schien, dann das Gleiche noch einmal für drei Monate, bis sich herausgestellt hat, dass alles nichts genützt hat.
Man hat mir meine Optionen erklärt. Ich kann die nächste Hormonbehandlung über mich ergehen lassen, sie hat weniger Nebenwirkungen als die Chemotherapie, oder es mit einer neuen Art der Chemo versuchen. Mir ist, als würde ich gegen Windmühlen

kämpfen. Ich bin müde. In den vergangenen Monaten hatte ich wieder eine Hormonbehandlung, aber angesichts der Prognose kann sie nur bedingt etwas ausrichten. Deshalb habe ich mich gegen weitere Therapien entschieden.
Ich möchte meine letzten Tage zu Hause verbringen. Krankenschwestern der Krebshilfe werden mir das ermöglichen. Ich möchte nicht mehr untersucht, gescannt und abgetastet werden. Ich möchte zu Hause sein, im Kreis meiner Lieben und mit meinem eigenen Kopfkissen. Du weißt, wie wichtig Letzteres für mich ist.
Kommen wir zu Daniel. Was war seine Rolle? Er war nett. Unsere Beziehung war nicht das, was Du vermutet hast. Ich bin ihm eines Nachmittags über den Weg gelaufen. Es hat mir gutgetan, mit ihm zu reden, mit jemandem, der weder Freund noch Familienmitglied war. Er hat mir geholfen, meine Krankheit zu akzeptieren. Gemeinsam mit Swami Muktanand hat er mir gezeigt, wie ich inneren Frieden finden kann. Dafür bin ich ihm dankbar. Ich hatte ja keine Ahnung, dass er mit Euch beiden eine Beziehung eingegangen war. Als ich es erfahren habe, bin ich wütend geworden, denn Liebe ist kostbar und sollte nicht vergeudet werden. In meinen Augen hat er seine Position missbraucht und sich des Vertrauens als nicht würdig erwiesen, das Mum in ihn gesetzt hatte. Trotzdem wollte ich ihn nicht verletzen und hoffe, dass es ihm bald wieder besser geht.
Es tut mir leid, dass ich Euch belogen habe – oder vielmehr, Euch die Wahrheit vorenthalten habe.

Ich hoffe, dass ihr den Grund jetzt nachvollziehen könnt. Als ich von meiner Krankheit erfuhr, wollte ich Euch nichts sagen, denn was hättet Ihr schon antworten können? Was hättet Ihr tun können? Nichts. Es war schwer genug, es Hugh, Simon und Laura zu sagen und Ihre Reaktionen auszuhalten. Ich wollte, dass die Zeit mit Euch – und Mum – so normal wie möglich verläuft. Okay, das war ein Witz. Mums Liste war alles andere als normal. Aber wir hatten auch schöne Stunden, oder? Bitte verzeih mir, dass ich nichts von meiner Krankheit gesagt habe. Trotz unserer Unterschiedlichkeiten liebe ich Euch. Ebenso wie Mum möchte ich, dass Ihr glücklich seid. Gestern Abend hätte ich es Euch erzählt, aber dann erfuhr ich, was Daniel getan hat, und fühlte mich so hilflos, dass ich ausgerastet bin.

Natürlich fürchtet sich ein Teil von mir vor dem, was kommt. Allerdings stelle ich auch fest, dass sich mein Wahrnehmungs- und Empfindungsvermögen gesteigert hat. Ich bin achtsamer geworden, deshalb hat mir das, was Andrew uns erklärt hat, auch so gut gefallen. Seit meiner Diagnose und der Gewissheit, dass ich bald sterbe, sehe ich so viel Schönes in der Welt: spielende Kinder, ein freundliches Gesicht im Supermarkt, eine Blume, den Himmel, Hughs Blick. Die Welt ist schön. Mitunter hat mich ein Gefühl der Liebe befallen, das ich mir nicht erklären konnte. Wir leben auf der Erde, einem Juwel, das sich im grenzenlosen All befindet. Es ist unfassbar. Auch der menschliche Körper ist erstaunlich. Ich war immer so in Eile, dass ich das nicht erkannt habe, meine

Gedanken waren nur bei dem, was ich als Nächstes erledigen musste.
Manchmal überwältigt mich die Angst, aber dann hilft es mir zu meditieren. In uns allen – ja, sogar in mir – gibt es einen Ort des Friedens, einen ruhenden Pol, der immer da ist, ganz gleich, was geschieht. Swami Muktanand hat mir geholfen, diesen Ort zu finden. Zudem habe ich gelernt, dass die Liebe das Wichtigste im Leben ist. Die Liebe von Freunden und Familie.
Ich wünsche Euch das Allerbeste. Nehmt Euch die Zeit zu erkennen, was Ihr habt und wo Ihr im Leben steht. Denkt an die Zeilen des Dichters W. H. Davies: ›Wie arm ein Leben, in dem man an die Sorgen denkt und niemals innehält und sieht, was es uns zudem schenkt.‹ Haltet inne.
Alles Weitere wird Hugh euch später berichten.
In Liebe
Deine Schwester,
Rose. X«

Ich sah Fleur an. Sie war blass geworden. Ich wusste kaum, was ich sagen sollte.

»Wie konnte ich mich dermaßen irren?«

»Nicht nur du. Ich ja auch.«

»Ich hatte keine Ahnung.«

»Ich auch nicht.«

»Mein Gott. Arme Rose.« Fleur legte einen Arm um mich. Ich drückte sie an mich. Wir begannen zu weinen.

»Armer Hugh. Arme Kinder«, sagte ich.

Eine Zeit lang saßen wir schweigend da und versuchten das, was Rose geschrieben hatte, zu begreifen.

Nach einer Weile sagte Fleur: »Wenn du wüsstest, wie leid mir alles tut.«

»Mir auch. Wenn ich mir vorstelle, was sie durchgemacht hat, während ich dachte, sie wäre typisch Rose – geheimniskrämerisch, manipulativ. Es ist einfach schrecklich.«

»Man denkt immer, man wüsste alles. Wüsste, was im Leben anderer Menschen vor sich geht und weshalb sie sich so oder so verhalten. In Wahrheit wissen wir gar nichts.«

Ich holte mein Handy heraus und wählte Roses Nummer. Hugh meldete sich.

»Sag uns, was wir tun können«, bat ich ihn.

»Ach, dann habt ihr die Briefe gelesen.«

»Ja. Es tut mir so leid, Hugh. Wie geht es ihr?«

»Heute nicht so gut. Der gestrige Tag war zu viel für sie. Heute früh ist sie im Krankenwagen vom Polizeirevier ins Krankenhaus gefahren worden. Simon ist bei ihr. Wir setzen Himmel und Erde in Bewegung, dass man sie nach Hause gehen lässt.«

»Können wir sie besuchen?«

»Im Moment nicht. Sie braucht noch ein wenig Zeit, bis sie in der Lage ist, Besuch zu empfangen. Aber Rose wollte, dass ihr die Briefe bekommt, nur für den Fall, dass …« Er holte zittrig Luft. »Wir wissen nicht, wie lange sie noch hat. Ob Wochen oder Monate. Wir bleiben in Kontakt, versprochen.«

30

Sonntag, 14. August, 10:00 Uhr

Dee

Wir verließen das Polizeirevier und steuerten den Taxistand an. Ich wählte die Telefonnummer des Rathbone Hospital.

»Ich rufe wegen Daniel Scott an«, erklärte ich. »Er wurde gestern mit einer Kopfverletzung eingeliefert. Können Sie mir sagen, wie es ihm geht?«

»In welcher Beziehung stehen Sie zu dem Patienten?«, fragte der Mann am anderen Ende.

Was sollte ich darauf antworten? Seine Freundin? Die war ich nicht mehr. Die Schwester der Frau, die ihn angegriffen hat? Besser nicht. »Eine Freundin.«

»Dann tut es mir leid, wir dürfen nur nahen Verwandten Auskunft geben.«

Ich klappte mein Handy zu und seufzte. »Wir könnten lügen«, sagte Fleur.

»Ich finde, wir haben genug gelogen.«

»Auch wieder wahr.« Sie sah mitgenommen aus. Wahrscheinlich fühlte sie sich ebenso elend wie ich. »Was sollen wir jetzt tun?«

Wir hatten den Taxistand erreicht. »Keine Ahnung.« Die Luft war feucht, der Himmel grau. Ich wusste nicht, wohin mit mir. Nach Cornwall zurückzukehren fühlte sich falsch an. Ich wollte hier sein, falls Hugh sich wieder meldete oder es neue Informationen über Daniel gab.

Ein Taxi kam. Der Fahrer ließ sein Fenster herunter. »Wohin, die Damen?«

»Sloane Street«, entgegnete Fleur und hielt mir den Schlag auf. Ich stieg ein.

Fleur folgte mir. »Wir können bei mir bleiben und in Ruhe überlegen, was wir als Nächstes tun.«

Mir fehlte die Kraft, mich gegen ihren Vorschlag zu wehren, ich war zu unglücklich und zu durcheinander. Ich wusste nicht einmal mehr, ob ich mich um Daniels Verletzung sorgen sollte und was das für Rose bedeuten konnte, oder nur noch um Rose selbst. Aber wie konnte ich mich das überhaupt fragen? Natürlich ging es vor allem um Rose und ihre Krankheit. Es war so viel passiert, es hatte so viele Enthüllungen gegeben, einen solchen Gefühlsaufruhr, dass ich nicht mehr klar denken konnte. Wie oft Daniel mich belogen hatte! Und ich hatte gedacht, er wäre meine große Liebe. Halt! Hatte ich das tatsächlich gedacht? In der letzten Zeit eigentlich nicht mehr. Ich hatte zu sehr unter meiner eigenen Doppelzüngigkeit gelitten und den Lügen, die ich meinen Schwestern aufgetischt hatte! Das hatte mein Zusammensein mit Daniel belastet. Auf Geheimnissen kann man keine Beziehung aufbauen. Abgesehen davon konnte man Daniel nicht trauen, wie ich inzwischen wusste. Aber wenigstens hatte er niemandem etwas von Roses Krankheit erzählt. Nun lag er im Rathbone Hospital, und ich konnte ihm nicht einmal einen Höflichkeitsbesuch abstatten. Vielleicht war ich auch gar nicht erwünscht. Aber wie hatte er sich mit Fleur einlassen können? Ich war zwar misstrauisch gewesen, aber als ich es erfuhr, war es trotzdem wie ein Schlag ins Gesicht, da konnte Fleur hundertmal sagen, es hätte nichts bedeutet. Für mich bedeutete es durchaus etwas. Es zeigte mir, dass ich mir eine Zweisamkeit eingebildet hatte, die es nicht gegeben hatte. Aber all das verblasste, wenn ich an Rose dachte. Ihr Krebs sei unheilbar, hatte sie geschrieben. »Unheilbar« dachte ich ein ums andere Mal und konnte es nicht fassen.

Fleur legte ihre Hand auf meine. »Es tut mir so leid, Dee. Ich weiß, im Moment ist es ein bisschen viel, aber wenn du so weit bist, sprechen wir uns aus.«

Rose ist auch Fleurs Schwester, dachte ich, und Daniel hatte sie ebenso belogen wie mich. *Richtet nicht, damit ihr nicht gerichtet werdet,* hatte Mum in ihrer letzten SMS geschrieben. Ich nahm Fleurs Hand. Die restliche Strecke legten wir schweigend zurück.

In ihrer Wohnung kochte Fleur Kaffee. Dann ließ sie mir ein Bad ein, goss ein zart duftendes Öl ins Wasser und wärmte die Handtücher vor. Als ich gebadet hatte, führte sie mich zu meinem Bett, als wäre ich krank.

»Ruh dich aus«, sagte sie. »Wenn es etwas Neues gibt, sage ich dir Bescheid.«

»Was ist mit dir?«, fragte ich. »Wie fühlst du dich?«

Fleur zuckte mit den Schultern. »Ich komm schon klar.«

Ich rief Anna an und erzählte ihr das, was passiert war.

»Allmächtiger«, sagte sie. »Ach, wenn du wüsstest, wie leid mir das mit deiner Schwester tut.«

»Ja«, sagte ich, »es ist furchtbar.«

»Und dann noch die Sache mit Daniel. Was für ein Dreckskerl. Na ja, einen bleibenden Schaden wünsche ich ihm trotzdem nicht. Tust du ja auch nicht. Gott, was du alles durchgemacht hast. Meinst du, du wirst damit fertig?«

»Ich werde es überleben, du kennst mich doch. Im Vergleich zu dem, was Rose durchmacht, ist Daniels Benehmen völlig unwichtig.«

»Kann ich dir irgendwie helfen? Soll ich kommen?«

»Danke, aber das ist nicht nötig. Fleur ist ja hier. Kümmere dich um meine Katzen, das reicht. Ich rufe wieder an, wenn es Neuigkeiten gibt.«

»Okay, aber schreib jetzt nicht wieder alle Männer ab. Daniel ist nur einer von ihnen, nicht alle sind wie er.«

Nach dem Telefonat kniete ich mich ans Bett und legte die Hände zum Gebet zusammen. »Lieber Gott, bitte hilf. Ich weiß, darum habe ich dich schon mal gebeten, aber diesmal meine ich es ernst. Ich bete auch nicht, weil meine Mutter es vorgeschlagen hat, sondern aus eigenem Wunsch. Bitte lass Rose nicht leiden und sorge dafür, dass Daniel sich von seinen Verletzungen erholt. Danke.«

Ich setzte mich auf die Bettkante. Nach einer Weile

kroch ich unter die Decke und fiel in einen unruhigen Schlaf. Auch in der vergangenen Nacht hatte ich nicht gut geschlafen. In dem Hotel nahe dem Polizeirevier, in dem ich übernachtet hatte, war es laut, und mir waren tausend Dinge durch den Kopf gegangen.

Einige Stunden später wurde ich wach. In Fleurs Wohnung klingelte das Telefon. Ich rappelte mich auf, streifte einen Morgenmantel über und hörte Fleur murmeln. Ich entdeckte sie im Wohnzimmer und lauschte beklommen.

»Ging es um Daniel?«, fragte ich, als sie aufgelegt hatte.

Fleur nickte. »Das war Hugh. Er hat mit der Polizei gesprochen und erfahren, dass Daniel im Bett sitzt und sich gut fühlt. Sobald feststeht, dass er keine Gehirnerschütterung hat, wird er entlassen. Er wird auch keine Anzeige erstatten.«

Ich ließ mich aufs Sofa fallen. »Danke, lieber Gott. Eine Gerichtsverhandlung braucht Rose jetzt wirklich nicht.«

»Das weiß Daniel.«

»Wie geht es Rose?«

»Sie möchte uns sehen. Heute nicht. Sie muss ruhen. Aber sie lässt uns ausrichten, dass wir in den Park gehen sollen.«

»Welchen Park?«

»Den Park auf der Liste.«

Jetzt war bei mir der Groschen gefallen. Es war der vorletzte Punkt im Programm meiner Mutter. Wir sollten durch den Park spazieren und Blumen ansehen.

Es war so ungefähr das Letzte, wonach mir der Sinn stand. Ich wollte mich wieder ins Bett verkriechen, die Decke über den Kopf ziehen und dort bleiben. Ich schaute auf meine Uhr. Es war erst zwei Uhr nachmittags.

»Rose kommandiert uns immer noch herum«, sagte Fleur. »Das nehme ich als gutes Zeichen. Also auf zum Ökotrip.«

Draußen war der Himmel inzwischen blau geworden, die Wolken hatten sich verzogen. Fleur und ich fuhren hinaus nach Kew Gardens. Dort setzten wir uns in die Sonne, betrachteten die Blumenbeete vor uns und redeten. Und wie wir redeten. Ich erzählte Fleur, wann und wie meine Beziehung zu Daniel zustande gekommen war, was ich empfunden hatte, wie es gewesen war. Als ich in Tränen ausbrach, nahm Fleur mich in die Arme. Sie selbst hatte über Daniel nicht viel zu sagen.

»Ich will dir nichts verheimlichen«, erklärte sie, »aber es war ja nur ein bisschen Spaß. Als es das nicht mehr war, habe ich Schluss gemacht. Warum hätte ich auch weitermachen sollen. Außerdem wusste ich, dass du ihn mochtest, auch wenn ich sicher war, dass ihr nie ein Paar werden würdet. Ich wollte nicht, dass etwas zwischen uns kommt, sondern dass wir wieder Freundinnen werden. Das war mir wichtiger als Daniel.«

Es tat mir noch immer weh, aber ich machte Fleur keine Vorwürfe. Sie hatte nichts von Daniel und mir gewusst, und daran war nicht sie schuld gewesen, sondern Daniel und ich. »Mir tut es auch leid«, erklärte ich auf dem Rückweg zum Parkplatz. »Wenn ich mich dir und Rose anvertraut hätte, wäre uns eine Menge Ärger erspart geblieben.«

»Jetzt mach dir doch keine Vorwürfe«, sagte Fleur. »Das bringt wirklich nichts.«

Sie hatte recht. Meine Liebe zu Daniel war endgültig gestorben, und für Rose gab es keine Hoffnung mehr. »Ich komme mir vor wie in einem Traum.«

»Ich weiß, was du meinst.« Fleur startete den Motor ihres Wagens. »Man fühlt sich wie Alice hinter den Spiegeln.«

»Das hatte Mum sich mit Sicherheit anders vorgestellt.«

»Die Dinge sind immer anders, als man sie sich vorstellt.« Fleur setzte zurück und steuerte die Straße an. »Aber wenigstens sind wir wieder zusammen, auf unsere eigene dysfunktionale Weise. Das zumindest dürfte Mums Vorstellungen entsprechen.«

Am Abend machte Fleur eine Flasche Wein auf. Wir setzten uns aufs Sofa und schauten die DVD an, die Mum für uns ausgesucht hatte. Es ging um Paarungsverhalten in der Natur, und ich verfolgte fasziniert, wie ein Kugelfisch im südlichen Japan auf dem Meeresgrund ein Muster in den Sand malte, das hundertmal größer als er selbst war und dem Mandala einer Sonne glich. Der Kreis war perfekt, die Strahlen absolut symmetrisch. Das Bild sollte ein Weibchen anlocken, ihm zeigen, dass es seine Eier in das weiche Zentrum legen konnte.

»So viel Arbeit müssen wir uns nicht machen«, sagte Fleur.

»Du vielleicht nicht.«

Als Nächstes beobachteten wir, wie ein Spinnenmann einen tangoähnlichen Balztanz aufführte und zur Krönung über seinem Kopf eine wunderschöne, bunt schillernde Luftblase fabrizierte.

»Karneval der Tiere«, sagte Fleur.

»Reine Kunst.«

»Trotzdem werden die Männchen nach der Paarung von den Weibchen gefressen.«

»So ist die Natur. Das Weibchen muss ihn fressen, um den Nachwuchs ernähren zu können.«

»Gut, dass uns das erspart bleibt«, sagte Fleur. »Für uns ist die Paarung ein Kinderspiel.«

Ich lachte. »Vielleicht hat Mum die DVD deshalb ausgesucht. Wir sollen dankbar sein, statt über unsere Beziehungen zu jammern.«

»Oder sie wollte uns raten, bunt schillernde Hüte zu tragen.«

»Wie ich Mum kenne, könntest du recht haben.«

Nach der DVD zogen Fleur und ich uns in unsere Schlafzimmer zurück. Ich begann zu beten.

»Hallo, lieber Gott, ich bin's wieder und möchte mich als Erstes noch mal für Daniels Genesung bedanken – falls du die herbeigeführt hast. Vergiss aber Rose bitte nicht, sie braucht ebenfalls deine Hilfe.

Gerade habe ich mit meiner Schwester eine DVD geschaut und muss sagen, Hut ab. Sicher, hier und da zweifele ich an deiner Existenz, aber nach der DVD möchte ich an dich glauben. Ich habe in der Natur ein Maß an Kreativität entdeckt, von der ich als Künstlerin nur träumen kann – unendlich viele Farben, brillante Muster und vollendete Schönheit. Ich bin wirklich beeindruckt. Kirchen, Geistliche, Klöster, Religionslehre – das alles lässt mich kalt, doch jetzt habe ich den Film von Attenborough gesehen und bin gläubig geworden. Nur wenn ich die Fernsehnachrichten einschalte oder an Rose denke, dann gerät mein Glaube wieder ins Wanken. Wie viel Grauen auf der Welt durch Krieg, Zorn und Hass entsteht, wie viele Menschen an Krankheiten leiden und Schmerzen ertragen müssen. Ich habe sehr viele Fragen, lieber Gott, und auch eine Menge Zweifel, aber nachdem ich den kleinen Kugelfisch gesehen habe, der ein perfektes Mandala in den Sand gemalt hat, möchte ich glauben, dass dahinter eine große und wunderbare Macht steht. Es gibt kein Gemälde ohne Maler, kein Kunstwerk ohne Künstler, deshalb eigentlich auch keine Schöpfung ohne Schöpfer. Aber wo bist du, lieber Gott? Und wo ist meine Mutter? Überall beweist uns die Natur, dass sich hinter der Hand, die sie führt und erneuert, ungeheure Kreativität verbirgt. Aber warum muss es so viel Kummer und Leid auf der Welt geben? Ich will keinen Stress machen, lieber Gott, aber es wäre nett, wenn du mir die Antwort bei Gelegenheit geben könntest. Dafür jetzt schon mal vielen Dank.«

Nach diesem Gebet stieg ich ins Bett und schlief tief und fest.

31

Dienstag, 16. August

Dee

Am Morgen fuhren Fleur und ich zu Rose. Bei unserer Ankunft saß Rose im Bett. Sie sah gesund aus, wenn auch blass. Jemand, der es nicht wusste, hätte nie gedacht, dass sie an einer unheilbaren Krankheit litt. Am Fußende ihres Betts lag der Kater Clifford und schlief.

Fleur und ich ließen uns nieder, jede auf einer Seite des Betts. »Du siehst super aus«, sagte Fleur. »Wie fühlst du dich?«

Rose schnitt eine Grimasse. »Ich habe mich schon besser gefühlt. Aber du warst von jeher eine gute Lügnerin. Apropos, wisst ihr schon, dass Daniel sich wieder erholt hat?«

»Hugh hat es uns erzählt.«

»Und wie geht es euch? Seid ihr über ihn hinweg?«

»Für mich zählt er schon seit einer ganzen Weile nicht mehr«, antwortete Fleur und schaute mich an. »Bei Dee bin ich mir nicht so sicher.«

»So schlimm?«, fragte Rose. »Das tut mir sehr leid,

Dee. Ich hätte erkennen müssen, dass ihr was miteinander hattet.«

»Ach was«, sagte ich. »Du und Fleur habt doch versucht, mich zu warnen.«

»Das stimmt allerdings.«

»Ich komme mir so dumm vor.«

»Ich mir auch«, sagte Fleur. »Ich fühle mich sogar richtig beschissen. Wie konnte ich mich auf Daniel einlassen, während Rose eine so schlimme Zeit durchgemacht hat?«

»Das empfinde ich auch so«, sagte ich. »Aber genug von uns. Was ist mir dir, Rose? Hast du Schmerzen?«

Rose schüttelte den Kopf. »Ich spüre die Nebenwirkungen meiner Medikamente, weiter nichts. Wenn später einmal die Schmerzen einsetzen, bekomme ich Morphium.«

»Kann man denn wirklich nichts mehr tun?«

»Doch, noch mehr Chemotherapie. Die Hormonbehandlung hat ja nicht angeschlagen.«

»Warum versuchst du es denn nicht weiter mit der Chemo?«, fragte Fleur.

Rose seufzte. »Weil es mir reicht. Ich will das nicht mehr, auch wenn ihr das vielleicht nicht nachvollziehen könnt. Ich wusste von Anfang an, dass ich unheilbar krank bin, und habe mit Hugh und meinen Ärzten über meine Einstellung zur Chemotherapie gesprochen. Das Thema ist für mich erledigt, ich will mich auch nicht mehr rechtfertigen müssen. Ich wünsche mir einfach eine Zeit, so kurz sie auch sein mag, in der ich wieder so etwas wie Lebensqualität habe. Ohne Medikamente, ohne Chemo, selbst wenn es nur noch ein paar Wochen sind. Das ganze letzte Jahr habe ich mich gegen das Unausweichliche gewehrt, doch jetzt steht es vor der Tür. Ich bin müde. Ich will nicht mehr gegen mein Schicksal aufbegehren, auch das habe ich hinter mir. Wenn es so weit ist, will ich das Leben still und ruhig verlassen. Ich bin bereit.« Fleur hatte zu weinen begonnen. »Na komm«, sagte Rose. »Irgendwann stirbt jeder, der eine früher, der andere später.«

Fleur schniefte. »Du kannst einen richtig aufbauen.«

»Ich will nicht mehr kämpfen«, fuhr Rose fort. »Auch nicht mehr stark sein. Ich habe mir die Krankheit nicht ausgesucht, aber ich habe sie nun mal. Fertig, aus. Ich weiß, das ist schwer zu verstehen, aber ich hatte ein ganzes Jahr, um mich damit abzufinden – zumindest so gut, wie es geht. Für euch ist es neu, ihr hattet noch keine Zeit, es richtig zu begreifen, aber ich bin dabei, nachzugeben und loszulassen. Lasst mich gehen.«

Ich griff nach ihrer Hand. »Sag, was wir für dich tun können.«

»Wir möchten für dich da sein«, sagte Fleur.

Rose lächelte ein wenig. »Hm. Darüber habe ich auch nachgedacht. Die Krankenschwestern sind wundervoll und kümmern sich um mich, aber ich mache mir Sorgen um die Zeit nach meinem Tod. Könntet ihr – würdet ihr mit Hugh, Simon und Laura in Kontakt bleiben?« Ihre Stimme brach, und ihre Augen füllten sich mit Tränen. »Das ist das Schlimmste. Ich werde so viel versäumen. All die großen Ereignisse in ihrem Leben, ihren Universitätsabschluss, die Hochzeiten, die Geburt ihrer Kinder – meiner Enkel.« Sie holte tief Luft. »Würdet ihr mich bei den Kindern vertreten? Und ein Auge auf sie haben? Ladet sie zu euch ein. Seid ihre Familie.«

»Natürlich«, antwortete ich, »das tue ich gern.«

»Ich auch«, sagte Fleur. »Ich tue alles. Aber was ist mit dir, Rose? Was wünschst du dir für dich?«

»Ich weiß nicht – ich werde ja schon versorgt. Und wenn es so weit ist, lässt Hugh sich beurlauben, um bei mir zu sein.«

»Aber irgendetwas müssen wir doch tun können«, sagte Fleur.

»Ich weiß, was«, sagte ich. »Mums Liste.«

»Die Aufgaben, die sie für uns hatte?« Rose zog die Brauen hoch. »Was schwebt dir denn vor? Sollen wir Beverly zu uns einladen? Uns wieder eine Darmspülung verpassen lassen? Vielen Dank.«

»Nein, ich dachte an etwas anderes. Wir könnten uns um deine Mahlzeiten kümmern. Wir müssen sie ja nicht täglich von einem Sternekoch kommen lassen, ich würde selbst kochen.«

Fleur war sogleich Feuer und Flamme. »Und ich kenne in London fantastische Masseusen, die könnte ich für dich kommen lassen. Sie machen Fußreflexzonenmassagen, Kopfmassagen, was du willst. Es wäre doch schön, die Berührungen …«

»Ich weiß, was du meinst«, fiel Rose ein. »Ja, das wäre vielleicht nicht schlecht. Ich werde immer matter, und manchmal komme ich nicht gegen meine Gedanken an. Dann wäre eine Ablenkung schön.«

»An den Tagen, an denen du es schaffst, können wir Ausflüge machen. In einen Park, irgendwohin, wo es schön ist. Du musst uns nur sagen, welchen Ort du dir wünschst.«

Rose schaute durch die Fenster hinaus auf den Garten. »Vielleicht.«

»Wir können den Park auch zu dir bringen, wenn du nicht spazieren gehen möchtest«, sagte Fleur. »Wir kommen mit Blumen.«

»Wir möchten uns um dich kümmern, Rose«, sagte ich. »Lass uns etwas tun, was es für Hugh, Simon, Laura und die Krankenschwestern leichter macht. Wir können auch für sie kochen.«

»Praktizierte Liebe, wie Martha es genannt hat«, fügte Fleur hinzu.

Rose ließ sich in ihre Kissen zurücksinken und schaute aus dem Fenster. Dann sagte sie: »Ich glaube, das würde mir gefallen.«

So geschah es.

Fleur und ich kochten für Rose und ihre Familie, und wir fütterten Clifford, der die meiste Zeit bei Rose verbrachte. Wir sorgten für entspannende Massagen, zündeten Duftwachs an, damit es in Roses Zimmer nicht nach Krankheit roch. Wir ließen ihre Lieblings-CDs laufen. Fleur hatte darüber hinaus die Idee, unsere Mutter nachzuahmen und Rose dann und wann ein Zitat zu mailen. Das kam weniger gut an. Rose sagte, sie würde Fleur erschießen, wenn sie noch ein einziges dieser Zitate empfangen würde. Also verzichteten wir auf Zitate.

An manchen Tagen war Rose voll da und so dominant wie eh und je. An anderen Tagen schlief sie. Im

Lauf der Wochen schlief sie immer öfter und aß nur noch wie ein Vögelchen.

Dienstag, 30. August

Wir erhielten einen Brief von Mr Richardson, der an Rose, Fleur und mich adressiert war. Ich riss den Umschlag auf. Mr Richardson schrieb, dass Daniel Scott in die Staaten übergesiedelt sei und drüben die Heaven-and-Earth-Zentren leiten würde. Er habe ihn, Mr Richardson, jedoch gebeten, uns den beiliegenden Brief zukommen zu lassen. Ich rief nach Fleur. Wir gingen zu Rose.

»Daniel hat uns einen Brief geschrieben«, verkündete ich. »Er hat sich nach Amerika verzogen.«

»Wo er die nächsten leichtgläubigen Frauen besteigen kann«, sagte Fleur.

»Lest mir den Brief vor«, bat Rose.

Ich nahm den Brief und fing an.

»Guten Tag liebe Rose, liebe Dee, liebe Fleur,
vier Versuche habe ich gebraucht, um Euch alles aus meiner Sicht zu schildern. Offenbar fehlt mir das Geschick, die tiefen Gefühle auszudrücken, die ich im vergangenen Jahr durchlebt habe.
Wisst Ihr noch, was Eure Mutter geschrieben hat? ›Jede Blume ist auf ihre Art schön.‹ Dem kann ich mich nur anschließen. Jede von Euch hat eine individuelle Schönheit, der ich nicht widerstehen konnte. Macht mich das schuldig?

Ihr habt in mir jemanden gesehen, der ich nicht bin. Wenn der Irrtum für Euch schmerzlich war, bedauere ich das aus tiefstem Herzen. Ich habe erkannt, wonach Ihr gesucht habt, und wurde zu dem, den Ihr euch gewünscht habt.
Das Geheimnis des Weiblichen, die Göttin in jeder Frau, diese Phänomene haben mich von jeher fasziniert. Ich war immer der Meinung, dass Frauen der Welt mehr zu bieten haben als Männer, die nur ihre lineare Denkweise kennen. Ich kann gar nicht anders, als die Göttinnen in ihren vielfachen Erscheinungsformen anzubeten. Ihr seid drei solcher Göttinnen, jede voller Kraft.
Dee und Fleur sind womöglich der Ansicht, dass ich nur ein sexhungriger Typ ohne Disziplin war. Ich würde es ihnen nicht einmal zum Vorwurf machen, zu einem kleinen Teil hätten sie vielleicht sogar recht. Aber Ihr habt mich ebenso gewählt wie ich Euch. Für mich sind Frauen ein Rätsel, deshalb wollte ich mehr über Euch erfahren, so viel wie möglich nehmen und geben.
Wenn Ihr diesen Brief erhaltet, bin ich schon abgereist, und Ihr werdet mir sicher drei Kreuze auf den Buckel malen. Aber eines möchte ich noch sagen: Jede von Euch hat mich beeinflusst, und dafür bin ich dankbar. Euch kennengelernt zu haben, mit Euch zusammen gewesen zu sein, das war ein Geschenk. Das schließt die Begegnung mit Eurer Mutter ein. Ich hoffe, dass Ihr mir mit der Zeit vergebt und erfasst, dass ich Euch auf unterschiedliche Weise geliebt habe. Ihr seid unglaublich starke Frauen, auch deshalb bin ich dankbar,

dass ich Euch kennengelernt habe. Rose ist von großer intellektueller Kraft. Fleur ist wundervoll anzusehen, und es macht Spaß, mit ihr zusammen zu sein. Dee ist sanftmütig, hat ein großes Herz und sehr viel Liebe zu geben. Es war eine Ehre, Euch erleben zu dürfen. Wie Ihr jetzt festgestellt habt, sind Worte nicht meine Stärke, deshalb sage ich nur noch auf Wiedersehen und danke. Ich wünsche Euch inneren Frieden, insbesondere Dir, liebe Rose.
In Liebe,
Daniel

Fleur, Rose und ich sahen uns an.

»Was für eine gequirlte Scheiße«, sagte Rose.

Wir brachen in schallendes Gelächter aus. Das tat mir richtig gut. Ich betrachtete meine Schwestern und stellte fest, dass ich mich ihnen noch nie so nahe gefühlt, sie noch nie so geliebt hatte wie jetzt. Endlich war das eingetroffen, was unsere Mutter sich für uns gewünscht hatte.

Fleur nahm den Brief und überflog ihn. »Es ist nicht zu fassen, der Typ hat tatsächlich seine E-Mail-Adresse angegeben.« Sie sah mich an. »Komm bloß nicht auf die Idee, ihm zu schreiben. Verstanden?«

»Jawohl.« Ich grüßte militärisch. »Der Brief wird entsorgt.«

Ich schnappte mir den Brief, trug ihn in die Küche und steckte ihn in meine Handtasche. Ich wollte ihn noch einmal lesen, vielleicht auch beantworten. Daniel hatte seine Sicht der Dinge geschildert, doch das genügte mir nicht. Ich wollte einen Schlussstrich ziehen.

Rose wurde immer hinfälliger. Inzwischen schlief sie auch tagsüber sehr viel und sprach nur noch selten. Schließlich war sie so schwach, dass sie nicht mehr aufstehen konnte. Wenn die Krankenschwestern der Krebshilfe nicht bei ihr waren, sorgten Fleur und ich, so gut wir konnten, für sie. Wir wuschen sie, bereiteten einfache Mahlzeiten zu, hielten ihre Hand, wenn sie schlief.

»Wie fühlt es sich an?«, fragte ich sie eines Tages, als sie unter Morphium stand.

»Schön«, murmelte Rose und drückte meine Hand.

»Für viele ist es, als schwebten sie in einer Märchenwelt«, erklärte mir eine Krankenschwester.

Am 28. September entschlummerte Rose friedlich in den frühen Morgenstunden. Hugh war bis zuletzt bei ihr.

32

Samstag, 1. Oktober

Auf der Zugfahrt zurück nach Cornwall schaute ich aus dem Fenster, sonst tat ich nichts.

Ich dachte an Rose. Zum Schluss hatte sie Fleur und mir Zugang zu ihrem Leben gestattet, und wir drei waren so eng verbunden gewesen wie noch nie zuvor in unserem Leben. Das Bedrückende war, dass es ihre Krankheit gewesen war, die unser Zusammensein bewirkt hatte, aber so waren wir wenigstens bei ihr gewesen, um uns von ihr zu verabschieden, ihr zu sagen, dass wir sie liebten und es auch so gemeint hatten.

Meine Gedanken wanderten zu meiner Tochter. Wie weit entfernt Lucy war. In ihrer letzten E-Mail hatte sie geschrieben, wie leid es ihr tue, dass ich so viel hatte allein durchstehen müssen. Aber ich war nicht allein gewesen, ich hatte ja Fleur an meiner Seite gehabt. Lucy hatte keine Geschwister, aber dafür hatte sie mich. Unsere Beziehung war schwierig, doch das konnte sich vielleicht wieder ändern. Ihr Vater hatte ihr immer alles erlaubt, wenn sie bei ihm war, ich war diejenige, die sie erzogen hatte. Morgens scheuchte ich sie in die Schule, achtete nachmittags darauf, dass sie Hausaufgaben machte, schrieb ihr vor, abends spätestens um elf Uhr zu Hause zu sein. Kein Wunder, dass sie rebelliert hatte. Doch inzwischen waren wir beide älter geworden. Ich hatte genügend Geld, um sie künftig öfter als bisher zu besuchen oder ihren Flug zu bezahlen, wenn sie nach England kommen wollte. Die Liste meiner Mutter hatte mir gezeigt, wie weit ihre liebende Fürsorge gegangen war. Ich würde mich bemühen, dass Lucy so etwas auch erleben konnte. Sie sollte wissen, dass ich sie liebte, es von Anfang an getan hatte. An diesem Gedanken hielt ich mich fest.

Ich dachte an meine Mutter, deren Verlust ich noch spürte wie am ersten Tag. Aber ich hatte akzeptiert, dass ich mit meiner Trauer leben musste. Manchmal heilte die Zeit doch nicht alle Wunden.

Und dann war da noch Daniel. Er hatte sich nicht von mir verabschiedet – nicht persönlich –, und wir hatten uns nicht aussprechen können. Geblieben waren meine Erinnerungen, die von seinen Lügen getrübt wurden. Es war aus, aber es fühlte sich unvollständig an. Ich hatte keine Gelegenheit gehabt, ihm zu sagen, was ich empfand. Ich nahm meine Handtasche, suchte den kleinen Block und begann zu schreiben. Als ich fertig war, übertrug ich meinen Text in den Laptop.

Ich rufe Dich vor das höchste Gericht,
eine Instanz, die man nicht sieht
mit Gesetzen, die nicht ausgesprochen werden,
wo nur die Liebe herrscht.
Es richtet über Dich.

Das Urteil spricht nicht von Scheidung oder
Alimenten,
nicht im emanzipierten 21. Jahrhundert.
Was Du getan hast, bleibt verborgen,
Deine Waffen waren versteckt,
und doch haben sie Gefühle verletzt
und Vertrauen gebrochen
und Unschuld zerstört.
In meinem Blick scheint Kummer auf,
ein Zeichen für tieferen Schmerz
dank Deiner Berührung.
Ich rufe Dich vor das höchste Gericht
und bete, dass es mir Heilung gewährt.
Ich bete, dass Du seine Gesetze kennenlernst.
P. S. Ich möchte nicht, dass Du mir antwortest. Dee.

Ich holte tief Luft und schickte die Zeilen als E-Mail ab.

In Plymouth verließ ich den Bahnhof und trat hinaus in den feuchten grauen Nachmittag. Er passte zu meiner Stimmung. Nun konnte ich das Haus in Kingsand kaufen, aber es war ein schaler Triumph. Ich hatte niemanden, mit dem ich es teilen konnte, und das stimmte mich traurig.

Ich sah Michael Harris, der vor dem Bahnhof stand. Als er mich entdeckte, kam er auf mich zu.

»Warten Sie auf jemanden?«, fragte ich.

»Ja, auf Sie, ich hoffe, das stört Sie nicht. Anna wollte Sie abholen, aber ihr ist etwas dazwischengekommen. Deshalb habe ich mich auf den Weg gemacht. Zu meinem Wagen geht's da lang.«

Ich war froh, ihn zu sehen, und folgte ihm zu seinem Auto. Er hielt mir die Tür auf.

»Anna und Ian haben mir erzählt, was passiert ist«, sagte er und startete den Motor. »Oder zumindest einen Teil.«

»Sie lügen. Ich kenne Anna. Sie wird Ihnen alles haarklein erzählt haben.«

»Sie ist Ihnen eine gute Freundin und liebt Sie sehr.«

»Das weiß ich.«

»Ich möchte Ihnen mein Beileid aussprechen. Das war auch ein Grund, weshalb ich gekommen bin. Ich wollte, dass jemand Sie in Empfang nimmt.«

»Das ist sehr nett von Ihnen.«

»Haben Sie schon gegessen?«

»Ich hatte keinen Appetit.«

»Anna wird Ihnen etwas Gutes kochen. Sie haben ihr gefehlt.«

»Anna mir auch.«

Wir waren schon auf dem Weg zur Fähre.

»Auf der Hinfahrt habe ich mir etwas überlegt«, sagte Michael. »Haben Sie Lust, nach Rame Head zu fahren. Ich weiß, wie sehr Sie diesen Ort mögen.«

Ich dachte kurz darüber nach. »Ja, das würde ich gern tun. Vielen Dank.«

Bis Rame Head wechselten wir nur wenige Worte. Michael stellte seinen Wagen ab, und wir machten uns an den Aufstieg zu der alten Kapelle. Michael half mir die letzten Stufen hinauf. Vor der Kapelle ließen wir uns auf dem Boden nieder und schauten über das Meer. Michael schwieg, und dafür war ich ihm dankbar. Es war so viel geschehen, und ich hatte viele Menschen verloren – meine Mutter, Rose, Daniel. Mum und Rose waren an dem Ort, zu dem ich ihnen nicht folgen konnte. Ich dachte an das Programm, das meine Mutter entworfen hatte, um uns den Weg zum Glück zu zeigen.

In der Ferne entdeckte ich einen Wanderfalken am Himmel. Er flatterte auf der Stelle. Dann kam er näher und stieg vor uns in die Lüfte. Wenig später tauchte ein zweiter auf und tat es ihm nach. Sie sanken auf und nieder, schwebten und ließen sich vom Wind tragen. Es war wie ein Himmelsballett, Mum und Rose, die zusammen tanzten.

Mit einem Mal waren sie verschwunden, vor mir erstreckten sich der leere Himmel und das endlose Meer. Tränen traten mir in die Augen. Lieber Gott, betete ich stumm, ganz gleich, wo du bist und wo die beiden sind, bitte kümmere dich um sie.

Schließlich sagte ich: »Mir wird kalt.«

Michael lächelte. »Mir auch.«

Wir standen auf.

»Vielen Dank für den Ausflug.«

»Keine Ursache. Sie haben einiges mitgemacht. Lassen Sie es mich wissen, wenn ich etwas für Sie tun kann.«

Ich griff nach Michaels Hand, die warm und tröstlich war. Einige Momente später zog er seine Hand zurück und legte einen Arm um mich. Ich lehnte mich an ihn. So standen wir eine Weile da. In der Ferne lösten sich die Wolken auf, und man hörte die kleine Fähre tuten. Wir stiegen den Hang hinunter.

Danksagung

Ein großes Dankeschön geht an:

Meine Agenten Christopher Little und Emma Schlesinger für ihre Unterstützung, ihre Ermutigung und die unschätzbar guten Ratschläge.

Meine Redakteurin Kate Bradley für ihre Hingabe und die wunderbare Zusammenarbeit.

Das Team bei HarperFiction, das mich so freundlich aufgenommen und sich mit solcher Begeisterung für meinen Roman eingesetzt hat.

Elliott Brenman für seinen professionellen Input, der äußerst hilfreich war.

Claire Ward für ihre Ideen und das fabelhafte Cover.

Zu guter Letzt danke ich meinem Ehemann Steve. Mit endloser Geduld hat er zugehört, wenn ich bei jeder passenden oder unpassenden Gelegenheit über Handlung und Charaktere gesprochen habe, insbesondere im Auto, wo er mir nicht entkommen konnte.

Zehn Schritte zum Glück

Iris Parker, eine Ihrer Hauptpersonen, hatte bestimmte Vorstellungen davon, wie der Mensch glücklich werden kann. Cathy Hopkins, wie sehen Ihre zehn Schritte zum Glück aus?

Hilfe. O Gott. Keine Ahnung. Das ist die große Preisfrage, oder? Es kommt ja immer darauf an. Zum Beispiel kann man sich auf einer paradiesischen Insel hundsmiserabel fühlen. Ebenso ist es möglich, dass man sich an einem Regentag in einer überfüllten Stadt großartig fühlt, ohne zu wissen, warum. Deshalb glaube ich, dass es von unserer inneren Einstellung abhängt. Iris sagt es ja auch: Man kann alles Mögliche tun, um dem Glück nachzuhelfen – sich richtig ernähren, Sport treiben, kreativ sein, meditieren, und so weiter –, aber letzten Endes müssen wir akzeptieren, dass das Glück kommt und geht.

Es gibt Zeiten, in denen die äußeren Umstände bestimmend sind. Ich denke an schwere Zeiten, in denen etwas geschieht, ohne dass wir es wollen – Krankheit, Stress, der Tod eines lieben Menschen, Entlassung aus dem Job, ein gebrochenes Herz. Dann ist es schwierig, Glück zu empfinden. Doch dann gibt es wiederum

Zeiten, in denen wir auf der Achterbahn des Lebens hinaufsteigen und schöne Dinge erleben, sodass wir glücklich und voller Hoffnung sind.

Es gibt so viele Faktoren, die unser Gefühlsleben bestimmen. Manchmal spielen Kontraste eine Rolle – beispielsweise kann man Glück empfinden, wenn man nach einer Reise wieder zu Hause ist, oder umgekehrt, wenn man nach langer Zeit zu Hause wieder einmal verreist. Man kann glücklich sein, wenn man aus der Hitze kommt und in einen kühlen Raum tritt, oder aus der Kälte kommend einen warmen Raum betritt. Wenn auf Hektik eine ruhige Zeit folgt, können wir glücklich sein, ebenso wenn nach einer ruhigen Zeit endlich wieder etwas los ist.

Außerdem glaube ich, dass es uns glücklich macht, etwas zu tun zu haben. Das kann ein Projekt oder ein anderer Grund zum Leben sein, ganz gleich, ob es mit der Familie, der Wohnung oder dem Beruf zusammenhängt. Ja, eine sinnvolle Aufgabe zu haben, das ist wesentlich, um glücklich zu sein.

Würde man mich zu einer Antwort zwingen, würde ich sagen, dass es hilft, Dinge loszulassen oder auf sie verzichten. Das tue ich zwar auch nicht unbedingt, aber ich weiß, dass ich es tun sollte.

Meine zehn Schritte wären demnach die folgenden:

1. Sich nicht so viele Sorgen machen. Klar, das ist leichter gesagt als getan. Wenn man ein Problem hat, versucht man, es zu lösen, aber sich deswegen zu sorgen ist verschwendete Zeit und Energie, denn es bringt nicht das Geringste, es führt höchstens

dazu, dass wir uns miserabel fühlen. Falls jemand anders ein Problem hat, helfen Sie ihm oder ihr, aber machen Sie sich keine Sorgen. Ich habe Wochen/Monate/Jahre damit verbracht, mir Gedanken zu machen, meistens über ungelegte Eier. Schritt Nummer 1 bedeutet also, hören Sie auf, sich Sorgen zu machen. (So, und jetzt mache ich mir Sorgen, ob mein erster Schritt ein guter Einstieg war …)

2. Hören Sie auf, Schuldige zu suchen – Ihre Eltern, Ihre Erziehung, Ihre Kinder, Ihr Partner, Ihr Beruf oder etwas anderes, das Sie Ihrer Meinung nach unglücklich macht. Unternehmen Sie etwas, um gegen Schwermut anzugehen. Wir können wählen, wie wir uns im Leben verhalten, deshalb sollte man für sein Glück die Verantwortung übernehmen, statt anderen vorzuwerfen, dass man unglücklich ist. Vielleicht hatten Sie einen ungünstigen Start ins Leben, Eltern, die Sie nicht unterstützt haben, vielleicht sind Ihre Arbeitskollegen schwierig, aber alle Schuld auf die äußeren Umstände abzuwälzen, das bedeutet, es sich zu einfach zu machen. Prüfen Sie Ihre Optionen und verbessern Sie Ihre Lage. Nehmen Sie sich vor, glücklich zu sein, denn letztendlich hängt es von Ihnen ab. Sie sind Ihres Glückes Schmied.
3. Trennen Sie sich von Menschen, denen Sie entwachsen sind oder die Sie runterziehen. Kümmern Sie sich um Ihre wahren Freunde, Menschen, deren Gesellschaft Ihnen guttut, die Sie inspirieren. Gute Freunde stehen für glückliche Zeiten. Nehmen Sie

sich Zeit für die Menschen, deren Gesellschaft Sie schätzen, freuen Sie sich auf das Zusammensein mit ihnen. Vergessen Sie die Menschen, die ihre negativen Gefühle bei Ihnen abladen und ständig jammern, die nur nehmen und verlangen, dass Sie geben. Wenn jemand sich nicht um Sie bemüht, sollten Sie nicht versuchen, ein Teil seines oder ihres Lebens zu werden, die Arbeit lohnt sich nicht. Ihre wahren Freunde kommen von sich aus auf Sie zu, wissen, was in Ihrem Leben vor sich geht, und sind in schwierigen Zeiten für Sie da. Wenn man gute Freunde sucht, muss man selbst ein guter Freund sein. Falls Sie glauben, keine Freunde zu haben, suchen sie welche – treten Sie einem Lesezirkel bei, einem Chor oder was Sie sonst interessieren mag. Laden Sie die Menschen, die Sie kennenlernen, zu sich ein. Seien Sie ein Freund.

4. Vergessen Sie den Wunsch, immerzu im Recht zu sein. Versuchen Sie, andere Standpunkte nachzuvollziehen, lernen Sie zuzuhören. Seien Sie freundlich. Sie werden feststellen, dass Sie sich dann weitaus besser fühlen, als wenn Sie sich über jemanden aufregen.
5. Vergessen Sie den Wunsch, die Kontrolle zu haben. Man kann nicht alles beherrschen. Kontrollfreaks werden unglücklich, wenn etwas nicht nach Plan verläuft. Lassen Sie die Dinge auf sich zukommen. Ich habe immer ein Buch dabei. Deshalb rege ich mich nicht auf, sondern lese, wenn jemand zu spät kommt, der Zug einen Umweg fährt oder ich beim Frisör warten muss.

6. Hören Sie auf, Selbstkritik zu üben und zu glauben, Sie müssten perfekt sein. Manchmal brauchen wir weder einen Menschen noch ein Ereignis, um unglücklich zu sein. Wir sorgen selbst dafür. Wir halten uns für zu dick, zu alt, zu jung, zu unreif, finden unseren Hintern zu groß, die Brüste zu klein. Wir haben Angst, zu groß oder zu klein zu sein, nicht klug genug und so weiter. Ich kann so etwas hervorragend, als hätte ich einen Teufel im Kopf, der nichts Schöneres kennt, als etwas an mir zu bemängeln. Lernen Sie, sich so zu akzeptieren, wie Sie sind. So jemanden wie Sie gibt es nicht noch mal, Sie sind einzigartig, großartig und perfekt. Und wenn wir schon mal beim Thema sind: Hören Sie auf, andere zu kritisieren oder zu verurteilen. Jeder Mensch hat eine eigene Geschichte, ist anders als Sie, denkt anders als Sie. Lassen Sie andere so sein, wie sie sind. Vielleicht war jemand unhöflich oder kurz angebunden, weil er eine schlechte Nachricht erhalten hat. Wer weiß das schon? Sie, als Außenstehender, wissen es ganz bestimmt nicht. (Ausnahmen dürfen nur bei Let's Dance oder Casting Shows gemacht werden. Bei solchen Sendungen gehört es zum Vergnügen, den Fernseher mit Beleidigungen zu bombardieren.)
7. Hören Sie auf, sich zu ärgern und zu klagen. Das ist langweilig und zieht Ihre Zuhörer runter. Ja, vieles auf der Welt lässt zu wünschen übrig, das reicht vom Weltgeschehen bis zum persönlichen Leben. Haben Sie schon mal einen Tag mit einem schlecht gelaunten Menschen verbracht? Jemand, bei dem

das Glas immer halb leer ist? Na also. Nehmen Sie sich die Zeit, die Schönheiten der Welt wahrzunehmen, und konzentrieren Sie sich auf sie. Riechen Sie an einer Blume, schauen Sie in den Himmel, zu den Sternen, beobachten Sie einen Vogel in einem Baum, lesen Sie über die vielen faszinierenden Menschen, die kreativ sind und großzügig und sich für eine bessere Welt einsetzen. Es geschieht mehr als das, was wir in den Nachrichten sehen. Ich wünschte, es gäbe eine Sendung mit dem Titel »Gute Nachrichten«, nur um ein Gleichgewicht zu schaffen. Nicht alles in der Welt ist schlecht. Wenn wir uns nur auf die negativen Dinge konzentrieren, kriegen wir es mit der Angst zu tun und beginnen, uns zu sorgen. Damit will ich nicht sagen, dass Sie keine Nachrichten sehen oder hören sollen. Man muss informiert sein. Doch außer den zornigen und hasserfüllten Menschen, die anderen Leid zufügen wollen, gibt es Millionen und Abermillionen, die sich eine friedliche Welt wünschen und an Freundlichkeit, Fürsorge und Liebe glauben.

8. Hören Sie auf, andere Menschen beeindrucken zu wollen. Sie werden feststellen, wie befreiend das ist. Die Besten unter uns bleiben sich treu. Versuchen Sie nicht, jemand anders zu sein. Es wird immer Menschen geben, die Sie nicht zu schätzen wissen, ganz gleich, was Sie machen. Bleiben Sie locker und Sie selbst, und schon werden Sie Menschen finden, die Sie schätzen. Hören Sie auf, sich zu fragen, was andere über Sie denken. Es ist entweder positiv oder eben nicht.

9. Hören Sie auf, so viel zu arbeiten. Nehmen Sie sich ein Mal pro Woche Zeit, irgendwohin zu fahren und etwas zu tun, das ihnen Freude macht. Das kann der Besuch einer Ausstellung sein, eines Parks, eine Bergwanderung, der Besuch eines Freundes oder eine stille Stunde, in der Sie lesen oder Musik hören. Richten Sie es ein. Räumen Sie sich Zeit für sich ein und für das, was Ihnen gefällt. Das Leben ist keine Theaterprobe, sondern von Anfang an Realität. Verschwenden Sie es nicht, indem Sie sich für einen Lebensstil abrackern, den Sie nicht mehr genießen werden. Planen Sie Mußestunden ein. (Das sollte ich mir wirklich hinter die Ohren schreiben. Ich bin imstande, tagelang am Schreibtisch zu kleben – erst recht, wenn ich dabei bin, einen ersten Entwurf zu schreiben.)
10. Trennen Sie sich von der Auffassung, das Glück liege in der Vergangenheit oder in der Zukunft. Die Vergangenheit ist beendet, dahin führt kein Weg zurück. Die Zukunft ist ein Bühnenstück, das noch nicht begonnen hat. Alles, was sie sehen, ist der geschlossene Vorhang. Nur das Hier und Jetzt ist real. Versuchen Sie, Ihre Zeit in der Gegenwart zu verbringen. Nehmen Sie Ihre Umgebung wahr, lauschen Sie, spüren und berühren Sie. Leben Sie.

Zu guter Letzt die Zeilen, die ich im Wartezimmer meines Osteopathen entdeckt habe. Ich war dabei, über die Zehn Schritte zum Glück nachzudenken, hob den Kopf, und da hing dieser Text an der Wand. Seltsamerweise hatte ich ihn auch während meines Studiums in den

1970ern an meine Wand gepinnt. Ich glaube, das sagt alles.

Desiderata von Max Ehrmann
Geh ruhig und gelassen durch Lärm und Hast. Stell dir die Stille vor, ihren Frieden.

Versuche, dich mit anderen gutzustellen, ohne dich selbst aufzugeben.

Sprich die Wahrheit leise, aber deutlich. Höre anderen zu. Auch die Langweiligen und Dummen habe ihre Geschichte.

Meide die Lauten und Aggressiven, sie stören deine Gedanken.

Wenn du dich mit anderen vergleichst, wirst du vielleicht stolz, vielleicht auch bitter werden. Es wird immer Menschen geben, die schlechter oder besser sind als du. Freue dich an dem Erreichten und an deinen Plänen.

Interessiere dich für deinen Beruf, so bescheiden er auch sein mag. In Zeiten sich wandelnden Glücks gibt er dir Halt.

Sei in geschäftlichen Dingen vorsichtig, überall lauern Betrüger.

Aber verschließe die Augen nicht vor der Tugend. Viele Menschen streben nach hohen Idealen, und überall gibt es Heldentum.

Sei du selbst. Heuchle nicht Zuneigung, aber sei auch nicht abweisend, wenn es um die Liebe geht. Angesichts der allgemeinen Dürre und Leere gedeiht sie wie das Gras.

Nimm den Rat Älterer mit Freundlichkeit an, überlass der Jugend ihren Platz mit Würde.

Stärke deinen Geist, damit er dich schützt, wenn dich ein Unglück trifft.

Quäle dich nicht mit dunklen Gedanken. Viele Ängste entstehen aus Erschöpfung und Einsamkeit.

Sei bei aller Disziplin freundlich zu dir selbst.

Du bist ein Kind des Universums, ebenso wie die Bäume und die Sterne.

Du hast ein Recht, hier zu sein. Auch wenn du es nicht erkennst, alles im Universum hat seinen Platz.

Lebe in Frieden mit Gott, egal, wie du Ihn dir vorstellst.

Ganz gleich wie deine Arbeit und deine Wünsche im Lärm der Zeit aussehen, bewahre dir inneren Frieden. Trotz all ihres Scheins, der Mühsal und der zerbrochenen Träume ist die Welt schön.

Sei guten Muts. Strebe danach, glücklich zu sein.